» I MAESTRI DELL'AVVENTURA «

VOLUME 47

L'ULTIMO VIAGGIO DEI FARAONI

Romanzo di
CLIVE CUSSLER
e GRAHAM BROWN

Traduzione di
FEDERICA GARLASCHELLI

LONGANESI

www.longanesi.it

ISBN 978-88-304-6201-4

Titolo originale:
Journey of the Pharaohs

IL LIBRAIO.IT

il sito di chi ama leggere

L'ULTIMO VIAGGIO DEI FARAONI

PERSONAGGI

Passato

EGITTO, 1074 a.C.

Khemet Ex membro dei Medjay, un gruppo incaricato di sorvegliare la Valle dei Re

Qsn Bambino orfano che fornisce informazioni a Khemet. Il suo nome significa *Passero* e *Colui che porta dolore*

Herihor Comandante militare diventato faraone dell'Alto Egitto e poi svanito nel nulla

NEW YORK CITY, 1927

Jake Melbourne Pilota acrobatico e asso dell'aviazione della prima guerra mondiale che prova ad aggiudicarsi il premio Orteig

Carlo Granzini Boss della famiglia criminale Granzini

Stefano Cordova Amico di Melbourne e meccanico, nipote di Granzini

Presente

NATIONAL UNDERWATER AND MARINE AGENCY (NUMA)

Kurt Austin Capo della squadra Progetti speciali, esperto di operazioni di salvataggio e subacqueo provetto

Joe Zavala Migliore amico di Kurt nonché genio della meccanica che ha costruito quasi tutti gli strani congegni di cui si serve la NUMA

Rudi Gunn Vicedirettore della NUMA, diplomato all'Accademia navale
Hiram Yaeger Direttore della divisione tecnologica, ha progettato e assemblato Max, il supercomputer della NUMA
Paul Trout Geologo con un dottorato in scienze oceaniche, marito di Gamay
Gamay Trout Biologa marina e moglie di Paul, si distingue per l'assenza di peli sulla lingua

SCOZIA
Vincennes Misterioso passeggero del peschereccio
Slocum Contatto dei contrabbandieri, fa parte del Bloodstone Group

ENTE PER LA SICUREZZA DEL REGNO UNITO, SEZIONE 5 (MI5)
Oliver Pembroke-Smythe Ex membro dello Special Air Service, attualmente capo delle operazioni antiterrorismo del MI5
Morgan Manning Agente speciale del MI5 che sta conducendo un'indagine sul Bloodstone Group
Henry Cross Professore di storia antica all'Università di Cambridge che aiuta il MI5 a identificare i manufatti contrabbandati

BLOODSTONE GROUP
Solomon Barlow Ex mercenario passato al traffico d'armi, ora a capo del Bloodstone Group
Kappa Esperto di armi e braccio destro di Barlow
Robson Ex criminale di strada di una zona malfamata di Londra che adesso lavora per Barlow
Daly Scagnozzo di Robson, al quale attribuisce la colpa del suo arresto
Gus Altro scagnozzo di Robson, fratellastro di Daly
Fingers Membro della vecchia gang di Robson
Snipe Altro membro della vecchia gang di Robson

NUOVI COLLABORATORI DEL BLOODSTONE GROUP

Fydor e Xandra Fratello e sorella, sicari, lavorano insieme sotto lo pseudonimo di Giocattolaio

Omar Kai Esuberante mercenario ingaggiato dal Bloodstone Group negli Stati Uniti

FRANCIA

Francisco DeMars Nipote dell'uomo che ha scoperto gli *Scritti di Qsn*, vive in una lussuosa residenza in Francia

SPAGNA

Padre Torres Sacerdote cattolico alla chiesa di San Sebastián de las Montañas di Villa Ducal de Lerma

Sofía Bambina che presenta Gamay e Paul a padre Torres

STATI UNITI

James Sandecker Ex direttore della NUMA, ora vicepresidente degli Stati Uniti

Miranda Abigail Curtis Anziana archivista dell'FBI

Morris Capo della scorta di Sandecker

RISERVA NAVAJO

Eddie Toh-Yah Vecchio amico di Kurt Austin

Nonno di Eddie Capo del consiglio navajo locale, Custode della Fiamma

Prologo

Valle dei Re, Egitto
1074 a.C., durante il Nuovo Regno

Stretta nella morsa del caldo, la Valle dei Re era una distesa di luce tremolante, mentre la sabbia del deserto si induriva come argilla sotto i raggi spietati del sole.

Sull'orlo di un rilievo che dominava la valle, un uomo barbuto di nome Khemet, sdraiato sul ventre, sudava copiosamente sotto il sole di mezzogiorno alla ricerca di segni di movimento. Gocce di sudore gli scorrevano sul viso e una mosca prese a ronzargli intorno all'orecchio, ma sotto di lui era tutto immobile.

Sulla valle regnava un silenzio assoluto, com'era giusto che fosse nel luogo in cui riposavano i faraoni. Quell'immobilità totale fu spezzata da un mulinello di polvere che si innalzò all'estremità meridionale della valle e danzò brevemente sulla sabbia.

Khemet indietreggiò verso gli uomini in vesti di lino che stavano aspettando accovacciati alle sue spalle. Accanto a loro c'era un ragazzino. «Perché ci hai portati qui? Cosa volevi mostrarci?» gli domandò Khemet.

Tra gli abitanti di Tebe il ragazzino era conosciuto come Qsn, che significava *passero*. Non lo chiamavano così perché fosse minuto per la sua età, e nemmeno per la sua tendenza a cinguettare più che parlare, bensì per insultarlo. Per gli egizi il passero era una creatura molesta, che rubava il cibo e guastava la frutta. Quella era la considerazione di cui godeva il piccolo orfano.

Khemet sapeva che si sbagliavano. Il ragazzino era un mendicante, non un ladro. Anzi, lavorava sodo per pochissimi spiccioli, osservando tutto con sguardo attento e raccogliendo informazioni. Grazie alla sua corporatura e alla sua età, spesso riusciva a essere invisibile pur essendo sotto gli occhi di tutti.

Il ragazzino strisciò fino al limite della roccia, guardò la valle sottostante e strattonò il braccio di Khemet. Allungò un dito minuscolo e indicò un punto. «La tomba del faraone è aperta. La pietra è stata spostata.»

Accecato dal sole, Khemet strizzò gli occhi e guardò oltre lo splendido tempio a tre piani di Hatshepsut, con la lunga scalinata centrale e le file di colonne imponenti. Ignorò i cumuli di detriti che bloccavano l'accesso alla tomba di qualche antenato meno noto e infine si concentrò su un'apertura tra i blocchi di pietra calcarea liscia all'ingresso della tomba di Horemheb, uno degli ultimi faraoni sepolti.

La vista di Khemet non era acuta come quella del ragazzino, ma dopo essersi riparato gli occhi dal sole anche lui cominciò a distinguere qualcosa nell'ombra. La lastra imbiancata che avrebbe dovuto sigillare la tomba era per terra, spezzata in due. La strada che conduceva al sepolcro era segnata da profondi solchi lasciati da ruote di carri e dalle impronte dei buoi che li trainavano.

«Il ragazzino ha ragione», disse Khemet. «La tomba è stata profanata.»

«E cosa vuole che ci facciamo noi?» domandò uno degli altri.

Il ragazzo si voltò, rivolgendosi agli adulti senza timore. «Voi siete i Medjay», rispose con la sua voce acuta. «I servitori di Ramses XI di Menfi. È vostro compito sorvegliare il luogo di sepoltura dei Figli di Amon.»

Khemet sorrise. Anche lui era stato un capitano dell'unità di guerrieri chiamati Medjay, che i faraoni avevano incaricato di sorvegliare le tombe dei loro predecessori, ma la sua posizione era stata scalzata dagli sconvolgimenti politici che stavano dividendo l'Egitto.

«Forse il Passero non sente proprio tutto», disse uno degli uomini. «I Figli di Amon non hanno più bisogno dei nostri servizi.»

«Ma Ramses...»

«Ramses regna a Menfi e Alessandria», spiegò Khemet in tono più paziente. «Ma qui siamo nell'Alto Egitto, e il titolo di Grande Casa è stato assunto da Herihor.»

Il ragazzino fece una smorfia carica di disprezzo. «Herihor non è soltanto il Primo Profeta, è...»

«Qui è un re», lo interruppe bruscamente Khemet. «Ci sono persone che ti taglierebbero la lingua se ti sentissero affermare qualcosa di diverso.»

Il ragazzino tacque.

Khemet aspettò che il messaggio andasse a segno prima di proseguire. «Noi no, per tua fortuna.»

Gli uomini alle loro spalle scoppiarono a ridere. Il ragazzino parve sollevato.

«L'Egitto non è più quello di un tempo», disse uno degli uomini. «Più si indebolisce, più ha bisogno di faraoni. Presto ce ne sarà uno in ogni regione.»

Khemet rise ancora più forte, ma il ragazzino sembrava ferito. Era ancora abbastanza giovane da credere a concetti come il dovere e l'onore e, soprattutto, alla discendenza divina della gloria dei re. Era alquanto doloroso lasciarsi alle spalle convinzioni simili.

Khemet tornò a concentrarsi sulla tomba aperta. «Dovremmo andare a controllare cos'è stato rubato.»

Allontanandosi dal dirupo, portò i suoi uomini lungo un sentiero nascosto che conduceva alla valle ai loro piedi. Soltanto i Medjay conoscevano quei percorsi segreti.

La luce diventò più forte e abbagliante, come se quella davanti a loro fosse la strada per il paradiso. Diversamente dalle rocce rossicce intorno a loro, il fondovalle era coperto di calcare sminuzzato e polvere bianca, nonché di frammenti e resti dei grossi blocchi di pietra che erano stati tagliati, lavorati e collocati al loro posto quasi senza sosta negli ultimi mille anni.

Abbagliato dal riflesso, Khemet si schermò gli occhi con una sciarpa come un bandito, mentre entrava nella tomba di Horemheb.

Una volta dentro, se la tolse e si fermò nel corridoio d'ingresso. L'aria fresca gli accarezzò il corpo mentre i suoi occhi si abituavano lentamente al buio. Man mano che le sue pupille si dilatavano, il lavoro degli artigiani prese forma davanti a lui in tutta la sua magnificenza. Soffitti e muri imbiancati e tappezzati di geroglifici. Statue, incisioni e altre opere d'arte. Il tutto illuminato dal sole che filtrava dall'ingresso della tomba e dalle torce alle pareti che, alimentate da una miscela senza fumo di olio di ricino e natron, diffondevano una luce ancora più pura.

Khemet prese una torcia e avanzò. Il ragazzino era al suo fianco e i suoi uomini lo seguivano da vicino.

Superando una seconda porta, entrarono nella camera sepolcrale riservata alle mogli meno importanti e ai servitori.

Khemet si fermò e spinse il ragazzino in una rientranza della parete. «Silenzio adesso. C'è qualcun altro oltre a noi.» Si infilò la mano sotto la veste ed estrasse una spada corta, facendo segno ai suoi uomini di raggiungerlo. «Tenetevi pronti.»

Senza fare rumore, Khemet varcò la soglia successiva. Quando passò davanti a due statue di Anubi, la luce tremolante della sua torcia proiettò le ombre delle loro sagome immobili sulla parete opposta.

«Che guardie inutili», sussurrò uno degli uomini riferendosi alla coppia di Anubi. «Una banda di ladri saccheggia i doni che dovrebbero accompagnare il faraone nell'aldilà, e loro non battono ciglio.»

Da una camera più avanti giunse il rumore di un attrezzo che colpiva la pietra. Entrando nella camera sepolcrale del faraone, Khemet ne individuò l'origine: un sacerdote e uno scalpellino stavano incidendo un messaggio sulla parete in fondo. In mezzo a loro si trovava il sarcofago di pietra di Horemheb. Il suo massiccio coperchio era stato gettato a terra. La bara d'oro, la maschera mortuaria e il faraone mummificato erano spariti.

Il sacerdote e lo scalpellino videro guizzare la fiamma della torcia. «Era ora che tornaste», disse il sacerdote senza voltarsi. «Ci sono altri oggetti da trasferire.»

«Vorrai dire rubare», lo corresse Khemet.

Soltanto allora il sacerdote si girò. «Chi sei?»

«Io sono Khemet, il Capitano della Guardia. E tu sei un ladro.»

Il sacerdote non si scompose. «Io sono la mano della Grande Casa. Al servizio del faraone Herihor. Eseguo i suoi ordini. Voi siete intrusi e disertori.»

E io sarò un eroe quando consegnerò la tua testa a Ramses, pensò Khemet.

Fece un passo avanti brandendo la spada. «Cosa ne è stato del faraone? Dove sono i suoi doni?»

«Sono stati trasferiti per proteggerli da sciacalli come voi.»

Il tono del sacerdote era diventato sprezzante e molto spavaldo, considerato che era un uomo pelle e ossa di fronte alla spada sguainata di un soldato. Quando udì qualcosa muoversi, Khemet capì perché.

Una freccia volò lungo il corridoio, trafiggendo uno dei suoi compagni. L'uomo cadde con un borbottio.

Seguì una lancia, che colpì un altro dei suoi uomini mentre si girava.

Khemet premette la schiena contro la parete mentre una seconda freccia gli volava davanti. Questa entrò nella camera sepolcrale e colpì lo scalpellino all'addome. L'uomo cadde dalla sporgenza su cui si trovava e finì a terra, contorcendosi per il dolore.

Con i riflessi di un guerriero esperto, Khemet si abbassò e si scagliò contro l'arciere appostato nel corridoio, atterrandolo prima che potesse scoccare un'altra freccia. Khemet lo trafisse con la spada, dopodiché estrasse la lama con un violento strattone.

Poi, vedendo una lancia colpire l'ultimo dei suoi uomini, Khemet infilzò con la spada l'aggressore, che cadde in ginocchio e scivolò sul fianco. Khemet restò solo con il sacerdote, che tuttavia aveva approfittato dello scontro a proprio vantaggio.

Mentre Khemet era impegnato, lui aveva estratto da sotto la veste sgargiante un pugnale con l'elsa a forma di testa di cobra. Si scagliò in avanti e lo conficcò nel fianco di Khemet.

Questi si girò e, mentre cadeva, colpì a sua volta l'avversario. Se fosse stato una spanna più vicino, gli avrebbe arrecato una ferita fatale, ma il sacerdote si era spostato fuori dalla sua portata.

Cadendo a terra, Khemet afferrò il pugnale che l'aveva trafitto, senza però riuscire a estrarlo. La lama si era conficcata a fondo e la ferita sanguinava in modo insolito.

Furibondo, Khemet si alzò e sollevò la propria arma. Il sacerdote indietreggiò un altro po', ma stranamente non fuggì.

«Affrontami e ti spedirò nell'aldilà che sostieni di adorare», disse Khemet.

Fece un passo in avanti, cercando di coprire la distanza che li separava, ma le sue gambe erano malferme. Barcollò e dovette reggersi alla parete con una mano. Si stabilizzò, riuscendo quantomeno a restare dritto, ma gli girava la testa.

Che strano, pensò. Era rimasto ferito in battaglia almeno una decina di volte, e in un'occasione per poco non era morto dissanguato, eppure non si era mai sentito come in quel momento. Afferrò l'elsa del pugnale, se lo estrasse dal fianco e notò una fessura vuota al centro della lama.

«Il veleno doveva essere per lo scalpellino», disse il sacerdote. «Perché tacesse per sempre una volta terminato il suo lavoro. Ma servirà al suo scopo anche nel tuo sangue.»

Khemet gettò a terra il pugnale con la testa di cobra. Facendo ricorso a tutta la sua determinazione, avanzò di nuovo, ma ormai la mente gli stava giocando brutti scherzi. Le ombre nella tomba presero vita. Gli Anubi e il coccodrillo cominciarono a muoversi e a parlare.

La stanza si mise a vorticare. Il pugnale di Khemet cadde a terra e sbatté rumorosamente contro il pavimento di pietra. Sforzandosi di restare dritto e chiamando a raccolta fino all'ultima goccia di energia che gli era rimasta, Khemet si scagliò in avanti nel tentativo di afferrare il sacerdote a mani nude, ma quando riuscì a raggiungere la sua veste, le sue dita non strinsero altro che aria.

Khemet finì a faccia in giù sulla pietra e rotolò sul fianco. Udì una musica. Voci. Ma non vedeva altro che il viso del perfido sacerdote. Chino su di lui, l'uomo pronunciò una maledizione, poi si raddrizzò e si portò una pietra sopra la testa, pronto a fracassare il cranio di Khemet.

Prima che potesse usarla, il suo viso si irrigidì in un'espressione agonizzante mentre la punta di una lama gli fuoriusciva dal ventre. La pietra cadde all'indietro e il sacerdote si accasciò a terra, senza vita, sul volto un'aria piuttosto sorpresa.

Da dietro il corpo comparve il ragazzino.

«Mi dispiace», disse inginocchiandosi accanto a Khemet. «Avrei dovuto tenerlo per me. Io sono Qsn, Colui che porta dolore.»

Khemet cercò di concentrarsi sul ragazzino. In quel momento un turbine di luce e ombra si innalzò alle spalle di Qsn, allargandosi come una coppia di ali. Nel suo delirio, Khemet vide il ragazzino assumere le sembianze di un uccello vivente, tutt'altro che piccolo e debole. «Tu sei il falco», gli disse Khemet. «Sei Horus, l'ultimo protettore dei faraoni...»

Allungò il braccio e posò la mano sulla spalla del ragazzino. Dopodiché il mondo diventò una distesa accecante d'oro. E tutto ciò che Khemet aveva davanti agli occhi e conosceva svanì.

Qsn non aprì bocca mentre la mano di Khemet cadeva a terra. La tomba era fredda, silenziosa e impregnata di morte, ma della gloria dei faraoni non c'era traccia. Qsn non aveva idea né di cosa fare né di dove andare, ma sapeva che se fosse rimasto lì l'avrebbero ucciso.

Si alzò, si precipitò verso l'ingresso e uscì nella luce abbagliante del sole. I solchi e le impronte di zoccoli nel terreno compatto si dirigevano verso sud, indicando la strada che avevano preso i saccheggiatori. La seguì quasi senza pensare.

Prima del tramonto, Qsn raggiunse una lenta carovana mentre i carri stracolmi che la formavano si avvicinavano alle rive del Nilo. Lì, dietro un'ansa del fiume, c'era un porto naturale, con più navi di quante Qsn ne avesse mai viste. Navi imponenti, con lunghi remi e alberi in grado di sorreggere vele pesanti.

Alcune erano ormeggiate al molo di pietra calcarea, altre aspettavano il loro turno ancorate nelle acque placide, mentre altre ancora erano nel canale, dove la corrente le trasportava adagio verso valle.

Il ragazzino restò a guardare mentre i tesori appartenuti al defunto venivano caricati su una nave dopo l'altra. Capre e altri animali furono portati a bordo, insieme a provviste, anfore di vino e sacchi di datteri. Approfittando del trambusto, il ragazzino si infilò su una delle imbarcazioni, si nascose tra gli animali e nel giro di poco si addormentò.

Quando si svegliò, scoprì che la nave su cui viaggiava faceva parte di una flotta diretta verso nord a vele spiegate. Superarono Menfi, la città di Ramses, nel buio della notte. L'indomani entrarono nel Delta inondato del Nilo. E poi giunsero in mare.

Quando il ragazzino fu scovato e catturato, la flotta si era lasciata alle spalle la foce del Nilo e aveva varcato i confini del mondo conosciuto.

1

Roosevelt Field, New York
12 maggio 1927

In un gradevole pomeriggio di metà di maggio, una piccola folla si radunò presso un campo d'aviazione a Long Island. Era stata predisposta un'area delimitata da cordoni per i giornalisti, mentre più in fondo gli spettatori comuni facevano a gara per accaparrarsi i posti migliori. Lì vicino, su un piccolo palco, si stava esibendo una banda musicale.

Un fotografo immortalò la folla e la banda. «Questo a Jake Melbourne bisogna riconoscerlo», disse. «Quando si tratta di dare spettacolo, sa proprio il fatto suo.»

Jake Melbourne era non solo un asso dell'aviazione della prima guerra mondiale, ma anche un pilota famoso e audace nonché, come aveva fatto notare il fotografo, un versatile intrattenitore. Mentre gli altri piloti indossavano giacche di pelle marrone e scialbi pantaloni di lana per ripararsi dal freddo, Jake portava una giacca di pelle rosso acceso con le spalline militari. Si era avvolto intorno al collo una sciarpa color oro e i suoi piedi erano infilati in un paio di stivali di pelle di struzzo. Le numerose gare di volo che aveva vinto gli avevano procurato una grande fama, e nel corso degli anni era diventato una celebrità. Adesso puntava al riconoscimento più ambito nel campo dell'aviazione, il premio Orteig: una somma di venticinquemila dollari assegnata al primo pilota che avesse volato senza tappe intermedie da New York a Parigi. O viceversa. Significava attraversare l'Atlantico in un sol balzo, e molti la consideravano un'impresa impossibile.

«Cosa ci guadagnerà se ci lascia la pelle?» domandò un giornalista.

«Quantomeno un buon titolo», rispose un altro.

«E un titolo ancora migliore nel caso in cui riuscisse a vincere il premio», intervenne un altro ancora. «Se c'è qualcuno in grado di farlo, quel qualcuno è lui.»

«Credi che Melbourne ce la farà?» domandò il fotografo. «Credi davvero che sarà lui a vincere il premio? E cosa mi dici di quel Lindbergh?»

«Chi?» chiese il giornalista.

«Quello con l'aereo argento. L'ha parcheggiato al Curtiss Field qui accanto. È arrivato la settimana scorsa da San Diego. E si dà il caso che con quel volo abbia stabilito il record per la traversata più veloce del Paese da costa a costa.»

«Ah, ti riferisci a Slim», commentò il giornalista sprezzante. «Figuriamoci. Il suo aereo ha un solo motore. Quello di Melbourne ne ha due e può trasportare più carburante.»

«Se volete il mio parere, è impossibile», si intromise un altro giornalista. «Hanno già perso la vita quattro piloti. Altri tre aerei si sono schiantati. E l'equipaggio francese dell'*Uccello Bianco* è ancora disperso. È passata una settimana ormai. Ovunque siano finiti quei due, di sicuro non sono più in volo.»

Si riferiva all'*Oiseau Blanc*, il nome con cui Charles Nungesser e François Coli avevano battezzato il loro aereo. Avevano lasciato Parigi l'8 maggio con un decollo spettacolare, ma da quando avevano superato la costa della Normandia non si erano più avute loro notizie. Mentre Melbourne e altri concorrenti si preparavano per i loro tentativi, le ricerche del velivolo e dell'equipaggio erano ancora in corso su entrambe le sponde dell'Atlantico.

«Chissà dove li va a prendere Melbourne i soldi», proseguì lo scettico giornalista. «Byrd è finanziato da Wanamaker, Fonck aveva alle spalle Sikorsky.»

«Ho sentito dire che si sta finanziando il volo di tasca sua», rispose il fotografo.

«E io ho sentito dire che è completamente al verde e ha un gran bisogno dei soldi del premio», ribatté il giornalista. «E che gli piace giocare d'azzardo.»

Il fotografo ci pensò su. «Be', di sicuro non ci si può giocare niente di più della propria vita. Mi domando per quale motivo ci sia gente disposta a correre un rischio del genere.»

In una sala riunioni sul retro di un hangar, Jake Melbourne e i suoi finanziatori stavano intrattenendo una conversazione simile.

Con gli stivali ai piedi, i capelli impomatati e pettinati all'indietro e la giacca rossa slacciata, Melbourne teneva la testa alta. I baffi tagliati con cura gli conferivano una vaga somiglianza con Errol Flynn. Sebbene quella mattina avesse dormito fino a tardi in modo da essere riposato per il lungo volo in solitaria che lo attendeva, aveva un'aria stanca e rabbiosa. «Io non parto», insisté. «Non con quell'affare a bordo.»

Stava indicando un baule compatto che, a dispetto delle dimensioni ridotte, pesava moltissimo.

Il suo accesso di rabbia parve non fare né caldo né freddo agli uomini di fronte a lui. Erano in tre, tutti molto diversi ma con qualche tratto in comune.

Quello più anziano al centro era magro, con una calvizie incipiente, portava gli occhiali e indossava un soprabito a doppiopetto di lana a quadri. Accanto a lui c'era un energumeno che sembrava reduce da un incontro di boxe a mani nude o da un soggiorno dietro le sbarre. Aveva il naso schiacciato, un occhio nero e le orecchie deformate, come se qualcuno gli avesse assestato un centinaio di pugni in testa.

L'ultimo membro del terzetto era ancora più giovane, di statura e corporatura nella media, e si considerava amico di Jake. Non che al momento contasse granché.

Fu l'uomo più anziano, quello con gli occhiali, a rispondere. «Ascoltami, Jake. Siamo tutti qui per aiutarci a vicenda. Ti ricordi quando gli irlandesi volevano spaccarti le mani perché non avevi i tremila verdoni per saldare il tuo debito? Li abbiamo tirati fuori noi per te. E non solo, ci siamo fatti carico delle tue altre cambiali e ti abbiamo aiutato a comprare questo aereo. Adesso sei tu a doverci dare qualcosa.»

«Il piano era di pagare quelle cambiali appena avessi vinto il premio. Questo era l'accordo», replicò Jake. «Voi avrete metà dei soldi più quelli che frutterà la vendita dell'aereo. Il resto lo terrò io.»

«Appunto, questo *era* l'accordo», disse il più anziano. «Adesso ne abbiamo in mente un altro. In virtù del nuovo accordo potrai tenerti tutto il premio. Non dovrai fare altro che consegnare quel baule a un nostro amico sul continente. Verrà lui da te quando sarai atterrato a Parigi.»

Melbourne scosse la testa. «Se metto quell'affare sul mio aereo dovrò scaricare cinquanta galloni di carburante. Una breve turbolenza e non arriverò mai a Parigi. Un po' di vento contrario e potrei non raggiungere nemmeno la costa.»

«Avevi detto che volando verso est anziché verso ovest avresti avuto il vento alle spalle.» L'anziano non aveva alcuna intenzione di cedere.

«Il carburante mi serve comunque.»

«Magari potresti fare a meno di qualche altro strumento», suggerì il più giovane dei tre. «Ho saputo che Lindbergh non usa la radio. E non vuole nemmeno un paracadute. A suo avviso sono attrezzature troppo pesanti e inaffidabili.» Si girò verso Jake. «Sei stato tu a insegnarmi a stimare la posizione senza strumenti. Potresti usare una bussola e il tuo orologio.»

«Lindbergh è pazzo», ribatté Melbourne. «Svanirà nel nulla

come i francesi subito dopo il decollo. Ho bisogno di quell'attrezzatura. E ho bisogno di ogni singolo gallone di carburante. Perché non mettete quel baule su un piroscafo? Poi incontrerò il vostro amico a Parigi e gli dirò su quale nave si trova.»

L'energumeno scrollò la testa. «Abbiamo gli uomini di Hoover alle calcagna, e i porti brulicano di piedipiatti pronti ad arrestarci. E poi, di chi possiamo fidarci?»

«Hoover?» si lasciò sfuggire Melbourne. «Mi state dicendo che il Bureau of Investigation sta cercando questo affare?»

Il più anziano annuì. «In effetti c'è stato un piccolo malinteso tra noi e i federali», ammise. «Per quale motivo credi che ti abbiamo finanziato di nascosto?»

Melbourne si massaggiò la tempia e si passò una mano tra i folti capelli biondi. Facendo un passo avanti, afferrò il baule, lo sollevò con non poca fatica e poi lo riappoggiò. «Pesa davvero troppo», sentenziò. Poi, per istinto, curiosità o pura e semplice stupidità, lo aprì per vedere cosa contenesse. «Ma che diamine...?»

Uno scarpone richiuse il coperchio così in fretta che Melbourne rischiò di rimetterci le dita.

«Vorrei che non l'avessi fatto, Jakey.» Era stato il più anziano a parlare. Aveva il piede sul baule e una rivoltella in mano.

«Non fai sul serio», disse Melbourne.

«E adesso come la mettiamo?» intervenne l'energumeno. «Quelle pietre sono la prova del nostro coinvolgimento. Le stavano trasportando i ragazzi che abbiamo fatto fuori alla stazione ferroviaria. Se ci beccano, finiremo sulla sedia elettrica.»

«Io non ho visto niente», balbettò Melbourne. «Soltanto un mucchio di...»

Senza finire la frase, Melbourne sferrò un pugno e disarmò il più anziano dei tre. Mentre la rivoltella cadeva sul pavimento dell'hangar, Jake si girò e si precipitò verso la porta, ma l'energumeno lo placcò, afferrandolo per i fianchi e atterrando sopra di lui come un sacco di cemento.

Melbourne si dimenò nel tentativo di divincolarsi e riuscì a sbattere uno stivale di pelle di struzzo contro il naso già schiacciato dell'avversario. Dalle sue narici uscì un fiotto di sangue e l'uomo si afferrò il viso, lasciando la presa su di lui.

Lui si rialzò con un balzo, ma poi si fermò. Il più giovane del gruppo gli stava sbarrando la strada, a sua volta armato di pistola.

«Devi trasportarlo», disse il più giovane. «Altrimenti sarà la fine per tutti. Te compreso.»

A Melbourne non importava più. Aprì il primo cassetto dello scrittoio in cerca della sua derringer.

«Non farlo!» gridò il più giovane dei tre.

Era troppo tardi per ragionare. Melbourne afferrò l'arma e si voltò di scatto. Lo scontro si concluse con due colpi d'arma da fuoco che riecheggiarono nell'aria.

La folla all'esterno non si accorse praticamente di nulla. Oltre a essere attutiti dalle pareti dell'hangar, gli spari si confusero con la musica della banda, tanto che nessuno avrebbe saputo dire con certezza se si fosse trattato di bottiglie di champagne stappate, di colpi del percussionista sul bordo del rullante o del ritorno di fiamma di un'auto o di un aereo vicini.

Quando le porte dell'hangar si aprirono e l'equipaggio spinse l'aereo di Melbourne sotto la luce del sole, nessuno pensò più a quei rumori.

Il velivolo era splendido. Color rosso acceso, con il nome di Melbourne sulla coda e il suo simbolo personale – una testa d'ariete di ottone lucido – sul fianco.

L'aereo era anche una meraviglia tecnologica per l'epoca. Non aveva eguali, con una fusoliera interamente di metallo e le ali collocate nella parte centrale – tutti precursori della strada che avrebbe imboccato l'aviazione del futuro. Aveva due motori con propulsori in linea a dodici cilindri raffreddati ad acqua, ciascuno da quattrocentocinquanta cavalli. La sua struttura affusolata e la sua grande potenza gli consentivano di raggiungere una velocità massima quasi doppia rispetto a quella dell'aereo medio. Il suo unico punto debole era che quei motori consumavano parecchio carburante. Il piano di Melbourne era di spegnerne uno quando avesse raggiunto la quota di crociera massima, di abbassarsi lentamente per un'ora salvo poi riaccendere il motore sopito e risalire. Era rischioso, considerato che i bimotori non se la cavavano particolarmente bene con un motore solo, che erano difficili da controllare e che riavviare i motori in volo era sempre un'operazione dall'esito piuttosto imprevedibile. Melbourne però sosteneva di essersi esercitato abbastanza ed era convinto di potercela fare.

Era esattamente per quella sicurezza e quella temerarietà che il pubblico stravedeva per lui. E quando Jake Melbourne sbucò a grandi passi da dietro il suo aereo con la giacca rossa, il casco di pelle, gli occhiali da aviatore e la sciarpa dorata, la folla esplose in un grido entusiasta. Lui si inchinò, salutò e salì sull'ala dell'aereo.

Da dietro il cordone, il fotografo sollevò la fotocamera a cassetta Ansco Memo, pronto a immortalare il momento. Ma proprio mentre inquadrava Jake, il giornalista di fianco a lui spinse verso il basso la macchina fotografica nell'attimo esatto in cui l'otturatore si chiudeva. Il fotografo capì subito che la foto sarebbe stata sfocata.

«Si può sapere cosa ti è preso?» disse bruscamente.

«Mai fotografare un pilota prima del volo. Porta sfortuna», gli spiegò il giornalista.

Il fotografo sospirò. «L'aereo almeno posso fotografarlo?»

«Aspetta che sia in movimento.»

Mentre il fotografo attendeva, la banda cominciò a suonare *You're a Grand Old Flag* di George M. Cohan. La folla si mise a cantare mentre Melbourne entrava nella cabina di pilotaggio. Nel giro di pochi minuti entrambi i motori erano stati accesi e il *Golden Ram*, l'Ariete d'Oro, si stava dirigendo verso l'estremità della pista. Non ci furono controlli preliminari né ritardi, nulla che potesse trattenere l'aereo a terra a consumare carburante. Il velivolo rullò sulla pista, virò per avere il vento contro e cominciò la sua corsa di decollo.

Il fotografo scattò e abbassò la macchina.

Accompagnato dal rombo dei due motori, l'aereo accelerò, ma per gradi. A metà pista, la sua ruota di coda si sollevò. Poi, quando restava soltanto un quarto di pista, finalmente il velivolo si alzò da terra, artigliando l'aria, conquistando a fatica ogni singolo piede di quota.

Tutto il pubblico trattenne il respiro. Erano in molti ad aver visto l'aereo sovraccarico di René Fonck schiantarsi e prendere fuoco in quello stesso punto l'anno precedente. Se avessero potuto, avrebbero spinto il *Golden Ram* nel cielo con la sola forza della loro volontà.

Poco prima della fine della pista, il carrello fu sganciato dal velivolo; l'idea era che non valesse la pena di portarsi dietro cento chili di metallo fino a Parigi quando si poteva atterrare sul pattino sotto la pancia dell'aereo.

Alleggerito del peso del carrello, l'aereo prese a innalzarsi con più facilità, superando i cavi del telefono che correvano lungo la strada in fondo alla pista. Soltanto allora il fotografo scattò la sua ultima foto. Raffigurava l'aereo rosso mentre si dirigeva a est, verso la costa, con i raggi del sole che si riflettevano sulla testa d'ariete lucente. L'oceano Atlantico lo stava chiamando a sé, e sull'altra sponda lo attendevano Parigi, la fama e la ricchezza.

Il mattino seguente il fotografo sviluppò i suoi scatti. Quelle foto del *Golden Ram* in volo sarebbero state utilizzate spesso nel mese successivo, dapprima a corredo di articoli che descrivevano la grande speranza del giorno del volo e poi durante le vane ricerche dell'aereo, che si sarebbero protratte per settimane dopo la sua scomparsa.

Benché le occasioni di venderla per una grossa somma di denaro non gli fossero mancate, il fotografo non avrebbe mai pubblicato la foto leggermente sfocata di Melbourne che saliva sull'ala.

«Sfortuna», l'aveva chiamata il giornalista. E per il resto della sua vita il fotografo avrebbe creduto che non fosse stato nulla di più.

2

Atlantico settentrionale, di fronte alle coste scozzesi
Oggi

Venti impetuosi sferzavano un peschereccio lungo trenta metri, fischiando tra gli alberi e i bracci delle gru che svettavano sopra il ponte. Anche pioggia e schizzi d'acqua bersagliavano l'imbarcazione in ugual misura, riversandosi sulle finestre della plancia in scrosci che compromettevano completamente la visibilità. Il mare tutt'intorno non era altro che una distesa sconfinata di onde dalle creste bianche che si agitavano sotto il cielo plumbeo e carico.

Originatasi da un breve uragano, una forte tempesta atlantica si era spostata verso Terranova per poi riattraversare l'oceano in direzione dell'Irlanda. Era soltanto la seconda tempesta di quella natura a raggiungere le Isole Britanniche in altrettanti decenni, ed era arrivata più in fretta di quanto stimato da qualsiasi previsione.

Dei tre uomini sul ponte di comando del peschereccio, uno era aggrappato al timone, mentre gli altri due stringevano saldamente qualunque cosa potesse aiutarli a non cadere.

«Tieni dritta questa nave!» gridò il comandante al timoniere.

«Ci sto provando. Ma il vento continua a cambiare direzione. Tra non molto finiremo per capovolgerci.»

Parlavano entrambi con un marcato accento scozzese, segno inequivocabile che avevano trascorso tutta la loro vita in quelle terre settentrionali. E per quanto si stessero sforzando, il peschereccio era in difficoltà.

Quando raggiunse il punto più alto di una lunga onda, la nave ricadde dall'altra parte di traverso, inclinandosi bruscamente verso dritta e minacciando di capovolgersi. Al timoniere non restò altra scelta che assecondare il peschereccio e seguire l'onda.

Ciononostante, la nave parve sul punto di appoggiarsi sul fianco fino a quando la prua toccò il punto più basso del cavo dell'onda, lo scafo produsse un sonoro cigolio e il muso del peschereccio si impennò, liberandosi dall'acqua di mare che per poco non l'aveva affondato.

Approfittando di un breve momento di stabilità, il comandante si diresse verso il computer di navigazione. Si aggrappò ai lati della console per restare in equilibrio e osservò lo schermo. Il radar segnalava un muro di pioggia ancora più fitta a nord, ma poi più nulla. Verso est rilevava un piccolo numero di ostacoli e la costa rocciosa dell'Isola di Skye.

Mentre si avvicinavano alla cresta dell'onda successiva, furono investiti da una nuvola di spuma trasportata dal vento, che si abbatté contro le finestre con un rumore di grandine. «Non promette per niente bene», disse il comandante. «Non riusciremo mai ad arrivare di là dal promontorio. Dobbiamo trovare un posto in cui ripararci dalla tempesta.»

Il terzo uomo in plancia, che si chiamava Vincennes, si oppose. Magro, basso, con un viso tondo e delicato, aveva un aspetto tutt'altro che autoritario. Ma la severità nel suo sguardo era più che sufficiente. «Nessuna deviazione», dichiarò avvicinandosi al comandante e battendo un dito sullo schermo. «Si va a Dunvegan.»

Vincennes non era né un ufficiale né un membro dell'equipaggio, ma aveva pagato per quel viaggio e aveva tutta l'intenzione di arrivare alla sua meta.

«Ascoltami», disse il comandante. «La tempesta è passata abbastanza lontana da far sì che il vento arrivi da nord-est. In questo momento a separarci dal peggio c'è l'Isola di Skye.

Ma appena supereremo il faro di Neist Point, le dimensioni delle onde raddoppieranno e il vento comincerà a strapparci via l'attrezzatura di bordo. Attrezzatura di cui abbiamo bisogno, come antenne, radar e gommoni di salvataggio. Basterà un'onda un po' violenta e ci ritroveremo senza un boccaporto o una finestra, e allora cominceremo a imbarcare acqua. Ti è chiaro?»

Vincennes lo fissò.

Nel dubbio che non avesse recepito il messaggio, il comandante lo riformulò. «Non arriveremo a Dunvegan stasera. L'unica cosa che ci resta da decidere è se trascorrere la notte al riparo in una baia o annegare qui.»

Il timoniere avanzò una proposta. «Potremmo ripararci nel Loch Harport. Il lago è protetto su tre lati. E da lì Dunvegan dista venti chilometri di strada al massimo.»

Appena ebbe finito di parlare, l'imbarcazione si inclinò verso il basso un'altra volta, finendo nel cavo tra due onde. Tutti si ressero forte in attesa che raggiungesse il fondo per poi inevitabilmente risollevarsi di scatto.

Stavolta la prua passò in mezzo all'onda in arrivo, restando sommersa giusto per un attimo. La cresta dell'onda si diresse verso il ponte di comando a una velocità allarmante. Colpì la struttura come un martello, frantumando uno dei pannelli di vetro a prova di tempesta e facendo vacillare l'imbarcazione.

L'impatto fu tale che Vincennes si spaventò. Sussultando, si abbassò e poi si rialzò lentamente, stupito di non essere bagnato fradicio. «Va bene», disse rivolgendo un cenno d'assenso al comandante. «Ripariamoci nel lago. Ma niente comunicazioni radio. Nessuno deve sapere che siamo lì.»

Il comandante rivolse un cenno del capo al timoniere, che aveva già cominciato la virata.

Sballottato dal vento, il peschereccio si girò, ondeggiando pesantemente verso nord-est e trovandosi ad affrontare il moto ondoso più frontalmente. Gli orribili scossoni e le oscillazioni che avevano dovuto sopportare per mezza giornata si attenuarono.

Dopo un'altra ora riuscirono scorgere la baia esterna del lago. L'ingresso era ampio, ma punteggiato di isolotti rocciosi e banchi di sabbia sommersi.

«Attento alla corrente», disse il comandante al timoniere. La sentiva strattonare l'imbarcazione, facendola sbandare e deviare dalla rotta che avevano deciso di seguire.

Le onde si rivelarono un altro problema. Nel canale erano piuttosto regolari e prevedibili, ma quando il peschereccio si avvicinò alla costa, il moto ondoso diventò più caotico poiché i flutti in arrivo curvavano intorno ai punti rocciosi per poi rimbalzare contro le pareti delle scogliere. Un attimo un'onda li spintonava da dietro, quello dopo un'altra investiva la prua.

Non impiegarono molto a trovarsi nei guai. «Siamo usciti dal canale», gridò il comandante confrontando la loro posizione con quella indicata dal computer di bordo. «Tutto a dritta.»

«Siamo completamente fuori rotta», rispose il timoniere.

Continuarono a virare, lottando anche contro il vento. La combinazione di tutti quegli ostacoli fu troppo. Il peschereccio venne sospinto sempre più fuori dal canale e finì su una secca.

Il terribile suono del metallo che si deformava riverberò lungo tutto lo scafo.

Il timoniere cercò di limitare i danni. Ridusse la velocità appena udì il rumore dell'impatto, girò il timone e aspettò che sopraggiungesse il fronte anteriore dell'onda successiva prima di ripartire a piena potenza.

L'onda in arrivo li sollevò, liberandoli, ma il peschereccio fece fatica ad acquistare velocità, e avevano appena cominciato ad avanzare quando lo scafo si riabbassò di colpo.

Il secondo impatto fu ancora più violento. Il comandante e

Vincennes furono scaraventati a terra. Il timoniere riuscì a restare in piedi ma andò a sbattere contro il pannello di controllo. Rallentò di nuovo quando un allarme segnalò la presenza di acqua in sentina.

«Cos'è?» domandò Vincennes.

«Stiamo imbarcando acqua», rispose il comandante. «C'è una falla nello scafo.»

«Stiamo per affondare?»

Il comandante lo ignorò. «Massima potenza», ordinò. «Segui la corrente fino a quando avremo superato le rocce, poi dirigiti verso la riva più vicina. La nostra unica speranza è finire sulla spiaggia.»

Il timoniere eseguì gli ordini, ma il peschereccio era come un giocattolo in balia della tempesta. Anche spingendolo al massimo, non ottenevano nulla. «L'elica non funziona. Può darsi che si sia danneggiata sulle rocce.»

«In tal caso il nostro destino è segnato», rispose il comandante.

Un'altra onda li colpì sul fianco, facendoli girare su loro stessi e spingendoli ancora di più sulla secca. Si fermarono con uno scossone, arrestandosi bruscamente sulle rocce. Di nuovo l'impatto fece cadere il comandante e Vincennes.

«E adesso?» domandò Vincennes mentre cercava di alzarsi.

Il comandante si rimise in piedi prima di lui e osservò il tratto di mare illuminato dalle luci del peschereccio fuori dalle finestre. Vide le estremità frastagliate della trappola rocciosa nella quale erano bloccati e capì quale destino li attendeva. Le onde li avrebbero torturati mentre le rocce avrebbero fatto lentamente a pezzi la sua nave. «Adesso moriremo.»

La presenza del peschereccio non era sfuggita ai clienti abituali della McCloud Tavern, appollaiata in cima a una scogliera alta venti metri che si affacciava su una spiaggia di pietre lisce.

Incantati, l'avevano osservato avvicinarsi all'imbocco del lago con ogni singola luce a bordo accesa.

Una discussione ancora in corso divideva il locale, con una fazione meravigliata dell'audacia dell'equipaggio e l'altra sempre meravigliata, ma della pura stupidità di cui dava prova per il semplice fatto di trovarsi in mare.

«Questa tempesta si preparava da tre giorni», disse uno degli uomini.

«Vero», rispose una donna. «Ma è arrivata in fretta. Ed è un tantino più violenta di quanto avessero previsto quegli idioti alla televisione.»

«Ah», commentò l'uomo alzando un boccale. «Lo sai che di quelli non ci si può fidare. Ma se anche fosse, bisogna essere proprio teste d'asino per uscire con questo tempo.»

Le opinioni facevano avanti e indietro con la stessa rapidità degli hot whisky e delle pinte di birra. Nella speranza che l'imbarcazione se la cavasse e che l'equipaggio riuscisse ad arrivare a terra sano e salvo, il gestore stava tenendo pronta una bottiglia speciale di scotch. Ma quando diventò evidente che il peschereccio era in guai seri, l'allegria svanì.

«Si sono incagliati», annunciò uno degli uomini più anziani vedendo che l'imbarcazione aveva smesso di avanzare. «Anch'io ho rischiato di arenarmi su quelle rocce. Sono appuntite come denti di drago, fidatevi.»

«Ma non c'è stata nessuna chiamata», fece notare il gestore della taverna.

Come in molte piccole località di mare, anche lì gli abitanti erano per metà pescatori. Le radio marine di certo non mancavano. E durante una tempesta tutti si sintonizzavano sul canale di emergenza.

Il gestore prese il telefono per contattare la guardia costiera.

«Non riusciranno mai a mandare un elicottero per tempo», disse l'anziano. «E una lancia di salvataggio non servirà a nulla. Non con questa tempesta.»

Nonostante le parole dell'uomo, il gestore si allontanò per telefonare. Appena si fu scostato dalla finestra, un altro uomo prese il suo posto, fermandosi tra gli altri avventori che stavano guardando fuori.

Loro lo osservarono con la coda dell'occhio. Era uno spilungone con i capelli argentati. Aveva lineamenti decisi e la pelle segnata dalle intemperie. Non era uno di lì, ma il suo aspetto era indubbiamente quello di un uomo di mare.

Il forestiero gettò una rapida occhiata al peschereccio attraverso un binocolo compatto. «Quanto distano quelle rocce dal battello?»

«Meno di un miglio», rispose l'anziano.

Il forestiero alzò di nuovo il binocolo, stavolta puntandolo in un'altra direzione, di lato, verso una lingua di terra che sporgeva all'interno della baia. «E dall'estremità più vicina di quel lembo di terra?»

«Un quarto di miglio», ipotizzò l'uomo. «Forse un po' di più. Perché?»

Il forestiero abbassò il binocolo. Si girò verso l'anziano e lo guardò con due occhi di un azzurro intenso nella luce grigia. «Perché ha ragione. Con questo tempo una lancia non servirà a nulla.»

Ciò detto, il forestiero si voltò e attraversò il locale. Raggiunse il suo amico vicino al bancone e insieme uscirono dalla porta d'ingresso.

La donna e l'anziano si scambiarono un'occhiata. «E quelli chi erano?»

L'uomo si strinse nelle spalle. «Forestieri.»

3

A bordo del peschereccio la situazione era passata da pericolosa a disperata. L'imbarcazione si era arenata sulle rocce con un'inclinazione di dieci gradi, l'acqua entrava dal fondo dello scafo e la tempesta non accennava a placarsi.

Attanagliato dal senso di colpa e convinto di non essere stato all'altezza del suo compito, il timoniere si rivolse al suo superiore. «Mi dispiace, avrei dovuto fare una virata più ampia.»

«Hai fatto tutto il possibile», lo rassicurò il comandante. Dall'interfono chiamò il primo ufficiale di macchina. «Come siamo messi?»

«Quasi un metro d'acqua in sentina. Si sta allagando in fretta. Dobbiamo abbandonare la nave finché siamo ancora dritti.»

Vincennes sentì e scosse la testa con decisione. «No, non possiamo abbandonare la nave», disse in tono secco. «Dobbiamo scendere da queste rocce.»

«Sono solo queste rocce a tenerci a galla», ribatté il comandante. Premette di nuovo il tasto dell'interfono. «Manda i ragazzi sull'opera morta. Useremo i gommoni.»

Appena l'ordine di evacuazione fu ufficiale, Vincennes montò su tutte le furie. Puntò un dito accusatore contro il comandante. «Se questa è una specie di trucco...»

Qualunque altra cosa stesse per dire fu inghiottita dal rumore di una grossa onda che investì la fiancata del peschereccio, facendolo inclinare ancora di più verso dritta.

«Se vuoi restare a bordo fai pure», gridò il comandante. «Io e i miei ce ne andiamo.»

Con gli occhi che lampeggiavano di rabbia, Vincennes guardò gli uomini salire dalle scale. Non essendo riuscito a dissuadere il comandante, aspettò che l'ultimo marinaio fosse passato, dopodiché scattò nella direzione opposta, dirigendosi verso il fondo della timoniera e precipitandosi giù per le scale.

Il timoniere fece per seguirlo, ma il comandante lo trattenne. «È un problema mio, amico. Tu vai in coperta. Assicurati che gli altri restino uniti. Lancia i gommoni quando le onde avranno raggiunto l'altezza massima, né prima né dopo, altrimenti non avrete speranza. Chiaro?»

Il timoniere annuì, indossò il giubbotto di salvataggio e uscì dal portello di dritta. Appena fu all'aperto, il vento cercò di atterrarlo. Lui si aggrappò al parapetto, sforzandosi di restare in piedi sul ponte inclinato.

Peggio di così non sarebbe potuta andare. Erano inclinati di quasi venti gradi, sempre più vicini alle rocce. Il lato sinistro sollevato dell'imbarcazione fungeva da argine contro l'assalto della tempesta, impedendo che il ponte venisse travolto da ogni singola onda. Ma qualsiasi imbarcazione messa in acqua da quel lato sarebbe stata scaraventata contro lo scafo del peschereccio e non avrebbe avuto alcuna possibilità di allontanarsi.

Il lato destro prometteva meglio. Il peschereccio era inclinato da quella parte e il bordo del ponte era già immerso nell'acqua. Calarsi in mare da lì sarebbe stato più semplice, peccato che appena dopo il parapetto si aprisse una distesa di spuntoni di roccia frastagliati.

Le rocce svanivano ogni volta che un'onda raggiungeva la sua altezza massima per poi ricomparire quando le oltrepassava, riemergendo dal cavo dell'onda come una chiostra di denti nella bocca di una bestia famelica. Tuttavia il timoniere stabilì che una piccola possibilità era meglio di niente.

Scese una scala a pioli e poi si fece strada lungo il ponte

verso il punto di raccolta a mezzanave. Quando arrivò, diversi uomini avevano già cominciato a gonfiare un gommone.

Il gas compresso lo riempì rapidamente, ma era difficile controllarlo, tra il vento e il ponte che oscillava.

«Assicurate le cime», gridò il timoniere.

In quel preciso istante il peschereccio fu scosso dall'impatto di un'altra onda. Una raffica di spruzzi volò sopra le loro teste mentre lungo il lato sinistro sollevato dell'imbarcazione scivolarono trenta centimetri d'acqua verde. Due uomini caddero e il gommone finì in mare.

Essendo legato al peschereccio con una sagola di venti metri, il gommone non era ancora perduto.

Il timoniere corse avanti. «Afferrate la cima», esclamò stringendo saldamente le mani intorno alla cima di nylon. Due membri dell'equipaggio lo raggiunsero, e insieme tirarono con tutte le loro forze, ma riuscirono a trascinare il gommone verso di loro soltanto di pochissimo prima che sopraggiungesse l'onda successiva.

L'acqua investì e circondò l'imbarcazione, allagando sia la poppa che la prua. Centrò in pieno il gommone, strappando la cima dalle mani doloranti dei marinai, e lo fece capovolgere mentre lo trasportava contro i denti di roccia più avanti.

L'impatto squarciò un lato del gonfiabile arancione, che perse la sua forma e in capo a poco si riempì d'acqua di mare. L'onda successiva gli diede il colpo di grazia, trascinandolo all'indietro. Il materiale ormai sgonfio si depositò intorno a uno degli affioramenti rocciosi.

I membri dell'equipaggio assistettero alla sua fine da vicino. Sapevano tutti cosa significava.

«Siamo in trappola», gridò uno di loro. «Se anche riuscissimo a preparare un altro gommone, non sopravviveremo mai.»

«Questa tempesta avrà pur un centro, un occhio», intervenne un altro. «Se lo aspettiamo, potremmo avere qualche speranza.»

«L'occhio di questa tempesta è ancora a parecchie ore di distanza da qui», replicò un terzo marinaio. «Quando arriverà, la nave sarà già distrutta.»

«Silenzio», disse a gran voce il timoniere. Gli era parso di sentire il suono di un motore trasportato dal vento. Volse lo sguardo verso il cielo sperando di vedere un elicottero della Royal Navy. Ma non vide altro che nuvole grigie e minacciose.

«Là», esclamò un marinaio. Stava indicando il canale.

Il timoniere si voltò, strizzando gli occhi per vedere oltre il vento e la pioggia, e finalmente riuscì a scorgere un'imbarcazione a forma di siluro che sfrecciava nella penombra. Qualunque cosa fosse, procedeva a curve, sparendo dietro il fronte posteriore di una grossa onda per poi ricomparire dopo il suo passaggio.

«Lo vedete anche voi?»

Mormorii d'assenso.

«Chiunque sia, è un pazzo furioso.»

Il pazzo furioso era un uomo a bordo di un'imbarcazione veloce che assomigliava a una moto d'acqua, benché fosse più lunga e larga, con un'ampia sezione a poppavia dei sedili, un muso bulboso e un aspetto molto più imponente.

L'imbarcazione procedeva agile e spedita, e il suo pilota risaliva impavido le onde per poi scendere dal lato opposto e puntare dritto verso il peschereccio in difficoltà.

«Non riuscirà mai a superare quelle rocce!»

Il timoniere non poté che dargli ragione. Ma proprio quando uno spaventoso impatto appariva inevitabile, arrivò l'onda successiva. L'acqua si alzò, coprendo gli spuntoni di roccia e portando l'imbarcazione sopra di esse.

Non soltanto il pilota superò le rocce, ma salì anche a tutta velocità sul ponte inclinato del peschereccio, terminando la sua corsa con una specie di schianto controllato.

L'equipaggio accorse, raggiungendo il mezzo proprio mentre un uomo scendeva e agganciava un moschettone di dimensioni industriali al secondo piolo di una scala vicino alla sovrastruttura del peschereccio.

«Tutto bene?» gridò il timoniere.

L'uomo con la muta subacquea che si trovò davanti era alto e indossava un paio di cuffie impermeabili sopra una zazzera di capelli argentati e grondanti. La sua faccia non vedeva un rasoio da settimane, ma sotto la folta barba sembrava stesse sorridendo.

«Questo non è affatto un bel posto in cui ormeggiare», disse il nuovo arrivato.

Il timoniere rise, scordando per una frazione di secondo la gravità della situazione. «Al momento non riesco a spostarla. Non è che per caso potrebbe trainare un gommone dietro quel mezzo veloce?»

L'uomo scosse la testa. «Troppo pesante. Non riusciremo mai a superare le rocce tra un'onda e l'altra.»

«Allora magari potrebbe portarci via di qui un po' per volta? Come passeggeri?»

«Potrei, ma ci vorrebbe troppo tempo», disse lo sconosciuto. «Vi porteremo al sicuro alla vecchia maniera.»

Il timoniere osservò l'uomo prendere un cavo dal retro del suo natante. Lo tirò con una presa decisa e il cavo emerse dall'acqua dietro di lui, tendendosi nella baia turbolenta.

Lo sconosciuto portò un'estremità del cavo verso il braccio della gru più vicino, di cui l'equipaggio si serviva per calare le reti da pesca. Si arrampicò su alcuni pioli fissati al fianco e, una volta arrivato più in alto di quanto qualunque uomo sano di mente avrebbe fatto in quelle condizioni, avvolse il cavo intorno al braccio della gru descrivendo un otto, poi lo annodò a uno dei pioli di metallo.

A quel punto premette il tasto del microfono vicino alla sua bocca, parlando probabilmente con qualcuno all'altro capo.

Da qualche parte in lontananza un verricello cominciò a recuperare l'imbando e il cavo emerse dall'acqua. Soltanto allora il timoniere capì qual era il piano. «Un va e vieni», esclamò.

«Cosa?» domandò un membro dell'equipaggio.

«Pensa a una teleferica», spiegò il timoniere. «Ci trasporterà sopra l'acqua fino a riva.»

Lo sconosciuto scese, si tolse lo zaino dalle spalle e tirò fuori diverse imbracature, ciascuna fissata a una guida di scorrimento su ruote.

Mentre distribuiva le imbracature, spiegò cosa stava per succedere. «L'altra estremità del cavo è collegata a un rimorchio azionato da un mio amico sulla spiaggia vicino al promontorio. Ha l'ordine di tenere il cavo teso e di recuperarvi. Quanti siete a bordo?»

«Nove.»

«Allora faremo due viaggi», commentò lo sconosciuto. «Quattro per volta. L'ultimo verrà con me.»

Il timoniere annuì e cominciò a ordinare ai suoi uomini di indossare le imbracature. I primi quattro salirono sul braccio della gru, uno per volta, agganciarono la loro nuova attrezzatura al cavo d'acciaio per poi legarsi tra loro come una fila di vagoni merci. Quando furono tutti e quattro penzoloni sopra il bordo, con il cavo ricurvo sotto il loro peso, lo sconosciuto parlò alla radio.

Un cavo secondario collegato alla prima imbracatura si tese all'istante e il gruppo cominciò a muoversi.

Avanzarono sopra la superficie, abbassandosi leggermente e sparendo rapidi in lontananza. Tra la pioggia, la luce fioca e gli spruzzi d'acqua sospinti dal vento, dopo le prime centinaia di metri divennero quasi invisibili.

Per la prima volta da quando si erano incagliati, il timoniere vide un barlume di speranza. Si voltò verso lo sconosciuto. «Vorrei ringraziarla come si deve, ma non so nemmeno come si chiama.»

«Austin», rispose l'uomo. «Kurt Austin.»

4

«Da dove viene?» domandò il timoniere.

Kurt era il capo della squadra Progetti speciali di un'agenzia governativa americana chiamata NUMA, la National Underwater and Marine Agency. Ma non era il momento di fornire tutte queste spiegazioni. «Dalla McCloud Tavern. Abbiamo visto che eravate in difficoltà. Bisogna essere pazzi per uscire a pescare con un tempo del genere.»

«Non stavamo pescando», disse il timoniere. «Stavamo solo cercando di arrivare a Dunvegan prima che si scatenasse la tempesta.»

Poteva anche essere una spiegazione ragionevole, ma significava puntare dritto verso la burrasca. Dirigersi verso sud sarebbe stato molto più sicuro. Kurt archiviò quel pensiero e premette il pulsante di trasmissione della radio collegata alle sue cuffie. «Allora? Il primo gruppo è arrivato?»

A un quarto di miglio da lì, una distanza che un nuotatore olimpico avrebbe potuto coprire in quattro minuti, Joe Zavala era sopra un rimorchio agganciato a un potente pick-up F-150. Parcheggiato a metà di una spiaggia deserta, osservava il verricello sul rimorchio avvolgere il cavo.

Joe era il braccio destro di Kurt alla NUMA nonché il suo amico più intimo. Aveva una corporatura massiccia, capelli neri e corti e un sorriso spontaneo in grado di convincere chiunque che tutto si sarebbe sistemato anche quando sembrava altamente improbabile, considerata la situazione. Al momento si trovavano in una di quelle situazioni.

Pur essendo così vicino al peschereccio incagliato, Joe non riusciva a vedere nient'altro che un velo di luce intorno alla sagoma scura dell'imbarcazione. Strinse gli occhi nel tentativo di distinguere il gruppo di uomini in arrivo.

Finalmente il cavo cominciò a piegarsi, e Joe capì che stava sorreggendo un peso. A quel punto quattro figure emersero dalla nebbia, scivolando verso di lui. Quando un'onda cercò di farle cadere dal cavo, loro sollevarono i piedi e alla fine si schiantarono sulla spiaggia una dopo l'altra come in un tamponamento a catena.

Joe fermò il verricello, saltò giù dal rimorchio e corse verso il punto in cui erano atterrati i membri dell'equipaggio. Li aiutò a togliersi le imbracature. «Salite sul pick-up», disse indicando l'abitacolo del Ford. «Il riscaldamento è acceso. Mettetevi comodi, ma non giocate con la manopola della radio.»

Loro lo guardarono con espressione vacua, senza capire la battuta, dopodiché si diressero con passo malfermo verso il pick-up. Mentre aprivano le portiere e salivano a bordo, Joe premette il pulsante del microfono sulle sue cuffie. «Congratulazioni, amigo. Quattro uomini all'asciutto. Anzi, più che altro al sicuro. Qui di asciutto non c'è un bel niente nel raggio di chilometri.»

«Ricevuto», disse Kurt. «Fagli togliere le imbracature in modo che possa riportarle qui e mandarti il prossimo gruppo.»

Joe aveva già messo insieme tutte le imbracature, assicurandosi che fossero ben fissate al cavo. Mentre si dirigeva verso il pick-up, scollegò il freno del verricello per far sì che il tamburo fosse libero di girare e che il cavo potesse svolgersi. «Via libera», disse attraverso la radio. «Usa quei bicipiti e tira quanto vuoi.»

*

Kurt cominciò a recuperare il cavo, tirando le imbracature verso il peschereccio ormai sul punto di affondare. Lavorava in fretta, senza sosta. Finalmente, con le braccia in fiamme per lo sforzo, vide comparire le imbracature. Quando furono abbastanza vicine, allungò la mano e le afferrò.

«Il prossimo gruppo», gridò.

Il timoniere e altri due membri dell'equipaggio impiegarono giusto un minuto a infilarsi le imbracature e ad agganciarsi al cavo.

Secondo i conti di Kurt qualcosa non tornava. «Sono io confuso oppure mancano all'appello due persone?» disse al timoniere.

«Cosa?»

«Questi sono il quinto e il sesto marinaio», gridò Kurt per farsi sentire al di sopra del vento. «Lei è il settimo. Ma prima mi ha detto che a bordo eravate in nove. Dove sono gli altri due?»

Il timoniere guardò verso la plancia. «Il comandante. È sceso a recuperare il passeggero.»

«Passeggero?»

«Sì, è sceso quando abbiamo urtato le rocce. Il comandante è andato a cercarlo.»

Kurt gettò un'occhiata verso la timoniera. Con le luci accese appariva calda e invitante rispetto al grigio plumbeo della tempesta, ma non era certo un buon posto in cui nascondersi mentre la nave andava in pezzi. «Vada con i suoi uomini. Io troverò il comandante e questo passeggero.»

Il timoniere parve sul punto di obiettare, ma Kurt non gli diede modo di farlo. Agganciò l'imbracatura al cavo e premette il tasto del microfono sulla radio per chiamare Joe. «Il prossimo gruppo è pronto a partire. Recuperalo pure.»

Il cavo si tese e sollevò il timoniere e i membri restanti dell'equipaggio dalla gru, portandoli sopra le onde. Mentre loro scivolavano verso la salvezza, Kurt scese lungo il ponte inclinato e si diresse alla timoniera.

Appena entrò, l'ennesima onda spostò lo scafo, che borbottò in segno di protesta. Se Kurt non avesse trovato il comandante e il passeggero in tempi rapidi, non sarebbe rimasta alcuna nave da abbandonare.

5

Dopo aver raggiunto il ponte di comando del peschereccio senza trovare nessuno, Austin si diresse verso la scala in fondo alla timoniera.

Ora che la nave era bruscamente inclinata da una parte, la scala assomigliava a una specie di giostra di un parco divertimenti. «Tutti a terra!» gridò Kurt.

Ma non ottenne risposta e, non avendo molta altra scelta, si avviò giù per le scale ormai diagonali. Si imbatté in un breve corridoio con due porte su ciascun lato. La prima sulla destra conduceva a una sala radio, le altre a piccole cabine. Tutte e quattro le stanze erano vuote.

In fondo al corridoio un'altra scala richiamò l'attenzione di Kurt. Alla ringhiera che correva verso il basso era legata una fune. Dal momento che le luci al piano di sotto erano spente, Kurt tirò fuori una torcia da una piccola tasca nel braccio della muta e la puntò verso il buio. In fondo alla scala sciaguattava un metro d'acqua salata. Ma di esseri umani non c'era traccia.

«Comandante?» gridò Kurt.

Ancora nessuna risposta.

Kurt seguì la fune e avanzò nell'acqua. Con il peschereccio che oscillava e lo scafo che scricchiolava a ogni onda, dapprima si interrogò sul buon senso del comandante e del passeggero, poi sul proprio. «Siamo tutti fuori di testa», disse tra sé.

Facendo luce con la torcia, individuò un altro corridoio e un secondo gruppo di alloggi. Sei porte, tre su ciascun lato. Lungo il soffitto c'erano alcuni tubi. E canaline di fili elettrici.

Kurt illuminò il corridoio e intravide un corpo che galleggiava in fondo. Lo raggiunse di corsa, formando un'onda di detriti galleggianti davanti a sé. Perplesso, notò alcuni giubbotti salvagente legati insieme in maniera insolita che facevano su e giù lì vicino.

Kurt capovolse il corpo e tirò fuori la testa dall'acqua melmosa. Era il comandante. Puntandogli la torcia contro, vide un rivolo di sangue colare da una brutta ferita sulla sua nuca. La presenza di bolle accanto al naso e alla bocca lasciava supporre che respirasse ancora.

Tenendo la testa dell'uomo sopra l'acqua, Kurt attirò la massa galleggiante di giubbotti salvagente verso di sé, ne liberò uno e glielo infilò.

«No...» borbottò l'altro. «Lasciami andare.»

«Comandante!» gridò Kurt.

L'uomo socchiuse appena gli occhi. Kurt non era sicuro che ci vedesse. «Mi sente?»

Un mezzo cenno d'assenso, nessuna parola.

«Dov'è il suo passeggero?»

Il comandante si guardò intorno nell'oscurità. Sembrava confuso.

«Il suo passeggero», ripeté Kurt. «È qui sotto?»

«È morto.»

«Morto?»

«Di sotto», si sforzò di spiegare. «Annegato... Razza di idiota... Non sono riuscito... a raggiungerlo...»

Kurt annuì con espressione cupa. «Allora non abbiamo motivo di restare. Ce la fa ad alzarsi?»

Con l'aiuto di Kurt, l'uomo si rimise in piedi. Avanzarono entrambi nella melma fino alle scale e salirono lentamente fino al ponte di comando.

«Chi è lei?» domandò il comandante.

«Glielo spiego alla taverna. Lei resti con me e la porterò fuori di qui.»

«Dov'è il mio equipaggio?»

«Già a terra.»

Quella notizia liberò il comandante di un grosso peso.

Kurt aprì il portello del boccaporto e aiutò l'uomo a uscire sul ponte inclinato. Il vento soffiava con violenza e la pioggia li investiva di lato. Per giunta i loro piedi non riuscivano a fare presa. Con la nave che oscillava ogni volta che un'onda cercava di spostarla dalle rocce, il comandante non riuscì a reggersi in piedi a lungo e trascinò Kurt con sé. Caddero con uno spaventoso scivolone verso l'estremità del ponte, fermandosi soltanto quando i piedi di Kurt urtarono una galloccia.

Il comandante gettò un'occhiata agli spuntoni di roccia davanti a loro e fu percorso da un brivido. «Al diavolo il giubbotto salvagente. Non sopravviveremo mai. Come ha fatto a portare a terra i miei uomini?»

«Con un va e vieni», disse Kurt. «Ma noi opteremo per un mezzo di trasporto più personale.»

Kurt trascinò il comandante verso la moto d'acqua, che era ancora legata alla scala della nave. Ogni volta che un'onda investiva il ponte, la moto d'acqua fluttuava per qualche istante, girava su se stessa cambiando posizione per poi fermarsi di nuovo quando l'acqua si allontanava.

Kurt afferrò il manubrio e lo stabilizzò. «Salga dietro. Infili le dita dentro quelle maniglie. E non lasci la presa per nessuna ragione al mondo.»

Mentre il comandante si metteva in posizione, Kurt salì davanti. «Pronto?»

«Prontissimo.»

Kurt avviò il motore, afferrò il moschettone che li teneva agganciati alla nave e lo aprì. Sopraggiunse un'altra onda che travolse il ponte, sollevando la moto d'acqua e mandandola a sbattere contro la gru.

Appena si riscosse dall'impatto, Kurt partì a tutto gas, puntando il muso del veicolo dal lato opposto rispetto al peschereccio. Accompagnati da una scia di schizzi a coda di cavallo, scesero dal ponte ed entrarono dritti nella baia. Con il motore che girava al massimo, la moto d'acqua acquistò rapidamente velocità, ma proprio mentre passavano sulla distesa di rocce, l'onda cominciò ad abbassarsi sotto di loro. Kurt e il comandante si prepararono angosciati all'impatto.

Kurt si inclinò verso dritta quando davanti a loro comparve un affioramento di pietre irregolari. Per evitare l'ostacolo, finirono in rotta di collisione con un altro masso coperto di alghe. Kurt scagliò tutto il proprio peso dall'altra parte, schivò il masso ed entrò a tutta velocità nel canale.

Si erano lasciati la secca alle spalle, e adesso erano al largo in mezzo alle onde. Per sicurezza Kurt fece una larga virata e si diresse verso la linea costiera sotto la taverna. Mentre si avvicinavano ai frangenti, calcolò i tempi in modo da consentire al muro d'acqua dietro di loro di passare sotto la moto prima di accelerare di nuovo.

Seguendo la cresta dell'onda in arrivo e aspettando che si infrangesse per poi allargarsi, Kurt si era creato un tappeto d'acqua in grado di condurli sulla spiaggia di sassi. Lo cavalcò fino in fondo, spingendosi il più lontano possibile, fino a quando fu la moto d'acqua ad arrestarsi con un gran rumore.

Scaraventato in avanti dal brusco atterraggio, Kurt si sollevò reggendosi al manubrio. Erano proprio all'altezza della taverna. Diverse persone stavano già correndo fuori, precipitandosi verso Kurt e il comandante lungo una scala ricurva abbarbicata alla parete della scogliera.

Gridando di gioia, si congratularono con Kurt e nel frattempo aiutarono il comandante a scendere dalla moto d'acqua. Mentre alcuni lo accompagnavano alla taverna, molti altri diedero una mano a Kurt a portare la moto d'acqua più avanti sulla spiaggia, per assicurarsi che le onde non la spazzassero via.

L'uomo anziano che prima era accanto a lui alla taverna gli porse una bottiglia aperta di whisky Talisker, orgogliosamente imbottigliato poco lontano da lì. «Ti scalderà le ossa, amico.»

Kurt non ne dubitava. Bevve un sorso, restituì la bottiglia all'altro e si diresse insieme al gruppetto verso la taverna allegramente illuminata.

Premendo il pulsante del microfono sulla radio, contattò Joe. «Il secondo gruppo di marinai è arrivato sano e salvo?»

«Sono tutti sul retro del pick-up. Tu dove sei?»

«Sulla spiaggia. Sto andando alla taverna a farmi un drink. Perché non mi raggiungi?»

«Ci vediamo lì», rispose Joe.

Grato che il resto dell'equipaggio fosse al sicuro, Kurt si concesse di rilassarsi. Era davvero un momento felice, guastato però da un dettaglio: la perdita del passeggero.

Mentre si avvicinava al calore della taverna, Kurt si domandò perché mai qualcuno avrebbe dovuto addentrarsi nel ventre di una nave che stava affondando. Aveva poco senso, considerato che il peschereccio stava imbarcando acqua e il pericolo era proprio là sotto.

Qualcosa non tornava. Kurt se lo sentiva. E nemmeno il whisky riuscì a scacciare quella sensazione.

6

Quando Joe comparve a bordo dell'F-150 che avevano fatto arrivare dagli Stati Uniti, Kurt lo stava aspettando fuori dalla taverna.

I membri dell'equipaggio del peschereccio scesero in massa, alcuni dall'abitacolo asciutto e riscaldato, altri dal cassone aperto sul retro. Kurt li esortò a entrare alla McCloud Tavern perché la smettessero di profondersi in ringraziamenti.

«Ci credi che nessuno mi ha dato la mancia?» disse Joe.

Quando tutti i marinai tratti in salvo furono nella taverna, Kurt saltò sul pick-up e prese il suo borsone. Togliersi la muta e infilarsi vestiti asciutti fu una vera goduria. E non fu sgradevole nemmeno l'applauso che accolse lui e Joe quando entrarono nel pub.

Prima che potessero anche solo dire grazie, tutti stavano brindando e dalla cucina stava già arrivando da mangiare. Ai marinai furono offerti piatti stracolmi di pasticcio di carne e patate, accompagnato da caraffe di tè caldo e caffè. Nel giro di poco cominciarono ad arrivare diversi abitanti del posto con altri doni. Una coppia attempata portò una cesta piena di indumenti asciutti. Un uomo piuttosto giovane portò il figlio e la figlia, spiegando che gli uomini che erano stati salvati erano pescatori come lo zio dei bambini. Un'infermiera, che tutti da McCloud conoscevano bene, andò a prendersi cura del comandante, disinfettandogli la ferita sulla nuca e apprestandosi a suturarla proprio lì.

Ansiosi di sottrarsi il prima possibile a tutto quel clamore, Kurt e Joe presero posto in un separé nell'angolo. Il fuoco scoppiettava nel camino di pietra lì vicino e i muri alti diedero loro un po' di privacy. Al tavolo arrivò un piatto di haggis, una specialità scozzese a base di frattaglie di pecora con contorno di patatine fritte.

Joe lo assaggiò. «Delizioso.»

«Tu mangeresti letteralmente qualsiasi cosa», commentò Kurt.

«Il cibo è carburante. E il mio serbatoio al momento è vuoto.»

Per scaldarsi le ossa, Kurt passò dal whisky al caffè. Senza latte né zucchero. L'importante era che fosse bollente. Ne bevve un sorso e si guardò intorno con attenzione.

Sembravano tutti felici, presi dai festeggiamenti. Tutti tranne il comandante. D'altra parte aveva appena perso una nave e si era squarciato il cranio nel tentativo di salvare un passeggero che alla fine era annegato. «Hai mai visto qualcuno correre sottocoperta su una nave che sta affondando?»

Joe si strinse nelle spalle. «A certe persone capita di restare paralizzate. Ho visto gente nascondersi in un armadio dentro un palazzo in fiamme anziché scappare. E l'anno scorso abbiamo dovuto tirare giù quei diportisti dall'albero della loro imbarcazione. Te lo ricordi che non volevano saperne di mollare la presa finché non li abbiamo costretti, no?»

«È vero», ammise Kurt. «Ma tutte quelle persone stavano cercando di evitare il pericolo, sperando con tutte le loro forze di essere risparmiate. Quelli nel palazzo sperano, anche se è irrazionale, che l'anta dell'armadio possa tenere lontano il fuoco. Che se loro non lo vedono, il fuoco non li raggiungerà. I diportisti di cui parli sono saliti il più in alto possibile. Certo, da parte loro sarebbe stato più saggio allontanarsi su un gommone prima che la barca affondasse, ma stavano comunque cercando di tenersi alla larga dal pericolo. Se il timoniere sta dicendo la verità, dopo lo scontro con le rocce questo tizio è andato di sotto, dritto verso l'acqua.»

«In effetti è strano», disse Joe.

«Anche la ferita del comandante è strana.»

Joe gettò un'occhiata all'uomo, che aveva appoggiato la testa sul tavolo mentre l'infermiera tirava fuori un kit di sutura. «A chi di noi non è capitato di sbattere la testa contro tubi bassi e boccaporti? Se dovessi mai diventare calvo, sulla mia capoccia vedresti tutte le cicatrici che ho cominciato a collezionare ai tempi della Marina.»

Anche Kurt ne aveva una buona dose. «Su quale parte della testa?»

Joe si passò le dita tra i capelli, tastandosi le cicatrici. «Più che altro davanti e al centro. E ne ho anche una brutta proprio qui sulla sommità.»

Kurt annuì. «Eppure il nostro comandante si sta facendo ricucire la nuca.»

«Credi che qualcuno l'abbia colpito?»

«Non lo escludo.»

«Chi?»

«Chi se non il passeggero scomparso?»

Joe si appoggiò allo schienale; il suo interesse per il cibo era svanito di colpo. «Non potremmo semplicemente goderci il nostro momento di gloria per la buona riuscita di questa operazione di salvataggio come due persone normali? Possibile che la tua mente sospettosa debba sempre fare gli straordinari?»

«Scusa», disse Kurt. «Quando c'è qualcosa che non quadra, non riesco a darmi pace.»

«È una pessima abitudine», rispose Joe scuotendo la testa. «Sono anni che cerco di fartela perdere.»

Kurt si strinse nelle spalle e bevve un sorso di caffè. «Sono proprio incorreggibile, cosa vuoi che ti dica?»

Finito l'haggis, Joe cominciò a infilzare le patatine con la forchetta. Dal momento che al naturale non gli davano abbastanza soddisfazione, si spremette nel piatto una montagna di ketchup nella quale intingerle. «Già che stiamo facendo i paranoici, allora non mi spiego per quale motivo il peschereccio fosse in mare con quella tempesta, tanto per cominciare. I notiziari parlano di questo ciclone da giorni. La nave avrebbe avuto tutto il tempo di dirigersi verso sud o di ripararsi da qualche parte.»

Kurt annuì. «E invece ha insistito nel proseguire verso Dunvegan.»

«Quindi cosa c'è a Dunvegan?»

Prima che Kurt potesse rispondere, le fiamme nel camino si spostarono, spinte di lato da una corrente d'aria che investì tutto il locale.

Voltandosi, Kurt vide la porta d'ingresso chiudersi e tre uomini fermi sulla soglia a scrollarsi la pioggia di dosso. Parlarono con la cameriera e si diressero verso il bancone, prendendo posto in fondo.

Kurt li esaminò. Sembravano fuori posto. Si trattava dei loro vestiti. Portavano pullover di lana pesanti, che erano normalissimi per gli abitanti della zona, con la differenza che i loro avevano l'aria di essere freschi e nuovi anziché sformati a furia di indossarli. E poi c'erano le scarpe.

«Come sono i tuoi stivali?» chiese Kurt come se niente fosse.

«Comodi», rispose Joe.

«Mi fa piacere. Sono anche puliti e asciutti?»

«Non da quando abbiamo lasciato Londra.»

Quelli di Kurt non erano messi meglio. Era partito per la Scozia con due paia di stivali. Dopo meno di una settimana erano entrambi coperti di fango e perennemente bagnati. Considerato che aveva piovuto per quindici giorni su venti, tenere le scarpe pulite o asciutte si era rivelata una missione impossibile.

Quelle ai piedi di tutti gli altri avventori versavano in condizioni simili agli stivali di Kurt e Joe, mentre i nuovi arrivati indossavano mocassini eleganti ancora abbastanza lucidi, con giusto qualche rimasuglio di fango intorno alle suole. «Non sembrano di queste parti.»

«Non lo siamo nemmeno noi se è per questo», fece notare Joe.

«Sì, ma adesso siamo diventati eroi locali.»

«Vero. Cosa stai pensando?»

«Tu ti stavi chiedendo come mai quel peschereccio stesse facendo rotta verso nord per raggiungere Dunvegan durante la tempesta, mentre io mi stavo domandando come mai un passeggero avrebbe dovuto precipitarsi sottocoperta a bordo di una nave che aveva riportato una falla e stava imbarcando acqua. Sono entrambe azioni illogiche. A meno che...»

Joe concluse la frase al posto suo. «... a meno che a bordo di quel peschereccio non ci fosse qualcosa di prezioso che doveva essere consegnato a Dunvegan, qualcosa che doveva arrivare a tutti i costi, a prescindere dalle condizioni atmosferiche.»

Kurt fece cenno di sì con la testa. Come al solito lui e Joe erano sulla stessa lunghezza d'onda.

«Se tu fossi il cliente in attesa di questa consegna importante e venissi a sapere che la nave stava deviando verso un altro porto nelle vicinanze, cosa faresti?» chiese Kurt.

«Andrei a recuperare il pacco di persona.»

Kurt annuì di nuovo, poi si appoggiò allo schienale, rimanendo concentrato sugli uomini al bancone. Fino a quel momento non avevano fatto altro che leggere il menù.

«Lo sai che non sono affari nostri, vero?» disse Joe.

«Cosa non sono affari vostri?» domandò una voce.

Quando si voltò, Kurt si trovò davanti una giovane donna che sembrava essersi materializzata dal nulla accanto al loro separé. I suoi occhi color nocciola, screziati da pagliuzze verdi, erano messi in risalto da un mascara scuro che contrastava con il biondo cenere della sua chioma raccolta in una coda alta. Sotto l'impermeabile verde oliva si intravedeva un maglione di cachemire abbinato a un paio di jeans grigi. Ai piedi portava stivali antipioggia neri di vernice.

«La nave che stava per affondare», disse Kurt. «Non erano affari nostri ma ci siamo fatti comunque coinvolgere.»

«Quindi siete voi i gentiluomini di cui parlano tutti.» Il suo accento era più tipico di Londra che di una piccola località scozzese. Anche il suo trucco e il suo stile erano più da donna di città che di campagna. «Morgan Manning», si presentò porgendo loro la mano. «Giornalista alle prime armi che gira di qua e di là come una trottola per conto di *UK News 1*.»

Kurt sorrise e le strinse la mano. «Kurt Austin. E lui è Joe Zavala.»

Anche Joe le strinse la mano. «Noi invece giriamo per il mondo come trottole senza mai riuscire a farci gli affari nostri.»

«Come possiamo aiutarti?» domandò Kurt.

Lei si sedette accanto a Joe e tirò fuori un registratore dalla tasca dell'impermeabile, appoggiandolo sul tavolo. «Potreste cambiare le mie sorti. Mi hanno spedita qui per un servizio. Un servizio davvero deprimente, se posso essere sincera. Fai qualche ripresa della tempesta, mi ha detto il mio capo. Trova qualche abitante del posto che abbia voglia di aspettare con te e fai un servizio sui danni riportati nella zona costiera, bla, bla, bla. Una noia mortale.»

«Io lo guarderei», replicò Joe.

«Io no», disse lei. «Sono tutte fesserie. Potremmo filmare una tempesta, trasmettere le stesse inquadrature tutte le volte che ne arriva un'altra e nessuno noterebbe la differenza. Ma un peschereccio incagliato sulle rocce, due eroi che rischiano la pelle per salvare l'equipaggio... be', questa sì che è una storia.»

Kurt era già pronto a troncare la conversazione, ma la giornalista proseguì nel suo tentativo di ingraziarseli senza lasciargliene il tempo.

«Dunque, ho qualche ottima ripresa delle onde che colpiscono la nave, e persino una foto di uno di voi che la raggiunge sulla moto d'acqua, ma ho bisogno di qualcosa per unire i puntini. Tanto per cominciare, chi siete? E cosa ci fate qui?»

Benché una delle sue regole fosse di evitare i giornalisti, Kurt restò affascinato dalla curiosità iperattiva che animava quella donna. Sapeva che in parte stava recitando, ma aveva visto di peggio.

Lei premette un pulsante sul registratore. «Siamo americani, ma questo probabilmente l'avrai già capito», disse Kurt. «Lavoriamo per la NUMA, la National Underwater and Marine Agency. Veniamo da Washington.»

«Una coppia di Yankee. Questo mi era chiaro. Non tanto per via dei vostri accenti quanto per quel veicolo mostruoso con cui andate in giro. E il ketchup... È davvero necessario mettere tutto quel ketchup sulle patatine?»

Joe guardò il suo piatto. Era inondato di salsa rossa. «Tutta salute. Contiene un sacco di licopene, sai?»

«Giusto. Ma cosa ci fate sull'Isola di Skye?»

Fu Joe a rispondere. «Stiamo cercando il relitto di un'antica nave vichinga che pare usasse il rivestimento di rame come corazzatura. Potrebbe non esistere nemmeno. Ma in caso contrario, significherebbe che la pratica di rivestire le navi di metallo in realtà fu adottata centinaia di anni prima di quanto si pensi.»

La giornalista sembrava poco convinta. «Volete farmi credere che il governo degli Stati Uniti stia sborsando un mucchio di quattrini per finanziare un'impresa del genere?»

A quel punto intervenne Kurt. «No. Si dà il caso che siamo qui in vacanza, quindi stiamo sborsando i nostri quattrini personali. Che purtroppo non sono un mucchio.»

«Nemmeno mezzo mucchio», sottolineò Joe.

«E finora della nave non abbiamo trovato tracce.»

Joe non era del tutto d'accordo. «Be', abbiamo trovato alcuni manufatti di rame con incisioni di rune nordiche, anche se è stato nell'entroterra.»

«Quindi la vostra ricerca storica è stata un fiasco. Eppure vi siete trovati nel posto giusto al momento giusto per intraprendere quella missione di salvataggio, rischiando di rimetterci l'osso del collo.»

Kurt sospirò e bevve un sorso di caffè. «Capita più spesso di quanto immagini.»

«Per quel che mi riguarda ne è valsa decisamente la pena», disse Joe cercando di catturare di nuovo l'attenzione di Ms Manning. «Se avessi visto lo sguardo negli occhi di quei marinai quando li ho recuperati con la fune e li ho aiutati a rialzarsi una volta arrivati sulla terraferma...»

«Li hai recuperati tu? A mani nude?»

Joe restò un attimo in silenzio. «Be', la maggior parte del lavoro l'ha fatta il verricello, ma io...»

«Lui ha dovuto premere il pulsante», disse Kurt con un sorriso. «Si è ferito il dito nel farlo. Rischia l'amputazione.»

«Molto divertente», replicò Joe.

La giornalista si rivolse di nuovo a Kurt. «Quindi sei stato tu a raggiungere la nave via mare. Cos'hai trovato a bordo?»

Kurt pensò che fosse una domanda strana, o almeno che fosse strano il modo in cui era stata formulata. «Un equipaggio di marinai bisognoso di essere soccorso.»

«C'era un carico?»

«Stiamo parlando di un peschereccio», disse Kurt.

Lei rise. «Era quello che intendevo. C'era del pesce? Il pescato del giorno, qualcosa del genere?»

«Non sono sceso nella stiva. E a quanto ho capito non stavano pescando, erano soltanto diretti a Dunvegan.»

«Perché fermarsi qui se la loro meta era Dunvegan?»

Kurt fece spallucce. «Suppongo che la tempesta li abbia costretti a cercare un riparo. Ma farà meglio a chiedere al comandante o al suo equipaggio.»

Lei si gettò un'occhiata sopra la spalla, poi si girò di nuovo verso Kurt. «Ottima idea.» E con le mani rapide di una maga, afferrò il registratore, lo spense e lo mise via.

Con un sorriso in grado di sciogliere il burro, Morgan

Manning si alzò e porse loro un biglietto da visita. «Mi piacerebbe sapere qualcosa di più sulla vostra storia più tardi. In fondo c'è il mio numero di cellulare. Se dovesse venirvi in mente qualcos'altro, fatemi un fischio. Rispondo sempre al primo squillo.»

Kurt prese il biglietto e le rivolse un sorriso cordiale mentre lei si allontanava.

Joe sembrava deluso. «Siamo talmente pieni di donne da mandarle via di proposito?»

«Sì, quando ci stanno distraendo», rispose Kurt. «Guardati intorno. Dimmi cosa vedi. O meglio, cosa *non* vedi.»

Joe scrutò lentamente il locale. «Gli uomini con le scarpe lucide sono scomparsi.»

«E anche il comandante», aggiunse Kurt.

«Non può essere un buon segno.»

«No», concordò Kurt finendo il caffè e alzandosi. «Non è affatto un buon segno. Tu vai al pick-up e usa il telefono satellitare per chiedere aiuto. Io andrò sul retro. Massima discrezione. Ho come il presentimento che non siamo gli unici a essere in stato di allerta.»

7

Mentre Joe usciva dalla McCloud Tavern dalla porta d'ingresso, Kurt si diresse verso una rientranza del muro accanto alla cucina. Lungo una parete erano accatastati scatoloni di frutta e verdura e bancali di birra, mentre dall'altra parte, sopra la sua testa, correva una scala. In fondo alla stanza c'era una porta dipinta di nero con una finestra di vetro a quattro pannelli nella metà superiore. Si stava chiudendo lentamente.

Kurt la raggiunse appena in tempo per fermarla.

Guardò fuori, dove però tutto era offuscato sia dalla pioggia che non accennava a placarsi sia per l'effetto di distorsione provocato dal vetro antico. Ciononostante Kurt riuscì a vedere il comandante discutere con uno dei nuovi arrivati, che lo condusse intorno al lato dell'edificio per poi fermarsi al riparo del cornicione.

Kurt socchiuse piano la porta, creando una piccola fessura. L'aria fredda si riversò all'interno e le parole della conversazione che si stava svolgendo approfittarono del passaggio.

Il tono del comandante era supplichevole. «Ascoltami, Slocum. Non abbiamo avuto scelta. La tempesta è arrivata troppo in fretta.»

Comparve una pistola. «A Barlow non piacciono le scuse, ma è possibile che sia disposto ad ascoltarti di persona.»

Mentre l'uomo parlava, un furgone si fermò sul selciato accanto alla taverna. Quando la portiera posteriore si aprì, Kurt vide il timoniere legato con del nastro adesivo e imbavagliato con un pezzo di stoffa grigio.

«Lasciate i miei marinai fuori da questa storia», disse il comandante. «Loro non c'entrano.»

Slocum scosse la testa. «Quegli incompetenti dei tuoi marinai sono l'unico modo per assicurarci la tua collaborazione. Per il momento abbiamo soltanto lui, ma se opponi resistenza li uccideremo tutti. Adesso sali!»

Il comandante chinò la testa e si avviò faticosamente verso il furgone. L'uomo armato si voltò per seguirlo, mantenendosi a una distanza tale da prevenire un suo eventuale tentativo di disarmarlo.

Kurt sfruttò l'occasione a proprio vantaggio. Sgusciò fuori dalla porta e attraversò di corsa il patio. Salì a tutta velocità su un muretto e saltò.

Uno degli uomini di Slocum lo vide con la coda dell'occhio. «Attenzione!»

Slocum si voltò, ma Kurt era già in volo. Prima che lui potesse reagire, atterrò sopra l'uomo armato e lo bloccò a terra.

L'impatto fu così forte che Slocum cadde all'indietro, sbatté la mano contro il selciato e lasciò la presa sulla pistola.

Kurt cercò di recuperarla, ma l'uomo alla guida del furgone saltò giù con una doppietta in mano.

Kurt allora si tuffò verso il riparo più vicino, dietro il muretto.

La doppietta fece fuoco e i pallettoni rimbalzarono con una serie di schiocchi contro i vecchi mattoni marroni. Kurt non si era fatto nulla. Certo che la seconda canna gli avrebbe procurato guai, strisciò sulle braccia fino in fondo al muro e sbirciò dietro l'angolo.

Il comandante si era precipitato al furgone, dove aveva liberato il timoniere, ma il guidatore usò la doppietta come una mazza. Il timoniere finì a terra mentre il comandante veniva scaraventato a bordo al posto suo.

Nel frattempo Slocum si era rialzato e, zoppicando, era andato a recuperare la pistola. Adesso si stava dirigendo con passo malfermo verso il furgone. I suoi uomini stavano per riacciuffare il timoniere. «Lasciatelo perdere», gridò Slocum. «Dobbiamo andarcene.»

Kurt balzò in piedi, pronto a ripartire di corsa, ma una scarica di proiettili si conficcò nel terreno bagnato davanti a lui, costringendolo ad arretrare. Non poté fare altro che nascondersi di nuovo dietro il muro.

Altri spari gli impedirono di uscire allo scoperto. Non sapeva minimamente da dove stessero arrivando, ma alzare la testa sarebbe stato un pessimo modo per scoprirlo.

Mentre Kurt restava accovacciato dietro il muro, il motore del furgone andò su di giri e le ruote presero a girare rumorosamente su se stesse. Subito dopo si udì l'inconfondibile rombo di un veicolo che faceva retromarcia ad alta velocità.

Quando Kurt si arrischiò a guardare, il furgone si era fermato con una slittata e, dopo aver fatto un'inversione a U, cominciò ad allontanarsi lungo la strada di fronte alla taverna. Sbandò leggermente di coda, poi si raddrizzò e si diresse verso nord.

Constatato che non era rimasto più nessuno, Kurt corse dal timoniere riverso a terra. Quasi contemporaneamente Joe sbucò da dietro l'angolo. «Che fine ha fatto la discrezione?»

«Non è mai stata il mio forte.»

Kurt tolse il bavaglio al timoniere. Era inzuppato di un liquido dall'odore intenso. «Cloroformio.»

Kurt lanciò da parte lo straccio. La puzza era pungente e lui non aveva alcun desiderio di annusarla, men che meno di lasciarla penetrare nel suo corpo.

«È svenuto», disse Kurt.

Diversamente da quanto si vedeva nei film, nei quali il cloroformio impiegava giusto un paio di secondi a stendere una persona per ore, di solito bisognava respirarlo per parecchio tempo prima di svenire. «Dev'essere rimasto con loro per un bel po' prima che venissero a prendere il comandante. Com'è possibile che non ce ne siamo accorti?»

«Eravamo distratti. Da una giornalista ficcanaso», disse Joe.

Kurt alzò lo sguardo. Morgan Manning avrebbe dovuto essere lì a riprendere la scena, avventandosi come un avvoltoio su quello che sarebbe stato un succosissimo scoop, e invece di lei non c'era traccia. «O è la peggior giornalista del mondo, oppure è tutt'altro.»

Nel frattempo erano usciti sia il gestore della taverna che alcuni clienti, tra cui molti dei marinai tratti in salvo. Kurt li chiamò perché raggiungessero il loro collega. «Aiutatelo a rimettersi in piedi e portatelo dentro.» Poi si rivolse al gestore. «Chiami la polizia. E vi servirà anche un'ambulanza. Non possiamo sapere quanto anestetico abbia inalato.»

«La polizia l'ho già chiamata», rispose lui. «Ma la caserma più vicina è a Dunvegan, e la strada è interrotta. Colpa della tempesta.»

Kurt guardò attraverso la pioggia. Dunvegan si trovava a nord, nella direzione in cui si era allontanato il furgone. «C'è un'altra strada di cui quegli uomini potrebbero servirsi, se avessero intenzione di tornare a Dunvegan?»

«Solo quella che passa per le Highlands», rispose il gestore. «Più che una strada, è un sentiero tutto curve in mezzo ai pascoli per le pecore. Gira intorno al *doon*, il grande colle. Lassù si trova anche il Castello di Clagmore. E dal lato opposto c'è l'East Brach.»

«E da lì si può tornare a Dunvegan?»

«È tutto terreno accidentato di campagna», disse il gestore. «Ma volendo sì, suppongo che sia possibile.»

«Qualcosa mi dice che correranno il rischio», commentò Joe.

Kurt era già in movimento. «E noi non saremo da meno.»

8

Sui sedili anteriori del Ford F-150, con le cinture ben allacciate, Kurt e Joe stavano sfrecciando in diagonale su per il grande colle, o il *doon*, come l'aveva chiamato il gestore della taverna. Il terreno era sconnesso, ma le sospensioni robuste e i grossi pneumatici se la cavavano bene. Man mano che salivano, il suolo diventava meno zuppo.

«Questa collina è come il guscio di una tartaruga», osservò Joe. «A parte i solchi in cui scorre l'acqua, non è poi così difficile da percorrere.»

«Basta che stai attento alle pecore», rispose Kurt. «Non ho voglia di un piatto di agnello grigliato sul radiatore per cena.»

Joe rise, ma non era una battuta. La Scozia è popolata da milioni di pecore, molte più pecore che persone. Lì nelle Highlands il rapporto era forse di mille a uno.

«Se non altro la pioggia un favore ce lo sta facendo», disse Joe. «Le greggi si sono radunate sotto gli alberi.»

Kurt guardò giù per la collina. Ammassi di quelle che sembravano nuvole sporche erano accalcati intorno alla base di alberi secolari.

Oltre le greggi di pecore c'era la strada che attraversava le Highlands, nient'altro che una coppia di solchi scavati nel terreno da ruote di auto e furgoni con parecchio verde nel mezzo. Benché non fosse illuminata, la dritta strada color fango era ben visibile sul fianco della collina coperto di muschio pallido. Joe cominciò a dirigersi da quella parte.

«Aspetta. Restiamo in alto», disse Kurt.

Joe si mantenne in cima alla collina, procedendo parallelamente alla strada. Quando guardò giù, vide una coppia di fari fendere la penombra. «Ti rendi conto che stiamo davvero per riuscire ad anticipare qualcuno? È un evento storico, senza precedenti.»

«Temo che ti sbagli. Stanno girando.»

«Ci hanno visti?»

«Non penso. Si stanno dirigendo verso le rovine di quel castello cui ha accennato il gestore della taverna.»

Joe rallentò fino a procedere a passo d'uomo. «Immagino che vorrai andare laggiù a scoprire per quale motivo si stanno fermando, giusto?»

«È per questo che siamo venuti qui.»

Joe si appoggiò al volante e guardò Kurt. «Lo sai che non abbiamo armi?»

«Abbiamo dalla nostra l'elemento sorpresa.»

Joe girò il volante e cominciò a scendere lungo il fianco della collina. «A quanto mi risulta le sorprese non sparano proiettili. E nemmeno li bloccano.»

«Lo so. Ma abbiamo un investimento da proteggere. Salvare il comandante non è stata una passeggiata, non vorrei che tutti i nostri sforzi andassero sprecati.»

Joe sospirò. «Il tuo ragionamento...»

«Non fa una piega?»

«Stavo per dire il contrario.»

Joe passò così vicino agli alberi che le nuvole di lana assiepate cominciarono ad apparire come singole pecore. Poco dopo si fermò e spense il motore. «Da qui proseguiamo a piedi.»

Kurt stava già aprendo la portiera.

Joe scese, evitando l'assiepamento di pecore, e andò sul retro del veicolo, dove Kurt aveva aperto il portello.

Sapendo che Joe aveva ragione nel sostenere che essere disarmati sarebbe stato un problema, stabilì che avrebbero dovuto improvvisare qualcosa. Si mise a rovistare sul retro del pick-up e tirò fuori una coppia di aste telescopiche di alluminio di cui di norma si servivano per fissare telecamere e sensori a un piccolo veicolo subacqueo a controllo remoto.

Erano leggere e solide, estensibili fino a più di un metro di lunghezza, ma non si trattava esattamente di spade a due mani.

«Fantastico», commentò Joe. «Questa mi tornerà proprio utile se dovrò scattarmi un selfie.»

Quando furono armati, attraversarono la strada e proseguirono verso l'antico castello, raggiungendo in breve tempo le mura esterne. Sgusciarono attraverso un'apertura e si avvicinarono al furgone. Era stato parcheggiato vicino a un passaggio ad arco che conduceva all'interno del castello. Un tempo lì doveva esserci un cancello di ferro, ma la ruggine l'aveva completamente corroso.

«Il furgone sembra vuoto», sussurrò Joe. «Può darsi che abbiano cambiato mezzo. È la procedura standard quando ci si dà alla fuga.»

Kurt si diresse con passo felpato verso il furgone, appurò che a bordo non c'era nessuno e poi esaminò il terreno. «Non vedo altri segni di pneumatici. Ma alcune impronte si dirigono verso l'interno del castello. Può darsi che un altro veicolo li stia aspettando lì. Vediamo se riusciamo a fermarli prima che lo raggiungano.»

Kurt avanzò rasente al muro, sporse la testa dietro l'angolo e guardò dentro il castello in cerca di segni di movimento. Poiché non ne vide, entrarono.

Dall'altro lato del castello, i rapitori portarono il comandante in cortile. Assestandogli un calcio dietro le gambe, lo fecero cadere in ginocchio. Un uomo lo teneva fermo mentre Slocum lo sovrastava con la pistola puntata alla testa come se stesse per giustiziarlo.

Ma non ci furono spari. Dall'oscurità del castello comparve un altro uomo. Aveva capelli scuri, sopracciglia folte e un grosso naso. Indossava un dolcevita e un paio di jeans neri.

«Sei Barlow?» domandò supplichevole il comandante.

«Non incontrerai mai Barlow», rispose l'uomo con il dolcevita. «Io sono Robson. Sarò io a decidere del tuo destino. Dov'è la nostra merce?»

«Sulla nave. È quello che ho cercato di spiegare a questi idioti. È ancora là sopra.»

«E Vincennes?»

«È anche lui a bordo con la merce», rispose il comandante. «Potete andare a porgergli l'estremo saluto.»

Robson rivolse un rapido cenno del capo a uno dei suoi uomini. Un calcio fendette l'aria e colpì il comandante in faccia. Lui cadde e cercò di proteggersi.

«Tiratelo su», disse Robson con freddezza.

I suoi scagnozzi sollevarono l'uomo, evitando il più possibile il sangue che gli colava dal naso e dalla bocca.

«Il prossimo calcio colpirà una parte più essenziale del tuo corpo», disse Robson. «Mi sono spiegato?»

Il comandante annuì. «È la verità. Io ci ho provato a portare la merce a terra, ma Vincennes non voleva aiutarmi. Non voleva venire con me e non voleva nemmeno lasciarla lì.»

Per un attimo sul viso di Robson passò un'espressione delusa. «Altamente improbabile», disse. «Ma sappiamo che c'era un altro offerente. Ti ha contattato qualcuno? Hai fatto fuori Vincennes e hai deviato verso questo puntino minuscolo sulla mappa per cercare di seminarci?»

Robson aveva un accento londinese, forse dell'East End. Per ricercato che fosse il suo modo di parlare, la voce non riusciva a camuffare la sua vera natura. Era soltanto un altro che menava le mani.

«Perché avrei dovuto farlo?»

«Per soldi.»

Il comandante alzò la testa. Nonostante l'occhio pesto e la

faccia sanguinante, la sua espressione era di sfida. «Far incagliare la mia nave non mi sembra particolarmente redditizio, no?»

Stavolta fu Robson in persona a scagliarsi in avanti e ad assestare un calcio nell'addome al comandante. «Con quello che hai perso potresti comprarti un'intera flotta di pescherecci», sbraitò. «E ti avanzerebbero abbastanza soldi per diventare anche proprietario di un piccolo Stato.»

Il comandante guardò Robson con aria incredula. Soltanto allora Robson si convinse della sua innocenza.

«È ancora sulla nave», insisté il comandante. «Aspettate soltanto che la tempesta passi e potrete recuperarlo. Non vi servirà altro che qualche subacqueo capace.»

Robson guardò Slocum, che scosse la testa. «Lo scafo sta già cedendo. E in ogni caso appena la tempesta sarà passata, il posto pullulerà di investigatori e poliziotti. Questo è poco ma sicuro.»

Prima che Robson potesse prendere una decisione, sulle mura sopra di loro apparve un altro uomo. Era rimasto nascosto tra le antiche pietre segnate dagli elementi a tenere d'occhio la strada con un binocolo a infrarossi. «Abbiamo compagnia. Due uomini a piedi.»

«Da dove sono arrivati?» chiese Robson.

«Non saprei. Sulla strada non c'era nessuno.»

Slocum si allarmò all'istante. «Potrebbero essere gli stessi guastafeste della taverna. Quelli che volevano impedirci di portare via il comandante.»

«Membri dell'equipaggio?»

«No», rispose Slocum. «Il gestore della taverna ha detto che lavorano per qualche agenzia governativa americana.»

Robson sembrava basito. Si domandò se Slocum si fosse reso conto di cosa aveva appena detto. «Due uomini al servizio di qualche agenzia americana volevano impedirvi di portare qui il comandante e tu hai pensato bene di dirmelo soltanto adesso?»

«Non sono coinvolti», si difese Slocum.

«E tu come lo sai?»

«Perché questa faccenda non ha nulla a che vedere con loro», disse Slocum. «E perché non è nello stile degli americani andarci piano. Se fossero coinvolti, non manderebbero a risolvere la questione due tizi bravi con i pugni. E di sicuro questi tizi non si sognerebbero di rivelare la loro identità al gestore di una taverna locale. È una coincidenza.»

Robson scosse la testa. «È meglio che me ne vada.»

«E noi?» domandò Slocum.

«Voi restate qui e cercate di capire se questi americani sono una maledetta coincidenza o qualcosa di più.» Si voltò per andarsene, facendo segno all'uomo sopra le mura di seguirlo.

Non essendo stati invitati, Slocum e i suoi uomini non si mossero.

«Cosa facciamo con lui?» chiese Slocum indicando il comandante ferito.

Robson si era già allontanato, diretto dall'altra parte del cortile. «Sparategli in fretta. Non c'è bisogno che soffra. È solo un buono a nulla, non un traditore.»

«E gli uomini della taverna?»

«Sono un tuo problema. Ma se fossi in te non li lascerei vivi.»

Detto ciò, Robson si infilò in un varco tra le mura e sparì.

Kurt e Joe erano nelle profondità del castello in rovina quando udirono uno sparo. Una singola detonazione che risuonò lungo il corridoio.

Seguendo l'eco, Kurt scelse la direzione da prendere. «Da questa parte.»

Attraversando una sala piena d'acqua fangosa che arrivava alle ginocchia, raggiunsero una parete divisoria sgretolata. Oltre il cumulo di macerie si apriva un cortile esterno circondato da mura coperte d'edera.

Kurt si spostò verso l'estremità della sala e si accovacciò tra le pietre cadute. In cortile vide il comandante riverso sull'erba, con una ferita sanguinante all'addome. I due uomini in piedi di fronte a lui davano loro le spalle.

Kurt strinse saldamente l'asta d'alluminio. Ogni briciolo d'istinto dentro di lui gli stava dicendo di precipitarsi fuori e sferrare il suo attacco mentre gli uomini erano voltati, ma la sua mente lavorava sempre con fredda efficienza. Più il momento era intenso, più riusciva a controllarsi.

Diede uno strattone a Joe in modo che si abbassasse accanto a lui. «Prima erano in tre.»

«Non possiamo lasciare lì il comandante», disse Joe. «Non impiegherà molto a morire dissanguato.»

«Se avessero voluto ucciderlo, avrebbe una ferita alla testa», fece notare Kurt. «Lo stanno usando come esca. Dobbiamo dividerci. Tu portati ai piani alti, io passo sotto le forche caudine. Quando il terzo uomo si farà vedere, toglilo di mezzo. Preferibilmente prima che mi ritrovi sulla sua linea di tiro.»

Joe annuì. «Dammi trenta secondi.»

Mentre Joe tornava sui suoi passi, Kurt restò in posizione e gettò un'occhiata al quadrante arancione del suo orologio Doxa prima di spostare di nuovo l'attenzione sul cortile davanti a sé.

Gli uomini all'esterno continuavano a non distogliere lo sguardo dal comandante, provocandolo e sferrandogli un calcio di tanto in tanto, ma nessuno di loro si girò verso Kurt.

Quando la seconda lancetta superò il sei, Kurt prese un respiro lento e profondo, strinse l'asta di alluminio come un giavellotto e si preparò a scattare.

Joe si mosse in fretta, preoccupandosi più di essere veloce che furtivo. Individuò l'apertura nel soffitto da cui era passato prima, si arrampicò sul muro e salì al piano successivo. I secondi passavano.

Sedici… diciassette… diciotto…

Al secondo piano individuò svariati modi per raggiungere il mondo esterno, ma tornare nel cortile era un tantino più complesso.

Venti… ventuno…

Si infilò attraverso quella che un tempo era stata una finestra e si ritrovò sulle mura esterne, esattamente dove sperava.

Ventiquattro… venticinque… ventisei…

Avanzando lungo il muro, Joe vide finalmente il cortile. Sotto di lui c'erano i due uomini e il comandante. Se ci fosse stato un cecchino pronto a togliere di mezzo Kurt, avrebbe dovuto essere alla stessa altezza di Joe. La posizione migliore era la cupola diroccata della torre sulla destra.

Ventotto… ventinove… trenta…

Avrei dovuto prendermi quaranta secondi, si disse Joe. Poi si diresse verso la torre, correndo sulle pietre antiche con le braccia allargate per non perdere l'equilibrio. Raggiunse la cupola proprio mentre Kurt si scagliava verso i due uomini in cortile.

In quel momento, dall'interno della torre apparvero due mani strette intorno all'impugnatura di una pistola. Joe brandì la sua arma di alluminio, calandola sulla canna proprio mentre la pistola sparava.

Il proiettile si conficcò nel terreno dietro Kurt, mancandogli i talloni per un pelo. Gli uomini in cortile si voltarono e videro Kurt spostare il peso di lato appena prima di investirli a tutta velocità, falciando il collo di entrambi con il braccio teso.

Joe non vide altro dello scontro che si stava svolgendo ai suoi piedi. Era troppo impegnato in una battaglia tutta sua. Benché fosse riuscito a far abbassare la pistola al cecchino, la sua presa sull'arma era ancora ben salda.

L'uomo armato doveva avere le mani dolorati, ma si girò verso Joe, pronto a fare fuoco. Stavolta Joe usò l'asta a mo' di lancia, conficcandola nell'avambraccio dell'avversario per poi inchiodare al muro sia il braccio che l'arma.

La pistola sparò di nuovo, e il proiettile colpì il muro di pietra. Il rinculo e il rimbalzo costrinsero l'uomo a mollare la presa, ma mentre la pistola cadeva lui si divincolò, estrasse un coltello e cercò di ferire Joe in faccia.

Lui si abbassò, diede una spallata all'uomo e lo mandò a sbattere contro il muro. Aspettandosi di sentire il coltello trafiggergli la schiena da un momento all'altro, Joe spinse l'uomo di lato e poi giù dalle mura in rovina. Lui fece un volo di tre metri, agitando le braccia, e atterrò di schiena sull'erba fangosa.

Era conciato male, ma non morto e nemmeno fuori combattimento. Soltanto allora Joe si rese conto di avere appena creato una situazione di tre contro uno in cui Kurt era in netto svantaggio.

Recuperò la pistola dal pavimento di pietra e scoprì che la canna era danneggiata. Lanciandola da parte, si preparò a saltare. Mentre saliva sulle mura, risuonarono numerosi spari, talmente veloci che Joe non riuscì nemmeno a contarli.

Sotto di sé vide Kurt buttarsi a terra. I tre uomini contro i quali stava lottando caddero in rapida successione. Nessuno di loro si mosse più.

Ben consapevole di essere esposto e alquanto stupito di essere vivo e illeso, Kurt si accovacciò e cercò di capire da dove fossero giunti gli spari. Trovò la risposta quando alzò lo sguardo verso le mura e vide una figura con un impermeabile verde oliva emergere da una delle nicchie in cui un tempo si appostavano gli arcieri.

La figura abbassò il cappuccio dell'impermeabile, rivelando un viso con alti zigomi anglosassoni, un ombretto color cenere, ora leggermente sbavato dalla pioggia, e capelli biondo chiaro raccolti in una stretta coda di cavallo.

Kurt la riconobbe all'istante. Era Morgan Manning.

9

Kurt restò sotto la pioggia battente, circondato dagli uomini caduti, mentre Morgan Manning si faceva strada tra i resti delle mura e si dirigeva verso il cortile.

Atterrando sull'erba con un balzo, rinfoderò la pistola sotto l'impermeabile e raggiunse Kurt, che era in piedi di fianco al comandante. «Dimmi che è ancora vivo.»

«Mi dispiace», rispose Kurt. «Siamo arrivati troppo tardi.»

Il comandante non era più tra loro. Doveva essere già morto prima ancora che Kurt e Joe arrivassero. Le grida e i calci erano soltanto una messinscena. Parte di una trappola che aveva quasi funzionato.

Morgan prese un respiro profondo e scosse la testa. «Congratulazioni. Siete riusciti a mandare a monte un'operazione che stavamo organizzando da mesi. Adesso invece di un gruppo di sospettati da interrogare, ho quattro cadaveri.»

«'Sospettati da interrogare'?» le fece eco Kurt. «Il settore giornalistico dev'essere più tosto di quanto pensassi.»

«Ovviamente era una copertura, resasi necessaria nel momento in cui siete entrati in scena voi due. Avevo bisogno dei vostri nomi, delle vostre impronte vocali e del vostro profilo facciale per condurre le verifiche del caso.»

«Ci hai fotografati? Non me lo ricordo», disse Kurt.

«Ci ha pensato il registratore vocale. Contiene una fotocamera nascosta. Le foto e la targa del vostro pick-up mi hanno permesso di stabilire che lavorate veramente per la NUMA e di escludere che dietro il vostro intervento ci fosse qualcosa di più dell'incapacità di due spettatori troppo zelanti di starsene semplicemente tranquilli a guardare lo spettacolo.»

«È per questo che mi hai sparato?» disse Kurt.

Lei indicò gli uomini morti. «Non ti ho colpito.»

«Non qui. Mi riferisco a prima, alla taverna. Nel parcheggio. Devi essere stata tu. Gli spari arrivavano da una posizione sopraelevata. Questi uomini erano a terra, impegnati a cercare di levare le tende.»

Lei arricciò le labbra, restando in silenzio per un attimo prima di rispondere. Alla fine annuì. «Ottimo spirito di osservazione. Per la cronaca, ho sparato davanti a te, lontano, nel fango, in modo tale che una volta rilevato il pericolo potessi arretrare e nasconderti.»

«E quand'ero dietro il muro?»

«Dovevo impedirti di uscire allo scoperto. Non hai corso nessun rischio. È un'arma di piccolo calibro. Non riuscirebbe nemmeno a forare un mattone. Così facendo ho consentito a questi uomini di fuggire e ho potuto seguirli. L'obiettivo era scoprire con chi si sarebbero incontrati e arrestarli. E adesso per colpa vostra non sarà più possibile.»

Abbandonata la sua posizione ai piani alti, Joe arrivò nel cortile proprio sul finale della frase di Morgan. «Far saltare i migliori piani dei topi e degli uomini è la nostra specialità.» Si tolse la giacca e coprì il comandante. «Magari potremmo proseguire questa discussione altrove. Per esempio sotto ciò che è rimasto del tetto.»

Kurt si era talmente abituato alla pioggia da non sentirla quasi più. Ora che il vento si stava attenuando, l'atmosfera era quasi pacifica. Tuttavia non aveva senso rimanere all'aperto. Quando furono tutti e tre al riparo dentro il Castello di Clagmore, ripresero la loro conversazione.

«Okay», disse Kurt. «Tu sai chi siamo noi. Ma tu chi sei? E soprattutto, per chi lavori? E non voglio sentir nominare *UK News 1*.»

«Servizio di sicurezza. Sezione 5.»

«MI5», commentò Kurt. «E questi uomini?»

«Fanno parte di un'organizzazione conosciuta come il Bloodstone Group.»

«Mai sentita.»

«Non mi stupisce. Ma fidatevi, sono molto pericolosi.»

Kurt non aveva bisogno di fidarsi di lei su quel punto, l'aveva visto con i suoi occhi. Ma la domanda più importante era ancora senza risposta: perché lei si trovava lì? «Eppure volevi affrontarli da sola.»

«Non necessariamente. La mia squadra è a Dunvegan, pronta a intervenire. Stando alle nostre fonti, ieri sarebbe dovuto arrivare un carico via mare. Abbiamo tenuto gli occhi bene aperti, ma senza risultato. Quando ho sentito dell'incidente del peschereccio, ho lasciato la squadra e sono venuta qui, seguendo l'istinto. Tutto il resto è successo così in fretta che non ho nemmeno avuto il tempo di chiedere aiuto. Non ero neanche sicura che la nave fosse collegata all'operazione fino a quando non sono comparsi Slocum e i suoi uomini.»

Ci voleva fegato per dare retta al proprio istinto e seguirlo fino in fondo. Kurt nutriva rispetto verso chi agiva così. «E cosa stavano contrabbandando di preciso questi uomini?»

«Questo non posso dirvelo. Immagino capirete.»

«Certo», rispose Kurt. «Conosco bene le regole.»

«Le conosce, sì, ma raramente vi si attiene», fece notare Joe.

«È un genere di persona con cui ho una certa familiarità», rispose Morgan. L'espressione sul suo viso lasciava supporre che potessero essere fatti della stessa pasta.

«Il punto è che qualunque cosa stessero contrabbandando, è ancora su quel peschereccio», disse Kurt.

Morgan strinse gli occhi mentre Kurt parlava. «Come fai a esserne sicuro?»

«Il comandante e il suo passeggero sono andati sottocoperta per recuperare la merce. Hanno addirittura costruito un gommone con i giubbotti di salvataggio per trasportare questo carico misterioso lungo il corridoio, di conseguenza suppongo che si trattasse di qualcosa di pesante. Cosa sia andato storto, non lo so. Probabilmente una discussione su cosa farne una volta a terra. Forse qualcuno non voleva consegnarlo a questi uomini e qualcun altro sì. Ma fatto sta che è ancora là sotto. Se si tratta di qualcosa di deperibile, come l'oppio, probabilmente tanto vale lasciar perdere. Ma se invece parliamo di qualcosa di più consistente, sarà ancora tutto intero. Almeno per il momento. Possiamo darvi una mano a recuperarlo.»

«Apprezzo l'offerta, ma non posso accettare. Appena la tempesta passerà oltre, farò arrivare una squadra di sub. Passeremo al setaccio ogni centimetro quadrato di quel peschereccio. Troveremo ciò che trasportava.»

«No che non lo troverete», replicò Kurt. Non c'era cattiveria nella sua voce, e nemmeno rabbia, soltanto la risolutezza di chi stava dichiarando un semplice dato di fatto.

Morgan invece prese la sua risposta come una sfida e inarcò le sopracciglia.

Kurt si spiegò. «Dopo aver passato altre ventiquattr'ore esposto alla furia del vento e alla violenza delle onde, quel peschereccio sarà ridotto a poco più di un cumulo di ferraglie. Considerato che la tempesta potrebbe riacquistare forza e che la marea si alzerà e si abbasserà più volte, sarete fortunati a trovare qualcosa in più del motore e dell'ancora.»

«Secondo me esageri. Le condizioni meteo stanno già migliorando», disse indicando il cielo. Le nuvole si erano diradate, il vento si stava placando e persino la pioggia era meno fitta.

«Questa tempesta in origine era un uragano», disse Kurt. «Forse non avrà un occhio vero e proprio, ma ha un centro più calmo di una normale perturbazione. Adesso sta arrivando la bonaccia, ma non durerà. Il vento rimarrà moderato per una o due ore, dopodiché sopraggiungerà la seconda metà della tempesta e voi rimarrete bloccati per un altro giorno e mezzo. Se volete recuperare ciò che stavano contrabbandando questi uomini, dovete farlo ora.»

Morgan fissò Kurt a lungo. Per un breve momento un'espressione frustrata ebbe la meglio sul suo contegno calmo. «Non hai tutti i torti. Non lo nego. Ma prima di accettare, vorrei sapere perché vi interessa tanto. Non sarà un'immersione facile, e avete già rischiato la vita una volta.»

«Per la verità due», precisò Joe.

«Giusto. Quindi perché rischiarla una terza volta?»

Sulle labbra di Kurt si schiuse un largo sorriso. Per lui era chiaro come la differenza tra il giorno e la notte. «Io vado matto per i misteri. E finora mi hanno preso a pugni, sparato e buttato nel fango due volte, il tutto soltanto perché io e Joe abbiamo cercato di aiutare qualcuno. A questo punto vorrei tanto scoprire il motivo.»

10

Quando Kurt, Joe e Morgan arrivarono alla spiaggia, le raffiche di vento avevano ceduto il passo a una dolce brezza. Il cielo era ancora una distesa compatta di grigio dalla quale continuava a cadere una pioggerella leggera, ma le condizioni erano migliorate. Esaminando le previsioni aggiornate sul cellulare, Kurt stabilì che era giunto il momento di entrare in azione. «Più di così non migliorerà. Sbrighiamoci.»

Mentre Joe parcheggiava il pick-up, Kurt saltò giù. Ora che il vento si era placato, il mare non era più una distesa di creste spumose, ma le onde continuavano a formarsi e a infrangersi con forza sulla spiaggia.

Morgan si fermò e guardò dritto davanti a sé. La sua espressione era perplessa. Viste dalla spiaggia, le onde erano ancora più imponenti che dall'alto della strada. «È un po' una follia.»

«No, è una bella onda sinistra alta tre metri e mezzo», ribatté Kurt. «Perfetta da cavalcare.»

Joe rise e scosse la testa. «Certo, sempre che ti piaccia stare immersa nell'acqua gelida e sfracellarti contro le rocce.»

Dopo essere riuscito a strappare un sorriso nervoso a Morgan, Joe si portò un binocolo davanti agli occhi. «Le luci sono spente. Il peschereccio è quasi completamente sott'acqua. Dai un'occhiata.»

Kurt prese il binocolo ed esaminò la nave naufragata. Sopra il livello dell'acqua erano rimaste soltanto la sommità della timoniera e i bracci utilizzati per calare le reti da pesca. A ogni singola onda che la investiva, la nave finiva sempre più a fondo.

Abbassato il binocolo, Kurt controllò l'orologio. «La marea ha quasi raggiunto il picco. E il peschereccio si è stabilizzato a sufficienza. A questo punto dovrebbe essere praticamente appoggiato dritto sul fondale. Dobbiamo portare a termine l'operazione prima che la marea cambi e lo trascini via da quelle rocce.»

«Adesso che lo scafo è sott'acqua non riusciremo più a parcheggiare sul ponte», disse Joe.

«No», concordò Kurt. «Avremo bisogno di un passaggio sia all'andata che al ritorno.» Si girò verso Morgan. «Non sarà facile. Quante immersioni hai fatto in condizioni meteorologiche avverse?»

«Abbastanza. Ho un brevetto per immersioni in acque profonde e mi sono specializzata in operazioni subacquee e di salvataggio durante un corso di addestramento di tre mesi nell'unità marittima antiterrorismo della Royal Navy. E non dentro una piscina.»

Kurt restò affascinato dal suo tono stizzito. «Allora è meglio se ci immergiamo io e te. Joe ci farà da chauffeur.»

Il piano era semplice. Joe avrebbe pilotato la moto d'acqua, lasciando Kurt e Morgan vicino alla timoniera del peschereccio affondato. Poi loro sarebbero entrati e Joe si sarebbe spostato nel canale, cavalcando le onde in paziente attesa di un loro segnale. Finché il ritmo delle onde fosse rimasto costante e il vento non avesse riacquistato forza, per Joe sarebbe stato più sicuro rimanere in mare. Tornare sulla spiaggia, infatti, avrebbe significato affrontare i frangenti sia all'andata che al ritorno.

Attraverso il sistema di comunicazione integrato nei caschi, sarebbero riusciti a tenersi in contatto per la maggior parte del tempo, ma tutti avevano con sé attrezzature di emergenza e razzi di segnalazione per far fronte a eventuali malfunzionamenti.

Dopo essersi infilati la muta da sub, Kurt e Morgan indossarono le imbracature e le bombole. Benché si fossero portati dietro di tutto e di più per quella spedizione, erano sforniti di qualcosa di molto semplice: pesi aggiuntivi. Mentre Joe preparava la moto d'acqua, Kurt porse a Morgan due sacchi a rete di quelli che usavano per raccogliere manufatti sul fondo del mare.

«Riempili di sassi e agganciateli alla cintura. Il mare sarà mosso quando saliremo e scenderemo dal peschereccio. Una zavorra pesante è il modo più sicuro per affrontarlo. Altrimenti potremmo ritrovarci chissà dove.»

Morgan riempì entrambi i sacchi di sassi tondi e lisci e se li fissò all'imbrago da immersione. Tra l'attrezzatura e il peso aggiuntivo che si erano agganciati alle cinture, fecero parecchia fatica a raggiungere la riva. Ma una volta in acqua, lei e Kurt se la cavarono meglio di Joe.

Dopo aver rischiato di perdere la moto d'acqua, Joe saltò a bordo e aumentò la velocità a poco a poco per mantenere il mezzo sotto controllo. Morgan salì dietro di lui e Kurt montò per ultimo.

«Via!»

Joe girò la manopola e si diresse verso i flutti. Ridusse la potenza per un attimo in modo da arretrare mentre un'altra onda si profilava davanti a loro per poi infrangersi. L'acqua bianca puntò verso la moto e Joe accelerò rapidamente, andando incontro all'onda successiva prima che questa potesse infrangersi sopra di loro. Da lì in poi procedettero senza intoppi, su e giù sulle onde, fino al peschereccio.

Con la nave ferma in posizione abbastanza dritta, Joe poté avvicinarsi da prua, evitando così gli spuntoni di roccia sommersi. Dopo qualche manovra per oltrepassare i bracci della gru, si fermò accanto al tetto della timoniera e mantenne la posizione regolando la pressione sulla manopola.

«È la vostra fermata», esclamò.

Kurt si era già calato nell'acqua torbida e stava scendendo verso il ponte. Atterrò bruscamente e cercò qualcosa cui aggrapparsi. Un attimo era immerso in tre metri d'acqua con il motore della moto che vibrava e l'onda luminescente che raggiungeva la sua altezza massima sopra di lui, e quello dopo dovette assicurarsi di togliersi di mezzo per non essere decapitato dalla moto d'acqua che, con Joe e Morgan a bordo, si riabbassava dopo il passaggio dell'onda.

Per un momento si ritrovò con la testa sopra la superficie. Diede il segno di okay con il pollice e osservò Morgan portare una gamba oltre la poppa. Si tuffò in acqua proprio mentre arrivava la cresta dell'onda successiva. Morgan scese in fretta, ma l'onda la fece allontanare dalla timoniera.

Kurt si allungò e le afferrò l'imbracatura con una mano, aggrappandosi con l'altra al telaio del boccaporto. Per un momento pensò che la pressione l'avrebbe smembrato, poi però la sentì diminuire e il turbine d'acqua che stava passando sopra di loro rallentò.

Scalciando con le pinne, Morgan lo raggiunse e si aggrappò a sua volta al boccaporto. «Credevo che questo peso extra sarebbe stato più utile», disse con una voce che suonava piatta attraverso il sistema di comunicazione.

«Se non l'avessimo avuto saremmo stati spazzati via», replicò Kurt. «Ma dovremo essere molto prudenti.»

Lei annuì.

«Seguimi.»

Kurt si issò dentro la timoniera, nella quale l'acqua melmosa arrivava fino al soffitto.

Una volta dentro, premette un pulsante sulla parte inferiore dell'imbraco, accendendo una serie di luci integrate nell'attrezzatura. La NUMA aveva imparato da tempo che il modo migliore per illuminare l'acqua senza dare fastidio agli occhi di un sub era posizionare le luci lontano dalla sua maschera. In quel caso erano incorporate nell'imbracatura stessa.

E c'era anche un vantaggio ulteriore: il sub aveva le mani libere.

«Accendi le luci anche tu», disse Kurt indicando il lato destro dell'imbracatura.

Morgan individuò il pulsante e lo premette. Quando entrambi i gruppi di LED giallo-verdi furono accesi alla massima potenza, la timoniera torbida si trasformò in un ambiente ben definito e pieno di ombre. Nonostante la molta melma che fluttuava nell'acqua, Kurt riuscì a vedere fino alla parete in fondo. «Vieni», disse appena riuscì a orientarsi.

Un'altra onda passò sopra il peschereccio. La nave oscillò e all'interno si formò una corrente che dapprima spinse Kurt e Morgan in avanti per poi trascinarli indietro. Ma grazie alle zavorre fu soltanto una piccola distrazione.

Kurt non si lasciò scoraggiare. «Prossima tappa del tour guidato: le scale.»

«Sono dietro di te.»

Kurt cominciò lentamente a scendere, sentendosi come un astronauta sulla Luna. Mentre la bombola d'ossigeno e l'imbracatura limitavano i suoi movimenti, la spinta di galleggiamento creava una specie di ambiente a bassa gravità. Anziché scendere i gradini camminando, fece un piccolo balzo e raggiunse il piano di sotto senza alcuna fatica.

«Dimmi qualcosa di più su questo Bloodstone Group.»

«Non erano questi gli accordi», rispose Morgan atterrando dietro di lui.

«Scoprirò comunque tutto dal mio governo. Tanto vale che tu mi metta al corrente dei dettagli meno riservati.»

«E va bene», concesse lei. «Sono trafficanti d'armi di professione. Ma finanziano le loro attività attraverso diamanti e pietre preziose di provenienza non etica.»

«È questo che stavano trasportando?»

«No. Grazie alla collaborazione con l'Interpol e altre agenzie governative, quel traffico l'abbiamo fermato. I grossisti di pietre preziose di Anversa ci hanno dato una mano inasprendo i controlli e acquistando soltanto da fonti affidabili.»

«Davvero gentile da parte loro.»

«Più o meno. Tutti collaborano più volentieri quando hanno qualcosa da guadagnare. Di certo non hanno il benché minimo desiderio di vedere il mercato inondato di pietre preziose da parte di venditori disperati che si accontentano di un margine ridicolo.»

«Giusto.»

«Le scappatoie comunque non mancano», aggiunse Morgan. «Ma il Bloodstone Group si è trovato con le mani talmente legate da decidere di puntare su un'altra fonte per procurarsi entrate solide.»

«Sarebbe a dire?»

«Antichità. Manufatti e reperti appartenuti a culture antiche.»

«Armi in cambio di oggetti antichi», commentò Kurt. «So bene che questo tipo di traffico è di nuovo in crescita.»

«Perché mai la NUMA dovrebbe sapere qualcosa di oggetti antichi?»

«Ci occupiamo spesso di scavi archeologici. Abbiamo dovuto aumentare la sicurezza presso alcuni dei siti più a rischio. Dove si procura i suoi reperti questo Bloodstone Group?»

«Ovunque ci riesca. Rubano da musei, collezioni private e soprattutto da siti di scavo aperti. Gli oggetti che non sono ancora stati catalogati e registrati sono più preziosi perché non possono essere rintracciati.»

Kurt conosceva il resto della storia. «Vendono ciò che rubano ad acquirenti facoltosi e usano i soldi per acquistare armi.»

«Esattamente», confermò Morgan. «Dopodiché vendono le armi ai loro vecchi contatti che combattono in Paesi dilaniati dalla guerra.»

Nel frattempo avevano raggiunto la seconda rampa di scale. La fune che Kurt aveva visto prima era ancora legata alla ringhiera.

«E questa a cosa serve?» domandò Morgan.

«O a issare il carico o come fune di sicurezza», rispose Kurt controllando di nuovo che reggesse. «A giudicare dal gommone che hanno cercato di mettere insieme con i giubbotti di salvataggio, qualunque cosa volessero trasportare doveva essere piuttosto pesante.»

Morgan si voltò in modo che le luci sulla sua imbracatura illuminassero la rampa di scale insieme a quelle di Kurt. Frammenti di sedimento galleggiante scintillavano come una distesa di stelle. Il peschereccio si spostava dolcemente per via delle onde che continuavano a investirlo. Fatta eccezione per il rumore dei loro respiratori che espellevano il gas e per gli scricchiolii e i borbottii dello scafo, il silenzio era assoluto. «C'è un'atmosfera quasi pacifica qui.»

«Credimi, non era così qualche ora fa.»

Kurt scese dal primo gradino e si diede una spinta in avanti, atterrando al piano di sotto.

Quando i suoi piedi toccarono il pavimento, si sollevò una piccola nuvola di sedimento che girò intorno alle sue gambe prima di diradarsi. Sopra di sé, intrappolati contro il soffitto come palloncini riempiti di elio, Kurt vide i giubbotti salvagente che il comandante aveva legato insieme.

Avanzò mentre Morgan atterrava accanto a lui.

«Hai visto qualcosa di interessante?» domandò lei.

«Non ancora», rispose Kurt.

Superò il punto in cui aveva trovato il corpo galleggiante del comandante e arrivò alla porta socchiusa. Tra il telaio e il battente era infilata una cassa di acciaio inossidabile. Kurt si chinò a esaminarla. Nel punto in cui il coperchio incontrava il corpo della cassa c'era una massiccia chiusura di gomma alla quale per sicurezza era stato fissato un lucchetto.

«Dev'essere questa», disse mentre spingeva la porta e afferrava una maniglia della cassa. Sollevandola con forza, riuscì ad alzarne un'estremità, dopodiché la fece scivolare avanti. Era più pesante di quanto si aspettasse.

Lasciando andare la maniglia, ascoltò la cassa toccare terra con un tonfo metallico ovattato.

«Peserà almeno trentacinque chili», disse Kurt.

Morgan lo raggiunse e gettò una rapida occhiata al lucchetto. «Avremo bisogno di una chiave o di un paio di tenaglie», osservò lei passando davanti a Kurt ed entrando nella cabina. «Vediamo se ce ne sono altre.»

Kurt la seguì. Altre casse non ce n'erano, ma quando si voltarono verso un angolo in fondo alla cabina, le loro luci illuminarono il corpo di un uomo seduto, appoggiato contro la paratia.

Le sue braccia erano alzate, come se stesse chiedendo aiuto, mentre i suoi capelli si muovevano nella corrente e i suoi occhi senza vita guardavano dritto davanti a lui. Nella luce fosca, la sua pelle era di un pallore spettrale, quasi verde.

«Vincennes. Il nostro informatore», disse Morgan.

«Il comandante ha detto che era annegato», rispose Kurt. «Ma a quel punto qua sotto c'era solo un metro d'acqua.»

Morgan gli stava esaminando il collo. Alcuni lividi intorno al pomo d'Adamo lasciavano supporre che la sua morte non fosse avvenuta per annegamento. «Ha l'osso del collo spezzato. Probabilmente era già morto ben prima di poter annegare.»

Con le mani infilate nei guanti rovistò nelle tasche della giacca di Vincennes, poi si allontanò da lui, spostandosi dal lato opposto della cabina. Lì trovò una borsa portacomputer e un cellulare. Tolse qualche sasso dalla borsa e vi infilò l'attrezzatura elettronica. «I ragazzi in laboratorio vorranno dare un'occhiata.»

Kurt esaminò il resto della stanza senza trovare altro. «Portiamo di sopra quella cassa e chiediamo a Joe di recuperarci.»

Tornati in corridoio, si posizionarono ai due lati della cassa e afferrarono le maniglie. «Pronti», disse Kurt. «Via.»

Issato il baule, si diressero verso le scale. Morgan camminava in avanti, Kurt all'indietro.

11

Sul sedile imbottito della moto d'acqua, Joe Zavala cavalcava le onde cercando di mantenere la posizione a circa duecento metri dal peschereccio sommerso. Al centro del canale, le onde sopraggiungevano con una regolarità ipnotica.

Joe dovette comunque vedersela con qualche onda trasversale o con due flutti in avvicinamento che diventavano uno solo, ma in linea di massima riusciva a calcolare i tempi di ogni movimento in anticipo, accelerando sul fronte anteriore di un'onda in arrivo, riducendo la velocità quand'era quasi in cima per poi scendere dolcemente dall'altra parte.

Divenne facile, quasi rilassante.

Joe non si stupì. Era perfettamente a suo agio su quel mezzo. A differenza di Kurt, che traeva una specie di piacere masochista da attività che richiedevano fatica fisica come il canottaggio sul Potomac o la barca a vela – ancora più pericolosa in quanto si dipendeva in tutto e per tutto dai capricci del vento – Joe preferiva i cavalli dei motori e le macchine. Aveva smontato e riassemblato il suo primo motore alla veneranda età di dieci anni. Aveva messo a punto e riparato auto per tutte le scuole superiori e si era poi iscritto a vari corsi di ingegneria mentre era in Marina. Da allora aveva progettato e costruito imbarcazioni, ROV, sottomarini e persino un aereo, sul quale tuttavia non aveva ancora volato. Aveva addirittura creato una muta da sub ad alimentazione autonoma che funzionava come un guscio di muscoli artificiali, consentendo a chi la indossava di nuotare al doppio della consueta velocità e di percorrere distanze molto più lunghe.

Nel mondo di Joe, se esistevano i cavalli vapore c'era un motivo – sostituire la forza umana – e la sua regola di fondo era: più ce n'è, meglio è. Persino la moto d'acqua era dotata di un motore da competizione modificato da lui personalmente, fatto di cui era grato ogni volta che girava la manopola.

Abbassò lo sguardo sul quadro comandi illuminato. Carburante in abbondanza e nessuna spia accesa, ma il tempo cominciava a scarseggiare. Presto la marea sarebbe cambiata, agitando di più le acque e provocando un'insidiosa corrente che avrebbe fatto di tutto per uscire dal lago.

Più o meno in quel momento, la bonaccia sarebbe finita. A giudicare dalla ricomparsa delle creste spumose sulla superficie dell'acqua, il vento stava già riacquistando forza.

Joe cavalcò un'altra onda, accelerò nel punto più basso e spronò il suo destriero quando vide avvicinarsi l'onda successiva. Arrivato sulla cresta, allentò di nuovo la pressione sulla manopola e guardò verso il peschereccio. Nulla lasciava supporre che Kurt e Morgan fossero riemersi, ma la sua attenzione fu catturata da qualcos'altro, qualcosa che si muoveva in lontananza appena sotto le nuvole rigonfie.

Sulle prime pensò che fosse un volatile di qualche tipo, magari un albatro selvatico o qualche altro uccello marino che si era arrischiato a volare durante quel momento di quiete, ma nel giro di poco capì. Quel punto nero nel cielo grigio era sì un volatile, ma meccanico, un elicottero, che si stava dirigendo verso di loro.

Joe premette il pulsante del microfono e riferì l'informazione. «Detesto dovervelo dire, ma stiamo per perdere l'esclusiva su questa operazione di recupero. Abbiamo un elicottero a luci spente in arrivo. Qualche possibilità che sia del MI5 o della Royal Navy?»

Morgan fu la prima a rispondere. «Io non ho chiamato nessuno. Tenderei a dire che non si tratta di amici. Non se le luci di navigazione sono spente.»

Dopodiché si udì la voce di Kurt. «Quanto tempo abbiamo prima di ritrovarceli sull'uscio di casa?»

Joe si stava riabbassando dopo il passaggio di un'onda mentre Kurt formulava la domanda. Voltandosi a controllare, vide che l'elicottero aveva coperto un quarto della distanza che li separava. «Non più di un minuto. Siete pronti a scendere da quel peschereccio?»

«Abbiamo trovato ciò che stavamo cercando», disse Kurt. «Stiamo salendo. Incontriamoci alla timoniera.»

Joe non aspettò di essere sollevato dall'onda successiva. Diede una spinta alla manopola e si allontanò in fretta, curvando verso destra. Così facendo si portò in una posizione da cui avrebbe potuto avvicinarsi alla nave naufragata con le onde che andavano dritto verso di lui. Come un aereo che decolla e atterra controvento, avrebbe avuto maggiore controllo.

Regolandosi in base al ritmo delle onde, avanzò piano, schivando i bracci con le reti da pesca che adesso sporgevano dall'acqua come alberi morti. Slittò leggermente di lato e urtò la timoniera.

«Sei tu che bussi?» domandò Kurt attraverso la radio.

«Volevo soltanto avvertirvi che sono qui.»

«Un attimo di pazienza. Stiamo salendo le scale.»

Joe fu spinto indietro, ma mentre avanzava di nuovo vide alcune luci muoversi all'interno della nave. Sentì un suono di respiri pesanti e brevi borbottii mentre Kurt e Morgan trasportavano faticosamente ciò che avevano trovato.

«Sbaglio o stai ansimando?» disse Joe. «Sarà il caso che passi un po' più di tempo in palestra una volta a casa.»

«Molto divertente. Questo piccolo forziere è più pesante di quanto si possa pensare.»

Per quanto volesse dare una mano, Joe non poteva fare altro che concentrarsi sul motore e restare in posizione.

Si guardò alle spalle. L'elicottero stava sorvolando la spiaggia quando sotto la calotta inferiore si accesero due fari che, puntati dritto verso il basso, illuminarono dapprima la spiaggia di sassi e poi si soffermarono sull'F-150 bianco.

L'elicottero volò a punto fisso per un momento, poi riprese a muoversi. Il cerchio di luce che lo accompagnava superò la spiaggia, illuminò l'acqua spumosa sopra le secche e poi si spostò più rapido mentre l'elicottero si dirigeva verso i flutti scuri.

Kurt uscì dal boccaporto proprio mentre un'onda cominciava ad allontanarsi. Stava camminando all'indietro e l'acqua gli turbinava intorno alle spalle. Joe vide che aveva le mani abbassate davanti a sé. Morgan era ancora dentro la timoniera.

Quando arrivò un'altra onda, Kurt scomparve. Joe spinse per gradi la manopola e avanzò in modo tale da non andare a sbattere contro la timoniera, poi lasciò girare il motore al minimo, restando in posizione.

Kurt ricomparve proprio quando il rumore dell'elicottero soverchiò quello del vento e delle onde. Stava virando a un centinaio di metri da loro. I suoi fari passarono sull'acqua e si soffermarono sulla nave.

«Davvero gentile da parte loro aiutarci con un po' di luce», disse Kurt.

Joe si riparò gli occhi e riuscì a scorgere una figura con le gambe penzoloni fuori dal portello e un fucile a canna lunga imbracciato. «State giù!»

Videro alcuni lampi di luce davanti alla canna del fucile, e dopo un secondo i proiettili traccianti stavano ululando sopra la loro testa. Strisce rosse nel cielo plumbeo, cinque colpi potenzialmente letali.

Joe si abbassò e si allontanò mentre i proiettili si conficcavano nella timoniera. Una seconda, breve raffica sparata verso destra colpì la poppa della nave.

Kurt riapparve con Morgan accanto a sé. Joe portò la moto d'acqua in posizione, ma quando Kurt e Morgan stavano per issare a bordo la cassa di metallo, si riversò su di loro un'altra pioggia di spari, stavolta accompagnata da una granata da 40 mm.

La granata finì in acqua a mezzanave ed esplose. L'onda d'urto spinse avanti la moto d'acqua e fece cadere Kurt e Morgan, che svanirono sotto la superficie.

«Vattene!» gridò Kurt attraverso il sistema di comunicazione.

«Non senza di voi.»

«Da morto non ci sarai di alcun aiuto. Vattene! È un ordine!»

Joe spinse la manopola al massimo e la moto d'acqua scattò in avanti. Superò a tutta velocità la prua, dirigendosi verso acque più profonde.

Appena guardò indietro, si accorse di avere un problema. L'elicottero lo stava seguendo.

12

Mentre solcava le acque del canale a tutta velocità, Joe diede a Kurt la buona notizia. «Se avevi intenzione di appiopparli a me, sappi che ce l'hai fatta.»

«Scusa. Ma se riuscissi a tenerli occupati per un po' senza beccarti un proiettile, potrebbe farci comodo. Stiamo elaborando un piano.»

«Elaboratelo in fretta», rispose Joe. Scese da un'onda e risalì la successiva. Quando riemerse quasi in cresta, nel suo specchietto retrovisore comparve l'elicottero. Volava in diagonale, avanzando di lato come un granchio, in modo che il tiratore potesse spararagli dal portello.

Superato il promontorio, Joe ebbe uno spazio di manovra sufficiente. Si fece strada a zig-zag verso destra e curvò descrivendo un ampio cerchio, così da ritrovarsi davanti al muso dell'elicottero. Mentre il velivolo virava, Joe continuò a muoversi in tondo. E il tiratore, che poteva fare fuoco soltanto dal portello laterale, restava sempre troppo indietro per poter prendere la mira.

Rendendosi conto di essere stato alquanto ingegnoso, Joe sorrise. Si domandò quanti cerchi avrebbe dovuto descrivere prima che al pilota e al suo tiratore cominciasse a girare la testa. «Io posso andare avanti tutto il giorno», disse a gran voce.

Proprio in quel momento l'elicottero smise di ruotare e si girò nella direzione opposta. Joe se ne accorse con un attimo di ritardo, ritrovandosi proprio nella zona di tiro.

Una serie di proiettili traccianti finì nell'acqua davanti a lui, e Joe virò istintivamente. «O forse no», borbottò stringendo forte il manubrio.

Di punto in bianco le luci dell'elicottero si spensero e Joe lo perse di vista. Si spostò a sinistra e poi a destra nel tentativo di localizzare il velivolo attraverso il rumore dei rotori. Immaginava di essere seguito con un visore notturno, che assicurava ai suoi avversari un grosso vantaggio, ma c'era ben poco che potesse fare.

Si abbassò nel cavo di un'altra onda. Quando fu di nuovo sulla cresta, trovò l'elicottero dritto davanti a sé. I fari si accesero, abbagliandolo, e il tiratore aprì il fuoco. Un proiettile colpì il parabrezza e si portò via un pezzo di plexiglas, mentre un altro distrusse il bordo esterno della manopola sinistra.

Joe ritrasse il braccio di scatto. Gli faceva male il palmo della mano. E aveva perso sensibilità alla spalla. Senza interrompere la sua corsa, sfrecciò proprio sotto l'elicottero, che adesso stava volando a punto fisso. Se avesse avuto una lancia, avrebbe potuto scagliarla all'interno e impalare il tiratore.

Quello che non poteva fare era continuare a correre e schivare proiettili.

Una volta al sicuro, Joe si controllò la mano e constatò di riuscire ancora a stringerla abbastanza bene. Afferrò il manubrio danneggiato e si voltò di nuovo. Fortuna che l'acceleratore è a destra, pensò.

L'elicottero si preparò a seguirlo, ma Joe aveva un nuovo piano d'azione. Nelle gole tra un'onda e l'altra era al sicuro perché l'elicottero stava volando a bassa quota, e le creste impedivano al tiratore di vederlo. Stavolta dunque Joe resto giù, mantenendosi nel cavo dell'onda mentre si dirigeva verso riva.

Avendolo perso di vista, il pilota fece la scelta più ovvia: acquistare quota. Le luci passarono sopra Joe e poi svanirono.

Con suo stupore, il pilota aveva rinunciato all'inseguimento. Poteva esserci un motivo soltanto.

Joe contattò Kurt via radio. «Mi dispiace, amigo, il momento dei diversivi è finito. Devono aver capito che non ho nessun bottino. Stanno venendo verso di voi.»

«Hai fatto quello che hai potuto», rispose Kurt. «Allontanati. Da adesso ci pensiamo noi.»

«Dimmi che siete in acqua e state nuotando.»

«Non esattamente.»

Mentre Kurt rispondeva, Joe vide l'elicottero salire, poi abbassare il muso e mettersi in posizione di tiro.

Prima che Joe potesse avvertire Kurt, scaricò una raffica furibonda di missili da un gruppo di lanciarazzi montati appena sotto la cabina di pilotaggio. Cinque, dieci, venti, via, uno dopo l'altro. Colpirono in pieno il peschereccio parzialmente sommerso in uno spietato bombardamento che lo fece saltare in aria. Il ponte andò distrutto, della timoniera non restò nulla. Da poppa e da prua si levarono esplosioni di fuoco arancione. E in mezzo a quel finimondo, i bracci con le reti da pesca caddero come alberi abbattuti in un bosco.

Al termine dell'attacco, l'elicottero era avvolto in una nuvola di fumo. Quando si fu diradato, i fari illuminarono il relitto fumante. Controllarono qua e là, dopodiché calò il buio.

Con le luci spente, l'elicottero invertì la rotta e si allontanò seguendo la direzione del vento per poi svanire in fretta nell'oscurità sempre più fitta.

13

«Kurt, mi senti?» disse a gran voce Joe alla radio. «Dammi un segno, amigo, so che sei là fuori da qualche parte.»

Joe procedeva lentamente, scrutando davanti a sé, alla sua destra e alla sua sinistra, mentre girava intorno ai resti fumanti del peschereccio sommerso in cerca di Kurt e Morgan.

«L'elicottero se n'è andato», disse tenendo premuto il pulsante del microfono. «Ripeto, l'elicottero se n'è andato. Non ricevo nessun segnale da parte tua. Se mi senti, lancia un razzo di segnalazione e verrò a recuperarvi.»

Joe tese l'orecchio, ma non udì nessuna risposta, nemmeno un borbottio incomprensibile o disturbato dalle interferenze.

Cavalcò le onde per altri venti minuti, passando al setaccio l'intera area con le luci subacquee accese nella speranza di individuare Kurt o di avvertirlo della sua presenza. Continuò a trasmettere messaggi senza ricevere risposta. Alla fine, dal momento che le condizioni meteorologiche stavano peggiorando di nuovo e che l'indicatore del livello di carburante aveva cominciato a lampeggiare, fece rotta verso riva.

Una volta arrivato, smontò dalla moto d'acqua e si precipitò verso il rimorchio, dove tenevano una tanica di scorta di carburante. Dopo aver trasportato il contenitore da otto litri fino alla moto d'acqua, svitò il tappo e versò la benzina nel serbatoio.

Tornato di corsa al pick-up, aprì la portiera, afferrò la chiave da sotto il tappetino e avviò il motore. Ora che il buio era quasi totale, un po' di luce sulla superficie dell'acqua gli avrebbe fatto comodo. Accese sia i fari che le luci ausiliarie montate sulla barra sopra il tetto, illuminando così la spiaggia e la schiuma bianca sollevata dalle onde che si infrangevano, ma l'acqua oltre la riva restava immersa nell'oscurità più assoluta.

Sapendo che la marea era cambiata e che avrebbe trascinato Kurt e Morgan al largo, Joe non perse tempo. Afferrò un altro pacco di razzi di segnalazione, se lo cacciò in tasca e spinse di nuovo la moto d'acqua in mare.

Stava per dirigersi al largo a tutta velocità quando intravide qualcosa che usciva dall'acqua sulla spiaggia, un centinaio di metri più avanti.

Non un solo qualcosa, bensì *due* qualcosa. Due figure in tenuta da sub, con piccole luci fissate alle imbracature. Quando la risacca si ritirò, vide che stavano trasportando un oggetto. Dal modo in cui incespicavano, dedusse che si trattava di un oggetto pesante e voluminoso.

Joe invertì la rotta e puntò verso di loro come un razzo accendendo ogni singola luce della moto d'acqua. Mentre avanzavano, un'onda li investì, ma loro conficcarono i piedi nella sabbia e restarono aggrappati all'oggetto che stavano trasportando.

Joe arrivò mentre l'acqua cominciava di nuovo a ritirarsi.

Troppo esausti per parlare o anche solo per gesticolare, Kurt e Morgan sollevarono la cassa di metallo e la appoggiarono sul retro della moto d'acqua. Appena l'ebbero messa al sicuro, si aggrapparono ai lati del mezzo.

«Reggetevi forte!» gridò Joe.

Avanzò dapprima lentamente, poi accelerò per evitare l'onda successiva che stava sopraggiungendo alle loro spalle. Kurt e Morgan lasciarono la presa soltanto quando furono a metà della spiaggia.

La moto d'acqua slittò fino ad arenarsi venti metri più avanti. Joe saltò giù e si precipitò da Kurt e Morgan. Seduto sui sassi, Kurt sembrava stremato. Scollegò il cavo dell'ossigeno e si tolse il casco, lanciandolo da parte. Morgan, a fatica, stava facendo lo stesso.

«Vi ho cercati», disse Joe. «Ho acceso tutte le luci subacquee. Non mi avete visto?»

«Sì che ti abbiamo visto. Ma non riuscivamo a risalire in superficie con quella cassa. Pesa una tonnellata, e non ci andava di lasciare che svanisse nel nulla sul fondale.»

Joe non riusciva a credere alle sue orecchie. «Quindi avete camminato fino alla spiaggia trasportandola a mano?»

Kurt annuì. «Non che avessimo molta scelta, dopo esserci ritrovati in mare.»

«È stata un'idea geniale», aggiunse Morgan. Alzò una mano, e Kurt le diede stancamente il cinque. «A dire il vero ce la siamo cavata bene finché non siamo arrivati vicino a riva. Poi di colpo la marea è cambiata e ogni passo è diventato un'impresa immane. Se non fosse stato per le zavorre e per questo affare che più che un baule sembra un'incudine, saremmo finiti di nuovo al largo.»

«Grazie di aver acceso le luci», disse Kurt. «Ci hanno aiutati a orientarci.»

Joe sorrise. «Una volta tanto qualcosa di buono riusciamo a combinarlo.»

«Scommetto che non capita così di rado», intervenne Morgan. Si voltò verso la moto d'acqua e osservò la cassa. «Adesso apriamola e vediamo cosa contiene.»

14

Portarono la cassa d'acciaio inossidabile fino al pick-up e la lasciarono cadere davanti alle luci. Mentre Kurt riponeva le bombole e il resto dell'attrezzatura, Morgan estrasse dalla sua borsa una vasta gamma di grimaldelli.

«Questo sì che è essere preparati», commentò Kurt.

«Sono stata negli scout», rispose lei. «E poi non è un mistero che i contrabbandieri abbiano un debole per i lucchetti.»

«Distintivo di merito in scasso di serrature, interessante», disse Joe ridendo.

Morgan concesse a un debole sorriso di incresparle le labbra, dopodiché si diede da fare con la cassa. Forzò la serratura con una facilità sorprendente, mise da parte gli attrezzi e aprì il coperchio.

Il contenuto della cassa era molto meno esotico di quanto si aspettassero. Al centro, su un supporto di gommapiuma fatto su misura, era posato un oggetto di pietra. A quattro facce e appuntito, sembrava la versione in scala di una piramide. La base sbeccata, però, lasciava supporre che in origine facesse parte di qualcosa di più grosso.

«È la punta di un obelisco», disse Morgan.

In effetti tutti i lati erano coperti di geroglifici. Kurt notò anche una cornice ovale scolpita sulla superficie con vari segni all'interno. «Sembra un cartiglio. Forse un nome reale.»

Morgan alzò lo sguardo. «Ti intendi di simboli egizi? Non l'avrei mai detto.»

«Solo quel tanto che basta per cacciarmi nei guai. Non ho idea di cosa ci sia scritto.»

«Nemmeno io», disse Morgan con rammarico.

Messa da parte la pietra a forma di piramide, estrasse gli altri oggetti dalla cassa di metallo. La gommapiuma su entrambi i lati dell'obelisco racchiudeva i frammenti di una tavoletta di pietra. Erano larghi e piatti, spessi un paio di centimetri. Un rapido esame rivelò che erano anch'essi tappezzati di geroglifici e immagini sbiadite.

Tirando fuori i frammenti, Kurt e Morgan ne avvicinarono due. Erano come i tasselli di un puzzle.

«Due metà di un intero», disse Kurt.

«Non esattamente metà», lo corresse Morgan. «Mancano alcune parti. E a giudicare dalle scritte, direi che qui sotto ne manca una bella grossa.»

Rovistando nella cassa, trovarono altri frammenti, undici in tutto. Alcuni erano sottili, altri più spessi. «Parti della stessa tavoletta», ipotizzò Morgan.

«Più probabilmente di molte tavolette diverse», disse Kurt.

Joe scosse la testa. «Con tutto quello che abbiamo passato, mi aspettavo come minimo la maschera d'oro del fratello di Tutankhamon. O almeno di un cugino di secondo grado.»

«Non ha senso», proseguì Morgan. «Se il mio informatore ha detto la verità, i Bloodstone hanno sborsato quasi mezzo milione di sterline per questa cassa. Ma reperti come questi si possono comprare su qualsiasi mercato nero di oggetti antichi per molto meno.»

Kurt intravide qualcosa dentro una tasca a rete nella parte interna del coperchio. Lo tirò fuori e scoprì che si trattava di un oggetto avvolto in sacchetti di plastica impermeabile.

Aprendoli, Kurt si arrischiò a guardare dentro. Vide alcune scritte a penna sbiadite, ma i fogli erano talmente secchi che rischiavano di sbriciolarsi. «Un giornale di bordo o un diario, scritto a mano», disse girando altre pagine che elencavano attrezzature e costi.

«Non risalente alla Diciottesima dinastia però», scherzò Joe.

«Assolutamente no», rispose Kurt con una risata. Sfogliò qualche altra pagina e porse il tutto a Morgan. «Non so che legame possa avere con gli altri oggetti, ma qualche valore deve pur averlo.»

Morgan chiuse il registro, lo avvolse nei sacchetti protettivi nei quali l'avevano trovato e lo rinfilò nella tasca a rete nella parte superiore della cassa.

«È possibile che sul peschereccio ci siano altri cimeli?» chiese Joe.

«Se anche fosse, adesso non ci sono più», disse Kurt.

«Abbiamo cercato», aggiunse Morgan. «Be', non dappertutto, ma anche ipotizzando che ci fossero altre casse nascoste da qualche parte, la prima che il comandante e Vincennes hanno scelto di spostare è questa. Considerata la situazione, immagino che siano partiti dagli oggetti più preziosi.»

Restarono in silenzio tutti e tre per un momento, osservando gli oggetti come se di colpo potesse balzare ai loro occhi una risposta. Prima che qualcuno avanzasse un'altra ipotesi, Morgan alzò la testa e cominciò a scrutare il cielo buio.

Kurt seguì il suo sguardo. Non vide nulla, ma sentì il rumore di un'elica.

«Voglio sperare che i nostri amici non stiano tornando per il secondo round», disse Kurt.

«A giudicare dal suono è un elicottero più grande. Dell'esercito o della Guardia Costiera», rispose Joe.

Kurt gettò un'occhiata a Morgan. «Amici tuoi?»

«Può darsi. Ma rimettiamo tutto dentro e stiamo pronti a filarcela.»

Mentre Joe teneva aperta la cassa, Kurt e Morgan sistemarono gli oggetti come li avevano trovati. Spinsero di nuovo i frammenti di pietra nella gommapiuma e ricollocarono la punta dell'obelisco nella sua nicchia in cima. Mentre rimetteva a posto l'obelisco, Kurt notò uno strano simbolo. Non stava mentendo quando aveva detto a Morgan di intendersi di geroglifici egizi solo quel tanto che bastava per cacciarsi nei guai, ma ne conosceva quantomeno l'aspetto e, fissando quei simboli, Kurt ebbe il forte sentore che non fossero affatto egizi.

I primi segni visibili dell'elicottero in avvicinamento furono le luci di navigazione rosse e verdi sul suo fianco e un faro rosso che lampeggiava sotto il suo ventre. Provenendo da sud, passò rombando sopra l'imbocco del lago e poi sopra le loro teste.

Kurt lo riconobbe: era un Sea King della Royal Navy. Atterrò su un tratto pianeggiante della spiaggia, più in alto rispetto a loro. Quando il portello laterale si aprì, si accesero anche le luci esterne. Un civile con un giubbotto di salvataggio scese dal velivolo e si incamminò verso di loro a passo di marcia, scortato da un soldato semplice armato con indosso la divisa della Royal Navy.

Mentre si avvicinavano, Kurt notò che il civile aveva in mano qualcosa. Sulle prime pensò che si trattasse di un bastone, ma poi si rese conto che era un frustino da ufficiale, di quelli che si usavano un tempo nell'esercito britannico.

«Stai attento», lo sentirono dire al soldato semplice. «È difficile mantenere l'equilibrio qui.»

Morgan si alzò in attesa dei nuovi arrivati, irrigidendosi e lisciandosi i capelli. «Colonnello», disse, ma non fece il saluto militare.

Quando i fari del pick-up riuscirono a illuminare anche i dettagli del suo viso, Kurt vide che era un uomo sulla cinquantina, con i capelli grigi tagliati corti sui lati e le labbra incorniciate da baffi sottili.

«Ms Manning», disse il colonnello. «Ha sollevato un bel vespaio con questa operazione. Mi è parso di capire che la quiete di questo paesino sia stata squassata da parecchi colpi di arma da fuoco e da una raffica di missili.»

Morgan rispose senza esitazione. «L'avevo avvertita sul

Bloodstone Group. Le avevo detto che cominciavano a essere disperati e quindi aggressivi. Questa è la prova. Volevano mettere le mani su ciò che stava contrabbandando Vincennes, a qualsiasi costo.»

«Sì», concordò il colonnello. «Anche di far scoppiare una guerra, evidentemente. La domanda è: per quale motivo?»

Morgan si strinse nelle spalle e scosse la testa. «Non so dirglielo. Dopo aver visto gli oggetti contrabbandati, non potrei essere più perplessa.»

Fino a quel momento Kurt e Joe si erano limitati a fare da spettatori, osservando il gioco dalla panchina. Peccato che a Kurt non fosse mai piaciuto stare a guardare. «Informazioni», disse di punto in bianco.

Morgan e il colonnello si voltarono verso di lui.

«È a questo che sono interessati. Gli oggetti dentro la cassa in quanto tali non valgono granché, di conseguenza ad avere valore dev'essere ciò che c'è scritto sopra.»

Mentre il colonnello lo fissava con uno sguardo gelido, Kurt gli porse la mano. «Kurt Austin. E lui è Joe Zavala. La colpa del caos che si è scatenato qui stanotte in parte è anche nostra. Ma le assicuro che non siamo stati noi a sparare il primo colpo.»

Il colonnello strinse la mano di Kurt con una presa d'acciaio. «So chi siete. Devo ammettere che avete esattamente l'aspetto che immaginavo.»

«In che senso?»

«Ve lo spiego dopo. Per il momento permettetemi di dire che sono felice di conoscervi di persona, benché sia una serata pessima per farlo. Un tempo così da lupi non si vedeva da anni.»

«Temo che peggiorerà prima di migliorare», osservò Kurt.

Il colonnello inarcò un sopracciglio. «Questo vale più o meno per qualsiasi situazione. Ma se non altro non dovrete andare fino a Londra a piedi.»

«A Londra?»

«Sì. Verrete tutti con me», disse il colonnello.

Poi si girò verso il Sea King e si incamminò con passo deciso. Kurt guardò prima Joe e poi Morgan. A giudicare dal suo contegno, non si trattava di uno scherzo.

«Forza, venite», aggiunse il colonnello guardandosi indietro e indicando con il frustino da ufficiale la cassa di acciaio inossidabile ai loro piedi. «E badate di non dimenticate il tesoro.»

15

Stazione di pompaggio di Grinstead, periferia di Londra

Solomon Barlow si trovava in una stazione di pompaggio buia e abbandonata appena a nord di Londra. Intorno a lui non c'erano altro che enormi tubi e macchinari pesanti, tutti coperti da strati su strati di polvere e sporcizia. Nemmeno una luce, di nessun tipo, illuminava quell'area industriale, ma dai lucernari si riusciva a scorgere la luna, che brillava abbastanza forte da consentire a Barlow di vedere ciò che lo circondava.

Alla sua destra e alla sua sinistra si ergevano turbine circolari grandi come villette. Alle sue spalle c'era invece una parete dell'edificio. Alto quindici metri e fatto di mattoni impilati e cementati negli anni Trenta, era sopravvissuto ai bombardamenti nazisti durante la Battaglia d'Inghilterra, che i londinesi chiamavano il Blitz, per poi ritrovarsi a essere tappezzato di graffiti negli anni Sessanta e Settanta.

Barlow si sentiva a suo agio in quel posto buio e abbandonato, ma non era lì da solo. Nella vecchia stazione erano sparpagliati molti dei suoi uomini. Due di loro si stavano aggirando pigramente vicino alla porta sul retro, mentre un altro, appoggiato al muro, era stato così sconsiderato da accendersi una sigaretta. Un quarto uomo era appostato vicino all'ingresso a guardare fuori da una finestra sporca. Aveva l'incarico di sorvegliare la strada che portava all'entrata. Barlow lo vide raddrizzarsi di scatto quando un puntino di luce in avvicinamento catturò la sua attenzione.

Barlow si irrigidì. «Cosa c'è?»

La vedetta esaminò la luce che si stava dirigendo verso di loro per un momento, poi scosse la testa e si rilassò. «Era solo una macchina che faceva inversione sulla strada.»

Barlow si slacciò il soprabito e si accomodò su una sedia pieghevole di metallo. Si trattava di un trono poco promettente per quello che un tempo era conosciuto come il Principe del Traffico di Armi.

Naturalmente se l'era anche passata molto peggio. I due decenni trascorsi a combattere come mercenario nelle zone più calde del mondo gli avevano insegnato che poteva sempre andare peggio. Si era nascosto in fossi pieni di acque di scarico per sfuggire ai rivoltosi armati di machete in Liberia, aveva riportato ustioni di secondo grado dopo essere rimasto coinvolto in un bombardamento in Sri Lanka. Era quasi morto congelato nella stiva di un aereo commerciale quando un suo avversario aveva cercato di «spedirlo» in un posto in cui avrebbe fatto i conti con la giustizia.

La vita che aveva condotto lo faceva sembrare più vecchio dei suoi quarantacinque anni. La faccia era sciupata e segnata da cicatrici, e i suoi movimenti ricordavano quelli di un anziano pugile che aveva combattuto un round di troppo. La grossa pancia che aveva messo su da quando aveva cominciato a indossare completi eleganti e a pagare gli altri per fare il lavoro sporco accentuava la sua aria da vecchia gloria, eppure era ancora perfettamente in grado di incassare un pugno. E soprattutto, di assestarlo.

«Forse qualcosa è andato storto», disse uno dei suoi uomini.

«Certo che qualcosa è andato storto», sbottò Barlow alzandosi. «Robson è in ritardo di tre ore. Nessuno tarda tre ore se va tutto secondo i piani.»

Quello scatto mise i suoi uomini sul chi vive. Non avevano nessuna voglia di assistere a uno dei leggendari accessi di collera di Barlow.

«Cosa facciamo?» domandò l'uomo.

«Aspettiamo», rispose Barlow. «Non abbiamo alternative.»

Barlow si risedette. Anche se la dissimulò, provò una certa soddisfazione nel rendersi conto che un accenno di rabbia era in grado di mettere i suoi uomini in massima allerta. Come per ricompensarlo, il cellulare nella sua tasca vibrò.

Infilandosi la mano nel soprabito, Barlow lo tirò fuori, premette due tasti e aspettò mentre la tecnologia faceva il suo lavoro. Sul telefono erano stati attivati due programmi. Il primo alterava il segnale GPS, rendendo impossibile localizzarlo. Il secondo criptava le conversazioni in modo tale che nessuno potesse intercettare la chiamata e ascoltare di nascosto.

«Sono Robson», disse una voce modificata elettronicamente. Il sistema di cifratura camuffava anche le voci, così che se qualcuno fosse riuscito comunque a mettere sotto controllo la sua linea, non avrebbe avuto alcuna possibilità di identificare l'impronta vocale.

«Dove diavolo sei?» chiese Barlow. «Ti aspettavo qui con la merce ore fa.»

«Cause di forza maggiore.»

«La tempesta. È questa la tua giustificazione?» disse Barlow.

«Il vento e la pioggia sono l'ultimo dei nostri problemi», rispose Robson. «La nave ha fatto rotta verso un altro porto e si è incagliata sulle rocce. Vincennes ci ha avvisati e io ho mandato Slocum. Ma prima che potessimo intervenire, due intrusi ci hanno messo i bastoni tra le ruote.»

«Me ne frego degli intrusi. Che fine ha fatto la merce?»

«Non c'è più.»

«Non c'è più? Come sarebbe a dire?»

«È stata distrutta.»

Barlow si alzò. Aveva un fortissimo desiderio di fare a pezzi qualcosa, qualsiasi cosa, ma si trattenne. Gli uomini in abito elegante non cedevano a impulsi del genere, gli uomini in abito elegante parlavano in tono calmo e freddo, incutendo timore proprio attraverso il loro contegno controllato. «Farai meglio a spiegarti.»

«Gli intrusi hanno fatto fuori Slocum e i suoi uomini per poi tornare al peschereccio e cercare di recuperare la cassa. Non ho avuto scelta, ho dovuto distruggerla.»

«Cosa, la cassa?»

«Tutta la nave. Ho pensato che fosse meglio, così di sicuro non avrebbero potuto recuperarla.»

Un mal di testa scatenato dalla tensione risalì lungo la spina dorsale di Barlow, che si massaggiò la nuca. «È meglio se ti astieni dal pensare. Ragionare non è il tuo forte.»

«L'alternativa era lasciare che mettessero le mani sulla merce. Ho trovato un modo per impedirgli di studiarla.»

«Ti rendi conto che così non potremo studiarla nemmeno noi? Considerato che siamo gli unici a sapere a cosa si riferiscono quei geroglifici, abbiamo perso tutto.»

Robson si zittì mentre Barlow pensava a come punire quell'idiota del suo sottoposto. Gli balenarono in mente vari metodi di tortura e immagini di violenza. Il suono di un messaggio in arrivo sul suo telefono lo distrasse prima che potesse sceglierne uno. Se lo allontanò dall'orecchio e studiò lo schermo.

Il messaggio proveniva da un contatto salvato sotto una sequenza numerica. Diceva soltanto:

MERCE VERSO LONDRA. IN MANO AL MI5.

«Grazie al cielo», mormorò Barlow.

«Come?»

Barlow si concentrò di nuovo sul telefono. «Ho detto che sei appena stato salvato dalla tua stessa incompetenza. I manufatti non erano più a bordo quando hai distrutto il peschereccio.»

«Impossibile», replicò Robson. «So per certo che i sub erano ancora sulla nave. Abbiamo sentito le loro comunicazioni radio.»

«Forse vi siete persi qualcosa.»

«Improbabile. Te lo assicuro.»

«Be', qualcosa è successo», disse Barlow. «Perché la cassa che avresti dovuto consegnarmi è in mano al MI5. Alla fine sta comunque arrivando a Londra. Con la differenza che probabilmente adesso sarà consegnata alla Thames House.»

«Vuoi che cerchi di recuperarla?» si offrì Robson dopo una breve pausa.

Benché fosse tentato, Barlow sapeva che irrompere nel quartier generale del MI5 non sarebbe stato d'aiuto. «Non ancora. Per adesso torna a Londra. Visto che abbiamo perso Slocum e i suoi uomini, dovrai cercare aiuto sul posto. Sei in grado di farlo in tempi brevi?»

«Posso contattare alcuni vecchi amici. Non sono militari, ma all'occorrenza andranno bene.»

Il fatto che Robson fosse cresciuto nelle strade di Londra sarebbe tornato utile in quel momento. «Può funzionare», disse Barlow. «Radunali e tenetevi pronti. Quando arriverà il momento, dovrai recuperare la cassa senza distruggerla.»

«E come? Visto che non devo elaborare piani di mia iniziativa.»

«Il MI5 brancola ancora nel buio», spiegò Barlow. «Sa che traffichiamo in tesori egizi, ma non perché. Quando vedrà il contenuto della cassa, sarà ancora più disorientato. Cercherà di decifrare le informazioni sulle pietre, ma dal momento che non dispone di esperti in scrittura egizia interni, dovrà rivolgersi a qualcuno di esterno. E basandomi su come ha lavorato in passato, so anche chi sceglierà.»

«Il Punter», disse Robson.

«Esatto», rispose Barlow. «Quando gli agenti del MI5 andranno da lui, tu e i tuoi uomini sarete già lì, pronti a ritirare la merce.»

16

Verso Londra

Sul retro del Sea King della Royal Navy, Kurt stava stringendo i denti mentre attraversavano una turbolenza che sembrava una punizione corporale. Gli scossoni costanti si interrompevano solo al sopraggiungere di improvvise correnti ascendenti che schiacciavano tutti contro i sedili oppure di improvvise correnti discendenti che invece davano loro la sensazione di essere in caduta libera. Vicino al margine della tempesta, l'aria diventò così carica di fulmini che nella cabina sembrava essersi accesa una luce stroboscopica.

Per la maggior parte del viaggio regnò un silenzio assoluto, dal momento che tutti erano troppo impegnati a reggersi. Ma dopo un ultimo round di sballottamenti, l'elicottero superò la perturbazione e il volo proseguì più tranquillamente. Furono tutti felici quando l'aria si placò e sotto di loro comparve una vasta rete di luci arancioni.

«Abbiamo raggiunto la periferia di Londra», li informò il pilota attraverso l'interfono. «Tra non molto atterreremo.»

Il Sea King sorvolò Londra facendo rotta direttamente verso il centro. Si abbassarono a poco a poco, rallentando per poi stazionare sopra un buco nero che si snodava sinuoso nella trama di luci. Kurt lo riconobbe: era il Tamigi.

Quando una piattaforma di atterraggio illuminata si profilò accanto al fiume, l'elicottero ridusse la velocità e restò sospeso per un momento sopra il cemento prima di toccare terra.

Smontando, Kurt vide il Big Ben in lontananza, dietro il quale svettava il celebre London Eye.

«Da questa parte», disse il colonnello conducendoli verso alcuni gradini che portavano al Tamigi.

Una motovedetta accostò e il gruppo salì a bordo. Attraversarono il fiume fino a un edificio conosciuto con il nome di Thames House, il quartier generale ufficiale del MI5.

Una volta dentro, Kurt e Joe furono accompagnati in una sala riunioni, senza Morgan. Restarono lì, soli e indisturbati, fino a quando entrò una signora attempata con un vassoio di tè e biscotti.

«In Scozia ci hanno dato del whisky», disse Joe.

«Qui siamo in Inghilterra», rispose con garbo la signora. «E siamo un po' più civilizzati.»

E se ne andò senza aggiungere altro. Dato che erano costretti ad aspettare, Kurt si versò una tazza di tè. Ci aggiunse un po' di latte e prese un biscotto rettangolare. Dal momento che non mangiava degnamente da ore, aveva una gran fame. «Quando sei a Londra...» disse a Joe.

Intinse il biscotto nel tè e aspettò un attimo prima di tirarlo fuori. Con suo stupore, dell'estremità che aveva immerso nella bevanda calda non c'era più traccia, come se si fosse dissolta in una vasca piena d'acido. Dopo aver mangiato la parte che non si era disintegrata, fece un secondo tentativo, recuperando il biscotto successivo più rapidamente, giusto in tempo per guardarlo sgretolarsi e cadere nella tazza. Ci stava riprovando per la terza volta quando la porta si aprì.

Morgan e il colonnello entrarono insieme. Lei si sedette mentre lui si dirigeva a capotavola. «Scusate il ritardo. Spero abbiate ricevuto un trattamento consono.»

Kurt andò subito al dunque. «Dipende. Ci troviamo qui in quanto sospettati di qualche reato oppure a scopo di protezione?»

«Né l'uno né l'altro», disse il colonnello. «Mi è solo parso preferibile che fossimo tutti qui prima di chiarire la situazione. Permettetemi di cominciare presentandomi a dovere. Oliver

Pembroke-Smythe, ex membro dello Special Air Service e dei Royal Dragoons, ora capo delle operazioni antiterrorismo per la Sezione 5.»

«Prima Morgan l'ha chiamata colonnello.»

«Le vecchie abitudini sono dure a morire», spiegò Pembroke-Smythe. «Sono in pensione. Dopo ventisei anni nell'esercito, è difficile pronunciare il mio nome senza fare riferimento a quello che è stato il mio grado. E poi preferisco farmi chiamare colonnello da quelli che lavorano per me. Trasmette sicurezza e al tempo stesso incute timore.»

Kurt rise. «Conosco un ammiraglio che la pensa come lei. Stava per spiegarci come fa a sapere chi siamo, no?»

«In realtà è semplice. Conosco bene la NUMA. Non perché ho consultato il sito del vostro governo o qualche dossier, ma perché anni fa nel Sahara ho lavorato con un soggetto alquanto straordinario di nome Pitt.»

«Ha lavorato con Dirk Pitt?» domandò Joe.

«Suppongo che 'lavorato' non sia il termine esatto. Abbiamo combattuto insieme, assaltando una miniera d'oro infernale chiamata Tebezza per trarre in salvo alcuni prigionieri e poi trascorrere quelli che ero certo sarebbero stati i nostri ultimi giorni sulla faccia della Terra nascosti tra i resti di un vecchio avamposto della Legione Straniera. Da dietro quelle mura abbiamo respinto almeno un migliaio di soldati fedeli a un dittatore pazzo di nome Kazim. Alla fine siamo riusciti a far cadere uno dei regimi più ignobili della storia recente.»

«Sembra proprio una delle classiche avventure di Dirk», commentò Joe.

Kurt annuì. Qualche storia sulla spedizione nel Sahara l'aveva sentita, ma la maggior parte delle informazioni era segretata e non accessibile ai membri dell'agenzia del suo livello. Sapeva soltanto che aveva qualcosa a che vedere con certi rifiuti tossici che stavano inquinando le acque del mare.

«Attualmente Dirk Pitt è il capo della NUMA. Ma ipotizzo che lo sappia già», disse Kurt.

«Certo», confermò Pembroke-Smythe. «Ho parlato con lui qualche ora fa. Non ci sentivamo da anni. Gli ho fatto le congratulazioni per la sua promozione e per la sua nuova famiglia. E poi gli ho chiesto un favore.»

Kurt gettò un'occhiata a Joe. «Ci siamo.»

Joe annuì. «Con cosa siamo stati barattati stavolta?»

«Niente», disse Pembroke-Smythe. «Ho semplicemente spiegato la situazione e chiesto a Dirk se secondo lui sareste stati interessati a darci una mano nelle indagini. Dopo aver sentito i dettagli mi ha detto che non avrei avuto speranza di tenervi fuori da questa storia se non rinchiudendovi nella Torre di Londra.»

Joe si appoggiò allo schienale. «Dirk ci conosce troppo bene.»

Kurt sorrise. «Piacerebbe anche a me sentire quei dettagli. In cosa stiamo andando a impelagarci esattamente?»

A quel punto prese la parola Morgan. «Pane per i vostri denti. Una caccia al tesoro.»

«In effetti sono la nostra specialità», ammise Kurt.

Pembroke-Smythe aggiunse qualche altro tassello. «Come vi ha già spiegato Morgan, il Bloodstone Group finanzia i propri traffici vendendo oggetti antichi rubati. Sappiamo che hanno tenuto d'occhio vari scavi archeologici, corrompendo o minacciando operai e guardie e facendo sparire oggetti che valesse la pena di vendere. Hanno anche fatto ricorso al furto in piena regola, organizzando grandi rapine in diversi musei e università nel corso degli ultimi due anni. Basandoci su quanto riferito da uno degli informatori di Morgan, riteniamo che siano sulle tracce di una antica nave o di un'intera flotta di mercantili egizi.»

Kurt si sporse in avanti. «Ha tutta la mia attenzione.»

«Anche la mia», disse Joe.

Pembroke-Smythe proseguì. «Credevamo che la consegna a Dunvegan fosse il gran finale, ma a quanto pare era soltanto una tappa intermedia. La vostra ipotesi, ossia che siano interessati alle informazioni riportate sulle pietre e non alle pietre in quanto tali, è tutto ciò che abbiamo. Ma l'idea è intrigante.»

«E il registro?» domandò Kurt.

«L'abbiamo appena esaminato», rispose Morgan. «Non è un registro, bensì il diario di bordo di un vecchio velivolo. L'ultima annotazione è datata dicembre 1927. Dal momento che l'inchiostro è sbiadito e che i fogli sono talmente secchi che rischiano di sfaldarsi, la maggior parte delle pagine è illeggibile. Le ultime però sembrano un diario, e dalle annotazioni si desume che chi l'aveva con sé si sia schiantato in una zona remota. Scrive di aver preso qualche oggetto e di aver cercato di raggiungere un'area civilizzata a piedi. Ma non era facile, considerato che aveva una gamba ferita e che intorno a lui non c'era altro che boscaglia secca e il letto roccioso di un fiume.»

«Boscaglia secca», le fece eco Joe. «Non la definirei tipicamente inglese.»

«Qualche accenno all'Egitto o ai manufatti?» domandò Kurt.

Morgan scosse la testa.

Evidentemente il quadro era ancora incompleto. Era persino possibile che il registro o diario di bordo non avesse nulla a che vedere con gli altri manufatti, ma non c'era modo di esserne certi.

«E il vostro informatore?» chiese Kurt. «Non potreste servirvene per andare in fondo a questa storia?»

«Riteniamo che al momento sia più saggio non coinvolgerlo», fu la risposta di Pembroke-Smythe.

«Perché?»

Fu Morgan a rispondere. «Il mio informatore persegue scopi personali. È un concorrente del Bloodstone Group, non nel campo delle armi ma in quello dei manufatti rubati. Noi lo chiamiamo il Collezionista. Che spenda grosse somme sul mercato nero non è un mistero. Ma a quanto ne sappiamo, ben poco di ciò che acquista viene poi rimesso in vendita.»

«Qual è il suo legame con il Bloodstone Group?» volle sapere Kurt.

«Come fa a essere al corrente dei loro piani?» aggiunse Joe.

«Il nesso è poco chiaro», ammise Morgan. «Riteniamo che a un certo punto possa essere stato un cliente del Bloodstone Group. La nostra migliore ipotesi è che tra loro ci sia stato un diverbio, magari una discussione per questioni di prezzo. Forse il Collezionista ha deciso che è meglio rubare direttamente ciò che gli interessa anziché farselo procurare a pagamento dal Bloodstone Group. A ogni modo, se il Bloodstone Group vuole mettere le mani su questi tesori per rivenderli, il Collezionista sembra più interessato a tenerli per sé. E noi abbiamo sfruttato questo suo desiderio per cercare di fermarli.»

«Il nemico del mio nemico è mio amico», chiosò Joe.

«Esattamente», intervenne Pembroke-Smythe. «Chiunque sia questo o questa Collezionista, le sue previsioni sulle mosse del Bloodstone Group sono sempre state azzeccate, anche se con ogni probabilità non è al corrente proprio di tutto, visto che riferendosi a questa consegna ha parlato di 'roba grossa'.»

«Servirsi di criminali come informatori non è mai un grande affare», disse Kurt. «Lo facevamo anche alla CIA. Agli informatori sfuggivano sempre i dettagli più essenziali proprio quando ne avevamo più bisogno.»

«La stessa situazione in cui ci troviamo ora», disse Pembroke-Smythe. «Tutto questo ci induce a prendere una decisione importante: starcene qui con le mani in mano o intervenire? Dal momento che intervenire è quasi sempre meglio che starsene con le mani in mano, abbiamo scelto di fare un passo avanti.»

«In che senso?» chiese Kurt.

«Vogliamo tarpare le ali ai trafficanti del Bloodstone Group scoprendo cosa stanno cercando e impossessandocene prima di loro. È qui che entrate in gioco voi due… sempre che vi interessi…»

«Privateli della loro fonte di guadagno e perderanno tutta la loro forza», disse Kurt.

Pembroke-Smythe annuì e aggiunse il tocco finale per conquistarli definitivamente. «Il MI5 non è attrezzato per questo genere di operazioni. Noi fermiamo contrabbandieri, sventiamo attacchi terroristici, effettuiamo arresti. Non cerchiamo tesori perduti. E anche se potremmo coinvolgere accademici e simili, mettere dei civili nella stessa arena del Bloodstone Group sarebbe considerato scortese.»

«Chiaro», disse Kurt.

«Voi due invece vi siete dimostrati non solo disposti, ma anche in grado di colmare questa nostra lacuna. Sia per questo sia perché Dirk mi ha assicurato che non c'è nessun altro che manderebbe sul campo, sarei felice di fare uno strappo alla regola e di darvi il benvenuto a bordo.»

Kurt bevve un sorso di tè mentre rifletteva sull'invito. Inclinando la tazza, vide sul fondo una melma che ricordava una torta e si domandò se sarebbe stato fuori luogo usare un cucchiaio. Gettò un'occhiata a Joe. «In effetti siamo venuti qui in cerca di una nave antica. Se non ne troveremo una vichinga, magari riusciremo a trovarne una egizia.»

Joe annuì. «Potremmo tornare a Washington trionfanti.»

Kurt si voltò verso i padroni di casa. «Siamo dei vostri. Da dove cominciamo?»

Morgan e il colonnello avevano grossi sorrisi sulle labbra. «Portando il contenuto di quella cassa a qualcuno che sappia decifrare i geroglifici. In questo modo dovremmo riuscire a fare luce su cosa sta cercando davvero il Bloodstone Group.»

17

East End, Londra

Le strade di Londra non erano mai davvero deserte. Gli innumerevoli pub, caffetterie e ristoranti attiravano avventori fino a tardi. E dopo che gli ultimi nottambuli erano tornati a casa, entrava in scena un piccolo esercito di furgoni delle consegne, spazzini e addetti ai lavori stradali che tiravano a lucido la città, preparandola al trambusto del mattino seguente.

Eppure più ci si allontanava dal cuore di Londra, più regnava la quiete. Nell'East End, oltre le zone imborghesite, se qualcuno si aggirava per strada a notte fonda c'erano solo due possibilità: o si era irrimediabilmente perso o aveva tendenze criminali.

Con indosso un giubbotto di pelle nera, jeans scuri e anfibi militari, Robson rientrava più nella seconda categoria. Mentre percorreva quelle strade irte di pericoli, sul suo viso non c'era un'ombra di preoccupazione. Del resto perché mai avrebbe dovuto preoccuparsi? Quella era stata casa sua.

Superò angoli ai quali aveva spacciato droga e un vicolo cieco in cui lui e alcuni suoi amici se l'erano vista con un'altra gang. Quella notte Robson era stato accoltellato a una gamba, ma prima di cadere aveva rotto il braccio a uno dei suoi avversari e spaccato la faccia ad altri due, colpendoli con un tirapugni.

Si era ritrovato con una bruttissima infezione, ma se fosse andato in ospedale sarebbe finito dritto in carcere, così aveva semplicemente aspettato che il dolore passasse aiutandosi con una bottiglia di scotch e alcuni antibiotici che si era procurato sul mercato nero.

Ricordando l'accaduto con una risata cupa, Robson proseguì, diretto verso la zona dei *docks*. Qualche chilometro più avanti, in un'area del porto nuova di zecca, le navi venivano caricate e scaricate ventiquattro ore su ventiquattro. Da lì Robson riusciva a vedere le luci. Ma le banchine intorno a lui erano abbandonate, immerse nel silenzio, in rovina, sorvegliate giusto da qualche gru arrugginita che non si muoveva da un decennio. Ogni manciata di anni qualcuno prometteva finanziamenti per riqualificare e rianimare la zona, finanziamenti che poi non arrivavano mai. E che non sarebbero mai arrivati.

Ignorando il degrado intorno a sé, Robson camminò lungo un muro coperto di graffiti. Arrivò vicino al porto e scoprì con delusione di essere solo.

Si portò le dita alle labbra e fece un gran fischio. «Forza, uscite!» gridò. «Smettetela di farmi perdere tempo.»

Dopo il fischio e il richiamo, qualcosa si mosse. Da dietro la base della vecchia gru emersero due uomini, altri due sbucarono da un edificio buio con le finestre rotte. Uno di loro fece un passo avanti. «Sei davvero tu, Inky?»

«Adesso mi chiamo Robson, te l'ho già detto.»

«Ah, davvero?» C'era una punta di scherno nella sua voce.

Gli uomini si radunarono davanti a Robson. Il primo aveva i capelli lunghi ed era soprannominato Fingers perché un tempo, prima che qualcuno gli rompesse la mano, se la cavava piuttosto bene con la chitarra. Accanto a lui c'era un tipo basso con le spalle squadrate che tutti conoscevano come Snipe, anche se lui odiava essere chiamato così. Il terzo e il quarto uomo erano fratellastri, Daly e Gus, due tipi tutti muscoli che erano stati instradati verso il pugilato dal padre, un intrallazzone che poi si era rivelato non essere padre né dell'uno né dell'altro. Mentre li guardava, Robson si stupì di non ricordare il vero nome di nessuno dei due.

«Ehi, il figliol prodigo è tornato», disse Gus. Era un tipo manesco e un rugbista, visto il fisico che aveva. Nei suoi sogni più sfrenati era anche un lottatore dilettante di MMA, arti marziali miste, mentre nella vita reale era soltanto lo scagnozzo part-time di un criminale locale.

«Prodigo un corno», disse Robson. «Questa è l'ultima volta che metto piede in questa discarica.»

«Cos'è, non siamo più alla tua altezza?» replicò Daly aprendosi un varco tra gli altri e puntando un dito accusatore contro Robson. «Sei diventato un reale? O magari una spia?»

«Be', in confronto a voi sono un aristocratico.»

Robson contava di ricevere un'accoglienza migliore, ma era anche preparato al peggio. I quartieri malfamati erano uguali dappertutto: chi ne usciva veniva considerato più un traditore che qualcuno che ce l'aveva fatta. Daly aveva un altro motivo per odiare Robson, benché fosse frutto della sua fantasia.

Mentre Daly cominciava a fumare di rabbia, Robson restò tranquillo con le mani nelle tasche. Si era assicurato di posizionarsi in maniera da avere l'unico lampione alle sue spalle. La luce che proiettava era giusto sufficiente a rivelare che Daly aveva gli occhi iniettati di sangue, rossi e spiritati. Segno inequivocabile che aveva bevuto. Un superalcolico, probabilmente, considerato che la vodka scadente era il suo antidolorifico preferito.

Dopo aver bevuto abbastanza, Daly aveva sempre voglia di fare a botte. E quando metteva le mani su qualcuno, ci andava giù pesante. Aveva persino pestato Gus in più occasioni. Alcuni sostenevano che Gus fosse ancora vivo soltanto perché lui e Daly erano nati dalla stessa madre.

Robson restò in silenzio in attesa che il corso dei pensieri di Daly si arrestasse prima di ripartire. Di fronte a quell'assenza di reazioni, il suo vecchio amico parve tranquillizzarsi, almeno per il momento.

Fu Snipe a porre la domanda successiva. «Allora, si può sapere che storia è questa?»

«Ho un lavoro per voi», rispose Robson.

«Ma non mi dire. E quanto c'è da guadagnare?»

«Abbastanza da tirarvi tutti fuori di qui. Sempre che abbiate qualche aspirazione nella vita.»

Daly non sembrava particolarmente entusiasta. Robson non lo sapeva, ma da quando lui si era allontanato, Daly aveva scalato i vertici della gang. E non avrebbe potuto esserne più orgoglioso. Era una specie di pezzo grosso da quelle parti. Non se ne sarebbe mai andato in un posto in cui avrebbe potuto contare di meno. E per quel che ne sapeva, neanche i suoi ragazzi. «Sappiamo come hai fatto ad andartene di qui», disse rabbiosamente Daly. «Ci hai incastrati. Ci hai sputtanati alla grande con quell'ultimo lavoro. Io e Gus abbiamo passato tre anni al fresco.»

«È stato quel ricettatore a tradirvi, non io», disse Robson. «Ve l'avevo detto di non rubare i gioielli ma soltanto i contanti, voi però non mi avete ascoltato. Vi avevo detto di consegnarli in qualche altra città, ma non mi avete dato retta nemmeno su questo. La vostra stupidità vi è costata cara.»

Daly estrasse un coltello a farfalla, che aprendosi fendette l'oscurità con un lampo metallico indistinto. «Ma tu pagherai un prezzo più alto.» Fece un passo avanti, convinto che Robson sarebbe indietreggiato.

Robson invece non si mosse e si limitò a fissare Daly. «Attento, amico. Un altro passo e quel coltello te lo farò ingoiare.»

Daly si tuffò in avanti all'improvviso, afferrando il bavero di Robson con la mano libera e sollevando quella armata. Fu una mossa rapida. E quando Daly gli ebbe preso la giacca, per Robson fu impossibile allontanarsi a sufficienza.

Non che avesse bisogno di farlo.

Con una calma frutto di parecchio allenamento, Robson premette il grilletto della pistola a canna corta nascosta nella tasca del suo giubbotto. Il proiettile aprì uno squarcio nella giacca di pelle di Daly e uno ancora più grosso nel suo addome. L'impatto lo fece barcollare.

Robson sparò di nuovo e Daly incespicò all'indietro, lasciando la presa sia sul giubbotto che sull'arma. Il coltello cadde a terra con un debole tintinnio, mentre Daly lo seguì con un pesante tonfo. Rotolò su se stesso, fece un fiacco tentativo di allontanarsi strisciando per terra e poi crollò.

Arretrando ed estraendo la pistola dalla tasca, Robson si guardò intorno. «Qualcun altro?»

Fissò Gus, che in realtà non era particolarmente affezionato al fratellastro. A legarli era anzitutto l'invidia.

«Porca vacca», disse Fingers. Si era chinato per controllare se Daly respirasse ancora. «L'hai ammazzato.»

«È stato il proiettile ad ammazzarlo. Insieme alla sua stupidità. Ora, volete sapere di questo lavoro oppure no?»

«Tra non molto arriveranno gli sbirri», disse Snipe. «Lo sai anche tu.»

Robson ne dubitava. Chiunque avesse udito un paio di spari attutiti provenienti dalla zona del porto nel cuore della notte di sicuro non sarebbe stato un soggetto propenso a chiamare la polizia.

«Gettatelo nel fiume», disse Robson. «E poi fate la vostra scelta. Potete restare qui a marcire, racimolare lavoretti del cavolo, vendere roba ed evitare gli sbirri, oppure potete venire con me. Ho un lavoro che vi renderà ricchi. E se fate tutto come si deve, ce ne saranno altri. Ma dovete decidere adesso, perché non ve lo chiederò un'altra volta.»

Fingers, Snipe e Gus restarono immobili anche mentre Robson cominciava ad allontanarsi. Troppa carne al fuoco tutta insieme, pensò Robson. Troppo in una volta sola.

Dopo un attimo di indecisione si riscossero tutti. Snipe e Gus recuperarono Daly e lo trascinarono fino al bordo della banchina mentre Fingers guardava nervosamente in tutte le direzioni.

Robson udì il tonfo nell'acqua ma continuò a camminare, diretto verso la fermata della metropolitana più vicina. Raggiunse le scale e scese senza voltarsi.

I membri della sua vecchia gang lo stavano seguendo, mantenendosi a una cinquantina di metri da lui. Attraversarono la strada mentre il semaforo spandeva un'inquietante luce rossa e si fermarono vicino ai gradini della stazione della metropolitana.

Si scambiarono sguardi turbati, ma nessuno disse una parola. Il rumore di un treno che entrava in stazione riallineò i piatti della bilancia. Non c'era più tempo di tentennare. Fu una decisione collettiva. Non volendo assolutamente perdere il treno, si precipitarono giù verso i binari.

18

Università di Cambridge, vicino alla cappella del King's College

Kurt, Joe e Morgan arrivarono a Cambridge a mezzogiorno dell'indomani. A quel punto anche gli ultimi strascichi della tempesta erano soltanto un ricordo, e sull'Inghilterra meridionale splendeva un sole tiepido. L'atmosfera era calma, idilliaca, con gli uccellini che cinguettavano e le farfalle che svolazzavano tutt'intorno.

In termini climatici era come se fossero stati catapultati in un altro continente. In termini di scenario era come se fossero stati catapultati in un'altra epoca. Il campus di Cambridge si dispiegava davanti a loro come l'illustrazione di un libro di storia. I suoi edifici gotici, con tanto di imponenti guglie e archi di pietra, si innalzavano verso il cielo. Le enormi e curatissime distese d'erba che correvano tra uno e l'altro erano attraversate da stradine di pietra e punteggiate di giardini in condizioni altrettanto impeccabili. Nel mezzo, con un suono delicato quanto un sussurro, scorrevano le acque del fiume Cam.

Mentre passavano davanti alla famosa cappella del King's College, Kurt diede voce a un pensiero insolito. «Non mi stupirei se incontrassimo William Shakespeare.»

Joe aveva in mente qualcun altro. «O Harry Potter.»

Morgan era stata a Cambridge almeno una ventina di volte negli ultimi tre anni. Ma nemmeno lei poteva negare che quel posto avesse qualcosa di magico, soprattutto nella luce tiepida di fine estate. «Se avete finito di guardarvi intorno come allocchi, ci sarebbe del lavoro da sbrigare.»

La valigetta di pelle marrone di Morgan conteneva le foto ad alta risoluzione degli oggetti che avevano trovato nella cassa di metallo e uno dei frammenti piatti di pietra per fare un confronto fisico. Gli altri manufatti erano rimasti nella cassa, messa sotto chiave per sicurezza.

Ancora a bocca aperta, Kurt si concentrò su di lei. «Dimmi di più di questo esperto che stiamo per incontrare.»

«Il professor Cross», rispose lei. «È un po' un vecchio orso, esattamente il tipo di persona che ci si aspetta in questi casi. Parla parecchio da solo, ma ha una mente molto acuta. È esperto di culture antiche del Mediterraneo e dinastie egizie. Ha trascorso molti anni all'estero, perlopiù in Egitto, a quanto ne so, ma anche in Libia, Etiopia e Sudan. Il suo principale interesse è preservare e salvaguardare la storia. È stato in Libia e Iraq durante le guerre per cercare di proteggere i musei che i terroristi stavano razziando e distruggendo.»

«Da come lo descrivi sembra un uomo che crede in ciò che fa», commentò Kurt.

«Lo è. E ha viaggiato molto. Se gliene darete la possibilità, sarà felice di tediarvi raccontandovi nei minimi dettagli quante spedizioni ha alle spalle e con quanti musei nazionali ha collaborato.»

Mentre parlava, Morgan alzò gli occhi al cielo come si fa quando si racconta di un genitore o di un figlio esasperanti ma a cui al tempo stesso si vuole un gran bene.

«Da quanto tempo il MI5 si avvale della sua collaborazione?»

«Quasi tre anni. Da quando abbiamo iniziato a indagare più a fondo sui furti di oggetti antichi. State attenti a cosa gli dite.»

«Perché?»

«Ha una memoria fotografica. È persino in grado di tradurre i geroglifici senza ricorrere a libri di riferimento o manuali.»

«Utile, considerato il settore in cui lavora», commentò Joe.

«A che ora dobbiamo incontrarlo?» domandò Kurt.

«Verso mezzogiorno», disse lei conducendoli attraverso uno dei grandi prati e poi in direzione del fiume che scorreva nel cuore del campus universitario.

Kurt controllò l'orologio. «Mezzogiorno è passato da dieci minuti, e a me sembra che ci stiamo allontanando dagli edifici.»

«Lo so», rispose Morgan. «In una giornata come questa non abbiamo speranza di trovare il professore al chiuso. Non sa resistere al richiamo dell'acqua.»

Kurt sorrise. «Mi è già simpatico.»

Si avvicinarono al fiume e a un ponte di pietra che sembrava arrivare direttamente da Camelot. Sotto il ponte, accanto a un molo, una lunga imbarcazione di legno ondeggiava nelle acque del Cam.

Un uomo con un paio di occhiali e pantaloni marroni abbinati a una giacca di velluto a coste color senape e a una coppola in tweed era in piedi sul retro della barca. Morgan fece un cenno con la mano per attirare la sua attenzione. «Salve, professore. Mi dispiace di doverla disturbare in una giornata come questa, ma c'è qualcosa che vorremmo farle vedere.»

«Sì, l'ho saputo», rispose il professore. «Prego, venite.»

Dopo aver sceso una rampa di scale, il terzetto arrivò in fondo al molo, dove furono fatte le presentazioni. Il professore abbracciò Morgan prima di stringere la mano a Kurt e Joe. Accettò di dare un'occhiata alla loro ultima scoperta a patto che si tenessero il più lontano possibile dai confini del suo piccolo ufficio.

«Noi di certo non abbiamo nulla in contrario», disse Kurt.

Salirono a bordo, prendendo posto sulla panca al centro, mentre con un una lunga pertica il professore fece allontanare la barca dal molo. Un'altra spinta e cominciarono a scivolare sull'acqua.

Quell'imbarcazione a fondo piatto si chiamava *punt* e colui che la governava prendeva il nome di Punter. Sulle prime il professore parve più che felice di remare, ma appena furono passati sotto il ponte cercò un sostituto.

«Non c'è nulla di meglio che navigare sul fiume per rilassarsi», disse il professore. «Tiene occupato sia il corpo che la mente. Ma se devo leggere e lavorare, il comando dovrà assumerlo qualcun altro.»

«Fatica fisica», si affrettò a dire Joe. «La passione di Kurt.»

Kurt si prestò volentieri. Si alzò e allungò il braccio verso la pertica.

«Venga qui dietro», disse il professore. «Stia in fondo, alla maniera di Cambridge. Non vorremo certo essere scambiati per quegli scellerati di Oxford che manovrano la barca dal centro.»

«Che non sia mai», rispose Kurt nel suo miglior accento britannico, ottenendo un sorriso dal professore e una scrollata di capo imbarazzata da Joe. Morgan non riuscì a trattenere una risata.

Dalla piattaforma rialzata sul retro del punt, Kurt saggiò la profondità dell'acqua. Sparirono circa due metri e mezzo di pertica prima che l'estremità toccasse il fondo. Spingendo verso il basso e all'indietro, con i piedi ben piantati a terra, Kurt riuscì a far ripartire l'imbarcazione.

«Niente male», commentò il professore. «Se dovesse servirle un lavoretto estivo, non esiti a contattarmi.»

Kurt rise, estraendo la pertica dall'acqua e portandola avanti per la spinta successiva. Mentre lui si dava da fare, il professore si sedette di fronte a Morgan e Joe.

Morgan sollevò la valigetta e la appoggiò sulla panca tra di loro. Inserì la combinazione e la aprì, dopodiché tirò fuori il dossier con le foto.

«Come al solito, tutto ciò che le stiamo mostrando è un segreto governativo ufficiale. Se ne farà parola con qualcuno potrà incorrere in pene severe, inclusa la reclusione in una prigione sotterranea.»

Evidentemente quell'avvertimento era una formalità diventata ormai di routine tra loro.

«Sono stato in parecchie prigioni sotterranee», rispose il professor Cross. «Che luoghi pieni di fascino...»

«A patto di essere soltanto in visita...» disse Joe.

«Esatto», rispose il professore. «Esatto.»

Aprì il dossier, diede una scorsa agli appunti e passò alle foto. «Interessante», commentò più di una volta. «Intrigante.» Alla fine, dopo aver esaminato tutte le foto, guardò Morgan dritto negli occhi. «Suppongo che tutto questo abbia qualcosa a che vedere con i ladri a cui state danno la caccia.»

Morgan spiegò come avessero fatto a entrare in possesso di quei manufatti, rivelando persino che avevano dovuto sparare ai contrabbandieri. «Non essendo rimasto nessuno da interrogare, non abbiamo modo di stabilire per quale motivo tenessero tanto a questi oggetti. Cosa ne pensa delle iscrizioni?»

Il professore studiò di nuovo le foto, prendendo appunti e sollevandone addirittura alcune verso la luce come avrebbe fatto un medico con una radiografia. Poi esaminò la lastra di pietra con le incisioni. Dopo aver osservato i simboli, compreso il cartiglio notato da Kurt, trascorse quella che parve una quantità spropositata di tempo a tastare la consistenza del frammento di pietra e a soppesarselo in mano, e a un certo punto chiuse addirittura gli occhi come per acuire gli altri sensi. «Sì. In effetti è molto interessante.»

Soddisfatto, restituì il frammento a Morgan e guardò nuovamente le foto. Ne prese una, scribacchiò qualche appunto sul retro, sbarrò qualcosa e scrisse qualcos'altro appena sotto. «Dev'essere...» mormorò.

«Dev'essere cosa?» lo incalzò Morgan.

«Scusa», disse il professore. «Hai ragione. Questi reperti sono unici. Si riferiscono a qualcosa di grande valore. Un tesoro immenso e glorioso.»

«È una mappa del tesoro?» chiese Joe.

«Non una mappa», rispose il professore. «Li definirei più che altro parte di una storia. I geroglifici su ciascun frammento forniscono una descrizione molto vivida. È un po' come la famosa canzone *Di là dalle colline e attraverso il bosco / A casa della nonna andiam*. Non si tratta una mappa ma rende bene l'idea di come arrivare alla meta. In questo caso, se posso parafrasare, c'è scritto *Lungo il Nilo e per mare / con il tesoro del faraone andiam.*»

«Così va meglio», disse Joe ringalluzzendosi. «Di quale faraone stiamo parlando?»

Il professore sfoderò un largo sorriso e si sistemò gli occhiali. «Mai sentito parlare di un personaggio di nome Herihor?»

Joe lo fissò con espressione vacua e scrollò la testa.

Il professore guardò allora Kurt, che si strinse nelle spalle. «Temo che le nostre conoscenze comincino con Ramses e finiscano con Tutankhamon.»

«Nulla di cui vergognarsi», rispose il professore. «È un nome che direbbe poco a chiunque al di fuori delle aule universitarie. Cionondimeno Herihor fu un personaggio importante. Che cambiò il corso della storia egizia. Ben due volte.»

Kurt aveva difficoltà a credere che un uomo del genere fosse sconosciuto ai più. «In che modo?»

«Unendo il regno durante un'epoca di guerra per poi dividerlo di nuovo.»

Sguardi inespressivi lasciarono intendere che le informazioni erano ancora troppo scarse.

«Potrebbe essere un po' più specifico?» domandò Morgan.

Il professore annuì, si raddrizzò la coppola di tweed e cominciò a spiegare. «Forse potrebbe essere utile partire dall'inizio. Vedete, Herihor è un sovrano unico in quanto nacque come uomo comune. Alcuni sostengono che non fosse nemmeno egizio e ipotizzano che sia giunto dalla Libia attraverso il deserto. E benché probabilmente non sia vero, questo lascia intuire quanto fosse diverso da tutti gli altri. A ogni buon modo, viene menzionato per la prima volta nei documenti storici come generale di Ramses.»

«*Quel* Ramses?»

«Non quello biblico, ma un discendente di epoca successiva. Fu l'undicesimo faraone a usare quel nome.»

«Un po' come gli Enrico qui in Inghilterra.»

«Esatto», confermò il professore. «In veste di generale sotto Ramses, Herihor vinse molte battaglie, e l'impresa per cui si distinse fu la repressione di una rivolta in Etiopia che minacciava di distruggere la dinastia. E poiché come ricompensa per quell'atto eroico ricevette in sposa la sorella del faraone, poté rivendicare il diritto al trono. Altrettanto importante fu che al tempo stesso a Herihor fu conferita la carica più alta nell'ordine religioso dell'epoca, quella di Primo Profeta di Amon.»

«Fu proprio il suo anno fortunato», commentò Joe.

«Un anno straordinario», confermò il professore. «Insignito di quel titolo e diventato a tutti gli effetti membro della famiglia del faraone grazie al suo matrimonio, Herihor cominciò la sua nuova vita a Tebe, lontano da dove regnava Ramses. Nel corso degli anni accumulò molte ricchezze e, assetato di potere, a un certo punto intorno al 1080 a.C. si autoproclamò faraone dell'Alto Egitto, dividendo il Paese in un regno Alto e uno Basso.»

«Fece scoppiare una guerra civile?» chiese Kurt.

«No», rispose il professore. «A quanto pare non ci fu nessun conflitto. Minacce e intimidazioni, quelle sì – le avvisaglie della guerra, quel genere di cose non mancarono – ma in concreto non ci fu nessuna battaglia. Forse fu trovato un accordo oppure si trattò di una guerra fredda che non arrivò mai a diventare calda. A ogni buon modo, sei anni dopo essersi proclamato faraone, Herihor di punto in bianco sparì dalla circolazione.»

Kurt, Joe e Morgan stavano fissando Cross, attenti e rapiti, ma il professore non aggiunse altro.

«Che fine aveva fatto? Fu ucciso da Ramses?» domandò Kurt.

«Poco probabile», rispose il professore. «La verità è che non lo sappiamo. È semplicemente svanito dalle pagine della storia. L'Egitto fu riunito, e per il resto del periodo classico continuò a essere un singolo regno. Quanto a Herihor, di lui non si seppe più nulla. In epoca moderna non è pervenuta alcuna testimonianza della sua morte e non è mai stata trovata alcuna tomba che recasse il suo nome.»

A quel punto intervenne Morgan. «Sbaglio o gli egizi erano famosi perché cercavano di far sparire tutte le prove dell'esistenza di antenati e altre persone che non gradivano?»

«Era una pratica abbastanza comune», ammise il professore. «Thutmose III cercò di cancellare dalla memoria collettiva Hatshepsut, l'unico faraone donna della storia, che molto probabilmente era sua madre. Ramses il Grande fece probabilmente lo stesso con il figlio adottivo, Mosè, se si crede alla narrazione biblica. Ma il nome di Herihor sopravvisse in molti luoghi, ragion per cui numerosi storici ritengono che non sia stato cancellato dalla storia da qualche altro sovrano ma che la sua scomparsa sia stata una scelta deliberata.»

«Perché mai un faraone dovrebbe scegliere di sparire?» domandò Kurt. «Credevo che passassero gran parte del loro regno a costruire monumenti per non cadere nell'oblio.»

«È una domanda importante», disse il professore. «Per la quale non abbiamo risposta. Ma poiché fu una decisione sua, dobbiamo partire dall'assunto che non si sia trattato di un capriccio. E la spiegazione più probabile e ragionevole è che volesse sparire per evitare che la sua tomba fosse saccheggiata dai profanatori di tombe, che all'epoca erano una vera e propria piaga. Le loro azioni non erano soltanto di pessimo gusto, ma incutevano anche molto timore ai faraoni, se si considera quanto fosse importante per loro raggiungere l'aldilà con carri, servitori, oro e gioielli.»

«Dunque Herihor sfuggì ai profanatori di tombe nascondendo tanto la propria morte quanto il suo luogo di sepoltura», concluse Morgan. «È questo che ci sta dicendo?»

Il professore restò in silenzio per un momento. «Quasi tutti riteniamo che la sua tomba sia là fuori da qualche parte. E soprattutto che nessun ladro l'abbia mai toccata.»

«Adesso l'interesse del Bloodstone Group per questi frammenti di pietra appare più sensato», disse Morgan. «Una tomba che non sia stata razziata, come quella di Tutankhamon, potrebbe contenere tesori del valore di centinaia di milioni di sterline se non di più.»

«Sì», confermò il professore. «Ma la tomba di Herihor conterrebbe tesori decisamente più spettacolari dei gingilli di Tutankhamon. Anzi, se dovesse essere rinvenuto integro, il tesoro di Herihor varrebbe più di qualsiasi altra scoperta mai fatta nel corso della storia. Quasi sicuramente sarebbe composto da più manufatti – oro, gioielli, sculture e arredi – di quelli conservati in tutti i musei del mondo messi insieme.»

Joe e Morgan fissarono il professore come bambini incantati. La sua stima li aveva lasciati a bocca aperta.

Kurt restò stupito nel sentire una fonte così illustre formulare quella che sembrava una grossa esagerazione. Tutti i professori che aveva conosciuto in vita sua tendevano sempre a minimizzare. «Temo di non seguirla. Perché un faraone che ha governato soltanto mezzo regno, per giunta per un breve periodo di tempo, dovrebbe essere in possesso di un tesoro così impareggiabile?»

Vedendo il luccichio negli occhi del professore, Kurt capì di essere finito in trappola. Il professor Cross si tolse gli occhiali e cominciò a spiegare. «Perché molto prima che si proclamasse faraone, a Herihor fu conferito quel titolo religioso a cui vi ho accennato. In quanto Primo Profeta di Amon, aveva accesso illimitato a ogni tempio e camera sepolcrale della Valle dei Re – una collezione di ricchezze accumulate nel corso di un millennio proprio lì, a portata di mano, pronte per essere portate via. E lui non si tirò certo indietro. Le portò via tutte quante. Dalla prima all'ultima.»

«Saccheggiò la valle?» domandò Morgan.

Il professore annuì. «Si impossessò di qualunque cosa si potesse rubare facilmente ma anche di molti altri oggetti più impegnativi da portare via. Stiamo parlando di tutte le ricchezze messe insieme da una civiltà nel corso di un intero millennio prima che lui venisse al mondo.»

«Saprebbe quantificare la portata del bottino?» chiese Morgan.

Il professore si strinse nelle spalle. «Difficile fare un'ipotesi. Potrebbe essere cento volte più sostanzioso di quello rinvenuto nella tomba di Tutankhamon. Forse cinquecento volte. Potrebbero esserci almeno quaranta bare d'oro con i corpi dei faraoni, insieme a tutto ciò che avevano intenzione di portare con sé nell'aldilà. Maschere mortuarie d'oro e lapislazzuli. Statuette d'avorio e giada a forma di animali. Sculture con zaffiri e rubini al posto degli occhi. Canopi d'alabastro. Armi e altri oggetti importanti rivestiti d'argento e oro. Per non menzionare l'enorme quantità di papiri, tavolette e pareti coperte di scritte che consentirebbero di ricostruire l'intera storia del loro regno.»

Il professore si fermò a prendere fiato prima di guardare Kurt e Joe. «L'unico paragone che mi sovviene è con qualche avventuriero che in futuro si imbatta contemporaneamente nei vostri immensi National Archives e in Fort Knox.»

«Sarebbe proprio una gran scoperta», disse Kurt spingendo avanti l'imbarcazione con un colpo fluido, senza fatica.

«Già, come questa.»

«Quanto potrebbe valere questo tesoro?» domandò Morgan continuando a indagare. «In termini monetari.»

«Oh, non è possibile stabilire un prezzo», rispose il professore.

«Il Bloodstone Group lo farà.»

«Giusto», ammise il professore. Restò un attimo in silenzio e poi sparò un numero. «Miliardi. Decine di miliardi, se si riuscisse a vendere tutto.»

Morgan si incupì. «A loro basterebbe anche una piccola parte di una somma simile per finanziare una guerra.»

Kurt non ne dubitava, ma non voleva trarre conclusioni affrettate. «Il semplice fatto che Herihor avesse accesso alla Valle dei Re non fa di lui un ladro. Come facciamo a sapere che il colpevole è lui?»

«Perché è stato lui a dircelo», rispose il professore risistemandosi gli occhiali sul naso. «Le incisioni sulle pareti di diverse tombe – la KV57 e la KV9, se non vado errato – ci dicono che nell'eseguire il proprio dovere di Primo Profeta, Herihor aveva trasferito il contenuto delle tombe in un luogo più sicuro. Un processo eufemisticamente definito *ripristino*. E poi abbiamo gli *Scritti di Qsn*.»

«Gli scritti di chi?» domandò Joe.

«Qsn», ripeté il professore. «Qsn significa *passero*. Colui che ruba il raccolto. I testi sono attribuiti a qualcuno che usò quell'acronimo. Scelta strana, considerando le credenze egizie. In ogni caso, questi scritti narrano una storia piuttosto misteriosa e controversa secondo cui Herihor diventò un fanatico religioso e istituì un proprio culto con tanto di seguaci, che lo aiutarono a raccogliere le ricchezze sepolte dei suoi antenati.

«È interessante notare che questi geroglifici furono scritti su frammenti di pietra inizialmente concepiti per essere affissi a un tempio.» Prese la piccola lastra che avevano portato con sé. «Molto simili a questa.»

«In effetti è alquanto interessante. Dove furono rinvenuti?» chiese Morgan.

«Temo che questo rientri nella parte controversa della storia», disse il professore. «Nessuno lo sa per certo. Comparvero dapprima nella collezione privata di un francese di nome De-

Mars verso la fine degli anni Venti, mi pare. Poi durante la guerra scomparvero, e da allora nessuno li ha più rivisti.»

«Verso la fine degli anni Venti», ripeté Kurt drizzando le antenne. Gettò un'occhiata a Morgan, che annuì.

«È un riferimento temporale significativo?» chiese il professore.

Kurt non avrebbe risposto, ma Morgan lo fece al posto suo. «Insieme alle pietre abbiamo ritrovato il diario di bordo di un aereo che si schiantò nel 1927. Stiamo ancora cercando un nesso. Ma se queste pietre hanno una provenienza strana, allora è probabile che siano state rubate e poi spedite. Può darsi che il diario di bordo abbia qualcosa a che vedere con le pietre. Potrebbe aiutarci a scoprire da dove arrivano, tanto per cominciare.»

«Cos'altro sa dirci di questo DeMars?» domandò Joe.

«Era come molti uomini benestanti dell'epoca, interessato all'avventura, alla storia e a farsi un nome come rappresentante del Neoilluminismo. Formulò una teoria stramba secondo cui l'Europa – in particolare la Francia – era stata colonizzata dagli egizi mille anni prima che i romani la chiamassero Gallia. Il suo fervore ed entusiasmo erano ammirevoli, i suoi metodi e la sua assenza di scrupoli non altrettanto. Come potrete immaginare, parte della diatriba riguardo agli *Scritti di Qsn* scaturì proprio dal suo rifiuto di spiegare da dove provenissero i frammenti di pietra e come fossero entrati in suo possesso.»

«Possibile che fosse tutto un imbroglio?»

«A mio avviso è improbabile, ma forse soltanto DeMars sapeva la verità.»

Con la sensazione che finalmente stessero facendo progressi, Kurt spinse il punt sotto il ponte successivo e si abbassò per non sbattere la testa contro il fondo della struttura. Guardando dritto davanti a sé, vide la luce del sole avvolgere di nuovo la prua dell'imbarcazione. Proprio allora una figura saltò a bordo dall'alto.

Basso, tarchiato, con la testa coperta da un berretto di lana, l'uomo si parò davanti a loro. Aveva le gambe larghe per mantenere l'equilibrio e una pistola puntata dritto contro i passeggeri attoniti.

19

La comparsa improvvisa di un uomo armato colse tutti alla sprovvista.

Mentre Morgan si tuffava sul professore, proteggendolo come avrebbe fatto un agente dei servizi segreti con un funzionario governativo di alto livello, Joe si voltò di scatto, trovandosi faccia a faccia con la bocca dell'arma.

L'unico ad avere un vantaggio era Kurt, e quel vantaggio era rappresentato dalla lunghezza della pertica che stava impugnando.

Mentre l'uomo atterrava a bordo, Kurt la estrasse dall'acqua e con un colpo deciso la portò dall'altra parte dell'imbarcazione. L'estremità della pertica mancò per un pelo la testa di Joe e prese in pieno la mano tesa dell'uomo armato.

Si udì uno scricchiolio di ossa rotte. La pistola volò nel fiume e l'uomo si piegò in due, stringendosi il polso. Sbalordito e distratto, non si accorse che Joe era balzato in piedi.

Con un potente slancio, Joe diede una spallata all'aggressore, spingendolo all'indietro e facendolo finire in acqua con un sonoro tonfo. L'uomo riemerse soltanto dopo che il punt gli fu passato sopra.

Si erano sbarazzati dell'intruso giusto da un attimo quando dal ponte saltarono altri due uomini. Uno, magro con i capelli lunghi, atterrò goffamente al centro della barca, rischiando di farla capovolgere, mentre un altro, più alto e robusto, piombò sulla schiena di Kurt.

Morgan alzò l'arma di servizio, pronta a fare fuoco, ma in quella zuffa a distanza ravvicinata il secondo aggressore le afferrò il polso e spinse l'arma verso il basso.

Mentre lottavano, dall'arma partì un colpo, che trapassò il fondo del battello e aprì uno squarcio nel legno. Cominciarono a imbarcare acqua. L'uomo più alto piegò all'indietro il braccio di Morgan, torcendole la mano fino a costringerla a lasciare la presa. L'arma cadde, sbatté contro il bordo della barca e finì in acqua.

Sfruttando la sua posizione di vantaggio, l'uomo continuò a torcerle il braccio e le fece perdere l'equilibrio. Lei reagì assestandogli una ginocchiata all'inguine. Mentre lui si contorceva per il dolore, Morgan lo scaraventò nel fiume con uno spintone.

Schiacciato a pancia in giù sulla piattaforma rialzata, Kurt vide giusto una parte della colluttazione. L'uomo che gli era balzato addosso era massiccio e muscoloso. Pesava venti chili buoni più di Kurt, tutti di forza fisica. Kurt era come un pancake spiaccicato a terra, bloccato dal peso dell'aggressore.

Eppure in qualche modo la pertica era ancora stretta nella sua mano destra. Lui la portò all'indietro, la sollevò sopra di sé e, quando ebbe raggiunto la massima altezza possibile, ruotò la mano e abbassò rapidamente il braccio. La pertica colpì con un tonfo il cranio del suo avversario che, con uno squarcio sanguinante sulla nuca, svenne.

Kurt rotolò su un fianco e spintonò il bruto di lato con una spallata, facendolo finire nel Cam.

Appena si fu liberato, Kurt balzò in piedi e cominciò a spingere la pertica nell'acqua con tutta la sua forza.

Era alla seconda spinta quando Joe gridò un avvertimento. «Stai giù!»

Kurt si abbassò e cercò di ripararsi. In riva al fiume era comparso un uomo armato di fucile a pompa. Prese la mira, poi esitò.

Kurt tenne la testa bassa e ricominciò a remare con la pertica. Non aveva idea del perché l'uomo non avesse fatto fuoco, ma sapeva bene che a caval donato non era il caso di guardare in bocca, almeno finché non fossero stati abbastanza lontani.

«Stanno salendo su una barca», disse Morgan.

«Accelera», esclamò Joe. «Questa è la fuga più lenta della storia dall'Età della Pietra a questa parte.»

A quel punto intervenne anche il professore. «Detesto ammetterlo, ma se ci serve velocità, allora è meglio la tecnica di Oxford.»

«La tecnica di Oxford?»

«Qua. Spinga i piedi contro il retro del sedile.»

Quando capì che in quel modo avrebbe fatto più presa, Kurt si diresse verso il centro del punt. A ogni movimento della pertica, girava il corpo il più possibile, spingendo avanti con le gambe perché il punt avanzasse più in fretta.

Grazie al suo impegno e alla nuova posizione riuscirono ad acquistare un po' più di velocità, ma non sarebbe stato di alcun aiuto. Gli inseguitori erano saliti su una piccola imbarcazione con un motore fuoribordo che stava sfrecciando contro di loro con il muso puntato verso l'alto.

«I motoscafi non sono ammessi sul Cam», esclamò indignato il professore.

«Detesto doverglielo dire, ma al momento abbiamo problemi più grossi», rispose Kurt. «Non abbiamo modo di seminarli, e per di più loro hanno molte più armi di noi.» Si rivolse a Morgan. «Quanti proiettili hai ancora?»

«Tanti. Peccato che la mia pistola sia sul fondo del fiume.»

«E stiamo imbarcando acqua.» La loro unica possibilità era raggiungere la riva. Kurt fece girare la barca e puntò verso la sponda destra del Cam, dal lato opposto rispetto all'uomo armato di fucile.

Purtroppo il punt era già massiccio e lento di per sé, e adesso che si stava riempiendo d'acqua cambiò direzione con l'agilità di una nave cisterna.

Un colpo di fucile riecheggiò sopra la sua testa, dandogli a intendere che la corsa era finita.

«Consegnateci la valigetta», gridò l'uomo armato dalla prua del motoscafo sempre più vicino.

Kurt strinse la pertica, pronto a un ultimo scontro, ma la ragione ebbe la meglio.

«Dategli quello che vogliono», disse il professore. «E in fretta.»

L'espressione di Morgan era sofferente, ma non avendo molta altra scelta cacciò gli oggetti sparsi nella valigetta, la chiuse e la sollevò. «Non sparate.»

«Lanciatela», ordinò l'uomo armato.

Morgan si inclinò all'indietro e lanciò la valigetta come un frisbee. Girando piatta su se stessa, la valigetta passò sopra la testa degli uomini sulla barca e finì in acqua dall'altra parte. Essendo sigillata, restò a galla e fece su e giù per un momento, poi sparì sotto la superficie.

Il motoscafo virò all'istante e gli uomini a bordo lasciarono cadere le armi per afferrare la valigetta prima che finisse sul fondo.

Mentre tentavano di recuperarla, Kurt puntò nella direzione opposta e con tre rapide spinte raggiunse la sponda del fiume, fermandosi quando la prua andò a sbattere contro il fango. «Tutti giù», disse.

Morgan e Joe aiutarono il professore a scendere sull'argine erboso mentre Kurt teneva ferma l'imbarcazione. Senza guardarsi indietro, corsero sull'erba e andarono a mettersi al riparo.

Avrebbero anche potuto risparmiarsi la fatica. I loro aggressori avevano recuperato la valigetta prima che affondasse e si stavano dirigendo verso valle il più in fretta possibile, disturbando la quiete e la pace che regnavano tutt'intorno con il rumore stridulo del motore fuoribordo che girava alla massima potenza.

«Hanno deciso di graziarci», disse il professore.

«Be', hanno quello che volevano», fece notare Kurt. «Adesso devono soltanto sparire dalla circolazione prima che arrivino le forze dell'ordine.»

«Se non altro siamo vivi», rispose il professore. «Ma non me ne voglia Sherlock Holmes, la partita è aperta.»

«Purtroppo non ci vorrà molto perché scoprano anche loro tutto ciò che abbiamo appena scoperto noi», commentò Morgan.

«Non tutto», la corresse Kurt. «Loro non hanno il diario di bordo. Qualcosa mi dice che quell'aereo scomparso è la chiave.»

20

Quartier generale della NUMA, Washington, D.C.

Rudi Gunn era nel suo ufficio alla NUMA da un'ora quando il sole sorse sopra Washington, D.C. Oltre a essere un tipo mattiniero che amava sfruttare la quiete delle primissime ore del giorno per partire con il piede giusto, Rudi era il numero due della NUMA nonché il responsabile di fatto della gestione dell'operatività quotidiana. Spesso veniva definito comandante in seconda, mentre Dirk Pitt era considerato il capitano.

Essendo un ex ufficiale di Marina diplomato ad Annapolis con i migliori voti della sua classe, a Rudi l'analogia non dispiaceva. Aveva davvero tutte le doti necessarie per ricoprire quel ruolo, che richiedeva di avere un occhio attento per i dettagli, di seguire le regole alla lettera e di mantenere sempre la propria nave in condizioni perfette.

Dopo aver letto un messaggio di Kurt Austin e il comunicato del capo di un'agenzia governativa estera, Rudi ebbe la netta impressione che la sua nave stesse andando fuori rotta o imbarcando acqua.

Il comunicato che aveva letto per secondo era arrivato tramite canali ufficiali dalla sede centrale del MI5 a Londra. Riferiva di due incidenti avvenuti nelle ultime quarantotto ore e accennava en passant al coinvolgimento di Kurt Austin e Joe Zavala.

Rudi diede una scorsa veloce al rapporto conclusivo, rallentando quando arrivò ai commenti personali del direttore di sede del MI5.

... possibile coinvolgimento di importanti trafficanti d'armi attivi in tutto il mondo conosciuti con l'appellativo di Bloodstone Group. Sia Austin che Zavala si sono comportati in maniera ammirevole e porgo dunque i miei ringraziamenti per la loro continua assistenza...

«Cattive notizie?» domandò una voce.

Rudi alzò lo sguardo e vide Hiram Yaeger sulla porta.

Hiram indossava un paio di jeans blu e una felpa con una grossa S rossa stampata sopra la sagoma di un sempreverde. Era il responsabile del reparto tecnologico e dei sistemi informatici della NUMA. A differenza di Rudi, che indossava sempre una camicia ben stirata, una cravatta stampata e una giacca su misura, Hiram sembrava possedere un assortimento di vestiti che oscillava tutt'al più dal casual al super casual. Erano quelli i vantaggi dell'essere a capo del dipartimento informatico.

Rudi studiò l'amico di lungo corso, restando colpito dalla felpa. «Devo essere finito in un universo alternativo. Quando sono andato a dormire ieri sera, Kurt e Joe lavoravano per noi, non per i servizi segreti britannici, e tu ti eri laureato al MIT, non a Stanford.»

«Non stai sognando», lo rassicurò Hiram. «Dirk ha prestato Kurt e Joe agli inglesi prima di partire per il Giappone.»

«E la tua felpa?»

«La settimana scorsa la più piccola delle mie figlie ha scelto Stanford.»

Rudi si appoggiò allo schienale. «E ha scartato il MIT? Ti avrà spezzato il cuore.»

«È una giovane malaccorta in piena ribellione. Io dico che la colpa è del clima. A gennaio, quando siamo andati a Boston, c'erano quindici gradi sotto zero. La settimana dopo siamo stati in California ed eravamo sui venticinque.»

Rudi fece un largo sorriso. «Eppure la sua decisione mi stupisce di più del fatto che Kurt e Joe siano stati prestati al MI5 con una semplice stretta di mano. In teoria erano in vacanza.»

Hiram entrò ma restò in piedi. «Le vacanze per loro sono soltanto un altro modo per trovare guai. Potresti piazzarli su un'isola deserta in mezzo al nulla e riuscirebbero comunque a farsi coinvolgere in qualcosa.»

«Come darti torto?»

«Immagino che abbiano bisogno del nostro aiuto, altrimenti non si sarebbero nemmeno fatti vivi.»

Rudi prese il messaggio stampato di Kurt e lo esaminò di nuovo. «Ci chiedono di cercare un aereo che si è schiantato nel dicembre del 1927. Hanno ristretto il campo alle 'zone più aride d'Europa' – Francia, Spagna o Portogallo, forse. Con questa precisazione dovrebbe essere facile, per usare le parole di Kurt.»

«Kurt è il re degli ottimisti», disse Hiram. «D'altra parte in passato gli abbiamo dato fin troppe ragioni per essere fiducioso. Mandami i dettagli e chiederò a Max di effettuare una ricerca negli archivi.»

Max era il sistema di intelligenza artificiale di Hiram, un supercomputer unico nel suo genere, messo insieme e modificato da lui personalmente nel corso degli anni fino a fargli assumere una personalità tutta sua.

«Non ci saranno molti documenti governativi risalenti a quell'epoca», fece notare Rudi.

«Lo so», rispose Hiram. «Ma spesso i vecchi articoli di giornale sono utili in casi simili. Nel 1927 gli aerei non erano molto diffusi. Se ne spariva o ne cadeva uno in volo, di solito i quotidiani ne parlavano.»

Sapendo di poter contare su Hiram, Rudi gli porse il messaggio. «Già che ci sei, Kurt vorrebbe anche informazioni su certi antichi testi egizi, su un faraone scomparso e qualsiasi dettaglio possibile su un agente del MI5 di nome Morgan Manning.»

«Tanto per cominciare il suo numero di telefono, immagino.»

«Sono sicuro che quello se l'è già procurato. A quanto pare stanno collaborando a questa indagine.»

Hiram si tolse gli occhiali con la montatura di metallo, li pulì usando il bordo della felpa e poi se li rinfilò prima di studiare il messaggio. «Digli che farò quello che posso.»

Si voltò, pronto ad andarsene.

«Un'altra cosa», lo fermò Rudi. «Già che ci sei, procurami anche tutto quello che riesci a trovare su questo Bloodstone Group. Voglio sapere esattamente cos'ha per le mani Kurt.»

21

Terminal di Folkstone dell'Eurotunnel, Inghilterra

Il furgoncino Renault avanzò adagio lungo una rampa di cemento in una lenta fila di macchine. Davanti al furgone, paraurti contro paraurti, tutti i veicoli si fermavano di fronte a un addetto alla sicurezza che esaminava i loro biglietti prima di lasciarli passare. Da lì, superavano un secondo gruppo di varchi e attraversavano una piattaforma, mettendosi di nuovo in fila, prima di sparire nel fianco di una cavernosa struttura su rotaie adibita al trasporto di veicoli.

Robson guardò il treno mastodontico, che si estendeva davanti a loro per la lunghezza di circa venti vagoni, prima di riuscire a scorgere quella che sembrava la locomotiva aerodinamica sul davanti.

«Non ero mai stato nel tunnel della Manica», disse sottovoce Snipe. «Ho sempre pensato che si attraversasse in macchina. Non sapevo che bisognasse prendere un cacchio di treno.»

«Nessuno può guidare nel tunnel della Manica», rispose Robson. «Te lo immagini se ci fosse un incidente o se qualcuno restasse senza benzina?»

Snipe annuì.

«Come va la mano?»

«C'è qualcosa di rotto», disse Snipe allungando un pugno gonfio e bendato. «Ma posso sempre usare l'altra.»

Robson si voltò a guardare. «Nascondila. Può darsi che sia menzionata nella tua descrizione.»

Mentre Snipe si cacciava entrambe le mani nelle tasche della giacca a vento, Robson avanzò finché raggiunsero l'agente in divisa. Il simbolo che raffigurava il profilo del treno ad alta velocità sulla sua giacca era corredato dalla scritta CONTROLLO OPERAZIONI DI TRAFFICO.

«Libretto di circolazione, assicurazione e documenti di viaggio», ordinò l'agente.

Robson fece cenno a Snipe, che dopo un attimo di esitazione usò la mano buona per recuperare i documenti dal vano portaoggetti. Robson li prese e li porse all'agente attraverso il finestrino.

L'agente esaminò i documenti e si portò la mano al microfono fissato al colletto. Premendo il pulsante di comunicazione, riferì le informazioni e aspettò la risposta del comando centrale.

La risposta impiegò parecchio ad arrivare. Poiché il silenzio cominciava a durare un po' troppo, Robson si guardò intorno in cerca di vie di fuga. A destra e a sinistra non c'era nient'altro che le pareti di cemento, mentre andando dritto si sarebbero soltanto addentrati ancora di più nello scalo ferroviario. Gettò un'occhiata nello specchietto retrovisore e vide una fila di auto che arrivava fino al varco esterno. Non sarebbero potuti passare nemmeno di lì.

Si sforzò di rilassarsi e fece scivolare la mano lungo il fianco del sedile, fermandosi soltanto quando le sue dita toccarono la pistola che vi era incollata con il nastro adesivo.

«Proprio come pensavo», disse l'agente restituendo loro i documenti. «Siete i meccanici.» Indicò dritto davanti a sé. «Là. Avanti il prossimo.»

Con un cenno, l'agente ordinò a un altro uomo in uniforme di aprire il cancello temporaneo, poi fece segno a Robson di procedere. Prima di permettere al furgone di allontanarsi, si sporse all'interno dell'abitacolo. «Ricordatevi che una volta scesi dal treno in Francia dovrete guidare sull'altro lato della strada», li avvertì.

Il cuore di Robson, che stava battendo all'impazzata, cominciò a rallentare. Lui annuì, premette delicatamente il piede sull'acceleratore e avanzò.

Snipe fece un fischio. «L'abbiamo rischiata grossa.»

Sul retro del furgone, Gus stava cercando di riprendersi dopo che l'americano gli aveva squarciato la testa con la pertica. Indossava un cappello per nascondere la ferita. Fingers si era tagliato la lunga chioma, e adesso sfoggiava un'acconciatura alla moicana da vero punk-rocker. Non saranno stati una squadra di bellimbusti, ma avevano raggiunto il loro scopo.

Robson girò con prudenza il volante ed entrò nella struttura su cui viaggiavano i veicoli, lasciandosi alle spalle la luce del giorno e avanzando in quello spazio enorme e ben illuminato. Non impiegò molto a capire che si trattava di uno scomparto privato. Davanti a loro era parcheggiata una Maserati Quattroporte personalizzata, dietro la quale c'era nientemeno che una Rolls-Royce Phantom.

Una volta spento il motore e messo il furgone in modalità parcheggio, Robson e i suoi uomini restarono in attesa. Ben presto la porta dello scomparto veicoli fu abbassata e sigillata, e poco dopo il treno cominciò a muoversi.

L'accelerazione iniziale fu così fluida che Robson quasi non si accorse di nulla. Da lì in avanti la velocità aumentò rapidamente, con metodo. In capo a poco stavano viaggiando a più di centocinquanta chilometri orari e puntavano verso i duecentocinquanta, eppure quella linea ferroviaria era talmente impeccabile che persino a tutta velocità si avvertiva a malapena una leggerissima sensazione di movimento.

«Quando arriva Mr Big?» domandò Snipe.

«Non arriva», rispose Robson. «È già qui.»

«Bene. Quindi finalmente vedremo i nostri soldi.»

«Vedremo i nostri soldi quando il lavoro sarà finito», rispose Robson.

«Io credevo che lo fosse già.»

«Non ancora. Neanche lontanamente», replicò Robson.

Davanti a loro un uomo scese dalla Maserati. Robson lo riconobbe. Era una delle guardie personali di Barlow, che gli fece segno di raggiungerlo.

«Restate qui», disse Robson. Afferrò la valigetta, scese e si incamminò verso la Maserati. La guardia gli sequestrò il cellulare, lo perquisì prima manualmente e poi con un metal detector in cerca di cimici, dopodiché indicò la Rolls-Royce.

La portiera posteriore della Phantom si aprì. «Sali», disse Solomon Barlow.

Sgusciando dentro, Robson si sedette e porse la valigetta a Barlow, che la aprì all'istante.

Mentre Barlow rovistava al suo interno, i nervi di Robson ebbero la meglio. «Prima credevo che stessero per beccarci.»

«Te l'ho detto che avevo pensato a tutto», rispose Barlow senza alzare lo sguardo.

«E quella storia dei meccanici?»

«Se qualcuno dovesse farvi domande, state accompagnando le mie auto a un'esposizione a Tolosa.»

«È lì che siamo diretti?»

«No, oltre. Ci spingeremo fino al confine con la Spagna.» A quel punto alzò la testa. «È tutto qui?»

«Non avevano altro.»

«Peccato che manchino quasi tutti gli oggetti, ma per il momento ci accontenteremo delle foto. Sei stato saggio a scansionarle e a mandarmele in anticipo. Ci hanno permesso di portarci in vantaggio.»

«Ci condurranno al tesoro?»

«Non direttamente», disse Barlow. «Purtroppo le parti importanti, ossia quelle con scritto dove potrebbe essere nascosto, mancano ancora all'appello.»

«È per questo che stiamo andando in Spagna?»

«Non stiamo andando in Spagna», replicò Barlow. «Stiamo andando al confine con la Spagna. Stai attento.»

A Robson non piacevano i giochi di parole di Barlow. «La domanda non cambia. Per quale motivo siamo diretti lì?»

«Perché ci abita un aristocratico francese di nome DeMars. La sua famiglia possedeva i frammenti originali con gli *Scritti di Qsn* noti. Questo signore potrebbe avere informazioni utili. Nello specifico potrebbe avere un'idea di dove si trovi il resto della tavoletta. Potrebbe persino possedere altri oggetti in grado di aiutarci nella nostra ricerca. Purtroppo DeMars è un tipo abbottonato che difficilmente scende a compromessi. Ma noi gli daremo la motivazione necessaria per perdere questa brutta abitudine.»

Robson trattenne una risata. Solomon Barlow e i suoi discorsoni. Avrebbero risparmiato entrambi tempo ed energie se avesse detto direttamente che il piano era di torturare DeMars. «Va bene», disse Robson. «Anzitutto i miei uomini hanno bisogno di cibo, riposo e di un anticipo per i loro servizi.»

«Verranno pagati quando avrò ottenuto quello che voglio», ribatté Barlow.

«Non lavoreranno in nome di una promessa.»

Il tono di Barlow diventò gelido. «Scopriranno che si tratta di una posizione negoziale insostenibile.»

«Perché?»

«Perché tu non hai più nessuna voce in capitolo», disse Barlow. «Dopo che hai rischiato di mandare a monte l'intera operazione a Cambridge, ho deciso di cambiare le carte in tavola. Il capo adesso è Kappa. Saranno i suoi uomini a gestire il resto dell'operazione. Tu e la tua ciurma servirete soltanto come rinforzi.»

«Si dà il caso che questa ciurma abbia recuperato quello che i tuoi uomini avevano perso in Scozia», replicò Robson avvertendo lo strano bisogno di difendere i suoi vecchi compagni. «Ascoltami bene: prima della fine di questa storia avrai bisogno del loro aiuto. Soprattutto se hai deciso di affidare l'operazione a Kappa. Non riuscirebbe a capire che qualcuno sta mentendo nemmeno se ce l'avesse scritto in faccia.»

A Solomon Barlow non piaceva essere contraddetto, ma adesso che gli americani e il MI5 avevano unito le forze, aveva la sensazione che le cose non volgessero più così a loro favore. Si sarebbe sbarazzato di Robson e dei suoi delinquenti di strada in un momento successivo. Per ora sapeva che avrebbero potuto fargli comodo.

«E va bene», concesse Barlow. «Kappa resta a capo dell'operazione, ma lascerò che sia tu a occuparti di interrogare DeMars. Nel frattempo vedrò di procurarti dei contanti da distribuire ai tuoi uomini. Ma ti avverto. Se provi a sabotare questa operazione per mettere in cattiva luce Kappa, o se i tuoi uomini dovessero combinare qualsiasi altro tipo di casino, sarai tu a pagare lo scotto. Chiaro?»

Robson annuì, soddisfatto dell'accordo. «Allora, come vuoi che mi comporti con questo DeMars quando l'avremo trovato?»

Barlow fulminò Robson con lo sguardo come se avesse appena detto qualcosa di stupido. «Secondo te come voglio che ti comporti?» sbraitò. «Abbiamo un banchiere disposto a sganciare cento milioni di euro per ogni sarcofago d'oro in cui riposi con assoluta certezza un faraone mummificato, più un'altra decina di collezionisti che ci hanno promesso somme milionarie per qualsiasi reperto riusciamo a trovare. Fai parlare quel DeMars. Non mi interessa come sarà conciato poi.»

22

Savoy Hotel, Londra

«Niente da festeggiare a Mudville. Il Grande Hiram è stato eliminato», disse Kurt.

Kurt, Joe e Morgan avevano allestito un quartier generale temporaneo in una suite del Savoy mentre cercavano di indovinare quale potesse essere stato il luogo di atterraggio finale del misterioso velivolo che trasportava gli *Scritti di Qsn*.

Kurt era seduto alla scrivania vicino all'ingresso della lussuosa sistemazione, concentrato sul suo computer. Morgan era nella stanza adiacente, sul letto, a leggere le e-mail sul suo portatile, mentre Joe era sdraiato sul divano di fronte al camino a esaminare le pagine del diario di bordo nella speranza di trovare qualche informazione in grado di aiutarli a identificare la tipologia e il modello dell'aereo scomparso o il suo pilota.

Sentendo le parole di Kurt, Morgan alzò lo sguardo dallo schermo con espressione perplessa. «Mudville?»

«È un riferimento al baseball. Da un vecchio poema. Il campione finisce per essere eliminato nonostante la sua incredibile sicurezza di sé.»

«Cose che non succedono mai nella vita reale», commentò Joe sogghignando.

Era evidente che Morgan continuava a non capire. «Dov'è di preciso Mudville?»

«Non esiste», rispose Kurt.

«Allora perché l'hai tirata in ballo?»

«Non è questo il punto. Quello che sto cercando di dire è

che dopo una ricerca approfondita, il nostro computer e i nostri esperti di registri non hanno trovato nulla che rimandi allo schianto di un qualsiasi velivolo in una qualsiasi delle zone indicate nel mese di dicembre del 1927. Adesso è più chiaro?»

«Molto», rispose Morgan con un sorriso. «Ma se lo schianto fosse avvenuto in una zona rurale, è possibile che non sia stato registrato da nessuna parte.»

«Sì», concordò Kurt. «Ma la compagnia proprietaria del velivolo o l'operatore di un aerodromo in attesa del suo rientro ne avrebbero notato la scomparsa. O se non loro, almeno i parenti del pilota disperso. Hiram e la sua squadra non hanno trovato nulla di simile. Hanno persino controllato se nei necrologi fosse menzionato qualche pilota. Ma... strike dopo strike, sono stati eliminati.»

«Aaah», disse Morgan. «Ora capisco. È come farsi eliminare al wicket. O trovarsi in battuta con il terreno umido.»

Stavolta fu Kurt a fissarla senza capire. «Ti direi di sì, ma sinceramente non so proprio di cosa tu stia parlando.»

Joe scoppiò a ridere. Ne aveva bisogno. Pur avendo passato ore a cercare di individuare qualsiasi dettaglio utile da quelle pagine, non aveva scoperto nulla di nuovo. Le aveva rilette più di dieci volte. Aveva usato una lente d'ingrandimento e poi una luce speciale in grado di rivelare l'eventuale presenza di inchiostro sbiadito. Aveva addirittura tastato i fogli alla ricerca di solchi lasciati da scritte successive.

Fatta eccezione per le parole criptiche scribacchiate dal pilota ferito e con ogni probabilità febbricitante, le altre annotazioni erano semplici, di poco conto. Il pilota aveva segnato i tempi di accensione, i livelli dei fluidi e altre informazioni meccaniche. Le descrizioni sulla seconda e sulla terza pagina si riferivano a controlli, cilindri inceppati e cambi d'olio. Non avevano nulla a che vedere con gli antichi scritti perduti.

Kurt si girò verso di lui. «E tu, Joe? Ti sei fatto eliminare al wicket o ti sei trovato in battuta con il terreno umido?»

«Nessuno dei due. È stato sicuramente un incidente. E questo mi fa pensare che Hiram stia cercando nel posto sbagliato.»

«Ha passato al setaccio tutta l'Europa. Dove altro può cercare?»

Joe sospirò. Non ne aveva la più pallida idea. Non c'era nulla che suggerisse un luogo, soltanto la descrizione di una zona europea arida con un'alta parete rocciosa sotto cui scorreva un fiume.

Ansioso di fare una pausa, Joe si sedette e lasciò correre i pensieri. I suoi occhi si posarono su un piccolo calendario da scrivania. Nell'ultima settimana avevano girato così tanto che non era più nemmeno sicuro di che giorno fosse.

Osservando la data, di colpo ebbe un'illuminazione. Sfogliò i suoi appunti e le annotazioni del diario di bordo. Quando capì qual era stato l'inghippo, gli parve la cosa più ovvia del mondo. E si domandò come avesse potuto non accorgersene prima.

«Forse stiamo cercando nella zona giusta, ma è la data a essere sbagliata.»

Kurt inarcò un sopracciglio. «Ti riferisci a... un viaggio nel tempo?»

Joe scrollò la testa. «1° agosto 2019. Come lo abbrevieresti?»

«Otto-uno-diciannove», rispose Kurt.

Joe sfoderò un sorriso compiaciuto. «E tu, Morgan?»

Lei alzò lo sguardo dal computer. «Scusa, non stavo ascoltando.»

«Come abbrevieresti 1° agosto 2019?»

«Uno-otto-diciannove, no? Perché?»

«Giorno, mese e anno», confermò Joe. «È così che si fa in Europa.»

Morgan annuì.

«È così da sempre?»

«A quanto ne so, sì. Ho un biglietto che mio nonno scrisse a mia madre datato in questo modo. Perché ti interessa?»

«Perché ci hai detto che lo schianto era avvenuto il 5 dicembre 1927», spiegò Joe. «E noi a nostra volta abbiamo detto a Hiram di impostare questa data per la sua ricerca informatica. Ma se l'aereo, o il pilota, erano americani, allora il cinque-dodici-ventisette, ossia la presunta data dello schianto, è il 12 maggio, non il 5 dicembre.»

«Cosa ti fa credere che si tratti di un pilota americano?» domandò Kurt.

«Il fatto che l'aereo sia americano», rispose Joe. «E a quei tempi questo significava quasi sicuramente che anche l'aviatore era americano. O l'aviatrice.»

«Sei riuscito a capire che tipo di aereo stiamo cercando?» domandò Kurt.

«Non proprio», rispose Joe. «Ma so su quale sponda dell'Atlantico è stato costruito.»

Joe portò i documenti alla scrivania per mostrare a Kurt e Morgan ciò che aveva scoperto. Morgan li raggiunse. «Guardate qui. Parla della manutenzione del motore. In una nota dice di aver aggiunto nove quarti di gallone di olio. Quarti di gallone, non litri o millilitri.»

«Poteva comunque trattarsi di un aereo britannico», suggerì Morgan. «All'epoca anche qui si usava il sistema imperiale. Il Regno Unito è passato a quello metrico soltanto negli anni Sessanta. E se chiedessi a mio padre il suo parere, fu un grosso sbaglio.»

«Okay», disse Joe. «Ma l'olio è descritto come MHE 150 Aero-Oil. *MHE* sta per *Mohawk Eastern*. Negli anni Venti la Mohawk Eastern produceva olio per imbarcazioni, auto e aerei. Avviò la produzione a cavallo tra i due secoli e fallì durante la Depressione. Ho una sua targa vintage nel mio garage.»

«Sei sicuro che si tratti dello stesso produttore?»

Joe annuì. «Assolutamente sì. Il fatto è che la Mohawk era

un'azienda regionale. Non ha mai operato al di fuori degli Stati Uniti nord-orientali. Anzi, sarebbe difficile trovare qualche sua vendita al di fuori dello Stato di New York, del New England e della Pennsylvania. Non si è mai spinta più a ovest dell'Ohio. E di sicuro non esportava. Quindi se il meccanico ha aggiunto olio prodotto dalla Mohawk Eastern, allora il pilota dell'aereo scomparso doveva essere americano. Questo significa che le date sul diario di bordo sono in formato americano, non europeo. E questo a sua volta significa che l'ultimo volo ebbe luogo il 12 maggio, non il 5 dicembre.»

Fu Morgan a dare voce alla domanda più scontata. «E cosa ci faceva un aereo americano in Europa nel 1927? L'epoca dei voli transatlantici era ancora lontana.»

Joe si strinse nelle spalle. «Forse faceva parte di una compagnia di spettacoli aerei itineranti o di piloti acrobatici. Forse stava partecipando a una competizione aerea. Chi lo sa? Agli albori dell'aviazione, i piloti cercavano di guadagnare dove potevano. Spesso certi ricchi pezzi grossi organizzavano gare o invitavano addirittura acrobati nelle loro città, finanziando spettacoli aerei o altri eventi. Ho letto di piloti acrobatici che portavano i loro aerei in Europa in piroscafo per lavorare in estate sul Continente e tornare negli Stati Uniti in autunno. La data di maggio rientrerebbe alla perfezione in questo quadro.»

«Mi hai convinto», disse Kurt. «Chiederò a Hiram di effettuare un'altra ricerca impostando maggio come data dell'incidente.»

«Chiedigli anche di cercare aerei e piloti che operassero su entrambi i continenti. Non potevano essere più di tanti negli anni Venti.»

Mentre Kurt annuiva e cominciava a scrivere il messaggio, Joe impilò le pagine e le restituì a Morgan, orgoglioso di ciò che avevano concluso.

«Grazie», disse lei distrattamente tornando al suo computer.

«Qualcosa non va?» domandò Joe.

Lei chiuse il coperchio prima di rispondere.

«Il professor Cross ha finito di esaminare i geroglifici. Non ha trovato nulla che suggerisca dove sia stato portato il tesoro, c'è scritto soltanto che la flotta superò Menfi ed entrò nel Mediterraneo. Lui suggerisce di cercare la famiglia che possedeva gli *Scritti di Qsn*. I DeMars. I loro discendenti vivono nel Sud della Francia.»

«Qualsiasi sistema di datazione scegliamo di usare, io sono libero.»

Kurt finì di scrivere il messaggio a Hiram e si unì alla conversazione. «Vale la pena di fare un tentativo. E come hai detto, al momento non abbiamo nulla di meglio da fare.»

23

Francia meridionale

Dopo un breve volo da Londra, Kurt, Joe e Morgan ritirarono una Peugeot presa a noleggio a Tolosa e si diressero verso la proprietà di DeMars. Man mano che procedevano verso ovest, le abitazioni e le attività si diradavano, cedendo il passo a enormi fattorie e aperta campagna.

Erano in viaggio da un'ora quando il telefono di Kurt squillò. Lui gettò un'occhiata allo schermo. «È Hiram.»

«Vuoi dire il Grande Casey», disse Morgan.

«Esatto», rispose Kurt con un sorriso. «In persona.»

Rispose alla telefonata.

«Ho qualcosa per voi, ma temo che rimarrete delusi.»

«Va bene se ti metto in vivavoce? Ci siamo solo noi tre in macchina.»

«Fai pure», disse Hiram. «In tutta sincerità non sarebbe un problema se sul sedile posteriore ci fossero i cattivi.»

Kurt attivò il vivavoce e appoggiò il telefono. «Ti sentiamo tutti, Hiram. Dacci la brutta notizia.»

Hiram andò dritto al sodo. «Ho eseguito una ricerca basandomi sulle nuove informazioni. Ma come potrete intuire dal mio tono, siamo di nuovo a mani vuote.»

«Quanto vuote?» domandò Joe.

«Perché, esistono diversi gradi di vuoto?» intervenne Morgan.

«A volte sì», rispose Kurt. «Tu cosa ne dici, Hiram? Non hai trovato proprio nulla che potrebbe tornarci utile?»

«Giudicate voi. Per quanto riguarda il mese di maggio del 1927, sono rimaste testimonianze di ventiquattro incidenti aerei avvenuti in Europa. Dico 'rimaste' perché molti dei registri tedeschi e francesi andarono distrutti durante la seconda guerra mondiale, mentre quelli spagnoli andarono incontro a una sorte simile durante la guerra civile.»

«Ventiquattro sono tanti», commentò Morgan.

«Gli aerei non erano molto affidabili all'epoca», rispose Joe.

«Esatto», disse Hiram. «Alcuni piloti si sono schiantati due volte nello stesso mese, ma hanno potuto raccontarlo, dal momento che sono sopravvissuti. Ovviamente questi incidenti li abbiamo esclusi. E abbiamo escluso anche quelli avvenuti in aree popolate e nei loro dintorni. Alla fine abbiamo ristretto ulteriormente il campo concentrandoci sui piloti americani o sugli aerei costruiti negli Stati Uniti. E ci sono rimaste tre possibilità.»

«Be', un vuoto più pieno di quanto mi aspettassi», disse Kurt.

«Un aereo si è carbonizzato, un altro è finito in un lago e il terzo ha avuto giusto un piccolo incidente su una pista erbosa, è stato riparato nel giro di una settimana ed è ripartito. Ora, come vi sentite dopo questo aggiornamento?»

«A mani vuote», ammise Kurt. «Non c'è qualche pilota americano in Europa che non abbia avuto incidenti nel 1927?»

«Be', ci sarebbe Lindbergh», scherzò Hiram. «Ma pochi altri.»

Kurt rise. «Continua a cercare. Qualche traccia deve pur esserci. Potresti rovistare negli archivi della Mohawk Eastern e scoprire a chi vendevano l'olio.»

«Sarebbe più facile arrampicarsi su uno specchio», commentò Hiram. «Ma ci proverò.»

«Fatti vivo se scopri qualcosa.»

«Godetevi la terra del vino. Al momento il mio livello di invidia sta toccando vette altissime. Chiudo.»

«Le ricerche di questo vostro amico Hiram danno mai qualche frutto?» domandò Morgan con garbo.

«Letteralmente sempre», rispose Joe.

«Da cui il riferimento al Grande Casey.»

«Sì, ma alla fine Casey è stato eliminato», replicò Morgan perplessa.

Kurt scosse la testa in un gesto rassegnato. «Dovrò farti leggere il poema.»

Avevano raggiunto la regione vinicola – intorno a loro non c'erano più fattorie ma vigneti – e si stavano avvicinando alla meta. Dopo aver percorso parecchi chilometri di strade sinuose, giunsero a Villa DeMars, appollaiata sulla sommità di una dolce collina.

«Be', questa sì che è una villa», commentò Joe.

L'imponente edificio in stile rinascimentale contava quattro piani nella sezione centrale e quattro torrette a ciascun angolo. Dalla strada si vedeva un labirinto verdeggiante di siepi, mentre un vigneto copriva il versante sinistro della collina e un pascolo punteggiato di cavalli intenti a brucare l'erba occupava quello destro. La tenuta era circondata da un muro di mattoni alto tre metri e mezzo.

«Bella casetta», disse Kurt. «Non vorrei mai dover pagare la bolletta della corrente.»

«Qualcosa mi dice che possono permetterselo», rispose Morgan.

Kurt non ne dubitava. Dopo circa un chilometro raggiunsero il cancello d'ingresso, con tanto di guardiola e telecamere di sicurezza. Il cancello in sé era costituito da coppie di sbarre orizzontali saldate insieme, con gli spazi tra una e l'altra riempiti di cemento. Era una struttura più solida di quanto sembrasse. Lungo il vialetto d'accesso, una fila di spuntoni di metallo rialzati avrebbe dovuto forare gli pneumatici di eventuali intrusi nel caso in cui il cancello non avesse fatto il suo dovere.

«Qui qualcuno non gradisce gli ospiti», disse Kurt.

«In realtà la villa riceve ospiti in continuazione», lo corresse Morgan. «Sono gli ospiti senza invito a non essere graditi.»

«Noi in quale categoria rientriamo?»

«Vediamo di scoprirlo.»

Accostarono al cancello, dove Morgan parlò con la guardia in un francese fluente. Fornì le loro credenziali, sorrise e nel giro di poco convinse l'addetto alla sicurezza a chiamare Monsieur DeMars e a richiedere un incontro.

L'uomo entrò nella guardiola e sollevò un telefono bianco. Dopo un breve scambio, inframmezzato da qualche cenno d'assenso e da un'occhiata a ciascun passaporto, l'addetto alla sicurezza riattaccò, uscì e restituì loro i documenti. «Parcheggiate pure sotto la tettoia tra la dépendance e l'edificio principale. Troverete qualcuno ad attendervi.»

«*Merci*», disse Morgan riprendendo i loro documenti.

Mentre le sbarre del cancello si alzavano, Kurt reinserì la marcia. Entrarono, passando sopra gli spuntoni che nel frattempo erano scomparsi nel terreno. «La prossima volta che prendo una multa per eccesso di velocità voglio che ci sia tu a trattare.»

Lei lo guardò sorridendo di nuovo. «Mi stai dicendo che non rispetti il codice della strada del tuo Paese?»

«Diciamo soltanto che non mi dispiacerebbe se in America ci fosse qualche autostrada tedesca.»

Nonostante la sua passione per la velocità, Kurt tenne la Peugeot sotto controllo. Il vialetto d'accesso infatti era una strada di ciottoli sconnessa che girava intorno alla proprietà, passando davanti al vigneto fino ad arrivare alla residenza. In cima alla collina, superarono una stalla che avrebbe potuto ospitare venti cavalli prima di avvicinarsi alla maestosa villa.

Kurt si infilò sotto la tettoia e parcheggiò di fronte a un uomo alto e magro con sottili capelli biondi. Indossava una felpa nera con la cerniera abbinata a pantaloni e stivali da cavallerizzo. Mentre Kurt apriva la portiera, l'uomo gli rivolse un cenno educato. «*Bonjour*. Benvenuti alla Maison d'Être, la nostra casa lontano da casa.»

Kurt riconobbe Francisco DeMars dalle foto che avevano scaricato. Era il nipote dell'uomo che aveva rinvenuto gli *Scritti di Qsn*. «In una casa così elegante, spesso si incontrano prima un maggiordomo o un lacchè.»

«A volte preferisco accogliere i miei ospiti di persona. In particolare quando si tratta... come dire... di arrivi non programmati. Qualcuno di voi parla francese?»

Kurt si scostò e Morgan fece un passo avanti. Dopo un breve scambio in francese, DeMars riprese a parlare in inglese.

«Sono onorato che entrambi i vostri governi si stiano interessando al lavoro di mio nonno. È passato parecchio dall'ultima volta che è stata dedicata la dovuta attenzione ai suoi sforzi. Vi aiuterò in tutti i modi possibili. Prego, entrate. Vorrete anche mangiare un boccone magari. Avrete alle spalle un lungo viaggio.»

Li precedette all'interno della villa, conducendoli attraverso un lungo corridoio traboccante di arazzi, quadri e altre opere d'arte. Passarono davanti a una sala da pranzo formale con una lunga parete ornata da un dipinto murale che raffigurava scene della Rivoluzione francese. Entrarono infine in un salotto di dimensioni più ridotte.

Dopo averli invitati ad accomodarsi, DeMars chiamò un domestico che arrivò con un vassoio di sfoglie al groviera, baguette appena sfornate e una fetta di morbido brie. Un altro domestico portò una bottiglia di vino rosso e una di Evian.

Kurt spalmò un po' di brie su una fetta di pane caldo e la addentò. Il boccone si sciolse sulla sua lingua. «Questo è il paradiso.»

Joe stava mangiando una sfoglia. «Devi anche provare una di queste.»

DeMars annuì. «Assaggiate tutto. Come si suol dire, un

pasto senza formaggio è come un giorno senza sole. Ora, come posso esservi utile?»

Per il momento Morgan lasciò la parola a Kurt. «Stiamo cercando informazioni su alcuni antichi testi egizi noti come gli *Scritti di Qsn*. Fu suo nonno a coniare questo termine, credo, dopo aver rinvenuto numerosi frammenti di pietra che recavano alcune iscrizioni.»

«Sì», confermò DeMars. «È vero. Ma andarono perduti durante la guerra. I tedeschi ce li portarono via e non ci furono mai più restituiti. Sembrano essere svaniti nel nulla. Perché?»

«Potrebbero essere ricomparsi», rispose Morgan.

DeMars sgranò gli occhi. «Mi interesserebbe molto vederli.»

«Forse sarà possibile in futuro, ma per ora sono in custodia.»

«Come mai?»

Morgan raccontò a DeMars della minaccia rappresentata dal Bloodstone Group e del piano del governo di impedire ai trafficanti di rifornirsi di oggetti antichi per ridurre la diffusione di armi illegali nel mondo.

DeMars non si scompose. «Uno sforzo lodevole. E io come posso aiutarvi?»

Kurt non ci girò intorno. «Dicendoci dove suo nonno trovò i frammenti di pietra. Le testimonianze storiche non riportano questo tipo di dettagli.»

DeMars fece prima un respiro profondo, poi sospirò. «Certo, perché sono stati volutamente tenuti segreti.»

«Per quale motivo?»

«Il lavoro di mio nonno era piuttosto controverso. Era convinto che gli egizi avessero colonizzato l'Europa, insediandosi sulle coste francesi e spagnole un millennio prima dei romani. Trascorse metà della sua vita a cercare prove, in particolare dell'esistenza di una flotta mitica che credeva essere affondata in acque francesi e di una piramide che sosteneva essere stata costruita sulle coste della Spagna.»

DeMars bevve un sorso di vino prima di proseguire. «Per

certi versi teorie strampalate di questo tipo non erano poi così rare all'epoca. Conoscerete sicuramente la teoria nazista secondo cui gli europei, o almeno i teutonici, erano tutti discendenti della famosa razza superiore ariana. Una razza mai esistita. I nazisti passarono anni a setacciare l'Himalaya alla ricerca delle loro origini mitologiche, per giunta spendendo un patrimonio. Mio nonno passò anni a cercare la sua piramide mitologica, spendendo metà del patrimonio di famiglia, senza mai riuscire a trovarla. Oggi questo parallelo provoca un certo imbarazzo a noi familiari.»

«La teoria di suo nonno sarà anche stata bizzarra, ma non faceva di lui un nazista», replicò Kurt.

«No, anzi», confermò DeMars. «La teoria di mio nonno era invisa al partito nazista, soprattutto perché suggeriva che gran parte della cultura e della popolazione europea avesse origini nordafricane. Quando la Francia fu occupata dalla Germania nel 1940, i nazisti lo presero di mira e lo arrestarono. Gli portarono via quasi tutto ciò che aveva rinvenuto nel corso degli anni, compresi gli *Scritti di Qsn*. Credevamo che i frammenti fossero stati distrutti. O almeno, mia madre lo sperava.»

Kurt ascoltò DeMars, ravvisando nella sua voce una certa tristezza e un pizzico di vergogna. A insaputa di DeMars, e persino di Morgan, la NUMA disponeva di una quantità sbalorditiva di informazioni sconosciute ai più sugli egizi, alcune delle quali erano emerse soltanto in tempi recenti. In realtà gli egizi erano marinai molto più esperti di quanto ritenesse la maggior parte degli studiosi tradizionali. Si erano spinti molto più lontano di quanto chiunque immaginasse. Un ramo della famiglia reale egizia era addirittura approdato in Irlanda. La possibilità che anche altri si fossero sparpagliati in giro per l'Europa non era così campata per aria come credeva DeMars.

A un certo punto Kurt avrebbe messo a parte di quelle scoperte anche DeMars, ma prima aveva bisogno di risposte. «Grazie di queste informazioni. Ci tengo ad assicurarle che non stiamo cercando di interrogarla, ma se avesse idea di dove suo nonno abbia rinvenuto quei frammenti, ci piacerebbe saperlo.»

«Furono trovati in Spagna», rispose DeMars. «Ma nessuno dei miei familiari ha mai creduto che provenissero davvero da lì.»

Kurt non disse nulla. Aveva già capito quale piega avrebbe preso la storia.

DeMars proseguì. «Vedete, mio nonno desiderava così tanto dimostrare la veridicità della sua teoria che pare avesse cominciato a disseminare qua e là il genere di oggetti che sperava di trovare. Posso dire soltanto che erano altri tempi.»

Kurt capiva bene l'imbarazzo di DeMars. «È possibile che i frammenti gli siano stati consegnati in aereo?»

«Sì. Immagino che possiate trovare la risposta nei diari di mio nonno. Ma vi avverto, era uno scrittore prolisso.»

«Le saremmo grati se ci lasciasse dare un'occhiata», disse Morgan.

DeMars si alzò. «Ve li mostrerò, ma ad alcune condizioni. Il loro contenuto e le opinioni di mio nonno non dovranno essere resi pubblici. E nessuno dei diari uscirà da questa casa.»

«Ha la nostra parola», lo rassicurò Morgan.

«In tal caso, seguitemi.»

24

DeMars li condusse in corridoio e proseguì verso la rotonda dell'ala ovest. Quello spazio circolare si trovava all'interno di una delle torri d'angolo della residenza. Il piano terra era dominato da una statua di Giovanna d'Arco in sella al suo cavallo. Era molto realistica e rivestita in foglia d'oro. Come d'abitudine, la Pulzella d'Orléans stringeva le redini in una mano e un'asta con lo stendardo francese nell'altra. Il vessillo era stato realizzato con una maestria tale che sembrava svolazzare in una brezza invisibile.

«Meravigliosa», disse Morgan ammirando la statua.

«È la nostra eroina», rispose DeMars.

Li accompagnò nello studio al quarto piano, che era interamente occupato da scaffali pieni zeppi di materiale. Opere di consultazione da una parte, diari rilegati in pelle dall'altra.

DeMars attraversò la stanza con passo deciso fino alla parete con i diari e salì su una scaletta. «Questi sono i resoconti delle spedizioni di mio nonno. Se cercate informazioni su quella scoperta, saranno qui.»

Kurt raggiunse il padrone di casa. Contò una dozzina di volumi per il 1927, dieci per il 1928 e altri undici per il 1929. «Non scherzava quando ha detto che suo nonno era prolisso.»

«Era preciso», disse DeMars. «Vi sarà utile, no?»

«Utile sì», concordò Kurt. «Ma richiederà anche parecchio tempo.»

Kurt sfiorò i dorsi dei libri, partendo da quelli dedicati al 1927, saltò i mesi da gennaio ad aprile e si fermò al volume di maggio. Dopo averlo aperto, scoprì che avevano un altro problema. Il diario era scritto a mano in un corsivo fluente. E per giunta in francese. «Potremmo avere bisogno della sua assistenza.»

«Certo», disse DeMars. Prese il diario, si sedette a uno scrittoio e accese una lampada con il paralume verde.

«Anch'io so leggere il francese», si offrì Morgan.

Kurt prese un secondo diario dalla libreria e glielo porse. Lei si sedette di fronte a DeMars.

«Mi sento utile quanto un ghiro in letargo», commentò Joe.

Lo stesso valeva per Kurt. «Potremmo almeno cercare determinate parole», propose rivolgendosi a DeMars.

«All'inizio mio nonno si riferiva ai frammenti con i geroglifici chiamandoli 'pietre rosse'. *Les pierres rouges.*»

«E poi ci interessa anche un aereo precipitato», aggiunse Kurt.

«*Avion*», rispose Morgan. «*L'avion.*»

Sia Kurt che Joe presero alcuni diari e si misero al lavoro. Se la biblioteca fosse stata digitalizzata, i computer di Hiram avrebbero potuto passarla al setaccio da cima a fondo nel giro di pochi secondi. Secondo le stime di Kurt, mettendosi d'impegno tutti e quattro, non ci avrebbero impiegato meno di un intero fine settimana. Non potendo fare altro che darci sotto, Kurt si sedette e aprì il suo diario.

Il buio calò rapidamente sulle colline della Francia occidentale. Mentre il sole spariva dietro le montagne al confine con la Spagna, l'aria si rinfrescò e il cielo si tinse di un grigio cupo.

All'orizzonte brillava ancora un lievissimo accenno di luce arancione e l'addetto alla sicurezza al cancello d'ingresso si mise comodo in vista di quella che si prospettava come una serata tranquilla. Quando i membri del personale se ne andarono li salutò, poi abbassò il massiccio cancello.

Diversamente da quanto accadeva nei secoli precedenti, il personale di servizio non viveva alla villa; tutti avevano una casa e una famiglia a cui fare ritorno. Oltre alla squadra di sicurezza e a un maggiordomo, di notte restavano soltanto i DeMars. E poiché in quel momento buona parte della famiglia era via per l'estate, la villa era praticamente deserta.

La guardia non poté non ridere al pensiero. La residenza contava quindici camere da letto e quasi altrettanti bagni, due cucine, tre sale da pranzo e un gran numero di altre stanze. Tutte quasi sempre pressoché vuote. Buon per lui, pensò. Molte residenze simili sparse per la Francia erano state trasformate in mete turistiche e hotel. Il che significava un viavai infinito, bambini urlanti e problemi di furti. Villa DeMars ospitava giusto un matrimonio e una festa aziendale ogni tanto. Se fosse mai diventata una trappola per turisti, la guardia avrebbe presentato domanda di pensionamento anticipato.

Appoggiandosi allo schienale e dividendo la sua attenzione tra la strada esterna, le immagini sempre diverse trasmesse dalle telecamere di sicurezza distribuite in giro per la proprietà e la musica di sottofondo diffusa dalla sua radio, la guardia si lasciò avvolgere dalla quiete della sera. Non si allarmò più di tanto nemmeno quando scorse una coppia di fari che avanzava lungo la strada per poi rallentare man mano che si avvicinava al vialetto d'accesso. Una freccia prese a lampeggiare, illuminando d'ambra l'oscurità. Leggermente scocciato, l'addetto alla sicurezza osservò un furgone per le consegne fermarsi davanti al cancello.

Prendendo la sua cartellina, raggiunse il veicolo. «Catering e consegne devono arrivare prima delle sei. Spero abbiate un buon motivo per presentarvi a quest'ora.»

Il finestrino si abbassò e l'uomo a bordo del veicolo lo fissò con un'espressione inequivocabilmente truce. «Non siamo qui per consegnare», disse in un francese dall'accento marcato. «Dobbiamo ritirare.»

Guardando all'interno del furgone, l'addetto alla sicurezza notò che il volante era dall'altro lato. Dunque si trattava di un veicolo inglese. Anche l'accento era inglese. Si domandò se quel furgone avesse qualcosa a che fare con i visitatori arrivati prima. La donna era inglese.

«Ritirare?» domandò controllando la cartellina alla ricerca di qualcosa che dovesse uscire. «Per quale fornitore?»

«Glock», rispose l'uomo.

La guardia si raggelò di fronte alla pistola austriaca. Vide che sulla canna era stato avvitato un silenziatore. Poteva significare una cosa soltanto.

Lanciò da parte la cartellina e si abbassò di lato, ma fu decisamente troppo lento. La pistola silenziata fece fuoco tre volte. Due proiettili lo colpirono al petto, l'altro al bicipite destro.

L'addetto alla sicurezza cadde a terra, sbalordito, sanguinante e ansimante. Voltandosi, vide un passeggero scendere dal furgone e immaginò che stesse andando a dargli il colpo di grazia. L'uomo invece corse nella guardiola e premette il pulsante per aprire il cancello.

Mentre le sbarre si alzavano, arrivò a tutta velocità un secondo furgone più grande, a dodici posti. Rallentò e aspettò che il cancello si fosse completamente aperto e che gli spuntoni nel terreno si fossero ritirati. A quel punto il furgone sfrecciò all'interno.

Benché stesse morendo dissanguato, l'addetto alla sicurezza non ebbe alcuna difficoltà a capire cosa stava succedendo. Quello era un assalto. Un attacco pianificato. Doveva lanciare un allarme. Si portò la mano al microfono fissato al colletto e premette il pulsante per attivarlo. «Codice...»

Un quarto proiettile lo finì prima che potesse aggiungere altro.

Robson restò accanto al cadavere della guardia in attesa che suonasse un allarme o che qualcuno richiamasse sulla sua radio.

«Speriamo che nessuno abbia sentito quella telefonata, altrimenti per noi saranno guai», disse Snipe.

«Tanto per cominciare saranno guai per Kappa e i suoi uomini», replicò Robson. «Comunque non mi preoccuperei più di tanto. A quanto pare non c'era nessuno in ascolto. Togliete di mezzo quel corpo e tornate sul furgone. Non vorremo lasciare tutto il divertimento a Kappa.»

Insieme, Gus e Fingers sollevarono l'addetto alla sicurezza per le braccia e per i piedi e lo trascinarono alla guardiola. Lo posarono per terra, in modo tale che da fuori non si vedesse, e chiusero la porta. Nel frattempo Snipe aveva recuperato la cartellina caduta. «Guarda qui.»

Robson la prese. C'era un elenco dei visitatori e delle consegne. Vide i nomi Manning, Austin e Zavala, affiliati al governo britannico e statunitense.

«L'agente del MI5 e i due americani sono qui», disse agli altri. «A quanto pare potremo prendere tre piccioni con una fava.»

25

Villa DeMars, studio al quarto piano

Un'ora di lettura era passata in un battito di ciglia. Kurt non avrebbe mai immaginato che cercare vocaboli all'interno di una distesa di parole in una lingua straniera potesse essere così faticoso. La sua mente si distraeva con estrema facilità, mentre i suoi occhi si velavano senza riuscire a vedere ciò che stavano cercando.

«È come perlustrare il blu sconfinato del mare da un elicottero alla ricerca di un salvagente arancione.»

«Peggio», commentò Joe.

A ogni modo il risultato era lo stesso: tensione dietro gli occhi e bisogno di pause frequenti.

«Sì», disse DeMars alzandosi. «Sì.»

«Mi dica che non è solo un modo entusiasta di darci ragione», commentò Kurt.

«Ho trovato qualcosa», rispose DeMars. «Credo sia ciò che vi interessava sapere. Venite.»

Kurt fu felice di posare il diario che stava leggendo e di avvicinarsi allo scrittoio occupato da DeMars.

I diari di maggio, giugno e luglio del 1927 erano ben impilati di fianco a lui, di fatto scartati. DeMars aveva aperto davanti a sé il diario di agosto del 1927.

Quando gli altri si furono radunati intorno a lui, DeMars si sistemò gli occhiali e cominciò a leggere ad alta voce.

Dopo due giorni di viaggio in groppa a un mulo, da Navia siamo finalmente giunti a San Sebastián. Qui abbiamo potuto vedere gli oggetti di cui aveva parlato il venditore. Statuette d'oro, una a forma di coccodrillo, l'altra a forma di Anubi. Devono essere egizie. Ciò dimostra che alcuni membri della dinastia sono stati sul Continente.

Alzò lo sguardo con un sorriso e continuò a leggere.

Oltre agli oggetti d'oro, questi uomini mi hanno mostrato alcuni frammenti di una lastra di pietra rossa. La superficie è coperta di geroglifici. C'è anche una piccola pietra a forma di piramide che sembra essere stata staccata dalla sommità di un cippo o di un piccolo obelisco.

Girando la pagina, DeMars trovò uno schizzo accanto al quale erano annotate alcune misure.

«Potrebbe essere lo stesso che abbiamo visto nella cassa», disse Joe.

Kurt e Morgan annuirono. DeMars proseguì.

Ho chiesto ripetutamente dove avessero rinvenuto questi oggetti, ma quei vecchi si sono limitati a fare spallucce senza rispondere. Forse non capivano. Così ho riformulato la domanda e ho chiesto come avessero fatto a mettere le mani su quegli oggetti. Mi hanno detto che erano in mezzo agli effetti personali di un uomo trovato morto in riva al fiume a una giornata di cammino da lì, verso nord.

Ho dunque chiesto chi fosse quell'uomo e da dove venisse, ma ho ricevuto soltanto altre alzate di spalle vaghe. Non era uno di noi, mi hanno detto. Difficile sapere cosa significhi. Mi trovo nei Paesi Baschi, e qui non riconoscono il governo di Madrid. Nel frattempo c'è anche questa nuova frattura tra quanti considerano la Spagna la loro casa. Comunisti e nazionalisti stanno costringendo la gente a schierarsi. Tutto questo complica la mia ricerca della verità.

Kurt incrociò le date con le sue conoscenze storiche. «Si riferisce alle prime avvisaglie della guerra civile spagnola.»

«Esatto», disse DeMars ricominciando a leggere.

Evitando di parlare del governo, ho chiesto come fosse morto quell'uomo e che fine avesse fatto il suo corpo. Mi hanno risposto che era morto per un'infezione e perché aveva perso troppo sangue. Alcuni uomini l'avevano seppellito e avevano preso il suo zaino. Nessuno era andato a cercarlo...

Nella pagina successiva il nonno di DeMars descriveva gli oggetti in maniera più dettagliata, indicando i prezzi a cui li aveva acquistati, ma quella era l'ultima annotazione dalla Spagna. Il diario ricominciava cinque settimane dopo, quando il vecchio DeMars era in visita da un amico a Parigi.

«Non menziona nessun aereo», fece notare Joe. «Ma le ferite di cui parla sono compatibili con quanto riportava il diario di bordo. Io dico che abbiamo fatto centro.»

DeMars stava sorridendo.

«Sembra persino più contento di noi», osservò Kurt.

«Orgoglioso», lo corresse DeMars. «Molti ritenevano che le ricerche di mio nonno fossero tutte sciocchezze se non addirittura un imbroglio, io compreso. Certo, questo dimostra che gli oggetti non provenivano dalla Spagna. Ma dimostra anche che le sue scoperte sono da attribuire a una fortunata coincidenza, non all'inganno.»

Kurt posò una mano sulla spalla di DeMars. «E quando scopriremo a cosa si riferiscono gli *Scritti di Qsn*, a suo nonno sarà attribuita gran parte del merito di una scoperta di proporzioni epiche. Adesso dobbiamo soltanto capire dove si trovava. Dov'è di preciso San Sebastián?»

Abituato a usare il potere di Internet per ricerche di quel tipo, Kurt tirò fuori il cellulare. Nel frattempo DeMars mise da parte il diario e andò a recuperare un grosso atlante dalla libreria.

Lo portò allo scrittoio e lo appoggiò con un delicato tonfo. Lo sfogliò fino a una sezione che raffigurava la Spagna settentrionale, appena oltre il confine con la Francia.

«Questi sono i Paesi Baschi», disse.

Prese una lente d'ingrandimento ed esaminò la pagina, passando in rassegna nomi di città e fiumi. «Qui. Questa è Navia. È da qui che sono partiti. Poi, risalendo il fiume a dorso di mulo per due giorni, devono aver percorso una distanza massima compresa tra i trenta e i sessanta chilometri. Arrivando così a...»

Controllò la scala della cartina, dopodiché mise un righello accanto al fiume. Dopo trenta chilometri non c'era nulla, ma verso la parte alta della pagina, vicino al limite dei sessanta chilometri, di fianco a un piccolo puntino c'erano due annotazioni a inchiostro.

DeMars fu percorso da un brivido. Era la calligrafia di suo nonno, che aveva segnato alcune date nel mese di agosto del 1927. «Ecco qui», disse cerchiando la località per farla vedere anche agli altri.

Morgan e Joe si avvicinarono. Kurt continuava ad aspettare che il suo telefono collaborasse.

«C'è scritto Villa Ducal de Lerma», disse Joe.

«Ma la chiesa è qui», rispose DeMars. «San Sebastián de las Montañas. Mio nonno era solito indicare il posto in cui si trovava dicendo quale chiesa aveva visitato.»

Mentre Joe e Morgan guardavano da sopra la spalla di DeMars, Kurt stava per gettare la spugna. L'applicazione delle mappe sul suo telefono si era aperta e poi bloccata. Adesso era comparso il messaggio CONNESSIONE DATI ASSENTE. L'icona del segnale in alto, accanto alla quale durante la telefonata con Hiram c'era il nome di una compagnia francese e che aveva sempre mostrato quattro tacche, adesso era accompagnata dalla scritta NESSUN SERVIZIO.

«Non c'è campo. Prima però la ricezione era ottima.»

«Strano», disse DeMars tirando fuori a sua volta il telefono. «Di solito la connessione funziona benissimo. Però anche la mia sembra fuori uso.»

Dopo qualche attimo le luci si spensero. Prima nella residenza, poi fuori nel resto della tenuta, una sezione dopo l'altra, finché l'intera collina fu avvolta nell'oscurità.

«Un blackout?» domandò DeMars.

Kurt si irrigidì. «Quando c'è un blackout le luci si spengono tutte insieme, non una sezione per volta. Qualcuno ha spento gli interruttori. Ha anche una linea telefonica fissa?»

DeMars indicò uno scaffale sulla parete opposta, sul quale si trovava un telefono fisso verde avocado risalente più o meno al 1980. «Joe», disse Kurt.

Joe afferrò il telefono e se lo avvicinò all'orecchio. «Suona», rispose Joe annuendo. «Funziona.»

«Chiami la sicurezza, numero 55», intervenne DeMars.

Joe schiacciò il tasto 5 due volte, ma la linea cadde prima ancora che la telefonata potesse partire. Joe premette la forcella due o tre volte senza risultato. Guardò Kurt dall'altra parte della stanza e scosse la testa.

«Cosa sta succedendo?» chiese DeMars.

«Scommetto che qualcuno si è introdotto in casa sua», rispose Kurt infilandosi la mano nella giacca e tirando fuori una calibro .45 compatta. Dopo aver controllato di avere un proiettile in canna, tolse la sicura con il pollice e si diresse verso la porta.

«E i miei addetti alla sicurezza?» domandò DeMars.

«Qualcosa mi dice che non saranno dei nostri.»

26

Villa DeMars, piano terra

Robson aveva raggiunto Kappa e la sua squadra nell'atrio al piano terra. A differenza degli uomini di Robson, che venivano dalla strada, quelli di Kappa erano mercenari veri e propri. Avevano fatto parecchio lavoro sporco in diversi Paesi dilaniati dalla guerra nell'ambito del pacchetto completo di servizi offerti dal Bloodstone Group. Pur non avendo mai combattuto in prima linea – erano troppo preziosi per diventare carne da cannone in qualche guerra civile del Terzo Mondo – rapivano dignitari, organizzavano omicidi politici, facevano esplodere bombe e si occupavano di quello che veniva spacciato per controllo della folla in Paesi in cui le proteste pacifiche venivano spesso represse nel sangue.

Kappa aveva a sua disposizione otto uomini, lui compreso. Si era anche portato attrezzature in abbondanza, tra cui granate stordenti, granate fumogene, giubbotti antiproiettile, visori notturni, ricetrasmittenti e persino un trasmettitore ad alta potenza in grado di disturbare e bloccare le linee sovraccaricando i ripetitori con un segnale fortissimo.

«Non avrai un po' esagerato con quei giocattolini?» domandò Robson mentre la squadra di Kappa si preparava.

«Tu non hai idea di come funziona il campo di battaglia al giorno d'oggi», rispose Kappa. «Il segreto è sopraffare il nemico, così da costringerlo ad arrendersi e a darsi alla fuga molto prima di quanto accadrebbe in uno scontro alla pari.»

Il trasmettitore era appoggiato per terra nell'atrio. Sembrava un cestino della spazzatura dal quale spuntavano quattro antenne.

«Non avvicinarti troppo», lo avvertì Kappa. «Non se prima o poi hai intenzione di fare figli.»

Robson rise ma arretrò. In quello stesso momento, due degli uomini di Kappa arrivarono con il maggiordomo. Lo spinsero in ginocchio davanti a Kappa, che estrasse un coltello.

«Stiamo cercando il padrone di casa. L'hai visto?»

«È di sopra», disse nervosamente il maggiordomo. «Nello studio.»

«A che piano?»

Il maggiordomo non rispose.

«Forse non mi hai sentito», disse Kappa. «Lascia che ti sturi le orecchie.» Mentre uno degli uomini copriva la bocca del maggiordomo con una mano, Kappa abbassò il coltello e cominciò a tagliargli il padiglione auricolare. Poi spinse la lama verso il basso, facendo uscire un fiotto di sangue.

Il maggiordomo cercò di divincolarsi e di urlare, ma gli uomini di Kappa lo tenevano fermo.

«Adesso ripeto la domanda. Se non rispondi educatamente, ti trasformerò nella copia sputata di Van Gogh. A che piano sono? E in quale stanza?»

«*Quatrième*. Quarto piano. Nel vecchio studio.»

Kappa ritrasse il coltello. «Legatelo.»

Con un fiume di sangue che scorreva sul lato della faccia, il maggiordomo fu portato via e legato. «Se scopro che non è vero tornerò a darti una mano con gli occhi», lo minacciò Kappa.

Poi si rivolse ai suoi uomini. «Togliete la corrente e dividetevi. Ci sono due rampe di scale. Muoviamoci con decisione.»

Gli uomini di Kappa si divisero all'istante in due gruppi. Kappa ne condusse uno dall'altro lato dell'atrio, verso Giovanna d'Arco, mentre l'altro andò nella direzione opposta, verso la torre orientale e la seconda rampa di scale.

Robson e i suoi uomini restarono indietro mentre gli interruttori si spegnevano e la residenza piombava nell'oscurità.

Senza corrente, si spensero anche i ventilatori e l'impianto di condizionamento. Al quarto piano calò un silenzio assoluto e l'aria smise di circolare. Kurt sgusciò fuori dallo studio e raggiunse le scale. Le finestre e un lucernario sopra la rotonda lasciavano filtrare dall'esterno quel tanto di luce che bastava per intravedere qualcosa.

Di sotto Kurt riuscì a distinguere Giovanna d'Arco sul suo cavallo, oltre a diversi uomini armati di mitra a canna corta e muniti di visori notturni.

Mentre uno era rimasto al piano terra a sorvegliare le scale, altri tre stavano salendo rapidamente i gradini, senza far rumore, muovendosi con precisione militare.

Kurt tornò a rifugiarsi nello studio. «Guai in arrivo dalle scale.»

Un attimo dopo tornò anche Joe, che era andato a sbirciare in fondo al corridoio. «Brutti ceffi armati pure sull'altra rampa.»

DeMars stava ansimando. «Potete spararagli?»

«Indossano giubbotti antiproiettile e sono armati di mitra», disse Kurt. «Non possiamo sperare di avere la meglio in uno scontro a fuoco. Non c'è un altro modo per scendere?»

«No.»

«E per salire?»

«Sì, il tetto è aperto.»

«È già qualcosa», disse Kurt. «Prenda il diario.»

Mentre DeMars recuperava il diario di suo nonno, Kurt rinfoderò la pistola e prese tra le braccia tutti i volumi che poté.

«Andate», sussurrò agli altri. «State vicini al muro.»

«Tu cos'hai intenzione di fare?» domandò Morgan.

«Il rompiscatole, possibilmente senza farmi sparare. Ora andate.»

Non ebbe bisogno di dirlo due volte. Morgan, Joe e DeMars salirono i gradini di corsa, restando abbassati e tenendosi rasente al muro per non essere visti dagli intrusi, che nel frattempo stavano superando il secondo piano e continuavano a salire.

Mentre Joe guidava il gruppo, Kurt aprì i libri e piegò per bene i dorsi all'indietro in modo che non si chiudessero. Quando sentì lo schiocco della porta sopra di sé, sollevò i libri sopra la ringhiera e li lanciò giù.

Con uno svolazzo di pagine, i volumi cominciarono a volare verso terra, separandosi.

Gli uomini sulle scale, che stavano salendo in silenzio con gli occhi puntati sui pianerottoli e sulla ringhiera in cerca di eventuali segni di movimento, videro i libri con un attimo di ritardo e furono colti alla sprovvista. Uno di loro si gettò a terra, temendo che fossero sotto attacco. Un altro alzò di scatto l'arma verso i libri volanti e aprì il fuoco, sparando una decina di colpi per tutta la rotonda.

I proiettili crivellarono la parete di fronte a lui mentre i libri andavano a sbattere contro il pavimento di marmo. Gli echi di entrambi i rumori mascherarono il suono della porta sul tetto che si apriva e si richiudeva.

Calò di nuovo il silenzio mentre gli uomini si riorganizzavano. Kurt vide i cerchiolini rossi dei puntatori laser danzare lungo le pareti. Restò sdraiato a terra fino a quando tutti i fasci di luce si furono spostati dall'altra parte, dopodiché si sporse quel tanto che bastava per guardare giù. Stavolta il silenzio fu spezzato dal rumore del proiettile esploso dalla sua calibro .45. Il primo sparo scese in verticale, colpendo alla spalla l'uomo rimasto nella rotonda.

In quel punto il giubbotto antiproiettile non era molto resistente, e la pallottola lo colpì abbastanza forte da rompergli la clavicola e farlo cadere per terra. Si accasciò con un grido di dolore, soffocato dal fuoco che i suoi compagni aprirono subito dopo.

La risposta fu tattica. Brevi raffiche investirono ciascun pianerottolo e le altre sezioni della rampa di scale vuota. Rotolando su se stesso, Kurt tornò nel corridoio proprio mentre una scarica di proiettili si riversava nello spazio che aveva occupato fino a un attimo prima.

Quando tornò a regnare il silenzio, Kurt udì un suono di comunicazioni radio ovattate: gli uomini stavano parlando all'interno di microfoni integrati negli auricolari e ricevevano risposte attraverso i minuscoli altoparlanti fissati dietro le loro orecchie.

Benché non capisse cosa stessero dicendo, Kurt sapeva che la procedura militare standard sarebbe stata chiedere l'intervento del secondo gruppo perché lo attaccasse dal fianco.

Decise così di bloccare quel piano sul nascere.

Fece fuoco due volte nell'atrio, verso il lato orientale della rotonda, poi portò la pistola sopra la ringhiera e sparò altri tre colpi verso il basso, in varie direzioni.

Sperando di aver costretto gli uomini a mettersi al riparo, Kurt abbandonò la sua postazione e salì di corsa le scale, sparando nel frattempo altri due proiettili.

Gli uomini sotto di lui lo videro. Gli scaricarono contro una raffica di spari. I proiettili si conficcarono nel muro sopra la testa di Kurt, poi lo seguirono mentre saliva di corsa in tondo. Se non altro i gradini erano di marmo e i proiettili non potevano trapassarli. In ogni modo Kurt non sarebbe riuscito a tenerli a bada per molto.

Una volta arrivato all'ultimo piano, Kurt aveva conquistato un piccolo vantaggio. Si trovava proprio sopra agli aggressori, dai quali lo separavano due rampe intere di scale ricurve. Da lì Kurt avrebbe potuto fare fuoco appena li avesse visti comparire.

Loro dovevano averlo previsto, perché scelsero un approccio più saggio e lanciarono una granata stordente che atterrò sì mezza rampa di scale più in basso rispetto a Kurt, ma comunque troppo vicino per i suoi gusti. Uscì a tutta velocità dalla porta e si ritrovò sul tetto, dove si tuffò a terra appena prima che la granata esplodesse.

Benché avesse interessato perlopiù la rampa di scale, l'esplosione scardinò anche mezza porta.

Kurt scoprì che il tetto era piatto, punteggiato di guglie sparse e frontoni che sporgevano dalla facciata della casa. Joe, Morgan e DeMars erano vicini al cornicione posteriore, impegnati a sganciare una piccola impalcatura che si poteva calare lungo il lato dell'edificio.

Non sembrava un modo particolarmente rapido per scendere di lì, ma era sempre meglio delle scale.

Un rumore di passi pesanti che salivano di corsa i gradini glielo confermò. Kurt rotolò sul fianco e si alzò, premendo la schiena contro il muro sottile della sommità della torretta. Quando un anfibio spalancò la porta con un calcio, una raffica di spari si riversò all'esterno.

Kurt sapeva cosa stava per arrivare: un'altra granata stordente, lanciata per evitare che qualcuno potesse nascondersi come stava facendo lui.

Fece rapidamente il conto alla rovescia, immaginando uno degli uomini prendere una granata dalla cintura, stringerla saldamente, tirare la linguetta e poi prepararsi a dare un altro calcio alla porta. Tre... due... uno... In quel preciso istante, Kurt si scagliò in avanti. Il suo tempismo fu impeccabile.

Il mercenario aprì la porta con il piede e cominciò a portare il braccio dal basso verso l'alto con l'intento di lanciare la granata senza fare rumore. L'uomo restò di stucco quando la porta che aveva appena spalancato si richiuse di colpo, scaraventandogli la granata in faccia.

Se fosse stato un pochino più veloce, avrebbe potuto recuperarla al volo, ma il meglio che riuscì a fare fu buttarla per terra. La granata esplose davanti ai suoi piedi, accecandolo e facendolo incespicare all'indietro. Lui andò a sbattere contro la ringhiera e cadde giù. Il suo volo terminò bruscamente quando finì impalato sull'asta con lo stendardo trionfale di Giovanna d'Arco.

I due aggressori superstiti aprirono il fuoco contemporaneamente.

A quel punto non c'era trucco che potesse servire, quella era una bordata in piena regola. Kurt non poté fare altro che darsi alla fuga mentre una quantità spropositata di proiettili rimbalzava contro la porta d'acciaio malandata, sforacchiava le pareti della torretta e incrinava e frantumava i vetri del lucernario.

Per i mercenari, quello che inizialmente era parso un notevole impiego di forza si trasformò in una catastrofe al rallentatore, poiché le crepe che si aprirono in tutte le direzioni fecero cedere l'intera copertura di vetro. Grossi blocchi e piccoli frammenti appuntiti, accompagnati da migliaia di schegge, caddero su di loro come una pioggia di coltelli.

Non ebbero altra scelta se non mettersi al riparo e sperare che i giubbotti antiproiettile li proteggessero da quelle armi letali seghettate.

La pioggia luccicante finì in fretta. Dopo aver aspettato che un ultimo frammento a forma di pugnale cadesse e andasse in mille pezzi sul pavimento di sotto, Kappa si alzò e riprese ad avanzare. A quel punto Kurt aveva attraversato lo spazio aperto del tetto per poi calarsi di lato, atterrando sulla piattaforma che aveva cominciato la sua lenta discesa.

27

Joe e Morgan stavano allentando le funi sulla piattaforma quando Kurt atterrò tra di loro. «È un piacere averti tra noi», disse Joe.

«Credevo che volesse evitare uno scontro a fuoco», commentò DeMars.

«A quanto pare quei signori non erano stati informati», rispose Kurt. «Questa è la nostra velocità massima?»

«Non essendoci la corrente, dobbiamo manovrare i cavi a mano», spiegò Morgan.

Superarono le finestre del quarto piano e cominciarono a scendere verso il terzo. Di punto in bianco il cavo sul lato di Joe si bloccò.

«Problema», disse lui.

La discesa si arrestò bruscamente, ma lo scossone fece oscillare la piattaforma da un lato all'altro. Kurt e DeMars si ressero alla parete della villa e usarono le maniglie per tenere ferma la struttura mentre Joe cercava di sbloccare la fune dalla sua parte.

«Niente da fare», disse Joe. Annodò la fune. Morgan fece lo stesso dal suo lato e la piattaforma restò leggermente inclinata.

«Dobbiamo saltare», disse Morgan valutando la distanza.

«Ma saranno dieci metri», disse DeMars. «Trenta piedi per voi americani.»

«Be', qui non possiamo restare», replicò Morgan.

«Il terreno sembra morbido», aggiunse Joe.

«Non abbastanza», disse Kurt. Si stava guardando intorno

in cerca di un'alternativa. La trovò di fianco a loro. «Joe, riesci a raggiungere quella finestra?»

Joe capì qual era il piano di Kurt. Di fianco a lui c'era una finestra incassata nel muro con davanti un davanzale largo una quindicina di centimetri e le persiane bloccate in posizione aperta.

Spostandosi verso il bordo della piattaforma, Joe si arrampicò sulla ringhiera e allungò una gamba. «Sono un po' troppo basso.»

«Aspetta», disse Kurt.

La piattaforma penzolava dalle due funi. Spingendo contro il muro, Kurt la fece oscillare da una parte e dall'altra. Prima a destra, poi a sinistra, poi di nuovo a destra. Quando fu abbastanza vicina alla finestra, Joe balzò con agilità sullo stretto davanzale, bloccando all'istante le mani contro il telaio della finestra per non perdere l'equilibrio.

«Bell'atterraggio», commentò Kurt. «Riesci ad aprirla?»

La finestra era chiusa con un gancio, ma il meccanismo era datato e non particolarmente saldo. Era stato montato decenni prima, e una finestra del terzo piano sul retro di un edificio circondato da mura e telecamere di sicurezza non richiedeva grande attenzione. Dietro una spinta decisa di Joe, il gancio cedette e il pannello inferiore si alzò.

Joe lo spinse fino a bloccarlo ed entrò nella stanza buia. Voltandosi, tenne ferma la piattaforma e tese le braccia verso gli altri. «Forza, sbrighiamoci», disse allungando la mano.

Morgan entrò per prima, seguita da DeMars. Dopo aver fatto oscillare l'impalcatura un'ultima volta, Kurt saltò sul davanzale ed entrò.

Nel frattempo, Joe richiuse la finestra.

«E adesso? Ci nascondiamo?» volle sapere DeMars.

Kurt si guardò intorno. La stanza era ampia e buia. Grazie alla luce della luna, capì che si trattava di una camera da letto. C'erano un letto a baldacchino da una parte e un'area salotto con tanto di divanetto e poltrone dall'altra. Alla destra di Kurt si apriva una stanza da bagno con un pavimento di piastrelle bianche e nere e un'antica vasca con i piedini. In circostanze diverse sarebbe stato un alloggio niente male, ma quanto a posti in cui nascondersi o ripararsi, non offriva granché.

«Abbiamo guadagnato un po' di tempo, ma niente di più», disse Kurt. «Non impiegheranno molto a perlustrare il tetto. Quando non ci troveranno là sopra, cominceranno a guardare giù. E una volta avvistata la piattaforma, arriveranno dritti qui. Dobbiamo continuare a spostarci.»

Essendo la più vicina all'uscita, Morgan aveva sfoderato la pistola e accostato un orecchio alla porta. «Fuori non sento niente. Probabilmente sono sul tetto a cercarci. Adesso potremmo dirigerci verso le scale.»

Per Kurt quella sarebbe stata l'ultima spiaggia. «Questi non sono una banda di imbranati come i Keystone Cops. Sono in contatto tra loro, usano visori notturni e tattiche militari. Hanno lasciato qualcuno a sorvegliare le scale in modo da sapere se cercheremo di scendere e uscire.»

«Perché non usiamo la scala est?» domandò DeMars.

«Probabilmente è sorvegliata anche quella. Appena ci vedranno, ci piomberanno addosso. Ci serve un'altra opzione.»

Morgan si girò verso DeMars. «Lei è cresciuto in questa casa?»

«Sì», rispose lui cercando di tenere ferme le mani tremanti. «Sono nato qui.»

«Da piccolo giocava a nascondino?»

«Certo. Facevamo tanti giochi da bambini. Perché me lo sta chiedendo proprio adesso?»

«Perché quand'ero piccola andavamo a trovare mia zia, che viveva in una grossa casa di campagna nel Somerset. Per noi il massimo della felicità era usare il montavivande come ascensore. Abbiamo smesso soltanto quando siamo cresciuti troppo e non ci passavamo più. Allora abbiamo scoperto di poter sempre usare il condotto per la biancheria come scivolo. Speravo che anche voi vi divertiste così da queste parti.»

Nonostante le mani che non volevano smettere di tremare, DeMars fece un sorriso sincero. «Sì, certo.»

28

Rimasti dov'erano come da ordini di Kappa, Robson e i suoi uomini sentirono echeggiare i primi spari. Considerata la potenza di fuoco e la coordinazione della squadra di Kappa, Robson era certo che i loro avversari non avessero praticamente speranza. Tuttavia ravvisava anche i segni di un'eccessiva sicurezza nell'approccio di Kappa, e si domandò se quella non sarebbe stata la sua rovina.

Le raffiche di spari e le esplosioni delle granate sembravano più caotiche che controllate. Eppure quando uno dei mercenari di Kappa cadde dal piano superiore e finì impalato sull'asta di Giovanna d'Arco, Robson provò un piacere perverso. Gli avversari avevano assestato il primo colpo.

«Li ha sottovalutati.»

«Porca vacca», commentò Gus quando i mitra passarono alla modalità automatica e sulla rotonda si riversò una pioggia di vetro.

«Si sta mettendo male», disse Robson al suo gruppo.

«Allora perché quel sorriso?» domandò Snipe.

«Se si mette male per Kappa, significa che si mette bene per noi. Se un numero sufficiente dei suoi uomini finisce ammazzato e lui fallisce, torneremo noi al comando. E di conseguenza avremo diritto a una fetta più grossa.»

«Cosa vuoi che facciamo?» chiese Fingers.

«Tu e Gus andate al furgone. Tenete gli occhi bene aperti e state pronti a tagliare la corda. Snipe, tu vieni con me. Vediamo cosa riusciamo a trovare in questo macello.»

Robson e Snipe si diressero con prudenza verso la rotonda.

Superarono il mercenario morto e si fermarono accanto all'altro agente di Kappa che era stato colpito dall'alto. Nonostante la ferita alla spalla, l'uomo era rimasto nella posizione assegnatagli e allungò una mano per sbarrare la strada a Robson e Snipe.

«Ho l'ordine di sorvegliare le scale.»

«Siete sempre di meno», disse Robson indicando l'uomo morto. «Kappa potrebbe avere bisogno del nostro aiuto là sopra.»

Risuonarono altri spari quando Kappa e i suoi compagni riuscirono a raggiungere il tetto. «Andate», concesse l'uomo ferito con un cenno.

Robson salì in fretta le scale. Senza i giubbotti antiproiettile e tutta l'attrezzatura, lui e Snipe erano più leggeri e agili della squadra di Kappa. Arrivati al quarto piano, si fermarono.

Un rumore di passi sul tetto disse a Robson che Kappa e i suoi uomini lo stavano passando al setaccio sezione per sezione. Un lavoro impegnativo e pericoloso, che avrebbe richiesto parecchio tempo.

«Non dovremmo aiutarli?» domandò Snipe.

«Ci è stato ordinato di rimanere fuori dai piedi, ricordi? E poi il maggiordomo ha detto che DeMars e i suoi ospiti erano venuti quassù. Tanto vale vedere cosa stavano facendo.»

Attraversarono il pianerottolo del quarto piano ed entrarono nello studio. Gironzolando per la stanza, Robson prese distrattamente alcuni volumi dalla libreria e diede una scorsa alle pagine. Poi li lanciò da parte e si spostò allo scrittoio, dov'era rimasta la pila di diari. «Probabilmente stavano leggendo questi.»

Li diede a Snipe e passò oltre. «Portiamoli via.»

«È tempo sprecato. Aiutiamoli a trovare DeMars e filiamocela. Persino io so che non si può sparare all'impazzata e lanciare granate in una villa senza ritrovarsi la polizia addosso. Dobbiamo levare le tende.»

Robson lo ignorò, ma sapeva che aveva ragione da vendere. Quell'operazione stava già durando troppo. Si guardò intorno in cerca di qualcos'altro di utile. I suoi occhi si posarono su un altro scrittoio con sopra un grande atlante.

Sulla pagina era posata una lente d'ingrandimento. Robson la prese e cominciò a studiarla, sentendosi una versione ridicola di Sherlock Holmes. Eppure scoprì qualcosa, qualcosa di cui ben presto comprese l'importanza. «Non credo che avremo bisogno di DeMars dopotutto.»

Esaminò le annotazioni e le date sulla pagina. Il nome di una città in una stretta valle fluviale spagnola era stato cerchiato e poi riscritto a penna lì accanto. Doveva essere la risposta che cercavano.

Robson strappò la pagina dall'atlante, lo richiuse e si girò verso Snipe. «È ora di andare.»

Sul tetto, dopo aver controllato le guglie e le torrette, Kappa e i suoi uomini si radunarono al centro. «Abbiamo perlustrato questo posto da cima a fondo. Qui non ci sono», disse uno degli uomini.

«Non possono aver messo le ali ed essere volati via», replicò Kappa. «Continuate a cercare.»

«Qui», gridò un altro.

Kappa raggiunse di corsa il bordo del tetto e guardò giù. Un'impalcatura da imbianchino penzolava accanto al muro. «Che piano è quello?»

«Direi il terzo», ipotizzò l'uomo che l'aveva trovata. «Sul retro. Proprio al centro.»

«Attacchiamo da entrambi i lati», ordinò Kappa. «Non voglio errori stavolta.»

I gruppi si divisero di nuovo e tornarono sui loro passi, sparendo nelle singole torri. Si precipitarono giù per le scale fino al terzo piano, rallentarono una volta raggiunto il corridoio e avanzarono senza far rumore sulla moquette.

Kappa indicò una porta a due battenti situata grosso modo

al centro della struttura. Impugnando l'arma, fece in silenzio il conto alla rovescia con le dita. Quando abbassò l'indice, due dei suoi uomini spalancarono contemporaneamente le porte con un calcio.

Lanciarono all'interno due granate stordenti per poi voltarsi e chiudere gli occhi in attesa che esplodessero. Subito dopo si tuffarono all'interno, coprendo rapidamente ogni sezione della stanza.

«Qui non ci sono», riferì il caposquadra.

A Kappa cominciò a ribollire il sangue nelle vene.

«Siamo in netto ritardo», disse uno degli uomini. «Ci abbiamo già messo cinque minuti di troppo e il tempo continua a passare. Più restiamo, meno possibilità abbiamo di riuscire a filarcela sani e salvi.»

«Credi che non lo sappia?» sbraitò Kappa. «Ma non possiamo tornare da Barlow e dirgli che abbiamo fatto un buco nell'acqua. Sparpagliatevi e controllate tutte le stanze. Teniamoci in contatto radio. Appena li vedete, chiamate. Prima li troviamo, prima potremo andarcene.»

29

Kurt sentì il trambusto dall'interno di un tunnel buio verticale. Era sospeso lì dentro con le braccia e le gambe allargate a disegnare una X, i palmi delle mani e i piedi premuti con forza contro la parete liscia nel tentativo di sconfiggere la gravità.

Sotto di lui, Joe si stava reggendo in maniera simile. Più in basso ancora, Morgan e DeMars erano già arrivati in fondo al tunnel, dove furono accolti da un grosso contenitore di biancheria non piegata.

La voce di Kappa che gridava contro i suoi uomini giungeva attraverso la parete, infilandosi nel condotto. Stava dando ordini ai membri della sua squadra. Il suo tono era chiaramente teso. Sulle labbra di Kurt comparve un sorriso. «Li stiamo innervosendo.»

«Nessun problema, a patto che non ci trovino», sussurrò Joe.

Kurt dubitava che li avrebbero trovati. La porta dello scivolo per la biancheria era nascosta dietro un pannello perfettamente mimetizzato con il resto del muro, dal momento che la zoccolatura e la carta da parati erano identici. Persino DeMars aveva fatto fatica a individuare l'apertura.

All'esterno la discussione terminò e i mercenari si sparpagliarono. Kurt sentì che erano arrabbiati e cominciavano a comportarsi in maniera indisciplinata. Mentre andavano di stanza in stanza, i loro passi pesanti rimbombavano sulle assi di legno. Spostavano rumorosamente i mobili e li ribaltavano, mandando in frantumi vari oggetti. Senza più curarsi di non farsi scoprire, si muovevano come una banda di saccheggiatori.

Tutto il rumore che stavano facendo avrebbe solamente facilitato la fuga a Kurt, Joe, Morgan e DeMars. «Lasciati andare», disse Kurt.

Joe cominciò a muoversi, scivolando per un tratto prima di fermarsi e di riacquistare velocità negli ultimi metri, fino a cadere sulla catasta di lenzuola e di trapunte di piuma super imbottite.

Kurt scese in maniera più controllata, atterrando di fianco a Joe.

Nel seminterrato il buio era totale. Kurt tirò fuori il cellulare e con lo schermo illuminò la lavanderia. «Ottima idea», commentò. «O meglio, geniale, come dite voi britannici.»

«Prima ho visto la donna di servizio con un carico di lenzuola», spiegò Morgan. «Stava percorrendo il corridoio ed è tornata a mani vuote. Ho immaginato che non potesse essere andata a buttare la biancheria fuori dalla finestra. La mia preoccupazione più grande era che non ci passassimo.»

«Anche la mia», concordò DeMars. «L'ultima volta che sono sceso da questo scivolo avevo nove anni. Non avrei mai pensato di ripetere questa bravata da adulto.»

«Io sono soltanto grato che il contenitore fosse pieno», disse Joe con l'aria di essere comodissimo lì in mezzo. «Adesso che si fa? Prendiamo un tunnel sotterraneo che porta alla foresta?»

Kurt uscì dalla cesta e guardò DeMars. «Immagino che questo non ci sia, vero?»

«No, mi dispiace», rispose DeMars scuotendo la testa.

«Cosa suggerite di fare?» domandò Morgan.

«Ci stanno ancora cercando di sopra», disse Kurt. «Ma alla fine cominceranno a scendere. Dobbiamo sorprenderli prima che arrivino qui. Compariremo tra loro come fantasmi.»

«Il piano terra è l'ultimo posto in cui si aspetteranno di trovarci», disse Joe.

«Ed è esattamente lì che saremo.»

30

Sotto la luce del cellulare di Kurt, DeMars disegnò uno schizzo del seminterrato. «Si potrebbero prendere le scale di servizio dalla dispensa alla cucina e poi passare attraverso il retrocucina fino alla stanza della servitù, che è collegata direttamente alla rotonda dell'ala est.»

«Non rischiamo di essere visti?» domandò Kurt.

«No», rispose DeMars sicuro di sé. «La stanza della servitù è sul retro, dietro la parete principale.»

«Comodo», osservò Morgan.

DeMars annuì. «All'epoca in cui fu costruita questa residenza, i nobili non volevano che la servitù si vedesse. Stanze come questa erano comuni. In questo modo le pulizie e la preparazione dei pasti potevano avvenire senza che le due classi sociali si imbattessero l'una nell'altra. Quando si arriva alla sala da pranzo formale, si esce attraverso una porta nascosta, progettata in maniera tale da sembrare un tutt'uno con la parete, come lo sportello dello scivolo per la biancheria. Le scale sono praticamente lì di fronte. Non dovreste avere problemi a coglierli di sorpresa.»

«Okay», disse Kurt. «Io e Joe faremo così. Lei e Morgan rimarrete qui...»

«Neanche per sogno», lo interruppe Morgan.

Kurt non voleva sentire ragioni. «Se dovessero avere la meglio su di noi, rimarrai soltanto tu a poter difendere DeMars. E poi, se qualcosa dovesse andare storto, potresti dover salvare me e Joe.»

«Di nuovo», aggiunse lei.

«Cosa?»

«Salvarvi di nuovo.»

«Giusto», disse Kurt. «Grazie di avermelo ricordato.»

«E va bene, resto qui. Ma non posso promettervi per quanto.»

Kurt e Joe si avvicinarono alla porta, la aprirono e, restando bene abbassati, uscirono. Dal momento che la corrente era ancora staccata, dovettero avanzare a tentoni lungo la parete. Le scale erano esattamente dove aveva detto DeMars, e loro salirono i gradini fino alla cucina.

Quando furono in quello spazio aperto, Kurt rimase stupito dalla facilità con cui riuscì a distinguerne i contorni. Ormai i loro occhi si erano talmente abituati al buio che la luce della luna che filtrava attraverso le finestre era sufficiente.

«Dev'essere merito di tutte le carote che mangio», disse Joe.

Attraversarono l'ampia cucina e trovarono la stanza della servitù. Pur avendo sentito la descrizione di DeMars, Kurt restò a bocca aperta nel vedere quant'era stretto quel passaggio ricurvo. «Come facevano a passare di qui portando vassoi di cibo?»

«Stando attenti», rispose Joe.

Kurt sorrise e proseguì finché trovarono la porta. La socchiuse quel tanto che bastava per guardare fuori.

Si aspettava di trovarsi davanti Giovanna d'Arco, invece erano dall'altro lato della villa. Lì il centro della scena era occupato da un busto di Napoleone. Il generale, con il suo classico cappello bicorno, guardava dritto verso di loro da un piedistallo di marmo collocato in mezzo alla rotonda. L'uomo incaricato di sorvegliare le scale era accovacciato lì di fianco, ma stava guardando in alto.

Kurt vide il maggiordomo di DeMars seduto per terra con la schiena appoggiata alla parete vicina. Era imbavagliato, le mani e i piedi legati. E aveva la faccia, il collo e la camicia bianca inzuppati di sangue.

«È vivo?» sussurrò Joe.

La testa del maggiordomo penzolava di lato. «Da qui non riesco a capirlo. C'è parecchio sangue. Se anche è vivo, non resisterà ancora a lungo senza cure mediche.»

Spostando l'attenzione sul mercenario, Kurt si concentrò come un lupo che ha individuato una preda nella foresta. L'uomo aveva una mano sull'orecchio. Stava ascoltando le comunicazioni radio dei suoi compagni impegnati a perlustrare le stanze di sopra. I suoi occhi lavoravano con precisione. Scrutavano le scale, poi controllavano l'atrio, poi si spostavano sulla porta alla sua destra e poi di nuovo sulle scale. Impugnava una pistola mitragliatrice Heckler & Koch SP5K pronta per essere usata. L'arma sparava munizioni da 9 mm e di solito funzionava in modalità semiautomatica, ma dopo quello che era successo di sopra, Kurt immaginava che tanto quella quanto le altre armi fossero state modificate per sparare in modalità completamente automatica.

Avrebbe dovuto farsi bastare un proiettile.

Kurt spinse il piede contro la base della porta. Strinse con due mani la calibro .45 e prese la mira, espirò con calma e premette il grilletto. Il proiettile colpì il mercenario di Kappa in piena faccia, mandando in frantumi il visore notturno e uccidendo l'uomo all'istante, che cadde senza emettere un solo suono.

«Fuori uno», disse Kurt.

Se avesse avuto un silenziatore, nessuno si sarebbe accorto di nulla. Ma lo sparo rimbombò. E tuttavia non arrivò nessuno. Approfittando della reazione ritardata del nemico, Kurt e Joe proseguirono in fretta. Kurt raggiunse il mercenario e si impossessò della sua attrezzatura mentre Joe correva dal maggiordomo ferito per trascinarlo nella stanza della servitù.

Kurt lo seguì e chiuse la porta. Quando furono di nuovo nascosti, Joe controllò se l'uomo desse segni di vita.

«Sta tenendo duro», disse. «A quanto pare gli hanno tagliato un pezzo di orecchio. Con le mani legate, non è nemmeno riuscito a fermare l'emorragia.»

«Dobbiamo uscire di qui e chiamare i soccorsi», rispose Kurt.

Mentre Joe bendava la ferita, Kurt rovistò in mezzo all'attrezzatura del mercenario. Pur sapendo di essere stato costretto a sparare quel colpo letale, adesso rimpiangeva di aver distrutto il visore notturno.

Dopo essersi fissato la radio del mercenario alla cintura e aver indossato gli auricolari, Kurt ascoltò cosa si stessero dicendo gli altri. Kappa dava ordini e ciascun membro della squadra confermava di aver ricevuto. Stavano aspettando la risposta dell'uomo morto. Quando questa non arrivò, capirono da dov'era arrivato lo sparo.

«Stanno arrivando», disse Kurt. «Teniamoci pronti.»

Socchiuse appena la porta e avvicinò un occhio alla fessura. Una figura stava scendendo le scale a tutta velocità. Rallentò appena si accorse che il suo compagno era riverso a terra e che il maggiordomo era sparito. Si fermò a metà rampa e parlò alla radio.

«Gunther è morto. Il maggiordomo non c'è più.»

Kurt osservò l'uomo guardarsi intorno con espressione confusa. I suoi movimenti tradivano panico e nervosismo. La paura cominciò a farsi strada dentro di lui quando capì che da predatore era diventato preda.

Lo raggiunse un altro uomo, poi ne arrivò un terzo che attraversò di corsa lo spazio al piano terra. Si radunarono accanto al busto di Napoleone, uno su ciascun lato.

Kurt estrasse una delle granate stordenti del mercenario morto. Tirò la linguetta, aspettò un attimo e poi la lanciò verso di loro. La granata toccò terra, scivolò ed esplose dritto davanti ai tre uomini.

La granata fece il suo dovere: dopo essere stati scaraventati all'indietro, alcuni degli uomini cominciarono a delirare, altri persero completamente i sensi.

Quando furono tutti a terra, Kurt e Joe si avventarono su

di loro, impossessandosi delle loro armi e dei loro visori notturni. I mercenari cominciarono a poco a poco a rinvenire, e uno di loro cercò di afferrare una pistola di riserva che teneva nascosta nella gamba dei pantaloni.

Joe lo vide. «Attento!»

Kurt si girò e calciò via la pistola, ma un altro uomo impugnò un coltello. Joe gli fece saltare la mano con un pugno. Un grido segnò la fine della ribellione, ma lo scontro a fuoco era appena cominciato.

Di punto in bianco dall'alto iniziò una pioggia di spari. Kurt e Joe si tolsero di mezzo. I mercenari rimasti a terra furono colpiti più volte. Uno fu raggiunto da un proiettile mentre cercava di strisciare via.

«Stanno sparando ai loro compagni», disse Joe.

«I morti non parlano», rispose Kurt.

Quando il fuoco cessò, i tre uomini in fondo alle scale erano morti.

Dall'alto giunsero altri spari, seguiti da un rumore di vetri infranti.

Alla radio Kurt sentì gridare: «Saltate!» E poi: «Via, al furgone!»

«Stanno scappando», disse Kurt.

Uscì nell'atrio principale e si diresse di corsa verso l'ingresso. Una volta raggiunta la porta, si precipitò nel vialetto d'accesso.

Ma era troppo tardi. Il furgone più piccolo lo stava già percorrendo a tutta velocità, mentre quello più grande era appena sbucato dal lato della villa e stava accelerando.

Non avevano speranza di fermarli. E per la verità era meglio lasciarli andare. Dopo aver appurato che al piano terra non c'era più nessuno ed essersi ricongiunti con Morgan e DeMars, ripristinarono la corrente. Quando fu tornata la luce, videro il trasmettitore che aveva disturbato le linee telefoniche e lo spensero all'istante.

Appena tornò il segnale sul suo cellulare, DeMars chiamò la Sûreté e la Gendarmerie Nationale. Il maggiordomo fu portato in elisoccorso a un ospedale di Tolosa. Ma gli addetti alla sicurezza di DeMars erano tutti morti.

«Questi non sono uomini, sono bestie», disse DeMars.

«In effetti le azioni che compiono sono disumane. Sono trafficanti d'armi che vendono morte», concordò Kurt.

«Che è esattamente il motivo per cui vogliamo fermarli», aggiunse Morgan.

DeMars sembrava sotto shock. Poi però si riscosse e porse il diario di suo nonno a Kurt. «Ho scritto qui il nome della città. Buona fortuna per la vostra ricerca.»

31

Villa Ducal de Lerma, Spagna, 532 abitanti

Paul e Gamay Trout arrivarono a Villa Ducal de Lerma dopo un lungo volo da Washington a Madrid e un viaggio in macchina di tre ore attraverso le montagne della Spagna centrale. Nell'ultima ora avevano percorso strade sterrate piene di buche in un'area del Paese in cui dagli anni Cinquanta la popolazione era diminuita sempre di più, dal momento che quasi tutti avevano lasciato quella regione montuosa per trasferirsi nelle zone metropolitane.

Gli spazi aperti che avevano attraversato erano splendidi e al tempo stesso desolati, punteggiati da dolci rilievi, fattorie abbandonate da tempo e muri di pietra diroccati in paziente attesa che qualcuno tornasse a riportarli in vita. Dopo aver percorso chilometri e chilometri in quel triste paesaggio, arrivare a Lerma fu come tornare alla civiltà dal nulla più totale.

«Guarda», disse Paul. «Una metropoli sfavillante.»

Davanti a loro c'erano muri di pietra ancora in piedi, strade di ciottoli e pittoreschi edifici di legno con le pareti rivestite di stucco.

«Non so se mi sento pronta ad affrontare la folla», rispose Gamay con una strizzata d'occhio.

Paul e Gamay stavano insieme dai tempi dell'università, avevano cominciato a frequentarsi da studenti e si erano sposati poco dopo la laurea. Erano stati assunti alla NUMA lo stesso giorno, anche se Gamay sosteneva di avere maggiore anzianità di servizio perché sul suo tesserino era stampato il numero appena prima di quello di Paul.

Da allora avevano intrapreso varie spedizioni e vissuto parecchie avventure in giro per il mondo, sfruttando l'accoppiata perfetta costituita dalle loro rispettive competenze scientifiche messe insieme: ciò che non sapeva lui, esperto di scienze oceaniche e geologia, lo sapeva Gamay, che invece aveva studiato biologia.

A loro agio tanto sul campo quanto in laboratorio, erano ben affiatati anche in viaggio, persino in condizioni di lavoro tutt'altro che facili.

Quando scese dalla macchina per essere accolta dall'aria fresca e secca di Villa Ducal de Lerma, Gamay ebbe la sensazione che quel viaggio sarebbe stato meno complicato di quelli a cui erano abituati. Si stiracchiò, si diede una scrollata ai capelli rosso scuro, che fino a quel momento erano rimasti nascosti sotto un berretto, e fece un respiro profondo. «Che aria pulita.»

Più che scendere dal sedile del passeggero, Paul si srotolò, considerato che era alto più di due metri. Su quello che in Spagna era considerato un grosso SUV, lui in realtà stava piuttosto stretto. Si guardò intorno. «Credo di riuscire a vedere tutto il paese da qui.»

«È perché con la tua statura sei sempre in posizione privilegiata.»

«Purtroppo non mi pare ci sia un ufficio turistico.»

Gamay rise. «Probabilmente siamo i primi turisti della storia a finire da queste parti. Notizie di Kurt e Joe?»

Paul controllò il cellulare. «L'ultimo messaggio dice che se la stanno ancora vedendo con le forze dell'ordine in Francia e non saranno qui prima di oggi pomeriggio.»

«Mi sembra il minimo, dopo che hanno trasformato una residenza di lusso immersa in una placida regione vinicola in un campo di battaglia», commentò Gamay. «Vediamo cosa riusciamo a combinare prima che arrivino.»

Chiusero la macchina e percorsero una tranquilla strada sterrata, incrociando soltanto alcuni abitanti del posto che parevano piuttosto riservati. Mentre ammirava la bellezza delle colline e l'architettura dei vecchi edifici, Gamay ebbe la sensazione di essere in vacanza. «Questo incarico è stato un bel colpo di fortuna. Ti ricordi quando siamo stati in Alaska due estati fa? Il numero di zanzare aveva raggiunto proporzioni bibliche.»

«Come potrei dimenticarmelo? Avevo due litri di sangue in meno quando siamo tornati a casa. Però non so se sia stato peggio quel viaggio o le sei settimane in Antartide in pieno inverno, tutto perché Kurt e Rudi volevano che studiassimo quel lago sotterraneo. Mi sto ancora domandando cosa abbiamo fatto di male per essere spediti lì.»

Gamay sorrise al ricordo. Per lei era stato stranamente romantico. «Io e te in una grotta di ghiaccio per sei settimane. A me è piaciuto.»

Paul rise. «Capisci che il tuo matrimonio è solido se tu e tua moglie riuscite a sopravvivere stando sei settimane fianco a fianco senza farvi la doccia.»

Gamay non poté non scoppiare a ridere. Forse aveva rimosso quel dettaglio. «Può darsi che questa sia la nostra ricompensa per gli altri viaggi. Voglio dire, quando mai abbiamo potuto mettere in nota spese scarpe nuove e cene in ristoranti raffinati?»

«Non ricordo che si parlasse di scarpe nelle istruzioni.»

«Be', ci hanno detto di adattarci allo stile di vita locale. Il che significa comprare scarpe, mangiare tapas, bere sangria e ballare parecchio.»

Sulle labbra di Paul comparve un sorriso. Gamay non riusciva proprio a tenere a freno la sua esuberanza. Sapevano che si trattava di un incarico serio, ed erano stati bene informati sia sul Bloodstone Group sia sul pericolo che rappresentava. Non si aspettavano di trovare membri del gruppo a Lerma, ma erano stati invitati a usare la massima prudenza.

Tuttavia Paul sapeva bene che nulla di tutto questo avrebbe impedito a Gamay Trout di divertirsi.

Una piccola biblioteca nel centro del paese fu la loro prima fermata. Per cinquant'anni a Lerma era stato stampato un quotidiano locale, poco più che un volantino, ma naturalmente non potevano sperare di trovare notizie di un incidente aereo avvenuto nel 1927, visto che all'epoca non veniva ancora pubblicato.

La loro seconda tappa fu un tribunale che fungeva anche da ufficio postale e ufficio del sindaco, che in quel momento non c'era, nonché da archivio di vari registri cittadini. Trovarono perlopiù informazioni legate a passaggi di proprietà, nomine politiche e vecchie ordinanze. Nulla lasciava supporre che qualcuno da quelle parti potesse sapere qualcosa dello schianto di un aereo, degli *Scritti di Qsn* o della breve e fatidica visita del nonno di Francisco DeMars.

«Stiamo collezionando un buco nell'acqua dopo l'altro. E io ho una fame da lupi. È ora di qualche tapa. Anzi, tante.»

«È per questo che ti ho sposato», disse Gamay.

Trovarono un piccolo locale, ma arrivarono un po' troppo presto.

L'anziana signora che lo gestiva fu comunque felice di servirli. E benché non parlasse inglese, ascoltò educatamente il tentativo di Gamay di intrattenere una conversazione in spagnolo riesumando i suoi ricordi del liceo e ricorrendo al programma di traduzione sul suo cellulare. Alla fine la donna si limitò ad annuire e si allontanò.

Gamay guardò Paul. «Cosa stai pensando?»

«O hai ordinato il pranzo, oppure le hai detto che vorresti comprare il locale pagandolo sull'unghia.»

«Questo però non credo che possiamo metterlo in nota spese», rispose Gamay.

Mentre lei tornava a concentrarsi sul cellulare, studiando di nuovo la traduzione, una figura più piccola si avvicinò al tavolo con due grossi bicchieri di sangria. Era giusto una creaturina, alla quale Gamay non avrebbe dato più di dieci anni.

«Salve», salutò la ragazzina con un buon accento inglese. «Io mi chiamo Sofía. Mia zia mi ha detto che siete americani. Dice che gli americani non hanno il permesso imparare altre lingue.»

«Non è esattamente così, ma...» fece per rispondere Gamay.

«Non c'è problema», la interruppe Sofía. «Io sto imparando l'inglese perché da grande voglio lavorare a Madrid, così poi potremo andare nella Grande Mela.»

«Vuoi andare a New York?»

«Sì, anche.»

Paul non riuscì a trattenere una risata. «Dovremmo proprio iscriverci a qualche corso di lingue.»

«Sarà la prima cosa che faremo appena rientrati», disse Gamay.

Disse a Sofía come si chiamavano e ordinò *croquetas de jamón* e *patatas bravas*, che letteralmente significava patate selvagge, per via della salsa al tabasco di cui erano ricoperte.

Mentre Sofía portava la loro ordinazione in cucina, Gamay assaggiò la sangria. Essendo fine estate, la frutta locale era molto matura e di conseguenza la dolcezza del drink era perfetta. «Delizioso», commentò. «Adesso capisco perché lo servono dentro bicchieri così grossi. Questo potrei finirlo prima ancora che arrivi il pranzo.»

Paul bevve un sorso e annuì.

Ora che le loro papille gustative si erano ritemprate e che la loro sete era stata parzialmente placata, pianificarono i passi successivi. «Finora non abbiamo concluso niente. Dobbiamo impegnarci di più. Come facciamo a trovare un aereo precipitato un secolo fa se non esistono testimonianze riguardo al luogo dello schianto?»

«Non è riuscito a localizzarlo nemmeno Hiram con i satelliti», disse Paul. «Dovremmo cercare qualcosa che sia segnalato. La tomba del pilota, per esempio.»

«E in che modo potrà esserci utile?»

«Kurt ha detto che il pilota era stato sepolto vicino al posto in cui gli anziani l'avevano trovato. Possiamo sperare che non si fosse allontanato più di tanto dal luogo dello schianto.»

«In effetti aveva una gamba rotta», concordò Gamay. «Quindi se troviamo la tomba, saremo più o meno vicini all'aereo. Penso che questa sangria ti abbia già aguzzato la mente.»

«Non ne sono sicuro, ma sono disposto a verificare la validità della teoria.»

«La domanda è: come facciamo a trovare la tomba?» domandò Gamay. «Stiamo parlando del 1927. Non penso proprio che troveremo qualcuno degli uomini che l'hanno seppellito.»

«No. Ma la Spagna è un Paese molto religioso. Negli anni Venti la gente era ancora più devota. Ogni paesino, per quanto piccolo, aveva un sacerdote e una chiesa, anche se per il resto non c'era praticamente nulla. E appena prima di entrare in città abbiamo visto una bella chiesa. DeMars l'ha persino menzionata nei suoi appunti. San Sebastián de las Montañas.»

«E questo ci sarà d'aiuto?»

«Un uomo in punto di morte in una regione cattolica avrà quasi sicuramente ricevuto l'estrema unzione prima di passare a miglior vita», disse Paul. «Una volta venutosi a sapere che un uomo stava morendo lungo il fiume, un sacerdote sarà accorso ad amministrare il sacramento. Nei registri della chiesa potrebbe essere conservata qualche testimonianza al riguardo, insieme a qualche accenno al luogo di sepoltura. Di solito nascite, matrimoni e decessi venivano registrati.»

«I tre grandi eventi della vita. Ottima idea. Finiamo di pranzare e andiamo a cercare questa chiesa.»

32

San Sebastián de las Montañas, Villa Ducal de Lerma, Spagna

Paul e Gamay arrivarono alla chiesa accompagnati da Sofía e dalla signora che gestiva il locale. Scoprirono che si trattava di un vero gioiello architettonico. Nonostante fosse antica, era ben tenuta. Aveva una facciata in stile spagnolo tradizionale, con una porta ad arco proprio sotto un maestoso campanile. Le pareti erano in pietra locale, tagliata e lavorata da artigiani venuti appositamente da Madrid nel diciassettesimo secolo. Segnata dalle intemperie e invecchiata, la loro raffinata opera era lievemente sbiadita in determinati punti, ma restava robusta, con i mattoni ancora ben saldi.

Un cortile antistante la chiesa era ombreggiato da un grosso mandorlo e ornato da una fontana zampillante piena d'acqua che scintillava nel sole di metà pomeriggio. Su un lato dell'edificio si apriva un giardino con alberi rigogliosi e piante di fiori dai colori accesi. Un uomo con una salopette si stava prendendo cura di una splendida buganvillea rossa che si arrampicava su un graticcio a forma di arco.

Quando entrarono in chiesa, zia e nipote immersero le dita in un'acquasantiera e si fecero il segno della croce. Poi proseguirono, si inginocchiarono e si misero a pregare in silenzio.

Paul e Gamay restarono indietro, limitandosi a guardare e voltandosi quando l'uomo con la salopette che avevano visto in giardino entrò a sua volta in chiesa.

Fu Sofía a vederlo per primo. «Padre Torres», esclamò correndogli incontro.

Lui si accovacciò, la sollevò e la strinse in un abbraccio prima di scambiare qualche parola in spagnolo con sua zia.

Mentre lui la rimetteva giù, Sofía gli presentò Paul e Gamay.

«Loro sono i miei amici americani», disse Sofía.

«Mi fa piacere che ci consideri amici», commentò Gamay. Poi disse al sacerdote i loro nomi.

Per loro fortuna, padre Torres parlava un ottimo inglese. «È sempre bello ricevere visite. Benvenuti a San Sebastián de las Montañas.»

«Grazie», rispose Paul.

«Dal momento che siamo in una chiesa ci terrei a precisare, per dovere di cronaca, che abbiamo conosciuto Sofía e sua zia soltanto poco fa. Non vogliamo spacciarci per ciò che non siamo.»

Padre Torres rise. «Non avete nulla di cui preoccuparvi. A dire il vero Sofía non ha mai conosciuto nessuno che non considerasse suo amico.»

Adesso fu Gamay a ridere. «Buono a sapersi. Questa chiesa è bellissima.»

«Per non parlare del giardino», aggiunse Paul.

«Io sono responsabile soltanto della manutenzione dell'edificio», disse padre Torres. «Ma a rischio di peccare, vado molto orgoglioso del giardino. Mi dà un'enorme soddisfazione lavorare con il terreno. Se ci adoperiamo per far nascere qualcosa dalla terra, allora stiamo facendo del nostro meglio per imitare nostro Signore. Ora, come posso esservi utile?»

Paul guardò Gamay, che con le parole se la cavava molto meglio di lui.

«Stiamo cercando testimonianze riguardo a qualcuno che potrebbe essere stato sepolto in questa zona.»

«I nostri registri sono molto accurati. Grazie al cielo da quando sono stato assegnato qui le sepolture non sono state più di tante.»

«Be', non ci riferiamo a una sepoltura recente», disse Gamay. «In realtà cerchiamo informazioni su un uomo deceduto nel 1927.»

«È passato tanto tempo», disse padre Torres. «Ma quella di tenere registri è un'usanza antica. Come si chiamava?»

«Non lo sappiamo», rispose Gamay.

«E quando è morto?»

«Non siamo sicuri nemmeno di questo. Dev'essere stato a un certo punto a maggio del 1927.»

Padre Torres annuì. «All'epoca questa zona contava più abitanti rispetto a oggi. La miniera d'oro era ancora in funzione. Ciò detto, non possono esserci stati chissà quanti funerali in un solo mese. Diamo un'occhiata e vediamo cosa salta fuori.»

«Il fatto è che si trattava di un pilota. Il suo aereo si schiantò da queste parti. E lui non fu sepolto qui, ma lungo il fiume, verso monte.»

Padre Torres annuì pensosamente. «Molto interessante. Posso chiedervi il motivo del vostro interesse per quest'uomo?»

Gamay ebbe un attimo di esitazione. «A essere sinceri non è lui a interessarci, bensì il suo aereo. Riteniamo che tra i resti possa esserci qualcosa di grande rilevanza storica.»

«Ah», disse padre Torres. «E con 'grande rilevanza storica' in realtà intendete 'grande valore economico'.»

Gamay arrossì. «Non stavo cercando di depistarla, volevo...»

Paul dovette distogliere lo sguardo per non scoppiare a ridere. Non aveva mai visto Gamay così mortificata in vita sua. Nel frattempo padre Torres la stava osservando con espressione severa. Era giovane, coetaneo di Gamay al massimo, eppure riuscì proprio a metterla in soggezione. A ogni modo, qualcosa nel suo sguardo lasciava intendere che era troppo collaudato, troppo esagerato per essere serio.

Un sorriso incrinò la facciata. «Perdonatemi. Ascolto molte confessioni. La storia comincia sempre con la versione più soft dell'accaduto. Con il tempo mi sono abituato alle parole in codice e agli stratagemmi a cui tutti ricorriamo per girare intorno alla verità. Ormai mi diverto a far sapere alle persone che so benissimo cosa stanno cercando in tutti i modi di non dire.»

«È vero che stiamo cercando qualcosa di grande rilevanza storica», insisté Gamay. «E sebbene questo qualcosa potrebbe anche avere un grande valore economico, non è questo il motivo per cui vogliamo trovarlo.»

«Di' la verità», la esortò Paul. «Confessarsi fa bene all'anima.»

Cercò di circondare Gamay con un braccio, ma lei se lo scrollò di dosso. «Se non stai attento, tra poco avrò qualcosa di più grave da confessare.»

Stavolta Paul non riuscì a trattenersi dal ridere. Sua moglie era bella come non mai nei rari momenti in cui si agitava.

Rise anche padre Torres. «Prego, venite da questa parte. Vi mostrerò ciò che ho mostrato anche agli altri.»

Gamay fece un passo per seguirlo, salvo poi fermarsi di colpo quando si rese conto di cosa aveva appena sentito. «Gli altri?»

«Sì», disse il sacerdote. «Stamattina sono venuti due uomini da un'università britannica. Mi hanno fatto le vostre stesse identiche domande. Anche loro non hanno voluto ammettere di essere alla ricerca di qualcosa di grande valore economico. Ma avevano un luccichio febbrile negli occhi.»

Paul e Gamay si scambiarono uno sguardo turbato.

Padre Torres se ne accorse. «Sembrate preoccupati.»

«Non dovreste avere nulla da temere qui in paese», disse Gamay. «Ma possiamo dirvi con certezza che quegli uomini non venivano da nessuna università.»

33

Villa Ducal de Lerma, Spagna

Kurt, Joe e Morgan arrivarono a Lerma intorno a metà pomeriggio e si diressero subito verso la chiesa. Paul e Gamay li stavano aspettando con cinque cavalli sellati.

Dopo aver presentato Morgan ai due coniugi, Kurt indicò i cavalli. «Vi siete messi a fare i *caballeros* nel tempo libero?»

«Da queste parti si chiamano *yegüerizos*», lo corresse Gamay. «E comunque la risposta è sì, dal momento che i cavalli sono l'unico modo per raggiungere il luogo dello schianto.»

«Avete scoperto dov'è avvenuto?» chiese Morgan entusiasta.

«Siamo riusciti a farci un'idea piuttosto precisa», rispose Paul.

«Come?» volle sapere Joe.

Gamay glielo raccontò. «Mentre voi tre eravate impegnati a intrattenere la polizia francese, noi ci siamo rivolti agli storici locali. E abbiamo scoperto che nei registri ecclesiastici è annotata la sepoltura di un pilota sconosciuto schiantatosi con il suo aereo nel letto del fiume. I resti del velivolo sono ancora lì. Alcuni degli abitanti più anziani del paese ricordano di averlo visto, anche se adesso è quasi completamente coperto di sabbia.»

Kurt guardò verso nord, dove il paesaggio si faceva più montuoso. «Quanto dista da qui?»

«Circa venticinque chilometri», rispose Gamay. «Si trova in una gola laterale vicino al cosiddetto Capo del Falco.»

«A quanto pare si tratta di un percorso impegnativo e ci è stato sconsigliato di andarci a piedi», aggiunse Paul.

«Non potremmo usare un quad?» chiese Joe osservando i cavalli con sospetto.

Paul scrollò la testa. «Ho già controllato. Questi cavalli sono l'unico tipo di fuoristrada in grado di portarci alla meta. Tuttavia il didietro indolenzito dalla sella non sarà la nostra unica preoccupazione. Padre Torres ci ha riferito che stamattina si sono presentati due uomini che gli hanno fatto le nostre stesse identiche domande.»

Kurt inclinò la testa di lato. «Ho sentito bene?»

Paul annuì.

«Chi erano?» domandò Morgan.

«A padre Torres hanno detto soltanto i loro nomi di battesimo», spiegò Gamay. «Sostenevano di venire da Oxford, ma secondo padre Torres avevano un'aria più da militari, con i capelli rasati e il fisico di chi passa parecchio tempo in palestra.»

«Gli uomini di Barlow», suggerì Morgan. «Potrebbero essere persino gli stessi con cui abbiamo avuto a che fare in Francia.»

Kurt era dello stesso avviso. A giudicare dalla descrizione, sembrava più probabile che si trattasse degli uomini che si erano introdotti nella villa che non dei criminali di strada che li avevano aggrediti a Cambridge.

A quel punto fu Joe a parlare. «Quello che non capisco è come facciano a sapere di questo posto. Noi l'abbiamo scoperto soltanto ieri sera.»

«Devono aver trovato qualcosa alla villa», rispose Kurt. Poi si girò di nuovo verso Gamay. «Quanto vantaggio hanno?»

«Quattro o cinque ore», rispose lei. «Non sappiamo esattamente quando siano partiti, ma un allevatore che abita appena fuori città è venuto stamattina per mettere tutti in guardia da alcuni uomini che hanno rubato diversi cavalli e un mulo dalla sua proprietà. La descrizione corrisponde.»

«È fortunato a essere ancora vivo», commentò Morgan. «In

genere gli uomini di Barlow non si lasciano dietro molti testimoni.»

Kurt tirò le somme. «Cinque ore di vantaggio sono tante, ma dovranno comunque trovare l'aereo, dissotterrarlo, recuperare quello che stanno cercando e poi tornare lungo il letto del fiume. Se ci sbrighiamo, forse riusciremo a coglierli di sorpresa.»

Non avendo tempo da perdere, montarono in sella e partirono, seguendo il sinuoso letto del fiume che da Lerma si snodava verso nord. Procedettero senza sosta per due ore. La prima parte del viaggio, quella lungo il fiume, fu semplice, ma quando ebbero percorso metà del tragitto verso il Capo del Falco, il terreno cominciò a diventare più ripido. I cavalli affrontarono la pendenza senza difficoltà, conducendo i loro cavalieri lungo pendii rocciosi che nessun veicolo a ruote avrebbe mai potuto scalare.

Dopo diverse salite ripide, raggiunsero di nuovo un tratto di terreno più pianeggiante. Qua e là l'acqua che scorreva nel letto del fiume restava intrappolata dietro alcune dighe naturali. Quando se ne accumulava una quantità sufficiente, si formavano una serie di stagni e laghetti circondati da una vegetazione verdeggiante. Sulla superficie immobile di quei laghi il cielo si rifletteva come in uno specchio. Ognuno sembrava una specie di oasi in stile spagnolo.

Si erano lasciati alle spalle l'ultimo lago da un'ora quando finalmente giunsero a una sezione del fiume fiancheggiata da pareti verticali. Oltre una roccia imponente che si era staccata dal resto della gola, il letto del fiume si diramava.

«Questo è il Capo del Falco», spiegò Paul. Si stava orientando con una cartina che si erano procurati in paese, controllando poi per sicurezza i loro progressi anche sul monitor di un GPS portatile. «Padre Torres ha detto che il luogo dell'incidente è qui vicino, in quella gola laterale.»

Un centinaio di metri più avanti, un'apertura sulla sinistra deviava dal fiume. Fiancheggiata da pareti rocciose, conduceva via via più in quota.

«Sembra un posto ideale per un'imboscata», osservò Joe, che in sella al suo cavallo aveva un'aria alquanto goffa.

«Sanno di essere in vantaggio, ma non che stiamo arrivando anche noi», fece notare Kurt. «A ogni modo, evitiamo di farci vedere.»

«Perché mai qualcuno sarebbe dovuto atterrare qui con un aereo?» domandò Gamay.

«Perché non aveva molta altra scelta», rispose Kurt. «Quanto manca al luogo dello schianto?»

«Meno di due chilometri», rispose Paul.

Kurt guardò Joe e Morgan. Il gioco stava per farsi interessante. Indicò un'area ombreggiata una cinquantina di metri più indietro. «Paul», disse, «tu e Gamay legate i cavalli laggiù e rimanete qui. Io, Joe e Morgan proseguiamo a piedi. Tenete d'occhio i cavalli e state allerta.»

Se Kurt si aspettava che protestassero, restò deluso. «Io non ho problemi a restare indietro», disse Gamay. «Ma voi di preciso cos'avete intenzione di fare?»

«Evidentemente non hai visto abbastanza film western», rispose Kurt. «Ci avvicineremo di soppiatto, impugneremo le armi e ordineremo loro di alzare le mani.»

34

«Eccoli», disse Kurt guardando attraverso un binocolo compatto.

Kurt, Joe e Morgan avevano superato a piedi il Capo del Falco, raggiungendo la gola laterale. Erano rimasti nascosti fino al punto in cui nel corso dell'ultimo secolo una parete della gola doveva essere crollata, lasciandosi dietro una distesa di detriti. Kurt la immaginò staccarsi come un iceberg da un ghiacciaio, andando in frantumi al momento dell'impatto.

Ora quegli enormi blocchi di roccia erano sparsi dappertutto e ammassati gli uni sugli altri. Sfruttandoli per non farsi vedere, Kurt, Joe e Morgan avanzarono fino ad arrivare a un centinaio di metri dal luogo dello schianto prima di fermarsi.

Sdraiati a pancia in giù in cima a un masso grosso come un camion, guardarono in basso, osservando gli uomini che nel frattempo avevano trovato l'aereo e lo stavano portando alla luce.

«Io ne conto quattro», disse Kurt. Vide pale e bottiglie d'acqua di plastica disseminate in giro. Vide alcuni fucili appoggiati a un masso. E soprattutto, vide che il vecchio velivolo era quasi del tutto dissotterrato. «Non hanno perso tempo.»

Intorno alla fusoliera era stato scavato un fosso profondo, mentre un altro, simile a un bunker in un campo da golf, era stato scavato sotto la coda. Dentro altri avvallamenti più piccoli sotto ciascuna ala si vedevano i motori e le pale delle eliche, che dovevano essersi staccate nello schianto.

Kurt porse il binocolo a Morgan. «Sono senza dubbio gli

uomini di Barlow», disse lei. «Riconosco quello al centro. È un mercenario di nome Kappa.»

«E gli altri?»

«Non mi dicono nulla, ma mi sembrano tutti della stessa pasta.»

Passò il binocolo a Joe. Lui studiò gli uomini e notò che stavano decisamente battendo la fiacca. «Peccato che non stiano lavorando. Per noi sarebbe molto più facile avvicinarci senza essere visti se fossero ancora impegnati a scavare dandoci le spalle.»

«Forse stanno solo facendo una pausa», disse Kurt.

Joe guardò un uomo inclinare una bottiglia più che poté per fare uscire fino all'ultima goccia d'acqua prima di lanciarla da parte. Un secondo uomo era steso per terra all'ombra. Il terzo era di fianco a Kappa, che aveva in mano una radio. Ai loro piedi era posato un borsone rosso di nylon con due cinghie che fungevano da maniglie.

«Non è una pausa», disse Joe. «Hanno finito. Guardate il borsone. Sono pronto a scommettere che dentro ci sono i frammenti di pietra che siamo venuti a cercare.»

Kurt riprese il binocolo e osservò il borsone. Vide il membro più massiccio della squadra sollevarlo da terra, issarselo in spalla e portarlo in un punto più in quota. Le cinghie si tesero sotto il peso. Dopo averlo trasportato per una ventina di metri, il gorilla lo appoggiò e si massaggiò la spalla.

Guardandosi intorno, Kurt individuò i cavalli e il mulo. Erano legati a una quercia ritorta una decina di metri più in basso rispetto agli uomini. I cavalli stavano mangiando le foglie della pianta. Il mulo era immobile come una statua.

«Potremmo azzardare un'imboscata quando saranno in sella ai loro cavalli», propose Morgan.

Kurt si concentrò sull'uomo che Morgan aveva chiamato Kappa. Si stava riparando gli occhi dal sole e scrutava in lontananza.

«Non saliranno in sella ai loro cavalli. Se ne andranno in volo. E a quanto pare prevedono di farlo da un momento all'altro.»

Morgan studiò la situazione. Il borsone era stato portato più o meno al centro della stretta gola. Le pareti di roccia a strapiombo, alte più di cinquanta metri, si allargavano leggermente vicino alla cima e la distanza tra una l'altra non superava i quindici metri. Morgan si girò verso Joe. «Tu ci verresti qui in elicottero?»

«No», rispose Joe. «Ma potrebbero sempre calare un cestello», aggiunse. «Credo sia l'unico metodo ragionevole di portare qualcosa fuori da questa stretta gola per via aerea.»

Kurt inclinò la testa e tese l'orecchio, captando l'inequivocabile suono di un elicottero in avvicinamento. Sulle prime era sordo, distante, e le onde sonore rimbombavano contro le pareti in maniera sinistra, ma prese a intensificarsi di attimo in attimo.

«Sembra proprio che siano pronti a levare le tende», commentò Joe. «Dobbiamo sbrigarci se non vogliamo che il loro volo parta in orario.»

35

Luogo dello schianto, Capo del Falco

Kappa sentì l'elicottero avvicinarsi. Era stanco, sudato per aver dissotterrato l'aereo, dolorante dalla testa ai piedi. Quando chiamò la squadra di recupero, badò bene di farglielo pesare. «Alla buonora», disse premendo il pulsante del microfono sulla sua radio. «È tutto il giorno che siamo qui. Ne abbiamo abbastanza di aspettare.»

«Abbiamo avuto qualche difficoltà a trovarvi. Le indicazioni non erano così precise.»

Kappa riconobbe la voce di Robson attraverso il piccolo altoparlante. Il suo tono non era neanche lontanamente dispiaciuto.

«Comunque tra un attimo saremo sopra di voi. Tenetevi pronti.»

«Siamo già pronti», rispose brusco Kappa.

Benché fosse stato Robson a scoprire il collegamento con l'aereo e il luogo dello schianto vicino a San Sebastián, l'incarico di recarsi sul posto e portare alla luce il vecchio velivolo era stato assegnato a Kappa.

Un premio di consolazione, Kappa ne era ben consapevole.

Eppure ne sarebbe valsa decisamente la pena, se fosse riuscito a consegnare di persona a Barlow le pietre con i geroglifici.

Kappa si scostò la radio dalla faccia e con un fischio chiamò i suoi uomini. «Andiamo.»

Anche loro erano stanchi e doloranti, ma sentendo che la

squadra di recupero era in arrivo si rianimarono. Balzarono in piedi e si radunarono intorno a Kappa, con lo sguardo rivolto verso l'alto in attesa di veder comparire l'elicottero.

Quando arrivò, il velivolo si portò con cautela in posizione, regolando la traiettoria in base al vento per poi restare quasi dritto sopra di loro.

«Finalmente», disse uno degli uomini.

«Non siamo ancora al sicuro», disse Kappa. Alzò la ricetrasmittente. «Siete in posizione. Calate il cestello.»

Il portello laterale dell'elicottero si aprì e si bloccò. Kappa vide Robson sistemare un cestello di salvataggio. In realtà si trattava di una stretta barella rettangolare, che cominciò a scendere verso di loro appesa a un cavo di metallo. Nonostante la seconda fune che avrebbe dovuto impedirle di roteare su se stessa, oscillò avanti e indietro nell'aria deflessa dall'elicottero, girandosi da una parte e dall'altra.

«Sarà una salita bella movimentata», disse qualcuno.

Kappa sapeva che ci sarebbero voluti almeno due viaggi per recuperare prima lui e il borsone pieno di frammenti e poi il resto dei suoi uomini. Probabilmente tre. Era ansioso di cominciare. Premette il pulsante del microfono sulla radio. «Siete un po' troppo inclinati verso ovest. Raddrizzatevi e continuate a calare il cestello.»

La risposta non avrebbe potuto stupirlo di più. Robson sembrava in preda al panico. «Kappa, abbiamo alcuni bersagli in avvicinamento. Tre intrusi, a quaranta metri dalla tua posizione.»

Dapprima Kappa pensò che Robson gli stesse giocando uno scherzo infantile per spaventarlo, ma poi uno dei suoi uomini vide muoversi qualcosa e aprì il fuoco. Sentendo il fragore del fuoco di risposta, Kappa si mise al riparo nell'attimo esatto in cui si scatenava l'inferno.

36

Kurt, Joe e Morgan avevano coperto metà della distanza che li separava dal luogo dello schianto prima di essere avvistati dall'elicottero. Tenendo gli occhi puntati su Kappa mentre avanzavano, Kurt vide i suoi lineamenti tendersi all'improvviso quando fu avvertito via radio della loro presenza. E capì all'istante cosa sarebbe successo.

«Tutti giù», gridò.

Joe e Morgan si divisero, trovando riparo proprio mentre gli uomini di Kappa cominciavano a bersagliare la gola con le loro armi.

«Sapevo che la pace e il silenzio di questo posto erano troppo belli per durare», disse a gran voce Joe rispondendo al fuoco.

Kurt scrutò il campo di battaglia. Ora che l'elicottero era sospeso sopra di loro e la barella aveva quasi toccato terra, Kappa e i suoi uomini si erano chinati per proteggersi e stavano sparando verso il basso contro di loro. Kurt scelse di vedere il bicchiere mezzo pieno. «La buona notizia è che non possono ricaricare senza staccarci gli occhi di dosso.»

Morgan offrì un altro punto di vista. «La cattiva notizia è che noi non possiamo spostarci di qui finché non lo faranno.»

«Ho notizie peggiori per tutti e due», intervenne Joe. «Loro sono in quattro. Possono usare l'approccio *divide et impera*, tenendoci bloccati qui in due mentre gli altri due caricano i frammenti sul cestello.»

«Pessimisti», commentò Kurt. «Lavoro proprio con due pessimisti.»

Kurt si spostò da una posizione riparata a un'altra per riuscire a vedere meglio la zona circostante. Kappa si stava allungando verso la barella che oscillava da una parte e dall'altra mentre i suoi uomini sparavano a raffica.

Dalle piccole esplosioni di terra sollevate dai proiettili vaganti, Kurt capì che Joe e Morgan erano stati avvistati. Approfittandone, si mise in posizione di tiro, mirò all'uomo che impugnava l'arma più letale e premette il grilletto della sua Colt 1911 calibro .45.

Appena il proiettile di Kurt lo centrò, l'uomo cadde di lato, lasciando la presa sul fucile.

Kurt si nascose di nuovo dietro un cumulo di rocce quando gli spari si spostarono verso di lui. Parecchi proiettili lo mancarono per un pelo, passandogli accanto con un fischio, altri rimbalzarono contro il granito tutt'intorno.

Rendendosi conto di avere bisogno di una nuova posizione, Kurt si sdraiò per terra a pancia in giù e, strisciando sulle braccia, raggiunse il punto in cui si erano nascosti Joe e Morgan. Erano vicini al centro della gola, con la schiena appoggiata contro un albero di traverso nel letto prosciugato del fiume. La corteccia era soltanto un ricordo lontano, ma il tronco, benché sbiadito dal sole, era abbastanza largo e solido da ripararli dai proiettili.

Morgan gettò un'occhiata all'elicottero. «Saranno guai seri se qualcuno comincerà a fare fuoco dal portello di quell'affare. L'inclinazione non è delle migliori, ma sarei più serena se riuscissimo a toglierlo di mezzo.»

Joe scrollò la testa. «Se dovessimo abbatterlo in uno spazio così ristretto, ci cadrebbe addosso una pioggia di carburante infuocato e schegge.»

«Non preoccupiamoci dell'elicottero», intervenne Kurt. «Se a bordo ci fosse un tiratore, ci starebbe già sparando. Considerato che devono portare via di qui quattro uomini e parecchie centinaia di chili di pietra, di sicuro non si saranno portati nessuno che non fosse strettamente indispensabile. Quindi avranno due piloti e un membro dell'equipaggio al massimo. Questo significa che hanno già il loro bel da fare a manovrare il cestello e a tenere l'elicottero in posizione. La nostra migliore possibilità è sbarazzarci di Kappa e del resto della squadra a terra. Se ci riusciamo, il pilota farà dietrofront e taglierà la corda.»

Morgan tirò fuori un piccolo disco dalla tasca.

«Cos'è, un congegno top secret da spie?» domandò speranzoso Joe.

«Non esattamente.» Con un colpetto del pollice, Morgan aprì il dischetto, che celava una riserva di trucchi nella base e uno specchio tondo nel coperchio.

«Non mi sembra il momento adatto per sistemarsi il trucco», scherzò Kurt.

«Una donna deve sempre apparire al meglio», disse Morgan. «E anche vedere meglio che può.»

Sollevò la scatolina, usando lo specchio come un periscopio e studiando i nemici senza esporsi al fuoco. «Sono ancora su quell'area pianeggiante. Kappa è al centro. Ha un uomo alla sua destra e uno alla sua sinistra. Sembra che stia per prendere il borsone.»

Prima che potesse confermare la sua supposizione, uno sparo precisissimo le portò via lo specchietto. Lei scrollò la mano e si massaggiò le dita. «Mi è costato cinquanta sterline da Marks & Spencer.»

«Dobbiamo spostarci», disse Kurt.

«Considerato che uno di loro mi ha appena fatto saltare di mano una scatolina di neanche dieci centimetri di diametro, sono sfavorevole a un attacco frontale», disse Morgan.

«Anch'io», rispose Joe.

La decisione fu resa unanime dal voto di Kurt, che tuttavia aveva in mente un altro piano. «Vi è mai capitato di essere colpiti da un proiettile deviato?»

«Sì», rispose Joe. «È doloroso, ma non abbastanza da metterti davvero fuori gioco.»

«Però ti costringe a guardarti intorno per capire da dove sia arrivato.» Il luccichio negli occhi di Kurt non avrebbe potuto essere più acceso. Indicò le pareti della gola. Erano di granito liscio e piatto, con un cumulo di detriti alto non più di due spanne in una scarpata sul fondo.

«Andata», concordò Joe.

«Volete provare a togliere di mezzo quegli uomini servendovi di colpi di rimbalzo?» chiese Morgan.

Kurt annuì. «In questo modo penseranno che li stiamo attaccando dal fianco. Punteranno le armi da una parte e dall'altra, lasciandoti libera di sparare esattamente al centro.»

Morgan restò stupita dalla disinvoltura con cui Kurt buttò lì l'idea. «Dimmi che hai un'altra proposta.»

«Potremmo lasciare che se ne vadano.»

Lei scoppiò a ridere. «E assalto frontale sia. Dimmi solo quando.»

Sapendo che l'elicottero era dritto sopra gli uomini, Kurt stimò la loro posizione basandosi sulla sua ombra. Si allontanò a poco a poco dall'albero caduto e strisciò fino ad avere una visuale adeguata, poi alzò la Colt e prese la mira.

All'altra estremità dell'albero, Joe si stava mettendo a sua volta in posizione di tiro. Con un cenno comunicò a Kurt di essere pronto.

Sporgendosi di lato, Kurt aprì il fuoco e osservò le scintille illuminare le pareti della gola mentre i proiettili vi rimbalzavano contro per poi proseguire verso gli uomini sotto l'elicottero.

Sentì Joe scaricare la 9 mm nella direzione opposta. Quando una raffica di fuoco di ritorno illuminò entrambi i lati della gola, ben lontano da dove si trovava Kurt, fu chiaro che il piano aveva funzionato. «Ora!»

Morgan si alzò di scatto, appoggiò le braccia sopra l'albero caduto e puntò l'arma verso gli uomini di Kappa. Con freddezza, senza scomporsi, premette rapidamente il grilletto. Tre colpi veloci centrarono il mercenario alla sinistra di Kappa, altri quattro tolsero di mezzo l'uomo alla sua destra. Caddero entrambi senza più rialzarsi, ma quando Morgan spostò il mirino su Kappa, lui era già saltato sul cestello di salvataggio e si era sdraiato dietro il borsone, usandolo come scudo.

Morgan sparò comunque, ma il borsone pieno di frammenti respinse i proiettili come una parete blindata.

«Hanno caricato i frammenti sulla barella», disse Morgan a gran voce. «Kappa sta salendo insieme al borsone.»

Non solo Kappa e il borsone stavano salendo, ma l'elicottero aveva anche cominciato a muoversi. Dopo aver stazionato sopra la gola, adesso stava accelerando lungo lo stretto passaggio, diretto verso il ramo principale del fiume.

Kurt vide il tentativo di fuga svolgersi davanti ai suoi occhi. Non potendo fermare l'elicottero, fece l'unica cosa in suo potere, razionale o meno che fosse. Rinfoderò la pistola e partì di corsa, tuffandosi verso la barella che gli stava passando davanti.

Riuscì ad afferrare il bordo con entrambe le mani e vi restò aggrappato mentre la barella ondeggiava freneticamente.

L'impatto fu così inaspettato che Kappa perse l'equilibrio. Per poco non cadde dalla barella. Cercando qualcosa a cui reggersi per non volare giù, lasciò la pistola, che urtò il borsone e rotolò verso il lato di Kurt per poi passare oltre.

Per un breve attimo Kurt rimpianse di non essere una piovra. Qualche mano in più l'avrebbe aiutato a salire e a prendere al volo la pistola di Kappa. O almeno a recuperare la sua. Invece non poteva fare altro che starsene lì con le gambe penzoloni mentre l'arma di Kappa volava verso terra.

La barella si stabilizzò man mano che l'elicottero avanzava lungo lo stretto passaggio per dirigersi verso la zona in cui il letto del fiume si allargava. Ma quando il velivolo virò a sud e cominciò ad acquistare velocità, la barella si mise a dondolare come una giostra.

Appena l'elicottero si raddrizzò, Kurt cercò di issarsi e allungò una mano nel tentativo di afferrare l'angolo del borsone. Il suo piano era di lanciarlo giù per poi saltare e mettersi al riparo quando l'elicottero avesse inevitabilmente rallentato per tornare indietro alla ricerca del carico perduto. Strattonò il borsone, scoprendo però che non voleva saperne di muoversi. Kappa l'aveva assicurato alla barella con tre cinghie di nylon, ciascuna ben tesa e bloccata da una fibbia di metallo.

Continuando a penzolare dal cestello, e rendendosi dolorosamente conto che l'elicottero stava accelerando, Kurt cercò di raggiungere la prima fibbia, infilò le dita sotto il bordo e la sollevò, riuscendo a sganciarla. Prima però che potesse liberare la cinghia, Kappa strisciò sopra il borsone con il bottino e si scagliò in avanti nel goffo tentativo di colpire Kurt con un pugno.

Kurt si scostò per schivarlo, ma così facendo si ritrovò di nuovo sospeso sotto il cestello.

Con un'altra spinta da manuale, cercò di nuovo di afferrare il borsone. Stavolta Kappa si tuffò verso di lui con un coltello in mano.

Kurt ritrasse il braccio, ma la lama lo colpì comunque, tagliandogli la giacca militare e ferendolo. Il dolore fu lancinante. Ma il problema più grosso era che, dopo aver ritratto il braccio così in fretta, era rimasto appeso al cestello con una mano sola. Tra la forza dell'elicottero e quella del vento, non poteva sperare di reggere a lungo.

Anziché afferrare di nuovo la barella con la mano libera, Kurt se la infilò nella giacca alla ricerca della Colt nella fondina ascellare. Liberò la sua fedele arma e la puntò verso l'alto mentre Kappa, armato di coltello, si scagliava verso la mano aggrappata al bordo della barella.

Kurt sparò una sola volta, colpendo Kappa alla spalla.

Il proiettile gli si conficcò nella carne con una violenza tale che Kappa si trovò a girare su stesso e perse l'equilibrio. Mentre cadeva all'indietro cercò di afferrare la fune di sicurezza secondaria, che però era appena fuori dalla sua portata. Con una strana espressione in faccia, Kappa cadde dalla barella e svanì.

Kurt non si prese nemmeno la briga di guardarlo schiantarsi. Si ricacciò la Colt nella fondina e afferrò il bordo della barella. Adesso che vi si stava reggendo con entrambe le mani la sua presa era salda, ma non certo di ferro. Era aggrappato da così tanto che gli faceva male il braccio sinistro, mentre il destro gli sanguinava attraverso lo squarcio nella giacca.

Mettendoci tutta la forza che poté, Kurt si issò e rotolò sulla barella. Quando fu al sicuro e in posizione stabile, si concesse un attimo per assaporare la vittoria prima di domandarsi cosa diamine avrebbe fatto.

37

L'elicottero si spostò lungo la gola con Robson accovacciato sul retro. Aveva una mano sui comandi del verricello e l'altra ben stretta intorno a una maniglia. Attraverso il portello di carico osservò il disastro che si stava consumando sotto di lui.

La barella penzolava una ventina di metri sotto l'elicottero, oscillando bruscamente da una parte all'altra come un pendolo di duecento chili. A ogni oscillazione, il cavo si tendeva e il fulcro del verricello al quale era collegato borbottava; lo slancio era tale da far imbardare e beccheggiare l'elicottero.

Recuperare il cestello si rivelò impossibile. «Che problema ha questo affare?» gridò Robson muovendo la leva avanti e indietro.

«Troppo peso», gridò di rimando il pilota. «Quando quel tizio è saltato sulla barella, ha sovraccaricato il verricello. Dev'essersi bruciato qualcosa.»

Robson guardò di nuovo giù appena in tempo per vedere Kappa cadere dalla barella. Per quanto lo detestasse, Robson sapeva che non era una buona notizia. Abbandonò il verricello ed estrasse la pistola. «Mantieni questo affare il più stabile possibile.»

«Ci sto provando», disse il pilota.

Nonostante i suoi sforzi, l'elicottero continuava a girare su se stesso come per effetto di una forza invisibile. Cercando di mantenere l'equilibrio, Robson puntò l'arma verso il basso con una mano mentre con l'altra continuava a reggersi. La barella oscillò sotto di loro, sparendo per un momento. Robson calcolò quando sarebbe riapparsa e fece fuoco in quel preciso istante.

Austin aveva avuto la stessa idea.

I proiettili di piombo forarono la sottile pancia di alluminio dell'elicottero. Uno centrò la punta dell'anfibio di Robson. Un altro rimbalzò di lato. Un terzo squarciò il tettuccio sopra di lui.

Robson si tuffò all'interno della cabina. Benché ipotizzasse, a ragione, che Austin non avesse alcun desiderio di abbattere l'elicottero, al tempo stesso aveva anche il sentore che non avrebbe esitato a farlo se non gli fosse rimasta nessuna alternativa.

«Adesso cosa facciamo?» domandò il pilota.

«Fallo cadere.»

«E il carico?»

«Il borsone è legato, Austin no», spiegò Robson. «Fallo cadere.»

«Se pensa di essere sul punto di morire, sparerà per abbatterci.»

«Non se è abbastanza in basso da saltare giù», replicò Robson.

Il pilota non fece altre domande. Accelerò e si diresse verso il centro della valle fluviale via via sempre più ampia. Poi si abbassò, sempre acquistando velocità. Nel giro di poco stavano viaggiando a una quota di nemmeno trenta metri, con la barella a una decina di metri da terra.

Robson si arrischiò a gettare un'occhiata in basso e vide che Kurt si stava tenendo forte. «Vira», ordinò.

Il pilota cominciò una virata e poi si raddrizzò. Robson guardò giù e constatò che Kurt era ancora nella barella.

«Inclinati di più. Muoviti in cerchio. Non può restare aggrappato in eterno.»

Kurt si era sistemato per bene. Aveva una mano sul bordo, mentre nell'altra stringeva la Colt. Quanto ai piedi, li aveva incastrati agli angoli della barella. Aveva capito qual era il piano del pilota. Ma oltre a sparare contro il suo sedile e a cercare di ucciderlo o di conficcare qualche proiettile nel motore o nel serbatoio, poteva fare ben poco per fermarlo.

Si tenne forte mentre l'elicottero si inclinava bruscamente per virare. Il cestello descrisse un grosso arco e poi tornò indietro. Non essendo riuscito a liberarsi di Kurt con quella manovra, il pilota passò a uno schema circolare, che presentava ben due vantaggi. Ma non per Kurt.

Anzitutto la traiettoria circolare eliminò l'oscillazione che minacciava di portare l'elicottero fuori rotta. Quando cominciò a muoversi in cerchio, agli uomini a bordo parve di essere su un carosello, con la barella che faceva da contrappeso. Il movimento era sorprendentemente fluido, la sensazione di velocità incredibilmente reale.

Il secondo nonché più catastrofico problema, dal punto di vista di Kurt, era che quel movimento circolare generava una forza centrifuga sempre più forte, che nel giro di poco l'avrebbe scaraventato giù dalla barella. Non soltanto c'era un limite alla possibilità umana di contrastare una forza simile, ma tutto quel girare in cerchio gli stava anche facendo defluire il sangue dalla testa, dalle braccia e dalle mani. Se anche Kurt fosse riuscito a mantenersi saldamente aggrappato, alla fine sarebbe svenuto come un pilota di caccia sottoposto a un'accelerazione eccessiva. A quel punto sarebbe caduto dalla barella come una bambola di pezza, morendo senza nemmeno accorgersene.

Rendendosi conto che la tensione stava aumentando rapidamente, Kurt capì di dover fare qualcosa, e in fretta.

Strinse la presa sulla Colt e mirò verso l'alto, valutando di colpire il cavo o di procurare all'elicottero un danno abbastanza grave da costringerlo ad atterrare, ma mentre stava lì con il braccio teso, la pistola diventò sempre più pesante e cominciò a oscillare avanti e indietro. Nel giro di poco a Kurt sembrò pesare trenta chili.

Mentre Kurt si sforzava di tenere la mano ferma, il pilota strinse la curva ancora di più. Il braccio di Kurt cadde di lato e la pistola volò via.

Kurt si aggrappò di nuovo al bordo della barella.

L'elicottero continuò a girare in cerchio, descrivendo curve sempre più strette. Kurt cominciava a sentirsi frastornato. Il suo cuore batteva a tutta velocità, gli tremavano le braccia, la sua mente si stava annebbiando.

Con la vista offuscata, Kurt si allungò verso il borsone. Muovendo le mani a tastoni sulla tela pesante, trovò la prima cinghia. Aprì la fibbia e cercò la seconda cinghia.

Quando la trovò, cercò di sollevare il bordo della fibbia, che però non aveva alcuna intenzione di collaborare. Doveva essere bloccata, o forse era il suo braccio a essersi indebolito troppo. Spostò il peso e ritentò, mettendoci più forza. La seconda volta la fibbia si mosse, ma Kurt ormai era sul punto di perdere i sensi. Intorno a lui tutto era grigio e di lì a poco sarebbe calato il buio.

Kurt strinse le gambe e contrasse gli addominali, cercando di spingere il sangue verso la testa. Per qualche istante la sua vista tornò normale. Guardò il terreno sfilare a poco più di cinque metri dai suoi piedi. Sfrecciò sopra sabbia e sassi, poi sopra alberi e vegetazione, poi finalmente sopra una distesa d'acqua scura che scintillava nel sole tardo-pomeridiano quando l'elicottero sorvolò a tutta velocità uno dei laghetti.

Lo schema si ripeté mentre i cerchi si stringevano sempre di più. Sabbia, roccia, alberi e vegetazione e infine acqua. Il tutto turbinava davanti agli occhi di Kurt come un'unica macchia gigante e indistinta.

Avendo recuperato almeno in parte la vista e le energie, Kurt tirò di nuovo la seconda fibbia, che stavolta si slacciò.

La cinghia prese a svolazzare nel vento e il borsone scivolò di qualche centimetro. Ma ora che tutto il suo peso premeva contro l'ultima cinghia rimasta, la tensione aumentò.

Kurt tirò forte, ma senza risultato.

Il pilota inclinò l'elicottero in una curva ancora più stretta.

Kurt si preparò per un ultimo sforzo. Afferrò la fibbia e tirò, ma gli scivolò la mano. Con una forza centrifuga così elevata, non poté evitarlo in alcun modo. Quando gli scivolarono anche i piedi, si ritrovò con metà corpo giù dalla barella. Con la mano libera individuò la cinghia svolazzante del borsone e la afferrò, riuscendo così a non essere scaraventato giù, ma adesso si stava reggendo soltanto con le mani, mentre le gambe gli penzolavano dal bordo della barella, e lui non aveva speranza di contrastare la forza centrifuga per riportarle su.

Si sentiva le braccia in fiamme. Sotto di lui stavano sfilando le rocce. Poi toccò alla sabbia. Poi agli alberi. Stavano descrivendo un altro cerchio, e Kurt sapeva cosa sarebbe successo.

Lasciò la presa, si trovò a volare nell'aria e, con i piedi puntati in avanti, si tuffò al centro del piccolo lago.

38

Kurt cadde nel lago ad alta velocità. Quando fu sotto la superficie allargò le braccia, rallentando la discesa il più possibile. Finì comunque sul fondale fangoso con una forza tale che i piedi gli sprofondarono nel sedimento.

Sorprendentemente calmo per essere appena stato scaraventato da un elicottero in volo, Kurt guardò verso l'alto. L'acqua torbida riduceva la luce e, non avendo una maschera né un paio di occhialini, gli appariva tutto offuscato, ma la superficie luccicava a non più di cinque metri dalla sua testa.

Non vide nessun movimento, nessuna scia di bollicine che indicasse la presenza di proiettili sparati in acqua per finirlo. C'erano soltanto le piccole onde provocate dal suo tuffo e il colore del cielo serale dentro un cerchio più in alto.

Abbassandosi, si liberò i piedi dal fango e cominciò a scalciare per raggiungere la superficie. Emerse con prudenza, godendosi il momento in cui finalmente poté riprendere fiato.

Guardandosi intorno, vide l'elicottero sparire verso sud. Anziché tornare per assicurarsi che fosse morto, aveva scelto di tagliare la corda e sparire dalla valle. Kurt non si stupì. Tornare indietro sarebbe equivalso a cercare guai. La migliore possibilità dell'elicottero sarebbe stata recuperare il borsone con una fune o atterrare in un posto sicuro per poi riportarlo a bordo a mano. In entrambi i casi, ormai se n'era andato, portandosi dietro gli *Scritti di Qsn.*

Se non altro Kurt era ancora vivo.

Nuotò fino a riva, strisciò fuori dall'acqua e trovò un masso su cui sedersi. Si stava strizzando i calzini quando Gamay e Paul arrivarono in sella ai loro cavalli con un terzo animale senza cavaliere al seguito.

Furono entrambi chiaramente sollevati di vederlo. Gamay fece la prima battuta per sdrammatizzare. «È un orario strano per farsi un bagno, ma ho sentito dire che da queste parti le acque hanno poteri curativi.»

«Salvavita», rispose Kurt.

Gamay gli avvicinò il cavallo in più. «Ci avevi detto di stare pronti a intervenire in caso di pericolo, ma non avevi accennato ad acrobazie a mezz'aria con te appeso a un elicottero.»

«Probabilmente quella parte avrei dovuto saltarla», ammise Kurt. «È stato tutto vano, comunque.» Appendendosi i calzini sulle spalle, Kurt infilò i piedi scalzi negli scarponi, legò per bene le stringhe e poi montò in sella. Era stremato, aveva un mal di testa lancinante e non era per nulla interessato a tornare a piedi al Capo del Falco. «Grazie di essere stati abbastanza ottimisti da portarmi un cavallo. Come se la stanno cavando Joe e Morgan? Stanno bene?»

Stavolta fu Paul a rispondere. «Hanno messo in sicurezza il luogo dello schianto e ci hanno avvertiti via radio delle tue imprese acrobatiche. Un paio di chilometri più indietro abbiamo visto qualcuno cadere. Siamo stati molto felici di scoprire che non eri tu. Poi abbiamo visto cadere te e abbiamo temuto il peggio.»

«Sia ben chiaro che mi sono tuffato di mia iniziativa. Per fortuna non di pancia.»

«Cosa facciamo adesso?» domandò Gamay.

«Torniamo al Capo del Falco e perlustriamo l'aereo da cima a fondo.»

«Perché?» domandò Gamay. «Qualsiasi cosa di valore ci fosse a bordo, di sicuro l'avranno portata via.»

Kurt si stiracchiò e si girò da una parte e dall'altra sulla sella, godendosi la meravigliosa sensazione della schiena che scricchiolava e della colonna vertebrale che si riallineava.

«Non possiamo saperlo per certo se non controlliamo. Potrebbe essergli sfuggito qualcosa. In tal caso, probabilmente sarà qualcosa di piccolo e nascosto. Ma a volte l'indizio più piccolo può fare la differenza più grossa.»

39

Quando furono tutti riuniti nel luogo in cui si era schiantato l'aereo, Joe riferì al resto del gruppo ciò che avevano scoperto lui e Morgan. «Interamente costruito in metallo. Bimotore.»

«È in buone condizioni?»

«In parte sì. O meglio, di parti ce ne sono due. Tutto ciò che è rimasto sottoterra nel corso degli anni è ben preservato. Tutto ciò che era esposto, invece, è fortemente segnato dagli elementi.»

Gli altri restarono a guardare, seguendo la mano di Joe che indicava il sopra e il sotto. La linea di demarcazione sul velivolo era evidente.

«Forza, questo affare non si perlustrerà da solo», disse Kurt. «Diamoci da fare.»

Gamay annuì e si spostò verso il davanti dell'aereo. «Noi controlliamo la prua», disse riferendosi a sé e Paul. «Voglio dire, il muso. Non sembra che abbiano dedicato molto tempo a dissotterrare quella parte.»

«Io do un'occhiata dentro», si offrì Kurt.

«Vengo con te», disse Morgan.

«Il resto quindi è mio», concluse Joe.

Mentre si dividevano, Joe si abbassò accanto alla fusoliera, in un punto dietro l'ala in cui il metallo era stato tagliato e aperto.

Puntò la torcia nell'apertura. La sezione inferiore era piena di terra, che per la maggior parte era stata tirata fuori. Vide impronte di mani e solchi rivelatori dove diverse dita umane avevano scavato. «Non essendo riusciti a infilarci una pala, devono aver scavato a mano.»

«Riesci a capire se hanno trovato qualcosa?» domandò Kurt.

Joe studiò quella sezione dell'aereo. «Non penso che ci fosse un carico qui. Vedo soltanto pompe di alimentazione, manicotti marci e un grosso contenitore di metallo che probabilmente era il serbatoio.» Vi picchiettò le dita. Il serbatoio riverberò come un tamburo d'acciaio, ma il suono era ovattato. Era a sua volta mezzo pieno di terra.

«È un serbatoio piuttosto grosso per un aereo così piccolo», commentò Joe. «Chiunque lo stesse pilotando voleva coprire la massima distanza possibile.»

Benché stesse ascoltando Joe, Kurt era concentrato sul proprio lavoro. Dopo essere entrati nella fusoliera, lui e Morgan guardarono verso la cabina di pilotaggio. All'esterno videro alcune guide metalliche con i lati ammaccati.

«Queste probabilmente facevano parte di un tettuccio scorrevole», suggerì Morgan.

Kurt annuì, indicando un'asta che sporgeva nella parte anteriore della cabina. «Immagino si collegasse a questo pezzo di metallo al quale doveva essere fissato un parabrezza.»

Non trovarono però nessun resto né del tettuccio né del vetro. Di conseguenza la cabina di pilotaggio era rimasta in balia degli elementi per anni e si era completamente riempita di sabbia, fino a quando non erano arrivati gli uomini di Kappa a spalarla.

Guardando di nuovo all'interno, Kurt vide ciò che restava del quadro di comando e del sedile del pilota, ossia giusto un telaio di legno, molle arrugginite e brandelli di cuoio. La cloche, spezzata alla base, non c'era più. Il pavimento era coperto da uno strato di sabbia e terra, molto più alto negli angoli che non al centro. Le pale avevano lasciato alcuni solchi sulle assi di legno sotto il sedile, addirittura sfondandole in alcuni punti.

«Non sono stati particolarmente delicati», commentò Kurt.

«Qualcosa mi dice che preservare questo aereo non era esattamente la loro priorità», rispose Morgan.

Portandosi all'estremità della fusoliera, Kurt si lasciò cadere nell'abitacolo. Si sedette quasi come avrebbe fatto il pilota, di fronte al pannello di comando. Era perlopiù intatto, anche se quasi tutti i vetri degli indicatori erano rotti e l'interno era pieno di sabbia.

Toccando il pannello, scoprì che era anch'esso di legno. Sul lato destro trovò una serie di graffi verticali che erano stati sbarrati. Gli fecero pensare ai segni che lasciavano i prigionieri sulle pareti delle celle per contare i giorni e le settimane di reclusione.

«C'è qualcosa dietro il sedile», disse Morgan.

Kurt si girò nello spazio ristretto e vide un piccolo baule. Era rettangolare, di legno e cuoio, con rivetti di metallo agli angoli. Il suo rivestimento, essendo di pelle più spessa, si era conservato meglio rispetto a quello del sedile del pilota.

Allungando il braccio oltre i resti del sedile, Kurt si accorse che il baule era già stato trascinato il più avanti possibile. Adesso era incastrato tra la base del sedile e la struttura tubolare della fusoliera.

Era impossibile che gli uomini di Barlow non l'avessero visto, ma Kurt aprì comunque il coperchio e guardò all'interno.

«Allora?» domandò Morgan.

«È vuoto. Fatta eccezione per uno strato di fango sul fondo.»

Si mise a scavare in mezzo al residuo fangoso alla ricerca di qualcosa che potesse essere sfuggito a Kappa e alla sua squadra. Cercò tasche o scomparti nascosti, poi tastò il fondo del baule e tutti gli angoli, rovistando con le dita. Non recuperò altro che due pezzi di pietra, il più voluminoso dei quali era più piccolo di una scatola di fiammiferi.

Grattando via i residui, scoprì che era color rosso mattone.

«Pietre rosse», disse Morgan. «Come gli *Scritti di Qsn.*»

Kurt le porse uno dei frammenti e si cacciò l'altro in tasca.

Dopodiché perlustrarono ogni singolo angolo della cabina di pilotaggio ed estrassero addirittura il pannello di comando per controllare cosa ci fosse dietro, ma senza trovare nient'altro di interessante.

Avendo esaurito tutti i possibili nascondigli che gli erano venuti in mente ed essendo ancora a mani vuote, Kurt uscì dall'aereo. «Qualcuno di voi sta avendo fortuna?»

«Qui davanti no», esclamò Paul.

«Nemmeno dietro», rispose Joe.

«Speravo fossero stati meno scrupolosi.»

«Potrebbe essere l'aereo in sé a dirci qualcosa», suggerì Morgan. Si girò verso Joe. «Direi che qui l'esperto d'aviazione sei tu. Cosa ne pensi di questi resti?»

Joe indietreggiò di qualche passo per allontanarsi dall'aereo. «Grazie al registro di manutenzione, sappiamo che è stato costruito nel 1926 o nel 1927. Anche il fatto che sia interamente in metallo ci dice qualcosa. Era molto insolito per l'epoca.»

«Dev'essere alluminio, altrimenti sarebbe arrugginito», fece notare Kurt.

«Giusto», rispose Joe. «La presenza di due motori e le dimensioni del serbatoio indicano che è stato costruito per viaggiare ad alta velocità e coprire lunghe distanze. Di norma questo lascerebbe supporre che si trattasse di un aereo postale o di un piccolo aereo per il trasporto di passeggeri, ma non ho visto nessuno spazio per il carico, e in più c'è soltanto un sedile.»

«Manca anche qualcos'altro», aggiunse Paul. «Questo affare non ha le ruote.»

Dopo aver setacciato la parte anteriore del velivolo senza trovare nessun carico, Paul e Gamay si erano messi a scavare più a fondo sotto la fusoliera.

«Manca il carrello di atterraggio?» domandò Morgan.

«C'è soltanto un pattino sotto la pancia», rispose Paul.

Kurt e Morgan saltarono giù e raggiunsero Joe. Tutti e tre insieme si spostarono verso il muso dell'aereo e si accovacciarono per esaminarne la struttura.

Joe si infilò sotto il muso e passò la mano lungo una sbarra simile a uno sci. La seguì fino a un punto della fusoliera in cui una rientranza rettangolare si era riempita di sabbia. Dopo averla svuotata con le dita, trovò un massiccio perno e un gancio collegato a un cavo metallico intrecciato.

«Sembra un punto di aggancio per attrezzature esterne o munizioni», disse Morgan. «Possibile che fosse un aereo da combattimento?»

Joe non propendeva per quell'ipotesi. Si spostò più indietro e si imbatté in un altro gruppo di ganci posizionati appena dietro la cabina di pilotaggio. «Adesso potrà anche non avere le ruote, ma quando è decollato le aveva eccome. Il carrello di atterraggio doveva essere collegato qui e là. Questi ganci hanno permesso al pilota di sganciarlo dopo essersi alzato in volo.»

«Perché mai un pilota dovrebbe sganciare il carrello di atterraggio?» domandò Gamay.

«Perché ruote e gambe del carrello sono pesanti», rispose Joe. «E non sono nemmeno molto aerodinamiche. Creano parecchia resistenza, che riduce la velocità e consuma carburante.»

«Ma aiutano anche ad atterrare senza schiantarsi», fece notare Gamay.

«Per la verità il pilota sembra essere atterrato piuttosto bene. Non ci sono segni di impatto, la lamiera non si è piegata, il muso non è schiacciato e le ali non sono deformate. A quanto vedo, l'aereo ha riportato pochissimi danni, persino nella parte inferiore. Direi che il pattino ha aiutato il pilota a portarlo sulla sabbia. Le ruote invece sarebbero sprofondate, facendolo capovolgere.»

«E allora come ha fatto a ritrovarsi con una gamba rotta?» domandò Kurt.

«Potrebbe essere inciampato e caduto cercando di uscire di qui con una borsa piena di pietre», rispose Joe.

Mentre Kurt e gli altri elaboravano le sue parole, Joe si allontanò dal velivolo. Di colpo capì che non si trattava di un vecchio aereo qualsiasi. Era stato costruito per uno scopo specifico. «Forse era un aereo da competizione», disse più a se stesso che agli altri. «Forse il pilota stava cercando di conquistare un record di velocità o...»

Lasciò la frase in sospeso. Guardò l'aereo da una nuova prospettiva, studiandolo dal muso a ciò che era rimasto della coda. Calcolò la lunghezza e l'apertura alare, poi passò mentalmente in rassegna gli altri dettagli. «Bimotore. Struttura interamente metallica. Pilota americano. Serbatoio grosso e pesante, per un aereo di queste dimensioni, ma cabina di pilotaggio molto piccola e carrello di atterraggio sganciabile.»

Guardò gli altri mentre il mistero si chiariva nella sua mente. «Questo aereo stava compiendo un viaggio di sola andata. Eventuali danni al momento dell'atterraggio erano considerati un esito accettabile.»

«Che genere di viaggio?»

Joe non rispose. Si era perso di nuovo nei suoi pensieri. Il suo sguardo tornò a posarsi sulla metà anteriore dell'aereo, dove un segno circolare delle dimensioni di un piccolo piatto da tavola sporgeva leggermente dal rivestimento in alluminio. Era annerito, con un colore e un grado di corrosione diversi rispetto a tutto il resto.

Joe fece un passo avanti e cominciò a grattare la superficie corrosa. «Com'è possibile che non l'abbia visto prima?»

«Visto cosa?» domandò Paul.

«Questo.»

Gamay prese Joe per il braccio. «È ora di metterci a parte del tuo segreto», disse in tono severo. «Cosa sai e come lo sai?»

«So di che aereo si tratta.»

«Ti riferisci al tipo di aereo, giusto?»

«No. So esattamente di che aereo si tratta perché non ne è mai stato costruito un altro uguale.»

Con un coltello staccò alcuni frammenti di metallo corroso dal disco. Poi vi rovesciò sopra dell'acqua da una borraccia e, servendosi della manica della camicia, li strofinò energicamente con movimenti circolari, come se volesse lucidarlo. Lo sporco accumulatosi negli anni si scrostò. E anche se restarono di un nero opaco, cominciarono a emergere alcuni dettagli.

Comparve il muso allungato di un animale, prima le narici e poi la linea della bocca. A seguire una fronte inclinata e un unico occhio gigante. Dopo aver sfregato un altro po', Joe trovò ciò che stava cercando: la forma ricurva del corno di un ariete raffigurato di profilo. Era un'immagine Art Déco stilizzata.

«Il *Golden Ram*», disse Joe alzando lo sguardo.

«Il cosa?» domandò Gamay.

«Il *Golden Ram*», ripeté Joe. «Questo è l'aereo di Jake Melbourne. Svanì nel nulla dopo aver lasciato New York nel tentativo di attraversare l'Atlantico nel maggio del 1927. Voleva aggiudicarsi il Premio Orteig. Quello che vinse Charles Lindbergh una settimana dopo.»

«Mai sentito», disse Gamay stringendosi nelle spalle.

«La gente tende a ricordare soltanto i vincitori. Chi si classifica secondo o non si classifica proprio cade nell'oblio. Decine di altri piloti provarono a vincere il premio. Almeno sei uomini persero la vita nel tentativo. Altri svanirono e non si ebbero mai più loro notizie. Un aereo francese conosciuto come *Oiseau Blanc* scomparve mentre cercava di compiere il viaggio da Parigi a New York. I due piloti volevano conquistare il premio volando verso ovest. L'aereo di Melbourne invece scomparve una settimana dopo, facendo rotta verso est.»

Kurt tornò a concentrarsi sull'aereo, osservandolo con un rispetto tutto nuovo. «Ne sei sicuro?»

«Sicurissimo», disse Joe.

Paul inclinò la testa di lato. «Hai detto che questo aereo è scomparso una settimana prima del volo di Lindbergh. Dal momento che evidentemente è riuscito ad arrivare in Europa, questo significa che il premio sarebbe spettato a Melbourne anziché al fortunato Lindy?»

«Tecnicamente no», rispose Joe. «Per vincere il premio bisognava arrivare a Parigi...»

Kurt lo interruppe. «Tuttavia Melbourne sarebbe il primo ad aver attraversato l'Atlantico senza tappe. Questo farebbe di lui un eroe a pieno titolo.»

«Verrebbe da pensare di sì», rispose con cautela Joe. «Ma in realtà no.»

«Perché no?»

Joe si guardò intorno con aria imbarazzata. «Perché il corpo di Jake Melbourne fu rinvenuto in una ghiacciaia a Brooklyn a distanza di parecchie settimane dal decollo del suo aereo. Aveva una ferita da arma da fuoco al petto ed era morto da un po'. Nessuno sa da quanto, dal momento che il ghiaccio l'aveva... be', congelato.»

Tutti sbarrarono gli occhi.

Fu Paul a dare voce alla domanda più ovvia. «Se lui era stato ucciso a New York, come ha fatto il suo aereo ad arrivare qui?»

«Deve averlo pilotato qualcun altro», rispose Joe.

«La domanda è: chi?» chiese Kurt.

Joe fece spallucce. «E io come faccio a saperlo?»

A quel punto intervenne anche Morgan. «Fatemi capire. Mi state dicendo che questo Melbourne è stato ucciso e che poi qualche altro pilota sconosciuto alla storia si è impossessato del suo aereo ed è scomparso nel tentativo di raggiungere l'altra sponda dell'Atlantico per poi schiantarsi qui in Spagna e morire nell'anonimato senza lasciare tracce di sé?»

«È l'unica spiegazione logica», disse Joe.

«Se questa non è sfortuna nera», commentò Paul.

«E sei proprio sicuro che questo sia il suo aereo?» insisté Morgan, ripetendo la domanda che gli aveva già fatto Kurt. «Non può essere un altro dello stesso tipo?»

«Non ce ne sono mai stati altri dello stesso tipo. L'aereo di Melbourne era stato progettato e costruito appositamente per la gara. La decorazione a forma di testa di ariete lo conferma: era il soprannome di Jake, il suo personaggio. Lo chiamavano *Golden Ram*. Si scornava con tutti, ma sempre con eleganza. Fidatevi, questo è l'aereo di Melbourne anche se Melbourne non l'ha pilotato.»

«Be', è una storia alquanto strana», commentò Morgan.

«Ma ancora più strano è il fatto che, chiunque fosse questo pilota, aveva con sé gli *Scritti di Qsn*», disse Kurt. «Il che significa che quelle tavolette sono arrivate in qualche modo nel Nuovo Mondo prima di tornare qui in Europa.»

Morgan fece il passo successivo. «Se riusciamo a scoprire cos'è successo a Melbourne e chi l'ha rimpiazzato, potremmo anche scoprire chi è stato in realtà a rinvenire gli *Scritti di Qsn* e dove.»

I membri del gruppo si scambiarono occhiate gravi, ciascuno calcolando a modo suo le probabilità di successo dell'impresa. «È un'idea azzardata», disse Kurt. «Ma a questo punto è la nostra unica possibilità di trovare il tesoro prima del Bloodstone Group.»

40

MV Tunisian Wind, *quaranta miglia a nord della costa spagnola*

Solomon Barlow si trovava sull'ala di plancia di una vecchia portarinfuse da quarantamila tonnellate parzialmente riempita di granaglie. La *Tunisian Wind*, registrata a Panama, era di proprietà di una società albanese che esisteva soltanto sulla carta, e il Bloodstone Group la utilizzava per trasportare armi in giro per il mondo.

Quando aveva comprato quella nave, Barlow aveva valutato di cambiarle nome in qualcosa di simile a *Dono di Troia*, ma gli era parso troppo indelicato visto l'uso che ne facevano lui e i suoi uomini.

La nave in sé, noleggiata per il trasporto di granaglie, riempiva la propria stiva in vari Paesi e consegnava la merce intatta e per tempo, in maniera del tutto legale. Il suo equipaggio era composto da marinai professionisti e superava sempre tutti i controlli di sicurezza.

Quello che le autorità di tutto il mondo non avevano ancora capito era che la nave raramente consegnava il suo intero carico. Anche quando le stive erano riempite fino all'orlo, di norma scaricava soltanto metà del tonnellaggio complessivo che era in grado di trasportare, mentre sotto le granaglie sfuse rimaste si celavano armi avvolte dentro strati di plastica protettiva.

La *Tunisian Wind* aveva consegnato sistemi missilistici mobili, carri armati ed elicotteri provenienti dalle ex repubbliche sovietiche. Migliaia di fucili d'assalto, proiettili perforanti e mine antiuomo avevano viaggiato sul fondo della sua stiva insieme a una quantità di esplosivi al plastico in grado di radere al suolo una piccola città.

Navigava così da anni. In tutto quel tempo, il massimo che qualcuno avesse mai fatto era stato aprire il portello di boccaporto e controllare che le granaglie non fossero infestate da parassiti.

Ora, tra un viaggio e l'altro, la nave era all'ancora in attesa di una consegna importante. Barlow guardò l'orologio e scrutò più volte l'orizzonte, cominciando a spazientirsi. Finalmente vide un elicottero in avvicinamento. «Dev'essere Kappa», disse. «Fai un segnale con le luci.»

Il comandante della nave, che a sua volta lavorava con Barlow da anni, obbedì senza fare domande. Non era certo all'oscuro degli scopi per cui veniva usata la nave, e sapeva che se stavano mantenendo il silenzio radio doveva esserci un motivo. Puntò la lampada ad alta potenza verso l'elicottero e cominciò ad aprire e chiudere l'otturatore per segnalargli di atterrare sul boccaporto di prua.

Trascorse un momento prima che il faro di atterraggio sotto l'elicottero lampeggiasse in segno di risposta.

«Confermano», disse il comandante.

«Bene», rispose Barlow. «Leviamo l'ancora. Voglio salpare appena possibile.»

Mentre il comandante preparava la nave a partire, Barlow indossò una giacca e lasciò il ponte di comando. Avrebbe dovuto camminare un bel po', scendendo le scale fino al ponte principale per poi proseguire fino a prua. Barlow arrivò al boccaporto rinforzato di prua proprio quando le ruote dell'elicottero toccavano il suolo.

Rimase in attesa mentre diversi membri dell'equipaggio si davano da fare per assicurare il velivolo. Il portello laterale si aprì. Barlow restò stupito di trovarsi davanti soltanto Robson.

«Dov'è Kappa?»

«È morto», annunciò Robson senza girarci intorno.

«E gli altri?»

«Sono morti prima di lui.»

Barlow gli puntò addosso uno sguardo rabbioso. «Esigo una spiegazione.»

Robson saltò giù dall'elicottero. «Non sono stato io a ucciderlo, caso mai lo stessi pensando. I due membri della NUMA e l'agente del MI5 gli hanno teso un'imboscata.»

«E gli altri uomini della squadra?»

«Hanno avuto la peggio in uno scontro a fuoco nonostante la loro posizione di vantaggio», disse Robson. «In loro difesa, però, devo ammettere che sono stati sorpresi in un brutto momento.»

Barlow non era un tipo sentimentale, ma con i numeri era veloce, e calcolò di avere a disposizione ben dieci uomini in meno grazie a Austin, Zavala e all'agente Manning. «Tu sembri esserne uscito illeso, quindi voglio sperare che abbia con te quello che hanno trovato.»

Robson si allungò verso l'interno dell'elicottero, afferrò le cinghie del borsone e lo posò sul ponte della nave. «A differenza di Kappa, io consegno sempre quello che prometto. Tra questo e il fatto che non è rimasto nessun altro, direi che è giunta l'ora di rimettermi al comando.»

Per il momento Barlow decise di ignorare la richiesta. Si abbassò su un ginocchio e aprì il borsone. Era pieno di frammenti di pietra piatti simili a piastrelle, decine e decine, forse un centinaio, tutti spezzati come i tasselli di un puzzle.

«Erano già così quando li abbiamo trovati», disse Robson.

Barlow sollevò un frammento grosso quanto il palmo di una mano, poi ne osservò diversi altri. Erano tutti coperti di geroglifici. Non avrebbe dovuto fare altro che rimetterli insieme.

Risistemò i frammenti del borsone e lo richiuse. «Te la sei cavata bene. Adesso il capo dell'operazione sei tu. Non mandare tutto all'aria come Kappa.»

Dal momento che il Bloodstone Group funzionava come una società di pirati, i cui membri si guadagnavano la loro paga in percentuali e quote, per Robson quella semplice promozione avrebbe potuto tradursi in una somma di diversi milioni.

Dopo avergli concesso un momento per godersi la notizia, Barlow gli assegnò un nuovo ordine. «Porta il borsone nella mia cabina. Dobbiamo mettere insieme tutti i pezzi e scoprire i segreti che racchiudono.»

41

Villa Ducal de Lerma, Spagna

Al ritorno a Lerma ciascuno dovette andare per la propria strada. Dopo aver salutato padre Torres, la piccola Sofía e sua zia, i membri della NUMA si diressero verso un campo d'aviazione a una quarantina di minuti da lì, dove c'erano due jet pronti a partire, uno per Londra, l'altro per Washington.

Kurt salì sul Gulfstream della NUMA, parlò brevemente con il pilota e scese di nuovo dalla scaletta. Aspettò che Joe, Paul e Gamay avessero salutato Morgan prima di parlarle.

«Perché non vieni con noi? Ho già chiesto al pilota. Abbiamo carburante in abbondanza, e un passeggero in più non farà nessuna differenza.»

Morgan guardò per un attimo il jet della NUMA prima di scuotere la testa. «A Londra farei arruffare le penne a parecchie persone se non tornassi subito indietro. Io e il colonnello Pembroke-Smythe dobbiamo fare rapporto e con ogni probabilità dovremo farci torchiare per qualche ora dai membri del Parlamento. Vorrei anche passare dal professor Cross per vedere se gli è venuto in mente qualcosa di nuovo. Quando mi sarò occupata di tutto questo, penserò a raggiungervi in America.»

«Qualcosa mi dice che non ci vorrà molto», disse Kurt. «Fammi sapere su che volo sarai. Il servizio taxi Austin è il migliore sulla piazza.»

«Molto bene», disse lei in tono formale, senza ammorbidirsi minimamente. «Arrivederci, allora.»

Non ci furono strette di mano, men che meno baci o abbracci. Soltanto un rapido giro sui tacchi e una marcia composta verso il Learjet dall'altro lato della pista.

Kurt la guardò salire a bordo prima di tornare sul Gulfstream della NUMA.

«Cinque passeggeri, quindi?» domandò il pilota.

«No, solo quattro», rispose Kurt.

Mentre il pilota chiudeva il portello e tornava in cabina, Kurt si spostò verso il fondo dell'aereo. Trovare un posto non era un problema, dal momento che lo spazio non mancava. L'aereo era stato progettato per consentire a dodici passeggeri di volare comodamente su lunghe distanze, ma la NUMA l'aveva modificato. Adesso poteva trasportare meno persone, ma in compenso aveva qualche tocco in più.

C'erano otto confortevoli sedili distribuiti su due file da quattro, più un'area con morbidi divani dotati di poggiapiedi a scomparsa che potevano anche trasformarsi in letti, e infine una postazione di lavoro ipertecnologica con un computer collegato via satellite direttamente ai server della NUMA. Di fronte ai divanetti c'era un cucinotto con tanto di angolo bar e, sulla parete alle sue spalle, due televisori satellitari a schermo piatto da cinquanta pollici.

Kurt occupò un sedile esterno, nella fila davanti a quella di Joe e dall'altra parte del corridoio rispetto a Paul. Seduta di fianco a lui, Gamay guardava con aria malinconica la campagna spagnola che stavano per lasciarsi alle spalle fuori dal finestrino.

Quando il Gulfstream cominciò a muoversi, Kurt si mise comodo. Non dubitava che avrebbe rivisto Morgan, ma la sua mente aveva già cambiato corsia, concentrandosi sui passi successivi della caccia al tesoro scomparso. Da un lato avrebbero dovuto indagare per scoprire chi fosse stato a uccidere Jake Melbourne. Dall'altro si sarebbero dovuti occupare del frammento di pietra infilato nella tasca della giacca di Kurt.

Tirandolo fuori, Kurt passò di nuovo il pollice sulla superficie. Era morbida e porosa. Alcune particelle rosse gli restarono attaccate sulla pelle. Lui si girò verso Paul e gli porse il frammento. «Cosa ne pensi di questo?»

Paul aveva un dottorato in scienze oceaniche ed era esperto di geologia sottomarina. Aveva scritto una tesi sulle formazioni rocciose caratteristiche dei fondali marini. Per quanto ne sapeva Kurt, la geologia marina e quella terrestre non potevano essere poi così diverse.

Paul prese il frammento, lo studiò per un attimo e poi accese la luce sopra la sua testa. «Roccia sedimentaria, a elevato contenuto di ferro, che spiega il colore rosso. Mi ricorda l'arenaria navajo.»

«Arenaria navajo?»

Paul annuì. «La pietra color vermiglio che si vede spesso in Arizona, Utah e New Mexico.»

«È un colore unico?»

Paul scrollò la testa. «L'arenaria rossa si trova in tutto il mondo. Proviene da formazioni simili, quella navajo è solo la prima che mi è venuta in mente. Questo frammento fa parte della tavoletta con i geroglifici?»

Kurt supponeva di sì. «Non ha nessuna incisione, ma è dello stesso colore e ha i bordi lisci.»

Paul immerse un tovagliolo nell'acqua e pulì meglio il frammento. «È piatto su tre lati, con un'angolatura di novanta gradi sulla punta. Potrebbe essere un pezzo d'angolo. Potrebbe essersi staccato al momento dello schianto, quando i frammenti si sono sparpagliati.»

«Proprio quello che pensavo», disse Kurt. Guardò fuori dal finestrino mentre il Gulfstream imboccava la pista e i motori cominciavano a girare più velocemente. «Esiste un modo per stabilire da che parte del mondo provenga questa pietra?»

L'espressione di Paul si fece pensosa. «Esistono molti modi per restringere il campo.»

«Per esempio?»

«Potremmo cercare fossili microscopici intrappolati nella pietra. Questo potrebbe dirci quando, dal punto di vista geologico, si è formata. Potremmo verificare il suo contenuto di uranio e il livello di radioattività, potremmo sminuzzarla e analizzare la sua composizione chimica esatta. I vari tipi di arenaria del mondo sono leggermente diversi tra loro a seconda di dove e come si è formata la pietra. Ma anche circoscrivendo la zona di provenienza, non sarò mai in grado di darti una latitudine e una longitudine esatte.»

Mentre Paul finiva di parlare, l'aereo cominciò la corsa di decollo. Kurt si appoggiò allo schienale e si rilassò man mano che acquistavano velocità. «Dammi soltanto un continente. Partiremo da lì.»

42

Cambridge, Inghilterra

Il professor Henry Cross rincasò più tardi del solito quel mercoledì sera. Una riunione in università era andata per le lunghe, dopodiché un piccolo incidente stradale sulla rotonda a sud del campus l'aveva trattenuto ulteriormente.

Parcheggiò la Mini Cooper nel vialetto, prese la valigetta dal sedile del passeggero e si diresse verso una porta laterale della modesta casa in stile cottage in cui abitava da due decenni.

Il professor Cross aprì la porta, entrò e premette un interruttore per accendere un caminetto a gas in soggiorno. Le fiamme crearono un'atmosfera calda e accogliente. Tinsero anche la stanza di arancione, illuminando un uomo seduto su una delle sedie a schienale alto del professore.

«Alla buonora», disse l'uomo.

Il professor Cross lo studiò come avrebbe fatto con una pergamena antica. Notò il naso pronunciato, il velo di barba corta e scura sulla sua faccia e sul collo, il berretto di lana calcato sopra le orecchie. Notò anche la pistola che impugnava e il tubo cilindrico avvitato all'estremità della canna.

«Perché hai un silenziatore sulla pistola?»

L'uomo puntò la pistola contro il professor Cross. «Siamo in un quartiere rispettabile. Non vorrei mai disturbarne la quiete se dovessi spararle, no?»

Il professore si appoggiò alla parete. Era più seccato che spaventato. «Cosa vuoi, Robson?»

«Risposte.»

«Te le avrei date», attaccò il professore. «Ti avrei mandato tutto ciò di cui avevi bisogno se tu e quei vandali dei tuoi amici non foste stati così maldestri con gli americani.»

Robson si spostò sulla sedia e accavallò le gambe come se fosse a casa sua. Con movimenti esperti, infilò la pistola in una fondina ascellare e la coprì. «Grazie al nostro attacco in grande stile può stare certo che il suo nome inappuntabile resterà al di sopra di ogni sospetto. Io credevo che avrebbe apprezzato.»

Il professor Cross scosse la testa e gettò un'occhiata all'uomo. Dentro di lui stava montando una rabbia che non riuscì a mascherare. «Ti conviene sperare che nessuno si domandi mai come avete fatto ad arrivare a Cambridge nello stesso identico giorno e nello stesso identico momento in cui sono arrivati loro.»

«Per la verità farà meglio a sperarlo lei. Non sarà certo il mio nome a essere trascinato nel fango se qualcuno dovesse insospettirsi.»

Robson si alzò e si diresse verso il professore, gli passò davanti ed entrò in cucina. Senza chiedere il permesso aprì il frigorifero e cominciò a rovistare all'interno. «Diamine. Metà della roba che c'è qui dentro è scaduta, professore. Va bene che le piacciono le cose antiche, ma per la miseria, ogni tanto la spesa potrebbe anche farla.»

Il professore sospirò. «Non aspettavo visite. Ora, cosa vuoi esattamente? Ti ho già dato tutte le informazioni che ho.»

La testa di Robson fece capolino da sopra l'anta del frigorifero. «Da come parla sembra quasi che lo stia facendo per beneficenza. Che non l'abbiamo mai pagata. A proposito, cosa ci fa con tutti i soldi di Barlow? Di sicuro non ha speso un solo centesimo per questa baracca.»

«Ho i miei interessi», disse il professore.

«Qualche sventolona? Magari la sua bella segretaria?»

«Non essere volgare.»

Robson si rimise a rovistare nel frigorifero e alla fine optò per un grappolo d'uva, che tirò fuori per poi richiudere l'anta. Staccò diversi acini e cominciò a cacciarseli in bocca.

Delinquenti di strada, pensò il professor Cross, nessun senso del decoro. «Se sei venuto per mangiare un boccone, io mi ritiro.» E si girò per andare in camera da letto.

«Dobbiamo farle vedere qualcosa», disse Robson. «Nuovi geroglifici.»

Il professore si arrestò di colpo. «Nuovi? Da dove vengono?»

«Dalla tavoletta rossa. La parte che nessuno ha mai visto.»

Il professore sgranò lentamente gli occhi. «Avete trovato altri frammenti?»

Robson annuì. «Tutti, direi. Sul vecchio aereo. Esattamente dove indicava il diario di bordo.»

All'improvviso al professore fu chiaro il motivo della ritrovata sicurezza di Robson e del suo atteggiamento da galletto. Sicuramente Barlow l'aveva coperto di lodi e soldi per aver scovato ciò che nessun altro era stato in grado di trovare. «Li hai qui con te?»

«Certo che no», rispose Robson buttandosi in bocca un altro acino. «Barlow non ha nessuna intenzione di perderli di vista. Ma ho questo.»

Si sfilò dalla spalla il tubo portadisegni da architetto, aprì il coperchio a un'estremità ed estrasse un foglio arrotolato delle dimensioni di un poster.

«È un disegno rielaborato al computer. Uno degli uomini di Barlow ha fotografato tutti i frammenti di pietra e ha chiesto al computer di metterli insieme. Poi ha inserito le foto che il MI5 è stato così gentile da consegnarci. Questo è il risultato. Un'immagine completa della pietra da poter studiare, anziché centinaia di singoli frammenti. Le spiacerebbe dare un'occhiata?»

Il professor Cross non se lo fece chiedere due volte. Srotolando lentamente il foglio, si trovò davanti una pagina bianca coperta di immagini in scala di grigi. Sembrava il negativo di una fotografia. La stese con cautela sul tavolo della cucina e appoggiò vari oggetti agli angoli in modo che non si riarrotolasse.

Alzò la mano verso la luce sopra di sé salvo poi arrestarsi con le dita sull'interruttore a catenella.

Un'occhiata nervosa fuori dalla finestra della cucina gli ricordò che si era fatto buio. Mentre parlavano era calata la sera. Se avesse acceso la luce, chiunque avrebbe potuto guardare attraverso le sue finestre. Si girò verso Robson. «Chiudi le veneziane.»

Quando le veneziane furono ben chiuse, il professor Cross accese la luce sul soffitto per esaminare il capolavoro davanti a sé.

Guardando le immagini, ne fu subito completamente rapito. Studiò il poster come se fosse una pergamena antichissima. Non importava che fosse di carta e inchiostro. L'importante erano le informazioni che conteneva.

Mentre il professore sfiorava i geroglifici con un dito, il suo cervello girava a tutta velocità per tradurli. «Incredibile», sussurrò con gli occhi che guizzavano da una parte e dall'altra. «Questo è un messaggio inviato tremila anni fa. E che stiamo ricevendo soltanto ora.»

«Barlow vuole soltanto sapere cosa dice.»

«Narra di una flotta che navigò lungo tutto il corso del Nilo senza fermarsi», disse il professore. «Viaggiò per tutta la notte e superò Menfi quando ormai era rimasto un quarto di luna.»

«Menfi?»

«Pensa al Cairo», spiegò il professore. «Ad Alessandria. L'antica capitale dell'Egitto.» Continuò a leggere. «L'indomani si lasciarono il mondo alle spalle.»

«Il mondo?» gli fece eco Robson.

«È un modo di dire», disse il professor Cross. «Una figura retorica.»

«Questo l'avevo intuito», replicò bruscamente Robson. «Che caspita significa?»

«Significa che lasciarono la Terra degli Antichi. Lasciarono l'Egitto.»

Robson sembrava soddisfatto. Si buttò un altro acino in bocca e si appoggiò allo schienale. «Per andare dove?»

Il professor Cross si rigirò verso il poster generato dal computer. Man mano che proseguiva, prendeva appunti e riferiva a Robson le nuove informazioni. «Il Giorno del Lungo Sole, che dev'essere il solstizio d'estate, il faraone Herihor, Sovrano della Grande Casa, issò una nuova bandiera che avrebbero dovuto portare tutte le navi della grande flotta. La bandiera recava il simbolo di Aton.»

«E questo cosa significa? Cos'è esattamente il simbolo di Aton?»

Il professore tornò indietro per assicurarsi di aver letto bene. «Aton era il nome del Dio del Sole», disse sottovoce. «Questo sì che è stupefacente.»

«Perché, non è risaputo che gli egizi adorassero il sole?» disse Robson. «Ra e compagnia bella.»

«Gli egizi adoravano molte divinità», chiarì il professore. «Avevano un Pantheon come i greci e i romani. Ma durante un breve periodo della loro storia un faraone di nome Akhenaton assunse il potere e tentò di costringere tutti a venerare soltanto il sole. Cercò di allontanare l'impero dalle numerose divinità che adorava e di imporne una sola. Voleva passare dal politeismo al monoteismo. Ra diventò Aton, e credere negli altri dei diventò eresia, un reato punibile con la morte. Il significato letterale del nome Akhenaton è *Colui che adora Aton*, e lui trascorse tutta la sua vita a costruire monumenti dedicati al sole. Trasferì addirittura i corpi di alcuni faraoni dai vecchi luoghi di sepoltura a nuove tombe affinché fossero illuminati dai primi raggi dell'alba.»

«E...»

«E, caro Robson, a ogni azione corrisponde una reazione uguale e contraria. Le leggi di Akhenaton non furono accettate passivamente. I seguaci delle vecchie divinità si incontrarono in segreto e ordirono un complotto contro di lui. Akhenaton fu avvelenato, perse la vista e poi morì.»

«Mi dispiace per lui.»

«Già», disse il professore. «Il faraone successivo, il famoso Tutankhamon, impiegò anni a disfare ciò che aveva fatto Akhenaton e a ripristinare il vecchio ordine religioso. Furono reintrodotte le antiche divinità, Akhenaton fu etichettato come eretico e tutto tornò alla normalità. Ma se Herihor si costruì una flotta e salpò con la bandiera di Aton duecento anni più tardi», proseguì il professore alzando lo sguardo verso Robson, «questo significa che la storia in realtà ha seguito un altro corso e di conseguenza potremmo dare una spiegazione diversa del motivo per cui sottrasse quei tesori.»

Per un momento il professor Cross parve quasi in estasi. Se quella piccola tavoletta poteva rivelare così tanto, non osava nemmeno immaginare cos'avrebbero scoperto una volta trovata la tomba di Herihor.

«Cosa c'è di tanto diverso?» domandò Robson. «Sta forse dicendo che non era un ladro?»

«Herihor non era un ladro», replicò in tono severo il professore. «Era un re. Era circondato da ricchezze. Anzi, sommerso. Aveva tutto l'oro, il lusso e le raffinatezze che un uomo potesse possedere. Per non parlare di potere, eserciti, servitori e mogli. Definirlo un profanatore di tombe qualsiasi sarebbe ingiusto nei suoi confronti. E sinceramente, anche poco fantasioso.»

Il professore vide comparire un'espressione stupita sul viso di Robson, ma non aveva ancora finito. «Se Herihor desiderava soltanto diventare più ricco di quanto non fosse già, allora avrebbe potuto saccheggiare le tombe, tenere l'oro per sé e lasciarsi dietro i corpi in decomposizione dei faraoni. Se si fosse trattato soltanto di cupidigia e avidità, avrebbe potuto rubare tutto un po' per volta, fonderlo e sostenere che si trattasse di oro scoperto di recente e di gemme appena estratte dalla roccia. Fidati, nessuno nella Valle dei Re l'avrebbe fermato.»

«Non c'è bisogno di arrabbiarsi», disse Robson. «Non era mica suo fratello o che.»

Il professore si aggiustò gli occhiali e proseguì. «La mia non è rabbia, ma passione. Devi capire che Herihor fece ciò che fece non per avidità, bensì per fervore religioso. Per lui preservare il passato dei suoi antenati contava di più della ricchezza, del potere e persino della gloria. Rinunciò addirittura a un regno per farlo. Non solo, rischiò anche la vita mettendosi in viaggio verso l'ignoto pur di riuscirci. A dire il vero sarei onorato di essere suo fratello.»

Robson alzò le mani quasi come a volersi difendere. «Okay, okay, va bene. Come vuole. Adesso finisca di tradurre e basta. Se tutti e due vogliamo ricevere una fetta di quel tesoro, dobbiamo sapere che fine ha fatto.»

Il professore sospirò e tornò a dedicarsi ai geroglifici. «Gli adoratori di Aton avevano un'ossessione singolare, quella di vivere in perenne compagnia del sole. Come in tutte le religioni, il loro desiderio supremo era di ricongiungersi con il loro dio. Per loro cercare il paradiso significava trovare il luogo in cui il Dio del Sole riposava durante la notte.»

«Qualcosa mi dice che restarono parecchio delusi quando scoprirono che questo posto non esisteva», disse Robson.

«Infatti», rispose il professore. Tornò a concentrarsi sul foglio e continuò a tradurre. «Per venti giorni seguirono il sole, che li condusse attraverso il mare. Al ventunesimo giorno sopraggiunse una tempesta. Molte navi andarono perdute nel tentativo di ripararsi in un'insenatura rocciosa.» Fece una pausa. «Dev'essere il posto in cui DeMars ha trovato i relitti in base ai quali ha elaborato la teoria che gli egizi avessero colonizzato la Francia.»

«Quindi DeMars aveva ragione. Il tesoro è da qualche parte in Francia.»

«No», disse il professore. «La flotta non restò lì.» Riprese a tradurre. «La flotta superò la Grande Roccia che Sorveglia l'Eternità. Al di là di tutte le cose. Si lasciò guidare da Aton, andando alla ricerca del Regno in cui Egli Riposava.»

«E questo cosa significa?»

«Che la flotta continuò a seguire il sole nella direzione in cui tramontava, viaggiando verso ovest.»

Lì, per la prima volta, il professor Cross si imbatté in un gruppo di geroglifici che non era in grado di tradurre. Non li aveva mai visti prima di allora. Passò oltre senza dire nulla a Robson. «Avvistarono grossi animali acquatici che spruzzavano vapore, probabilmente balene.»

«Vada avanti.»

«Reti di pesci... Alcuni uomini indeboliti... Terza luna piena... Assenza di vento e rematori stanchi...» Il professore si interruppe. «Lungo il viaggio si procuravano di che nutrirsi in mare. Ingegnosi. Ma il fatto che gli uomini cominciassero a indebolirsi mi fa pensare allo scorbuto. Questo e la terza luna piena indicano che erano in mare da otto settimane, probabilmente di più.»

«E poi parla di rematori», fece notare Robson. «Mi sta forse dicendo che remarono per tutto il tempo?»

«Non per tutto il tempo. Assenza di vento e rematori stanchi. Devono aver usato le vele quando potevano e remato quando l'aria era ferma. Un lungo periodo senza vento mi fa supporre che si trovassero nella zona delle calme equatoriali. Un'area dell'oceano Atlantico in cui i venti possono smettere di soffiare per parecchie settimane per volta. Si tratta di una zona in cui spesso i grossi velieri europei finivano per arenarsi. Se restavano bloccati troppo a lungo, i marinai facevano quel che potevano perché il vento riprendesse a soffiare, sacrificavano addirittura i cavalli gettandoli in acqua, ragion per cui la zona è anche nota come Latitudine dei Cavalli.»

Robson si alzò. «Un momento, professore. Mi sta dicendo che i nostri amici arrivarono in mezzo all'Atlantico?»

Il professore annuì. «Sappiamo che erano al largo della Francia, diretti verso ovest. Sappiamo che superarono la Grande Roccia che Sorveglia l'Eternità, che dev'essere Gibilterra. Da lì, proseguirono verso il tramonto per settimane, giorno dopo giorno dopo giorno. Ciò significa che viaggiarono verso ovest e verso sud. A un certo punto il vento si fermò e loro cominciarono a remare. Per loro fortuna, le loro navi erano molto più piccole e leggere di quelle usate dagli spagnoli secoli dopo. Ma tenendo conto di tutti questi elementi, potevano essere soltanto in mezzo all'Atlantico.»

Robson strinse gli occhi come in cerca di indizi che il professore stava mentendo. «Non faccia il furbo con me, professore. Potrà anche indossare vestiti eleganti e usare paroloni, ma io so chi è. Un imbroglione sa riconoscere un altro imbroglione.»

«Non sto facendo il furbo. Sto cercando di spiegarti come stanno le cose.»

Guardò un'altra volta il foglio. Ne aveva già letti due terzi. Proseguì, riprendendo a spiegare. «Dopo un sacrificio, i venti ripresero a soffiare. Il giorno della quarta luna approdarono in un luogo in cui trovarono coccodrilli come quelli del Nilo. Herihor dichiarò che si trattava di una terra avvelenata perché quelle creature sono Servitori di Sobek.»

Il professore si interruppe, anticipando la domanda di Robson. «Sobek era un dio coccodrillo, nemico di Aton.» Poi proseguì, stavolta parafrasando. «Approdarono dunque in un luogo più secco, e Herihor ordinò ai suoi uomini di bruciare le navi, proprio come fece Cortés.»

Per la seconda volta il professor Cross si imbatté in alcuni geroglifici che non aveva mai visto. Stavolta lo ammise. «Qui dev'esserci un errore di stampa.»

«Impossibile. È una copia digitale.»

«Dovrò fare qualche ricerca, allora. Sono simboli che non conosco. Tuttavia credo che anche questo ci dica qualcosa.»

«Ossia?»

«Le lingue cambiano nel corso del tempo. Se questi geroglifici sono una nuova creazione di questo gruppo a sé stante, e non ce n'è traccia nei tradizionali scritti egizi, ciò dimostra che tra i due gruppi non ci furono ulteriori contatti. Possiamo quindi concludere che la flotta di Herihor lasciò l'Egitto per non tornarvi mai più.»

Robson cominciava a spazientirsi. «Andiamo al sodo, professore. Dove approdarono?»

Il professor Cross continuò a leggere. La sezione successiva parlava più che altro di uomini di bronzo che commerciavano con loro, di animali sconosciuti in Egitto, tra cui grosse bestie lanose le cui pelli venivano usate come indumenti quando il cielo si tingeva di bianco e si scaricava impietoso, e di cibi strani. E parlava di perdite.

Mentre leggeva, il professore non poté fare a meno di figurarsi quegli egizi che si spostavano attraverso l'America settentrionale, incontrando nativi, mandrie di bufali, neve che cadeva da un cielo bianco, tutte cose che in Egitto non avrebbero mai potuto vedere.

Lesse storie di terra che si trasformava in pietra, immaginando si riferissero al ghiaccio. Quegli uomini allestirono accampamenti ed esplorarono i dintorni. Andarono a caccia e si diedero al commercio. Ma continuarono a seguire il sole. Continuarono a cercare il luogo in cui riposava Aton.

Il professor Cross provò pena al pensiero che avrebbero inseguito il sole in eterno, come bambini che cercano la fine dell'arcobaleno. Forse era quello il motivo per cui quelle tavolette erano state scritte da Qsn, il passero, la Creatura della Tristezza.

Si domandò se il loro fanatismo sarebbe finito in tragedia o li avrebbe condotti all'altro capo del pianeta, attraverso il

Pacifico, l'Asia e l'India, fino a riportarli in Medio Oriente, in una terra familiare. Il suo cuore batteva all'impazzata mentre si rendeva conto che con ogni probabilità aveva appena letto della primissima circumnavigazione del mondo, compiuta ben duemilacinquecento anni prima di Magellano.

Dopodiché lesse della gioiosa scoperta finale, una gola con pareti ripide e rosse, inclinate in maniera tale da accogliere il sole che tramontava. Da lì si poteva guardare Aton innalzarsi, illuminare il mondo e attraversare il cielo. Da lì lo si poteva anche guardare ridiscendere verso la terra. Era descritta come una gola maestosa, diversa da qualunque altra nel mondo conosciuto.

«In una visione», disse il professore riprendendo a leggere, «a Herihor fu detto che aveva trovato il luogo di riposo.»

Il professor Cross si domandò se fosse stata una decisione presa per evitare un ammutinamento, o se magari lo stesso Herihor si fosse ammalato e non potesse più proseguire. Forse fu un compromesso, una valle che ricordava quella dei Re, ma allineata con il percorso di Aton in cielo. Quei mortali dovevano aver pensato che non sarebbero mai giunti più vicini al paradiso di così.

«Gli ultimi geroglifici raccontano che scavarono tombe nelle rocce non meno grandiose di quelle dell'Egitto. Tuttavia il mondo non avrebbe dovuto sapere nulla di quelle tombe, così da proteggere i faraoni e i loro averi dai profanatori.»

«Non avevano previsto che saremmo arrivati noi», commentò Robson. «Ora, mi dica dov'è questo posto. Non glielo chiederò di nuovo.»

«Dev'essere l'America», sussurrò il professore. «Trovarono il rifugio di Aton e seppellirono il tesoro del faraone in America.»

Robson sembrava poco convinto. «Forza, professore. Persino io so che non è possibile.»

«Non solo è possibile, ma è assolutamente ragionevole.

Questi uomini erano fanatici, disposti a lasciarsi alle spalle la civiltà per inseguire il loro dio. Nulla riuscì a fermarli, non le tempeste, non l'assenza di vento, non i mesi trascorsi in mare, non lo scorbuto. Quando toccarono terra, non cantarono vittoria. Proseguirono a piedi e viaggiarono su carri a ruote, trasportando il loro tesoro e addomesticando animali lungo la strada. Sopportarono l'inverno, si spostarono attraverso il continente e andarono avanti. Non avevano intenzione di scegliere un posto qualsiasi in cui fermarsi. Stavano cercando il paradiso, qualcosa di spettacolare.»

Guardò di nuovo il testo. «Ma dopo essersi imbattuti in una gola profonda come una montagna, con pareti di diversi colori e attraversata da un fiumiciattolo, la trovarono così maestosa che furono certi di aver raggiunto la loro meta, il Rifugio di Aton. Vedere la gola cullare il sole tra le proprie braccia mentre tramontava verso ovest fu la prova definitiva.»

Robson continuò a guardarlo con aria dubbiosa, ma il professore vide che stava cominciando a capire.

«Dove credi che possa essere questo posto?» domandò il professore. «Dopo tutto ciò che avevano passato, quale visione dello splendore del loro dio sarebbe riuscita a farli fermare e dichiarare vittoria?»

Robson ci pensò su per bene. Dopo un po' diede la sua risposta. «Il Grand Canyon.» Era qualcosa a metà tra una domanda e un'affermazione. «Negli Stati Uniti.»

Se a dargli quella risposta fosse stato uno dei suoi migliori studenti di Cambridge, il professore non sarebbe stato così fiero. «Esatto. Seppellirono i faraoni d'Egitto nel Grand Canyon, nientemeno che negli Stati Uniti.»

43

MV Tunisian Wind*, da qualche parte nel mare del Nord*

Solomon Barlow era nella sua cabina privata a bordo della *Tunisian Wind* quando Robson lo chiamò sul telefono satellitare criptato.

Barlow rispose all'istante e si mise a fare su e giù nella cabina ben arredata mentre Robson gli illustrava la teoria del professore secondo cui i tesori egizi erano arrivati in America per mare. A lui sembrava incredibile, troppo incredibile per essere vero. «È assurdo. Di sicuro il professore sta mentendo.»

«Perché dovrebbe mentire?» replicò Robson. «Desidera riportare alla luce questo tesoro tanto quanto noi.»

Barlow pensò alla loro lunga relazione con il professore. Un semplice accordo in base al quale veniva pagato in cambio di informazioni si era trasformato in una vera e propria collaborazione, e adesso il rispettato accademico li metteva a parte di cose di cui pochi erano al corrente. Era stato facile corromperlo, anzi, aveva praticamente fatto tutto da sé. A quanto ricordava Barlow, era stato il professor Cross a lanciare l'idea di cercare i faraoni scomparsi e i loro tesori perduti, era stato lui a mettere in campo sempre più indizi. Ciononostante, Cross restava un uomo di società ed era improbabile che finisse per schierarsi con Barlow e la sua banda di criminali.

«Può darsi che stia cercando di depistarci», disse Barlow. «Di farci perdere tempo in giro per l'America mentre lui parla con gli agenti del MI5, spiattella la verità e dà loro le indicazioni giuste per trovare il tesoro. In questo modo potrebbe riuscire a non essere accusato di nulla e farsi mettere addirittura a capo del gruppo incaricato di studiare tutto ciò che verrà ritrovato.»

«Ti sbagli. Il professore non è uno stupido. Sa che lo faremmo fuori se ci rifilasse informazioni false. E poi, se avesse voluto mentirci, non credi che si sarebbe inventato un posto più credibile? Magari nel sud dell'Egitto o in Africa centrale? La regola numero uno di una buona bugia è fare in modo che si avvicini il più possibile alla verità. Questa storia è talmente assurda che deve necessariamente essere vera.»

«Ti fidi di lui?» domandò Barlow.

«No», rispose Robson. «Ma so cosa vuole e possiamo stare certi che si stia comportando di conseguenza.»

Robson aveva modi rozzi che spesso a Barlow davano sui nervi, ma essendo cresciuto in un contesto in cui la cultura era inesistente, aveva sviluppato una scaltrezza preziosa, di cui bisognava approfittare. Robson veniva da un mondo di truffatori, ladruncoli e imbroglioni. Era in grado di fiutare mezze verità e menzogne come un maiale fiuta i tartufi.

«Va bene», disse Barlow. «Per il momento mi fido del tuo giudizio. Ma per noi lavorare in America sarà molto più difficile che muoversi in Europa e nel Terzo Mondo. Saremo in svantaggio. Ci serviranno altri uomini, soprattutto con tutte le perdite che abbiamo subito ultimamente.»

«Potresti farti procurare un piccolo esercito da Omar Kai», suggerì Robson.

Kai era un mercenario con il quale avevano già lavorato in passato. Barlow lo considerava un tantino esuberante, ma era anche uno dei più facili da ingaggiare perché non temeva nulla ed era sempre al verde.

«Omar è una buona opzione», ammise Barlow. «Ma mi interessa di più trovare qualcuno che si occupi della NUMA. In particolare di Kurt Austin. Lui e i suoi amici hanno il brutto vizio di saltare fuori nei posti più inopportuni o più inaspettati. In questo preciso momento stanno tornando in America. Qualche ora fa la vedevo come una piccola vittoria, ma adesso le carte in tavola sono cambiate. Austin giocherà in casa. Quindi per noi sarà ancora più difficile affrontarlo la prossima volta che si metterà in mezzo.»

«Forse è il caso di sbarazzarsi di lui», propose Robson. «Di colpirlo prima che possa metterci di nuovo i bastoni tra le ruote.»

Uccidere Austin sarebbe stata una mossa saggia, ma l'omicidio era un gioco diverso, che richiedeva competenze diverse rispetto a quelle di un soldato. Né Robson né Omar Kai erano adatti per un incarico del genere. Barlow avrebbe dovuto affidarsi a qualcuno di esterno.

«Di questo mi occupo io», disse Barlow. «Nel frattempo tu vai in America. E portati dietro il professor Cross. Potremmo avere bisogno di lui. E poi non vogliamo certo che vada a spifferare tutto in giro.»

«Non preoccuparti. Mi sto già prendendo amorevolmente cura di lui.»

Barlow interruppe la comunicazione e si fermò per un momento prima di fare la mossa successiva. Conosceva almeno una decina di persone disposte a uccidere per soldi, ma ben poche che avrebbero accettato l'incarico una volta appreso che si sarebbe dovuto svolgere negli Stati Uniti e che avrebbe comportato l'eliminazione di un dipendente federale.

Uno per volta, scartò i potenziali candidati fino a restare con un singolo nome, l'unico che a suo parere poteva essere sia in grado di portare a termine l'incarico sia pronto a correre il rischio. «Il Giocattolaio», mormorò tra sé.

Muovendo le dita sullo schermo del telefono, passò in rassegna alcuni contatti. Sotto il criptico nome di GIOCATTOLAIO trovò un indirizzo e-mail che esisteva soltanto nel dark web, una sezione di Internet alla quale si poteva accedere unicamente tramite speciali software. Il dark web era il posto in cui si incontravano i criminali del mondo informatico, l'equivalente di un vicolo buio in una città virtuale in cui vige l'anarchia.

Utilizzando il suo software di cifratura, Barlow inviò un messaggio, che avrebbe creato un collegamento anonimo tramite cui presentare un'offerta al Giocattolaio. Se avesse accettato, avrebbe ricevuto informazioni dettagliate sui bersagli e il denaro.

Al Giocattolaio sarebbe stata versata in anticipo metà della somma pattuita, e Barlow avrebbe aspettato la notizia dell'uccisione prima di trasferire la parte restante. In teoria il Giocattolaio correva il rischio di non ricevere la seconda parte. Ma se al mondo c'era qualcuno che non si ritrovava mai con un pugno di mosche in mano quando stringeva un accordo d'affari, era quell'assassino anonimo che riusciva sempre a uccidere restando impunito.

Barlow digitò un messaggio. Una semplice richiesta. Premette INVIA.

La risposta arrivò dopo meno di un'ora.

Il Giocattolaio era interessato.

44

Quartier generale della NUMA, Washington, D.C.

Dopo il lungo volo di ritorno e qualche ora trascorsa nel suo letto, alle quattro del mattino Kurt aveva già gli occhi spalancati. Si era abituato all'orario europeo, e adesso sulla East Coast gli sembrava pieno giorno.

Non essendo tipo da poltrire a letto se non dormiva, Kurt si alzò, si fece una doccia e andò al quartier generale della NUMA, un moderno edificio di vetro e acciaio affacciato sul Potomac.

Passò il badge per entrare nel garage sotterraneo e con l'ascensore ad accesso riservato raggiunse il settimo piano. In pochi passi fu nel suo ufficio, dove lo attendeva una scrivania tappezzata di ricerche, rapporti e proposte.

La quantità di carta disseminata sul ripiano doveva aver comportato il sacrificio di parecchi alberi. Il vassoio della posta da leggere conteneva una pila di documenti alta almeno trenta centimetri. «Ecco cosa si ottiene ad andare in vacanza.»

Non avendo alcun desiderio di avventarsi sul lavoro arretrato, Kurt spense la luce, chiuse la porta e salì al piano riservato a Hiram Yaeger e ai suoi computer.

Benché fosse ancora molto presto, Kurt non si stupì di trovare Hiram nel suo ufficio. Il genio informatico interno della NUMA preferiva lavorare nella quiete del mattino, prima che arrivassero gli altri colleghi e cominciassero a tempestarlo di domande e richieste.

Quando Kurt arrivò, Hiram era seduto alla sua postazione,

concentrato su complicate istruzioni di codifica. Era circondato da tre grossi schermi, tutti pieni zeppi di numeri e simboli. A Kurt sembravano graffiti digitali.

Batté piano le nocche sulla parete per avvertire Hiram della sua presenza senza spaventarlo. «Se il mondo intero fosse una simulazione di realtà virtuale me lo diresti, vero?»

Hiram si girò sulla sedia e si appoggiò allo schienale. «Cosa ti fa pensare che lo saprei? Non sono nemmeno riuscito a trovare il vostro aereo scomparso.»

Kurt andò alla scrivania di Hiram, scostò una sedia e la girò all'indietro prima di sedersi. Si appoggiò allo schienale mentre parlava con il collega. «Nulla di cui vergognarsi. Il mondo intero era convinto che quell'aereo fosse precipitato nell'Atlantico novant'anni fa.»

«Non importa, il nostro compito è riconoscere quando il resto del mondo sta sbagliando. Ecco perché sto lavorando a questo nuovo programma. Devo fare in modo che i nostri computer siano in grado di trarre conclusioni logiche basandosi su presupposti illogici. È più complicato di quanto pensi.»

«Dovresti farti dare una mano da Joe. Lui è un campione di illogicità.»

Hiram annuì. «Forse hai ragione. È stato lui a capire che si trattava dell'aereo di Melbourne. Sei ancora convinto che potrebbe condurvi al tesoro del faraone?»

«Dipende», disse Kurt. «Cosa sapete dirmi tu e Max riguardo a Jake Melbourne?»

Max era il supercomputer che Hiram aveva costruito da zero. Si trattava di un apparecchio unico nel suo genere, e Hiram lo rimaneggiava costantemente perché fosse al passo con tutte le ultime novità. Inoltre era dotato dei processori più veloci, dei chip più avanzati e dei sistemi di programmazione più complessi che esistessero. Il tutto era progettato e realizzato internamente da Hiram e finanziato dal cospicuo budget che la NUMA destinava allo sviluppo tecnologico.

Avendolo costruito da cima a fondo, Hiram vi era molto affezionato. Benché l'avesse chiamato Max, gli aveva dato un carattere femminile, aggiungendovi anche una voce – e a un certo punto anche un corpo olografico – che assomigliavano molto a quelli di sua moglie.

Rilassandosi sulla sedia, Hiram inclinò il mento verso il soffitto. «Max, vorremmo una sintesi veloce su Jake Melbourne, il famoso pilota.»

«Un momento», rispose una voce sensuale attraverso alcuni altoparlanti nascosti. «E nel frattempo offri qualcosa da bere a Kurt. L'immagine termica della sua pelle evidenzia una lieve disidratazione.»

Kurt alzò lo sguardo. «Grazie, Max, ma sto bene.»

Max non voleva sentire ragioni. «La disidratazione provoca letargia, inefficienza mentale e irritabilità. Se desideri mantenere livelli di funzionamento ottimali, suggerisco l'assunzione di un litro d'acqua per riequilibrare il tuo sistema.»

Kurt aggrottò la fronte e si girò verso Hiram. «Da quando Max è un medico?»

Hiram fece per rispondere, ma Max lo batté sul tempo. «Le mie banche dati contengono tutto il sapere medico del mondo occidentale. Dispongo di sensori ottici e a infrarossi in grado di vedere meglio dell'occhio umano e sono in grado di effettuare riscontri incrociati tra sintomi alla velocità di quattro virgola sette miliardi di bit al secondo. Sono nettamente superiore a qualsiasi medico umano sotto ogni punto di vista razionale.»

«Fatta eccezione per il suo modo di trattare i pazienti», scherzò Hiram.

Kurt rise. «In tal caso sono felice di essere giusto un po' disidratato.»

Il dottore non aveva ancora finito. «A quanto pare carichi anche il peso sulla gamba destra, segno che potresti avere riportato una lesione al ginocchio o alla caviglia. A questo si sommano aree di temperatura superficiale più elevata, da cui si desume la possibile presenza di contusioni e infiammazioni in diverse parti del tuo corpo. Dovresti proprio imparare a prenderti un po' più cura di te, Kurt.»

«Sono inciampato», rispose Kurt.

«Più di una volta, sospetto.»

«Scusa», disse Hiram. «Ho installato alcuni sensori biometrici nella griglia della telecamera di Max. Avrebbero dovuto servire soltanto per sicurezza, ma Max ha deciso di usarli a suo modo.»

Mentre finiva di spiegare, Hiram aprì un piccolo frigorifero ai suoi piedi e tirò fuori due bottiglie d'acqua. Ne porse una a Kurt e mise l'altra sulla scrivania. «Bevila, altrimenti non ti darà tregua.»

Kurt rise e prese la bottiglia. «Alla tua salute», disse. «O alla mia, a quanto pare.»

Max sembrava sinceramente soddisfatto. «Grazie, Kurt. Il rapporto su Jake Melbourne è pronto.»

«Spara.»

«Jake Melbourne, pilota. Nato il 5 marzo 1901 a Louisville, Kentucky. Imparò a volare prima ancora di compiere quindici anni, scappò di casa a sedici e poi mentì sulla sua età per arruolarsi nell'esercito. Fu mandato in Europa nel 1917, quando gli Stati Uniti entrarono nella prima guerra mondiale a fianco di Francia e Regno Unito.

«Essendo un pilota capace, fu presto trasferito nell'Army Air Corps. Durante la sua missione in Europa volò in due diversi squadroni, abbattendo numerosi aerei tedeschi già nelle prime tre settimane di servizio. Diventò così il più giovane asso dell'aviazione della guerra. Alla fine a Melbourne fu riconosciuta l'eliminazione di diciannove unità nemiche, e lui stesso sopravvisse a due tentativi nemici di abbatterlo.»

Mentre Max parlava, sugli schermi davanti a Kurt e Hiram passarono diverse foto di Jake e del suo squadrone. Sembrava più adulto di quanto non fosse, fatto che probabilmente lo aiutò ad arruolarsi senza essere scoperto. Prima della fine della guerra i suoi capelli biondi si stavano già trasformando in una chioma ribelle. Evidentemente, essendo ormai un famoso asso, non gli era richiesto di mantenere il taglio militare.

Max proseguì con la sua sintesi. «Melbourne tornò negli Stati Uniti dopo l'armistizio e diventò un pilota acrobatico. Viaggiò in lungo e in largo per il Paese, partecipò a svariate esibizioni e in seguito entrò brevemente in contatto con diversi magnati di Hollywood. Nei primi anni Venti fece la comparsa in tre film ed eseguì acrobazie aeree in sette pellicole. Dopo essere stato fotografato con la moglie di un regista molto noto, Melbourne se ne andò da Los Angeles e si lasciò alle spalle il mondo del cinema.»

Max fece una pausa, non per prendere fiato ma per dare agli umani il tempo di elaborare le informazioni. Quando riprese a parlare, sullo schermo comparve una nuova foto. Era lo stesso uomo, ma con qualche anno e qualche chilo in più. Indossava una giacca di pelle rossa e stivali di pelle di struzzo.

«Dopo aver lasciato la California, Jake Melbourne cominciò a esibirsi a livello internazionale, volando sia in Europa che in Sudamerica. La reputazione che si guadagnò non era propriamente eccelsa. In particolare era un noto bevitore, giocatore d'azzardo e donnaiolo. Nel 1926 dichiarò pubblicamente che avrebbe vinto il premio Orteig. Con l'aiuto di un costruttore di aerei della East Coast, progettò e costruì un aereo appositamente per quella competizione, a cui diede lo stesso nome con il quale era conosciuto lui: *Golden Ram*. E quando numerosi voli di collaudo confermarono la sua idoneità al volo, Melbourne si preparò per la sua impresa.

«Il 12 maggio 1927 partì dal Roosevelt Field di New York. Sorvolò Long Island, dopodiché fu visto per l'ultima volta fare rotta verso nord-est sopra l'Atlantico. Poi si persero completamente le sue tracce.»

«A quanto pare non sei aggiornata», disse Kurt. «L'aereo di Melbourne è stato trovato. Da noi.»

«Sono al corrente della vostra scoperta. Un grande risultato. Vi stavo soltanto esponendo le informazioni preesistenti.»

«Continua pure», disse Hiram.

«Una ricerca internazionale condotta nelle settimane successive alla scomparsa non rilevò alcuna traccia di uno schianto. Melbourne e il suo velivolo furono dichiarati dispersi in mare. Molte settimane più tardi, quando il corpo di Melbourne fu rinvenuto in una ghiacciaia a Brooklyn, scoppiarono le polemiche. Dal momento che le basse temperature avevano preservato i tessuti, era impossibile stabilire da quanto tempo fosse morto. Questo, insieme alla sua reputazione, alimentò l'ipotesi che Melbourne avesse architettato qualche piano per accaparrarsi il premio con l'inganno oppure per intascare i soldi dell'assicurazione ammarando e simulando la propria morte. Si riteneva che al secondo di questi piani potesse aver preso parte anche un partner sconosciuto che in seguito uccise Melbourne allo scopo di tenere tutto il denaro per sé.»

Max si interruppe per lasciare spazio alle domande.

«C'è qualcosa di vero in tutto questo?» domandò Hiram.

«Le prove suggeriscono che il movente della frode assicurativa si può quasi sicuramente escludere», disse Max. «In base a quanto previsto da una polizza stipulata con la New York Mutual, furono versati diecimila dollari, perlopiù distribuiti tra i creditori di Melbourne. Nessun singolo beneficiario ricevette più di duecento dollari.»

«Non avrebbe avuto nessun senso simulare la propria morte per duecento bigliettoni», commentò Kurt. «Nemmeno all'epoca.»

«Non quando atterrando a Parigi avresti potuto guadagnarne venticinquemila», aggiunse Hiram. «Con una vita da celebrità da sfruttare. C'era qualche altro sospettato per la sua morte?»

«Melbourne aveva parecchi nemici», disse Max. «Compreso il marito di una nota donna dell'alta società del New England con cui aveva una relazione. Inoltre era risaputo che Melbourne aveva grossi debiti di gioco con la mafia irlandese di New York, anche se fu fotografato in pubblico la settimana prima del suo volo con un importante membro dell'organizzazione conosciuto come Bags Callahan.»

Max mostrò una foto di due uomini in abiti dell'epoca che pranzavano fuori da una taverna. Erano entrambi sorridenti.

«A me sembrano piuttosto rilassati», commentò Hiram.

Kurt era dello stesso avviso. «E soprattutto i morti non saldano i debiti. Se anche Melbourne doveva loro dei soldi, per la mafia valeva di più da vivo che da morto. Qualcun altro?»

«Nessun accenno più o meno ufficiale ad altri sospettati.»

«Potrebbe essere il momento di attivare il programma della logica illogica», disse Kurt.

«Preferirei di no», rispose Max.

«E se ci fossero stati due aerei?» suggerì Hiram. «Uno in America e uno spedito in Europa. Melbourne sarebbe potuto decollare dall'America per poi nascondere l'aereo da qualche parte. Il giorno dopo – trascorso un lasso di tempo adeguato – il secondo sarebbe potuto decollare dalla Spagna e atterrare a Parigi. Così facendo Melbourne avrebbe potuto intascare il premio, vendere il suo famoso aereo alla Smithsonian e passare il resto della sua vita ad arricchirsi promuovendo prodotti e tenendo discorsi alle cerimonie di laurea senza mai aver compiuto il pericoloso volo.»

«Impossibile», disse Kurt. «Nel 1927 Melbourne non avrebbe avuto modo di raggiungere l'Europa da New York in tempo utile per presentarsi a Parigi. E considerato il pandemonio e l'attenzione della stampa per il premio, non poteva sperare di non essere smascherato. Lindbergh fu fotografato più volte dopo l'atterraggio. Incontrò tutti i dignitari del posto e apparve in numerosi notiziari. Melbourne avrebbe ricevuto lo stesso trattamento. A meno che non avesse un gemello identico a lui, non avrebbe mai potuto ricorrere a un espediente del genere.»

Hiram inarcò un sopracciglio. «Max, c'è qualche probabilità che Melbourne avesse un gemello?»

«Melbourne aveva una sorella di otto anni più giovane», riferì Max. «Nessun registro medico o storico lascia supporre che ci fosse un gemello o un parente più o meno suo coetaneo che potesse essere scambiato per lui.»

«E se invece Melbourne si fosse trovato già in Europa e l'inganno fosse stato messo in atto sull'altra sponda dell'Atlantico? È più facile simulare un decollo che un atterraggio», suggerì Kurt.

«In tal caso il suo corpo sarebbe stato rinvenuto in Spagna, non congelato a Brooklyn», fece notare Hiram.

«Giusto», rispose Kurt. «Forse sono davvero disidratato. Ci sarei dovuto arrivare.»

Kurt bevve un altro sorso d'acqua mentre Max forniva loro ulteriori informazioni riguardo al volo.

«Tutti i velivoli coinvolti nel tentativo di vincere il premio Orteig dovevano trasportare per regolamento un barografo sigillato. Questo dispositivo registrava la pressione atmosferica e la quota durante il volo, impedendo atterraggi segreti, decolli o altre interruzioni del volo. Il barografo registrava anche la durata del volo. La US National Aeronautic Association e l'Aéro-Club de France dovevano certificare che i barografi non fossero stati manomessi. Questa precauzione consente di escludere il tipo di inganno che hai suggerito.»

«Allora non capisco proprio», concluse Hiram.

«Perché ci stiamo concentrando sul pilota sbagliato», disse Kurt. «È colpa mia. Ho chiesto a Max di Jake Melbourne, ma lui non ha avuto alcun ruolo.»

Hiram aveva imparato che Kurt possedeva un sesto senso più sviluppato rispetto alla media. Anziché dissentire, lo incitò a spiegarsi meglio. «Cosa vuoi dire?»

Sulla sedia girata all'indietro, Kurt si raddrizzò. «Per novant'anni tutti hanno creduto che Melbourne avesse fatto un ammaraggio di fortuna nel tentativo di commettere qualche imbroglio, oppure perché se la stava facendo sotto. Noi invece sappiamo che il suo aereo riuscì a raggiungere l'Europa, anche se non Parigi. Sappiamo che si schiantò lì e che, chiunque fosse il pilota, in seguito all'incidente morì e fu seppellito senza che nessuno fosse in grado di attribuirgli un nome. Se Melbourne avesse avuto intenzione di ingannare tutti, in Europa ci sarebbe arrivato lui. Se avesse avuto intenzione di intascare i soldi dell'assicurazione, non avrebbe permesso a quell'aereo di andare da nessuna parte se non negli abissi dell'Atlantico. Il fatto che l'aereo abbia effettivamente sorvolato l'oceano senza di lui significa che al comando non c'era lui, bensì qualcun altro. Questo significa che il premio Orteig non era più lo scopo del volo. Stiamo continuando a concentrarci su Melbourne, ma in realtà dovremmo cercare di capire chi ci fosse davvero ai comandi al momento dello schianto.»

«Quindi credi che la persona ai comandi dell'aereo abbia ucciso Melbourne e preso il suo posto», concluse Hiram.

«È possibile», rispose Kurt. «Tu cosa ne pensi, Max? Esiste un modo per stabilire chi stesse pilotando l'aereo quando si è schiantato?»

«Eseguo qualche ricerca», rispose Max prima di aggiungere: «La fotografia di Jake Melbourne che sale sul suo aereo il giorno del volo sembra mostrare un uomo alto cinque o sei centimetri in meno di lui.»

«Bene, questo ci consente di restringere il campo a tutti i maschi viventi nel 1927 che fossero più bassi di un metro e settantacinque», disse Hiram.

«Sbagliato», replicò Max. «La foto non esclude le donne.»

Spesso Kurt trovava divertenti i battibecchi di Hiram e Max, e a volte si domandava se Hiram non avesse dato al computer una personalità troppo simile a quella di sua moglie.

«Il registro parrocchiale di San Sebastián riporta la sepoltura di un giovane uomo», disse Kurt. «Ma chiunque sia salito su quell'aereo nel 1927, uomo o donna che fosse, doveva essere un pilota. Puoi cercare negli archivi eventuali piloti scomparsi nel periodo in cui l'aereo di Melbourne svanì nel nulla?»

«Solo un momento.» Nel giro di pochi secondi, Max riuscì ad accedere a svariati registri contenuti in diversi database governativi e a incrociare le informazioni con i dati provenienti da altre fonti. «Nei due mesi successivi alla scomparsa del *Golden Ram* non risultano altri piloti in possesso della licenza federale dichiarati dispersi. Ne morirono otto, ma dopo i relativi incidenti tutti i cadaveri furono recuperati e identificati.»

«E qualcun altro con cui Melbourne potrebbe avere avuto a che fare?»

Max ebbe un'altra breve esitazione, ma stavolta ottennero almeno qualcosa su cui lavorare. «L'unica denuncia di scomparsa legata a Jake Melbourne in quel periodo riguarda un meccanico indipendente di nome Stefano Cordova che lavorava al Roosevelt Field prima del suo volo.»

«Prima ma non dopo?» domandò Kurt.

«Esatto», confermò Max. «La fidanzata di Cordova denunciò la sua scomparsa otto giorni dopo il decollo di Melbourne. Ma stando alla denuncia, non lo vedeva da più di una settimana. Non fu mai ritrovato.»

Hiram guardò Kurt, che annuì. Erano sulla strada giusta.

«A giudicare dall'aumento della vostra temperatura cutanea, evidentemente lo considerate un dettaglio importante», disse Max.

«Lascia perdere la mia temperatura cutanea», disse Kurt. «E sì, è molto importante. Dicci qual era il legame tra Cordova e Melbourne.»

«Cordova era un collaboratore noto di Melbourne, si occupava del suo aereo. Dalla denuncia di scomparsa si evince che erano molto amici e che la sua fidanzata temeva che Cordova potesse essersi suicidato dopo che l'aereo di Melbourne era sparito, forse per via del senso di colpa.»

«È possibile che il pilota nella foto in realtà fosse Cordova e non Melbourne?»

«Non posso dirlo con sicurezza», rispose Max. «Stando alla denuncia di scomparsa, Cordova era alto un metro e settanta. Il che corrisponde alla statura della persona nella foto sfocata con un grado di accuratezza non superiore al settanta per cento.»

«Aggiungiamoci gli stivali di pelle di struzzo e la corrispondenza è perfetta», disse Hiram.

«Ipotesi valida.»

Kurt si girò verso Hiram. «Il MI5 ti ha messo a disposizione il registro degli interventi meccanici?»

«Ce ne ha mandata una copia via e-mail. Perché?»

«Max», disse Kurt. «Confronta la calligrafia delle annotazioni del meccanico nella prima parte del diario di bordo con gli appunti scarabocchiati sulle ultime pagine.»

Max non li deluse. «Esaminando le caratteristiche ripetibili, rilevo una probabilità pari al novantasei per cento che le annotazioni siano state scritte dalla stessa mano. La calligrafia coincide anche con quella dei campioni di scrittura di Stefano Cordova provenienti dalla richiesta di licenza di matrimonio presentata al tribunale della Contea di Nassau il 1° dicembre 1926.»

Hiram sprizzava orgoglio da tutti i pori. «Adesso usa quel tuo cervello potentissimo per spiegarci per quale motivo un meccanico che si occupava della manutenzione dell'aereo di Melbourne avrebbe dovuto uccidere il pilota e impossessarsi del velivolo.»

«Informazioni insufficienti», replicò Max. «Sono brillante, ma non posso inventare risposte dal nulla.»

«Puoi avanzare un'ipotesi?»

«Il nesso più logico sarebbe la famiglia di Stefano Cordova.

Era il nipote di Carlo Granzini, un contrabbandiere che trafficava in dipinti, sculture e reperti storici rubati.»

«Niente male come ipotesi», commentò Kurt. «Se la NUMA dovesse mai mandarti in pensione, ti suggerisco di farti assumere dall'FBI, sempre che tu non preferisca darti alla medicina.»

«Lo prendo come un complimento.»

«Lo è», confermò Kurt. «Cos'altro puoi dirci riguardo alla famiglia Granzini e alle sue attività di contrabbando?»

«All'epoca del volo erano ricercati da J. Edgar Hoover e dal Bureau of Investigation.»

«Per quali reati?» chiese Hiram.

«Informazione sconosciuta», rispose Max. «Tutti i rapporti relativi alle indagini del Bureau sulle attività della famiglia Granzini sono segretati ai sensi della Legge per la Protezione del Patrimonio Nazionale e la Stabilità Internazionale del 1913. I livelli di autorizzazione della NUMA sono insufficienti per accedere al materiale segretato ai sensi di questa legge.»

Hiram restò in silenzio. Kurt si domandò se Max stesse scherzando. Considerata la personalità del computer, non sarebbe stato poi così improbabile. Max però non aggiunse altro.

«Che diavolo è la Legge sul patrimonio nazionale?» domandò Kurt.

«La Legge per la Protezione del Patrimonio Nazionale e la Stabilità Internazionale è stata approvata dal Congresso nel 1913 e ratificata dal presidente Woodrow Wilson nello stesso anno. Questa legge consente al presidente di identificare materiale importante per il patrimonio americano e la stabilità internazionale. E gli conferisce la facoltà di classificare questo tipo di materiale e tutto ciò che lo riguarda come segreto nazionale senza che il Congresso o le Corti possano opporsi. Il periodo di segretazione suggerito va dai cinquanta ai cento anni, ma non è indicato nessun limite massimo. La Legge prende espressamente in considerazione la possibilità che il presidente decida di proteggere determinati materiali e segreti a tempo indeterminato.»

«Per sempre?» disse Hiram.

«Questa è la mia interpretazione», rispose Max.

Kurt aveva lavorato per il governo per la maggior parte della sua vita adulta. Sia lui che Hiram avevano accesso a informazioni top secret, entrambi erano al corrente di cose che la gente comune non avrebbe mai saputo, ma nessuno di loro aveva mai sentito parlare di quella particolare legge e nemmeno di un segreto mantenuto tale per l'eternità.

«Sembra quasi qualcosa alla stregua del finto allunaggio.»

«Avremo un bel daffare per scoprire la verità», rispose Kurt.

Hiram strinse gli occhi. «Hai un piano?»

«Un inizio», rispose Kurt. Si alzò e si stiracchiò. Per come la vedeva Kurt, se un presidente poteva segretare qualcosa, forse un vicepresidente poteva desegretarlo. O almeno scoprire su cosa si fosse voluto mantenere il silenzio e perché.

«Non hai nessuna intenzione di spiegarti meglio, vero?»

Kurt scosse la testa. «Grazie dell'aiuto. E dell'acqua. La mia mente è già più sveglia e acuta.»

«Dove vai?» domandò Hiram.

«A casa a fare un pisolino. Stamattina mi sono alzato prestissimo. E dal momento che più tardi dovrò andare a una festa, voglio presentarmi al meglio.»

45

Cambridge, Inghilterra

Morgan Manning si fermò davanti alla casa in stile cottage nella zona est di Cambridge aspettandosi il peggio. Le luci delle numerose volanti della polizia già arrivate sul posto inondavano il quartiere di lampi blu ininterrotti.

Un agente in uniforme con una giacca a vento catarifrangente la bloccò. «Mi dispiace, questa è una scena del crimine. Deve tornare indietro.»

Lei alzò il tesserino. «Sezione 5. Cos'è successo?»

«Effrazione e aggressione, a quanto pare», rispose l'agente.

«In casa c'è qualcuno?»

«No, signora. Ma a quanto pare ci sono andati giù pesante, se posso permettermi.»

Morgan parcheggiò e scese. «Ordini ai suoi uomini di perlustrare i dintorni. Procuratevi qualsiasi ripresa disponibile delle telecamere stradali. Voglio sapere chi è stato.»

Entrò in casa e valutò i danni. Il soggiorno era stato messo a soqquadro, i mobili erano ribaltati e fatti a pezzi e le mensole completamente svuotate, con libri e ninnoli vari sparpagliati per terra.

Le camere da letto e lo studio erano nelle stesse condizioni. In cucina Morgan trovò tracce di sangue su un ripiano e per terra. E c'era del sangue anche su un coltello abbandonato, mentre una mazza da cricket si era spezzata a metà, probabilmente dopo aver sbattuto contro una superficie dura.

Sembrava che il professor Cross si fosse difeso valorosamente. Il fatto che fosse scomparso e non morto in casa sua prometteva bene e al tempo stesso male.

Bene perché avrebbero potuto sperare di salvarlo, se fossero riusciti a scoprire dov'erano diretti Barlow e i suoi uomini. Male perché senza l'aiuto del professore e senza le indicazioni degli *Scritti di Qsn*, Morgan non aveva la più pallida idea di dove sarebbero andati.

Fissò la mazza da cricket. «Altro che battuta difficile», sussurrò.

Tornando alla macchina, chiamò Pembroke-Smythe e gli diede la brutta notizia. Dopodiché fece una telefonata internazionale, a Kurt Austin, in America. Lasciò un semplice messaggio. «Il professor Cross è stato rapito. La sua casa è stata messa sottosopra. Spero che voi ve la stiate cavando meglio di me.»

46

Number One Observatory Circle, Washington, D.C.

Kurt sembrava proprio un damerino mentre si dirigeva verso il cancello della grande casa situata all'interno del complesso del Naval Observatory. Indossava uno smoking fatto su misura che gli calzava a pennello, scarpe di pelle verniciata e un farfallino nero. La sua camicia con i polsini alla francese era talmente inamidata che avrebbe potuto deviare un proiettile, e i suoi gemelli con i bottoncini da colletto in pendant erano di cobalto proveniente dal fondo del mare.

Prima di raggiungere l'edificio bianco con le imposte verdi, si fermò a una guardiola e mostrò il tesserino a un agente della sicurezza. Dopo essere stato controllato con il metal detector, raggiunse il portico con la tettoia inclinata, dove una cameriera lo fece entrare in casa.

«Ha chiesto di vederla in veranda», disse la donna.

Condusse Kurt attraverso la sala per i ricevimenti ufficiali e poi attraverso un soggiorno arredato con eleganza. Da lì superarono il giardino d'inverno e uscirono sulla veranda.

Il Number One Observatory Circle era la residenza ufficiale del vicepresidente degli Stati Uniti. Benché fosse abbastanza spaziosa per accogliere una famiglia intera e numerosi ospiti, da anni l'unico inquilino ufficiale a tempo pieno era uno scapolo incallito.

Kurt trovò tale scapolo sul retro, impegnato a fumare un sigaro degno di nota.

«Signor vicepresidente», disse l'assistente. «Il suo ospite è arrivato.»

James Sandecker era alto poco più di un metro e sessantasette. Nonostante la bassa statura, catturava sempre l'attenzione di chiunque lo incontrasse. Aveva un fisico massiccio, un viso intenso e capelli di un rosso acceso. La barba alla Van Dyke rasata alla perfezione sul mento era il suo biglietto da visita.

Prima di accettare l'onore di diventare vicepresidente, Sandecker aveva fondato la NUMA, portandola a diventare l'organizzazione che era. L'agenzia era stata una sua idea, nata dall'amore per il mare, e a Sandecker stavano ancora molto a cuore le sue attività.

Rivolse un cenno d'assenso all'assistente e poi guardò Kurt con sospetto. «Sei un tantino troppo elegante per essere un sub.»

Kurt scoprì i denti in un sorriso lupesco. «E io credevo che gli ammiragli si vestissero di bianco nelle occasioni ufficiali.»

«Lo preferirei», confessò Sandecker. «D'altra parte il tuo vestito da pinguino mi preoccupa. C'è un motivo per cui ti sei messo uno smoking?»

«Ho pensato che potesse servirti una spalla per la raccolta fondi. Sempre che tu non sia già accompagnato.»

Sandecker aveva una vita sociale vivace ed era molto richiesto nell'alta società di Washington. La nomina a vicepresidente aveva portato con sé un livello di controllo e una quantità di limitazioni che in una certa misura complicavano la sua vita privata, ma essendo un uomo pieno di risorse, Sandecker aveva trovato vari escamotage per sfuggirvi.

«La regola numero uno degli eventi di raccolta fondi è non presentarsi mai con una compagna. Oltre ad annoiarsi a morte, farebbe soltanto ingelosire le altre donne.»

Kurt si picchiettò il lato della testa. «Lo terrò a mente se mai per sbaglio dovessi mettermi in politica.»

Sandecker si rinfilò il sigaro in bocca, poi soffiò una nuvola di fumo blu verso il cortile sul retro. «Cosa ti fa credere che abbia bisogno di una spalla per stasera? Non ricordo di averti mandato un invito.»

Avendo previsto quella domanda, Kurt si era preparato una risposta. «Durante il mio primo mese alla NUMA mi hai chiesto di trarti in salvo da una noiosa serata di gala durante la quale i direttori dell'agenzia erano costretti a socializzare con membri del Congresso e senatori nella speranza di ottenere budget più consistenti per l'anno successivo. All'epoca mi hai detto che da come me la fossi cavata sarebbero dipese le mie prospettive di carriera.»

«Proprio così», confermò Sandecker. «Per tua fortuna non mi hai deluso.»

«Mi fa piacere», rispose Kurt. «Ora, per come la vedo io, se esiste qualcosa di peggio di un branco di membri del Congresso e senatori ansiosi di farsi lisciare il pelo, questo qualcosa sono i lobbisti e i donatori che ti si attaccano come sanguisughe per prosciugarti di tutte le energie prima di scucire un dollaro. Di conseguenza questa serata di gala sarà una tortura ancora più atroce.»

Sandecker prediligeva i discorsi diretti, dritti al sodo, che tuttavia da quando era diventato un politico scarseggiavano. Era d'accordo con il giudizio di Kurt. «Non ti sbagli», ammise. «Ma adesso sono il vicepresidente. Se ho bisogno di filarmela, posso sempre fingere che ci sia un'emergenza di Stato.»

Kurt si sistemò i polsini. «Sì, certo. Ma non lo faresti subito. Portami con te e ti racconterò una storia che ti aiuterà a passare il tempo. Ti piacerà. Comincia con un tesoro egizio perduto e finisce con un pilota sconosciuto alla storia che attraversò l'Atlantico in solitaria alcune settimane prima di Lindbergh.»

«E nel mezzo cosa c'è?»

«Una bellissima agente inglese, un gruppo di trafficanti di armi che mi ha reso la vita estremamente difficile nelle ultime settimane e intrighi su intrighi.»

Kurt vide uno scintillio negli occhi di Sandecker. Per un

attimo il vicepresidente smise di aspirare dal sigaro, pur continuando a stringerlo tra i denti.

«Oppure potrei lasciarti ai tuoi speciali gruppi di interesse e mandarti una sintesi scritta la prossima settimana.»

Sandecker soffiò fuori un'altra nuvola di fumo, stavolta spingendola in alto nell'aria ferma della sera. Il fumo disegnò un cerchio perfetto prima di dissolversi. «Non essere così frettoloso. Cosa può mai succedere se ti porto con me? Ti procurerò un auricolare e fingerai di essere un membro della scorta. Chissà, stasera qualcuno potrebbe spararmi. Prima però voglio sapere qual è l'obiettivo. Cosa stai cercando?»

«Cosa ti fa credere che stia cercando qualcosa?»

Sandecker posò delicatamente il sigaro su un portacenere, aspettando che si spegnesse da sé anziché schiacciarlo, così che non producesse troppo fumo.

«Kurt», disse come un padre che la sa lunga. «Se vuoi sopravvivere a Washington, devi imparare a mentire meglio. Questa serata ti sarà utile. Alcuni dei presenti potrebbero tenere un corso avanzato sull'arte della falsità.»

Ricevuto l'invito ufficiale, Kurt fece un piccolo inchino, come a dire *Ti seguo*.

I due uomini si diressero verso l'ingresso della casa e uscirono sotto il porticato. Quando era a capo della NUMA, Sandecker rifiutava categoricamente di farsi scarrozzare in giro, evitando le limousine come fossero messaggeri dell'Apocalisse. Mantenere quell'indipendenza non era così facile da quand'era diventato vicepresidente. Rivestire cariche ufficiali imponeva di spostarsi con mezzi ufficiali. E benché tecnicamente quella fosse una faccenda privata, gli agenti della scorta di Sandecker erano testardi quanto lui.

«Morris», disse Sandecker rivolgendosi al capo della sicurezza. «Stasera non avrò bisogno dei tuoi servizi.»

«Vuole annullare la raccolta fondi?»

«No. Sarà Kurt a occuparsi della protezione ravvicinata.»

Morris non si scompose. «Chiedo scusa, signor vicepresidente. Con tutto il rispetto per il signor Austin, non posso permetterle di andare da solo.»

«Altro che tenere le redini del potere», borbottò Sandecker contrariato. «Qual è il numero minimo di guardie del corpo che puoi appiopparmi senza essere licenziato?»

«Io e l'autista.»

«Va bene», disse Sandecker. «Andiamo.»

Dopo che Morris ebbe chiamato l'autista, una grossa berlina nera si fermò davanti alla residenza. Da fuori sembrava una normalissima Cadillac di serie. In realtà però era un veicolo blindato costruito su ordinazione. Aveva il telaio di un autoarticolato, pesava circa dieci tonnellate ed era protetto da vetri antiproiettile spessi diversi centimetri, cui si sommavano strati d'acciaio, ceramica e Kevlar.

Kurt e Sandecker salirono sul sedile posteriore, mentre Morris si sedette davanti con l'autista. Il veicolo blindato cominciò ad avanzare.

«Comodo?» chiese Sandecker prendendo posto di fronte a Kurt.

«Sicuramente più dell'autobus di linea. Ti spiace se bevo qualcosa? Max sostiene che sono disidratato.» Allungò il braccio verso un piccolo frigorifero.

«Quello non ti sarà di alcun aiuto», lo avvertì Sandecker.

Kurt però l'aveva già aperto. Anziché bevande fresche, all'interno c'erano diverse sacche trasparenti di liquido rosso. Vi erano incollate alcune etichette tappezzate di scritte in piccolo, sulle quali però si leggeva chiaramente il nome SANDECKER. «Sei forse diventato un vampiro dall'ultima volta che ci siamo visti? Oppure...»

«Quel sangue è mio», lo interruppe Sandecker.

«Non che così sia meno inquietante.»

«A mesi alterni me ne prelevano diversi litri», spiegò Sandecker. «Cominciano a farlo subito dopo l'insediamento. Il mio sangue viene con me ogni volta che mi sposto, casomai mi capitasse qualcosa di terribile e avessi bisogno di una trasfusione prima di arrivare in ospedale.»

Kurt chiuse l'anta, rendendosi conto soltanto allora che all'esterno c'era una targhetta con scritto MATERIALE SANITARIO. «Capisco.»

«Prima tenevano tutto nel bagagliaio», proseguì Sandecker. «Io però ho fatto notare che non mi sarebbe servito a granché se fossimo stati tamponati da un attentatore suicida o colpiti alle spalle con un lanciarazzi.»

Kurt si appoggiò allo schienale mentre Sandecker apriva un altro frigorifero e tirava fuori una bottiglia d'acqua. Aveva persino il sigillo del vicepresidente. «Puoi conservare la bottiglia come oggetto da collezione. Prima o poi potrà valere dieci centesimi.»

Mentre Kurt svitava il tappo, Sandecker aprì un altro scomparto e tirò fuori un grosso sigaro da un humidor. «Questo l'ho fatto installare io. Ci tengo di più che alla banca del sangue.»

Kurt non riuscì a trattenere una risata.

«Ora, sentiamo questa storia», disse Sandecker accendendosi il sigaro.

Kurt gli raccontò tutti i dettagli in maniera informale, inducendo Sandecker a porgli domande e catturando il suo interesse con frasi ricche di suspense. Quando si fermarono davanti al luogo in cui si sarebbe tenuta la raccolta fondi, Kurt gettò l'ultimo amo, spiegando che gli *Scritti di Qsn* un tempo si trovavano sul suolo americano, ma che la verità su coloro che avevano contrabbandato le tavolette era ancora nascosta all'interno di archivi a cui lui non aveva accesso.

Sandecker si appoggiò al sedile, scrutando la folla fuori dal Potomac Club e dando un ultimo tiro al sigaro prima di prendere una decisione cruciale. Premette il pulsante dell'interfono per comunicare con Morris. «Cambio di programma. Portaci al J. Edgar Hoover Building.»

«Adesso, signor vicepresidente?»

«Sì, adesso», rispose Sandecker.

«Ma sono quasi le dieci.»

«Parliamo dell'FBI. Non è che a una certa ora abbassino le serrande.»

47

J. Edgar Hoover Building, Washington, D.C.

Il J. Edgar Hoover Building di Pennsylvania Avenue era un edificio di blocchi di calcestruzzo con le finestre incassate nella facciata. Si trattava di uno stile architettonico noto come brutalismo. E per quanto non mancassero edifici governativi simili, lo stile brutalista si addiceva particolarmente bene a quello intitolato a un uomo assetato di potere come l'ex direttore dell'FBI.

Persino nel giorno più soleggiato, il quartier generale dell'FBI era una vista alquanto imponente. Di notte sembrava una fortezza.

L'interno era un po' meno freddo, anche se inequivocabilmente governativo: arredi scialbi, porte blindate d'acciaio e un lungo bancone al quale ogni singolo visitatore doveva essere identificato e registrato, persino il vicepresidente in carica.

L'addetto all'accoglienza era un giovanotto di nome Trotter con poca esperienza manageriale, come d'abitudine per chi veniva assegnato al turno di notte. La situazione parve lasciarlo perplesso. Gli era capitato che arrivassero agenti in piena notte, aveva visto sospettati o testimoni portati lì con il favore del buio, c'era anche stato qualche pazzo che aveva cercato di fare irruzione sostenendo che Elvis o Babbo Natale fossero tenuti prigionieri lì, ma non gli era mai successo che passasse un vicepresidente in carica per una visita fuori orario.

«Non so bene cosa dirle, signor vicepresidente. Il direttore e i vicedirettori sono andati tutti a casa. Non potrebbe chiedere a uno di loro di cercare questi documenti domani mattina?»

«Non sarà necessario», rispose Sandecker. «Sono qui io adesso. Ho bisogno soltanto di uno dei vostri archivisti.»

Kurt diede un altro suggerimento. «In realtà ci serve qualcuno che sappia come accedere ai fascicoli e ai registri più vecchi.»

«E lei sarebbe?»

«Kurt Austin, capo della squadra Progetti speciali della NUMA.»

«Quelli delle missioni sottomarine?»

«Esatto.»

A quel punto fu Sandecker a prendere le redini della conversazione. «Stiamo solo perdendo tempo. Non c'è bisogno di preoccuparsi. Dobbiamo soltanto dare un'occhiata ad alcuni documenti dell'inizio del Novecento. Nulla di politico, nulla che abbia a che vedere con persone attualmente in vita, soltanto informazioni storiche alle quali accederemo con la mia autorizzazione.»

Trotter si sfregò le mani e soffiò fuori l'aria. Nell'ultimo decennio l'FBI era stato coinvolto in faccende politiche con una frequenza davvero eccessiva, ma era poco probabile che documenti risalenti ai primi del Novecento sollevassero chissà quale vespaio. E poi era pur sempre una richiesta del vicepresidente. «Ms Curtis è la persona che fa per voi. E siete fortunati, visto che è ancora qui.»

Tirò fuori due badge per i visitatori e, provando un certo imbarazzo nel porgerne uno al vicepresidente, fece firmare il registro a entrambi.

«C'è qualcosa di strano nel modo in cui ha detto 'fortunati'», commentò Sandecker.

Kurt annuì. L'aveva notato anche lui.

Trotter chiamò Ms Curtis con un interfono e poi premette un tasto per aprire la porta. «La troverete nell'atrio interno. Cercate di non farla arrabbiare.»

Kurt si appuntò il badge e seguì Sandecker oltre le porte interne fino al secondo atrio. «Chissà cosa intendeva.»

«Stiamo per scoprirlo», disse Sandecker.

Le porte in fondo si aprirono e Ms Curtis li raggiunse. Era una signora magra, in forma e in forze per essere sui settantacinque anni. Indossava una gonna beige alla caviglia, una maglia verde e scarpe non belle ma pratiche. Sul suo petto poggiavano un paio di occhiali da lettura con la montatura viola appesi a una catena luccicante.

«Mmm», disse come se fosse stupita o forse delusa. «E io che credevo fosse un altro dei soliti scherzi notturni di Gary. Come posso esserle utile, signor vicepresidente?»

«Mi fa piacere che mi abbia riconosciuto», disse Sandecker.

«Be', è un soggetto pittoresco per passare inosservato.»

Kurt fece del suo meglio per soffocare una risata.

«Stiamo cercando alcuni documenti molto datati», spiegò Sandecker. «E quando li avremo trovati, potremmo avere bisogno di svegliare il direttore perché ci autorizzi a visionarli. In questo modo lei non finirà nei guai per averceli mostrati. Se dovesse essere rimproverata, mi assumerò io la responsabilità.»

«Non c'è problema», disse Ms Curtis. «Non ho paura del direttore. Io e lui abbiamo un accordo.»

Kurt fece un passo avanti. «Kurt Austin», si presentò. «Mi chiami pure Kurt.»

«Miranda Abigail Curtis», rispose lei. «Mi chiami pure Ms Curtis.»

Stavolta fu Sandecker a sforzarsi di non ridere.

Ms Curtis si voltò e fece segno ai due di seguirla. «Da questa parte, signori.»

La donna li condusse in quella che sembrava una sala bianca senza fine, poi salì su un ascensore spoglio con il quale scesero di quattro piani. Usciti dall'ascensore, entrarono in una specie di enorme magazzino aperto che correva sotto l'intero edificio e si estendeva su una superficie di circa ventimila metri quadrati, ciascuno dei quali occupato da armadietti numerati.

L'FBI si serviva di quella specie di caveau sotterraneo praticamente da quando era stato fondato, e lo aveva ampliato con il passare del tempo. Gli armadietti non erano tutti uguali, considerato che erano stati acquistati e installati in momenti diversi nel corso dei decenni. Osservando una mappa delle uscite di emergenza su una bacheca, Kurt vide che si trovavano in una struttura circolare i cui raggi si incontravano al centro, come la tela di un ragno.

«Benvenuti nel mio salotto», disse Ms Curtis quasi dando voce ai pensieri di Kurt. «L'archivio si estende sotto l'intero edificio e tutto il cortile, fino a Pennsylvania Avenue. Vi sono conservati circa quindici milioni di documenti, che secondo le stime ammontano a settemila tonnellate di carta. Questo senza considerare i file o altri tipi di documentazione archiviati altrove.»

«Bene», disse Kurt. «Usate la Classificazione decimale Dewey o...»

Lei lo fulminò con lo sguardo. «Qualcosa mi dice che quando andava a scuola lei era un incubo per gli insegnanti, Mr Austin. Ai miei tempi sì che sapevamo rimettere in riga quelli come lei.»

«Cercherò di comportarmi bene», la rassicurò Kurt.

«Le conviene. Ora, a quando risalgono i documenti che vi interessano?»

«Agli anni Venti», rispose Kurt.

«Allora dovremo usare il vecchio computer. Non tutto è al passo con i tempi.»

Con ogni probabilità le strade di Washington erano il posto al mondo con la maggiore concentrazione di telecamere di sicurezza, sensori di movimento, guardie e agenti di polizia. In particolare Pennsylvania Avenue, visti tutti gli edifici governativi che ospitava. Ma ciò che quella sfilza di telecamere, sensori, guardie e agenti per strada non aveva notato, ciò che era sfuggito persino alla scorta del vicepresidente e a Kurt Austin, era un grosso corvo appollaiato sul ramo sporgente di un alto albero di fronte all'ingresso del quartier generale dell'FBI.

Non l'avevano visto volare per strada e nemmeno posarsi. Nessuno si era domandato cosa ci facesse là fuori in piena notte un uccello notoriamente amante della luce del giorno come un corvo. E nessuno aveva visto l'altro uccello identico appollaiato su un lampione un centinaio di metri più avanti.

Il corvo sull'albero e il suo gemello sul lampione erano dispositivi meccanici costruiti con materiali spaziali ultraleggeri e alimentati da batterie compatte agli ioni di litio di ultimissima generazione. Sembravano uccelli normalissimi, che sbattevano le ali per alzarsi in volo e planavano una volta raggiunta una quota sufficiente. Non solo, dopo essersi posati da qualche parte, si mettevano comodi e gracchiavano addirittura come uccelli veri. Ma in realtà i loro occhi iridescenti erano potenti telecamere che funzionavano sia a lunghezze d'onda normali che a infrarossi. Nei loro becchi erano nascosti microfoni sensibili in grado di intercettare voci molto distanti, a patto di essere rivolti nella giusta direzione.

Il primo corvo aveva seguito la limousine blindata dal Naval Observatory al centro di Washington, dove il secondo corvo l'aveva raggiunto per poi seguire l'auto fino al J. Edgar Hoover Building. Adesso erano entrambi appostati in attesa di nuovi ordini.

A circa cinque chilometri da lì, un uomo e una donna a bordo di una Tesla color argento stavano discutendo di quali ordini impartire. La donna era al posto di guida mentre l'uomo era sul sedile posteriore, circondato da numerosi schermi e da una coppia di tastiere illuminate.

I suoi vestiti erano sporchi, ed era talmente magro che lo si sarebbe potuto definire emaciato. Aveva una massa scompigliata di capelli nerissimi, e diversi piercing in acciaio inossidabile gli ornavano le orecchie, le sopracciglia e il naso. Sembrava un tatuatore sul punto di morire d'inedia.

«La situazione non promette per niente bene», disse con un accento est-europeo. «È andato tutto di male in peggio, adesso non abbiamo più nessuna speranza. Avremmo dovuto fare fuori Austin lungo il tragitto. Prima che incontrasse il vicepresidente. E di sicuro prima che arrivassero al quartier generale dell'FBI.» La sua voce diventò più acuta sul finale di quella tirata.

La donna scoppiò in un riso di scherno. I suoi lunghi capelli lisci erano tinti dello stesso identico colore di quelli di lui. Indossava una felpa grigia con il cappuccio e pantaloni neri attillati con un paio di scarpe da corsa. Più in forma rispetto a lui e senza piercing, sembrava una casalinga di città pronta per uscire a fare una corsa.

«Era troppo presto», gli disse lei con voce tanto piatta e priva di emozione quanto quella di lui era espressiva. «I soldi non erano ancora arrivati sul conto. E noi non facciamo beneficenza.»

«Puoi benissimo restituirli», replicò lui. «Non possiamo uccidere Austin al quartier generale dell'FBI.»

«Apri gli occhi, fratellino», disse lei. «Cosa vedi?»

«La fine di un esperimento fallito.»

«Sono entrambi in smoking», fece notare lei. «Devono andare da qualche altra parte. Usciranno a breve.»

«E saliranno dritti su una limousine per distruggere la quale occorrerebbe un missile anticarro.»

Fydor e Xandra erano fratello e sorella. Anche se discutevano in continuazione, nulla poteva dividerli. Lavoravano in squadra come sicari, con lo pseudonimo di «Giocattolaio». Erano conosciuti perché si servivano di complicati dispositivi per somministrare veleni, far esplodere bombe o persino premere il grilletto a distanza in caso di omicidi vecchia maniera.

Lei lo fissò. «Sei carino quando sei arrabbiato, Fydor, ma

non devi essere così timoroso. Sai meglio di me quanto saremo lontani quando le tue macchine entreranno in azione. Dobbiamo soltanto aspettare che escano.»

Fydor la guardò con espressione sbalordita. «Vuoi uccidere Austin davanti al quartier generale dell'FBI? Con il vicepresidente al suo fianco e agenti dei servizi segreti sparpagliati dappertutto?»

«No. Voglio che tu uccida tutti quanti.»

Fydor parve sul punto di avere una crisi isterica, ma Xandra si limitò a sorridere.

«Hai una visione miope delle cose, fratellino. La situazione è perfetta. Se li facciamo fuori entrambi e rivendichiamo l'attacco a nome di una famigerata organizzazione terroristica, tutti daranno per scontato che si sia trattato di un attacco contro il vicepresidente, non contro Austin. Gli occhi di tutti saranno puntati altrove e noi potremo andarcene senza versare una goccia di sudore.»

Fydor scosse la testa come un agnellino, borbottando qualcosa, ma non aveva il fegato di contraddirla.

Lei accese il suo monitor per osservare l'inquadratura trasmessa dall'occhio dell'uccello. «Prepara gli altri tuoi giocattolini. Non rinunceremo a un milione di dollari soltanto perché il livello di difficoltà è aumentato.»

48

J. Edgar Hoover Building, Archivi, Sottolivello 4, Washington, D.C.

Nel ventre del J. Edgar Hoover Building, Kurt, Sandecker e Ms Curtis stavano discutendo dei documenti che Kurt aveva chiesto di vedere. Nonostante il loro battibecco iniziale, nel giro di poco Ms Curtis prese Kurt in simpatia, soprattutto dopo che le ebbe parlato della ricerca storica che stavano conducendo.

«La storia è sempre stata la mia materia preferita. È per questo che sono finita a fare questo lavoro. Qua sotto ho scoperto cose che non leggerete mai in nessun libro.»

Kurt inarcò un sopracciglio. «Per esempio?»

«Volete sapere del caso Roswell? Volete sapere cos'è successo davvero?»

«Be', a me interesserebbe», ammise Kurt con un sorriso.

Sandecker si schiarì la gola con intenzione, ponendo fine al divertimento. «Magari un'altra volta, Ms Curtis. Siamo qui per raccogliere informazioni su questa famiglia criminale. In particolare ci interessano i documenti riservati relativi alle attività dei Granzini negli anni 1926 e 1927.»

«Lei non pensa ad altro che al lavoro, eh?» commentò Ms Curtis. Si girò sulla sedia e riattivò il computer, poi inserì una password e cominciò a digitare rapidamente. Non impiegò molto a mettere insieme un elenco con i numeri e la collocazione dei fascicoli. «Abbiamo quarantatré fascicoli segretati, ma dal momento che nessuno è stato digitalizzato, dovrò andare a recuperare le copie cartacee.»

Non volendo saperne di lasciarle portare tutto da sola, Kurt si addentrò in quel labirinto al suo seguito. Partirono dal corridoio principale, deviarono tre volte e alla fine si fermarono accanto a un gruppo di schedari grigio piombo che dovevano essere datati quanto i documenti al loro interno.

«Secondo scaffale», disse Ms Curtis indicando con il dito. «Proprio lassù.»

Kurt trascinò lì una scala, salì e aprì il cassetto. Verificò la corrispondenza tra i numeri consegnatigli da Ms Curtis e i fascicoli e cominciò a tirare fuori le cartelline di loro interesse. Il tempo le aveva fatte ingiallire, rendendole fragili.

Kurt le porse una per una a Ms Curtis sotto di sé. Lei le teneva in ordine collocandole dentro vari contenitori sopra un carrello a rotelle. Quando ebbe posato l'ultimo fascicolo, Kurt scese dalla scala e spinse il carrello verso una sala di lettura, dove Sandecker li stava già aspettando.

«Vi lascio soli per un'oretta», disse Ms Curtis. «Per qualsiasi necessità premete il tasto dell'interfono.»

Kurt e Sandecker si buttarono a capofitto sui documenti e nel giro di poco scoprirono la storia dei Granzini.

«Due rami della famiglia giunsero qui negli anni Ottanta dell'Ottocento. Uno dalla Sicilia e uno da Salerno», disse Kurt.

Sandecker si stava dedicando a un altro plico di fascicoli. «Secondo il dipartimento del Tesoro erano più un gruppo di contrabbandieri che una vera e propria famiglia di criminali. Specializzati in pietre preziose africane, opere d'arte e sculture italiane e sete cinesi.»

«A me sembrano tutte merci assolutamente legali», rispose Kurt.

«Certo», disse Sandecker. «A patto di pagare le imposte sulle importazioni, che all'epoca sfioravano addirittura il cinquanta per cento. A quanto pare i Granzini le consideravano facoltative.»

«In effetti con cifre del genere il margine di profitto si riduce», commentò Kurt.

«Gli agenti del Tesoro li arrestarono nel 1908 e nel 1913. Il procuratore generale di New York indagò su di loro dal 1915 alla fine del 1922. Il Bureau of Investigation cominciò a occuparsi delle loro attività già nel 1923. Secondo i miei calcoli, almeno cinque membri della famiglia scontarono una pena in carcere. Molti altri andarono oltreoceano durante la prima guerra mondiale, preferendo il reclutamento nell'esercito al carcere.»

Anche Kurt stava trovando dettagli simili nella sua pila di fascicoli. Si allentò il farfallino, lasciandolo penzolare, e si slacciò il primo bottone della camicia. «È tutto molto interessante. Ma a meno che tu non abbia trovato qualcosa da cui si evinca che avevano un legame con il Roosevelt, non vedo per quale motivo questi documenti siano stati segretati in primo luogo, a maggior ragione ai sensi di una misteriosa legge che ha a che fare con il patrimonio nazionale.»

«Queste parole non sono uscite dalla mia bocca», rispose Sandecker. «Ma di tanto in tanto il governo qualche errore lo commette.»

«Non mi dire.»

Kurt posò il documento che stava leggendo e passò in rassegna il contenitore, esaminando i nomi delle varie agenzie indicate sulle linguette dei fascicoli. «Dipartimento del Tesoro, Bureau of Investigation, agenzia delle entrate, servizi segreti militari. Qui ci sono fascicoli di decine di agenzie diverse. Mi sembra un'esagerazione per una piccola famiglia di contrabbandieri.»

«Già, ed è anche difficile ricostruire il quadro completo», disse Sandecker. «Ci vorrà tutta la notte per leggere questa roba da cima a fondo.»

Kurt immaginava che ci sarebbe voluta anche metà del giorno dopo. «Conosco qualcuno che potrebbe essere in grado di aiutarci ad andare al sodo. Ama la storia, maneggia questi fascicoli da quarant'anni e ho la sensazione che potrebbe essere appostata a origliare dietro la porta.»

Sandecker rise. «Solo non farle domande sul caso Roswell o sull'allunaggio.»

Kurt premette il tasto dell'interfono e chiese a Ms Curtis di raggiungerli. Lei non si fece aspettare a lungo.

«Felice di aiutarvi», disse. Guidati da Ms Curtis, fecero rapidamente progressi. L'archivista mise da parte tutte le scartoffie inutili in modo che si concentrassero soltanto sui fascicoli più interessanti. «Ora, cosa contengano non lo so», ci tenne a sottolineare con un sorriso, «ma i codici numerici indicano che questi fascicoli furono i primi a essere segretati ai sensi della Legge sul patrimonio nazionale.»

Porse a ciascuno di loro una manciata di cartelline. Kurt si stupì quando si accorse che provenivano dal dipartimento di Stato. E restò ancora più sbalordito quando vide che parlavano della famiglia Granzini in termini entusiastici.

«Interessante», commentò Kurt. «Sotto Calvin Coolidge, il dipartimento di Stato aveva cominciato a mettere insieme una rete di informatori sfruttando famiglie criminali che avessero legami in Europa. L'obiettivo era tenere d'occhio i comunisti, i fascisti e i molti altri gruppi radicali attivi sulla scena del dopoguerra. Grazie alle loro attività di contrabbando i Granzini intrattenevano rapporti con potenti famiglie europee e avevano accesso a informazioni che nessun giornalista o agente dei servizi segreti militari avrebbe avuto modo di procurarsi.»

«È un po' come la storia di Kennedy che avrebbe chiesto alla mafia di fare fuori Fidel Castro», disse Sandecker.

«Qui la faccenda era molto più complicata», replicò Kurt.

Continuò a leggere, riassumendo man mano. «All'inizio dei ruggenti anni Venti, quando tutti avevano soldi a palate, queste famiglie criminali erano già diventate di fatto una rete di spie, una specie di precursore della CIA.»

«Questo spiega come mai questi documenti siano segretati», disse Sandecker.

«Trattenendosi qui sotto abbastanza a lungo si potrebbero scoprire i compagni di letto più impensati», disse Ms Curtis.

Sandecker stava sfogliando un altro fascicolo. Avendo esaminato un numero infinito di documenti governativi nel corso della sua vita, sapeva bene come saltare il superfluo e andare dritto al dunque. Il fascicolo di Sandecker era stato redatto dal Bureau of Investigation e dipingeva i Granzini in maniera molto diversa. «Rapine violente, estorsioni, evasione fiscale, il Bureau definiva i Granzini come criminali di strada e gangster. Già intorno al 1925 rubavano opere d'arte e oggetti antichi, che poi portavano clandestinamente in tutta Europa. Hoover in persona stabilì che fermare i Granzini doveva essere una priorità.»

«Quando si dice che una mano non sa cosa fa l'altra...» intervenne allusiva Ms Curtis.

Sandecker annuì. «Nel 1926 i Granzini furono sospettati di aver appiccato un incendio nel quale morirono molte persone. Poco dopo, il capofamiglia uccise a colpi d'arma da fuoco diversi nomi noti con i quali in precedenza aveva collaborato. Durante la fuga con la refurtiva i Granzini uccisero anche un agente del Bureau of Investigation e per un breve periodo diventarono il nemico pubblico numero uno.»

«Questo quando è successo?» domandò Kurt.

«Il 17 marzo 1927.»

«Soltanto due mesi prima del volo di Jake Melbourne», rispose Kurt. «O forse dovrei dire del volo che Melbourne non fece? A chi avevano sparato? E cos'avevano rubato?»

Sandecker lesse ad alta voce un elenco di nomi che non aveva mai sentito prima di allora. «Qui c'è scritto che le vittime erano archeologi con cui i Granzini avevano già lavorato, coinvolgendoli nei loro furti e nelle loro attività di contrabbando di opere antiche.»

Trovò una lista di oggetti rubati accompagnata da numerose fotografie. «Il bottino era composto da antichità egizie rinvenute...» Sandecker fece una pausa prima di riuscire finalmente a pronunciare il nome del luogo. «Nel nord dell'Arizona.»

«Vuoi dire che questi oggetti erano in possesso di qualcuno che viveva in Arizona?» domandò Kurt.

«No», rispose Sandecker. «Stando a questo documento, i manufatti furono trovati in una grotta in una zona remota del Grand Canyon.»

Kurt posò il fascicolo e si sporse per guardare quello di Sandecker. Metà del fascicolo era dedicato alla scoperta degli oggetti nel Grand Canyon. Comprendeva fotografie, mappe appena abbozzate e descrizioni. In una lettera inviata ai Granzini, gli archeologi menzionavano alcune voci su cui stavano indagando, incluso un famoso articolo pubblicato sulla *Phoenix Gazette* secondo il quale i membri di una spedizione finanziata dalla Smithsonian avevano rinvenuto un tesoro egizio nel Grand Canyon già nel 1909, insabbiando poi il ritrovamento. C'erano mappe topografiche sulle quali erano contrassegnate le aree già perlustrate. Il fascicolo inoltre riportava una leggenda dei nativi americani relativa a un Popolo del Sole giunto negli Stati sudoccidentali migliaia di anni prima con bare d'oro e statue di animali.

Sandecker fece un riassunto. «C'è scritto che arrivarono all'epoca degli antenati. Si aprirono un varco attraverso le pareti dello stretto canyon e si addentrarono nelle rocce, scavando la montagna e trasportando carri pieni di macerie in riva al fiume per costruire una tomba per i loro predecessori. Secondo la leggenda, una volta finito sigillarono tutto e partirono seguendo la direzione in cui tramontava il sole.»

La pagina successiva conteneva alcune foto piuttosto buie e invecchiate male. Osservandole sotto la luce, videro una grotta piena di tesori, tra cui statue di Anubi e Horus, corpi mummificati messi uno sopra l'altro come tronchi d'albero e almeno un sarcofago lucente, forse rivestito d'oro.

«Che mi prenda un colpo», disse Sandecker.

«Sbalorditivo, questo è poco ma sicuro», rispose Kurt. «Ma il professore britannico, quello che adesso è stato rapito, sosteneva che avremmo trovato il tesoro di almeno quindici faraoni messi insieme. Dovrebbe esserci più di un sarcofago.»

«Qui c'è scritto che si tratta di una grande grotta composta da molti spazi diversi. Non c'è modo di sapere se contenesse altro.»

Kurt annuì. «Cos'altro c'è scritto?»

Sandecker proseguì. «Quando vennero a sapere di questa scoperta, i Granzini cominciarono a parlare con molti dei loro contatti preferiti in Europa. In particolare con una famiglia francese. C'era un accordo in virtù del quale i Granzini avrebbero venduto alcuni manufatti agli acquirenti europei e gli archeologi si sarebbero intascati parte del denaro. Prima però era necessario dimostrare ai potenziali acquirenti che il bottino segreto esisteva davvero. Il piano era di farlo contrabbandando piccoli oggetti insieme a queste foto e a una serie di tavolette di geroglifici. Si scattarono una foto sul margine del canyon insieme agli oggetti per dimostrare che venivano realmente dall'America. Dai un'occhiata.»

Kurt guardò la foto e vide alcune lastre di pietra posate per terra davanti ai soggetti. Messe insieme, erano grosse come un pannello di cartongesso. La foto era in bianco e nero, di conseguenza era impossibile dire di che colore fossero le tavolette, ma erano chiaramente coperte di geroglifici. «Assomigliano molto agli *Scritti di Qsn*.»

«I Granzini probabilmente pensavano di essere sul punto di cambiare indirizzo per trasferirsi di fianco ai Rockefeller», disse Sandecker. «La domanda è: cosa fu ad andare storto?»

«Quello che va sempre storto quando ci sono criminali con una gran quantità di soldi da dividere», intervenne Ms Curtis. «L'avidità avrà avuto la meglio.»

I due si voltarono a guardarla.

«È soltanto un'ipotesi.»

Sandecker posò di nuovo lo sguardo sul fascicolo e scoprì che l'ipotesi era più che azzeccata. «Pare che i Granzini abbiano ucciso gli archeologi affinché nessuno venisse a sapere di quella scoperta.»

Kurt si appoggiò allo schienale per un momento. Qualcosa non tornava. «Non ha senso», disse. «Se il piano era di dimostrare la reale esistenza del tesoro – e di trarre profitto dal fatto che fosse stato rinvenuto sul suolo americano – i Granzini avevano bisogno dei loro amici archeologi. E soprattutto, passare quella scoperta sotto silenzio non avrebbe certo aiutato a far salire il prezzo.»

«Stai cercando di attribuire ragionamenti logici a menti disoneste», disse Sandecker.

«Forse non saranno stati onesti, ma con le addizioni e le sottrazioni ci sapevano fare», replicò Kurt.

«Qui potrebbe esserci la spiegazione che cercate», disse Ms Curtis. Porse loro uno degli ultimi fascicoli della pila. Redatto dall'Ufficio del presidente, era corredato dalla firma di Calvin Coolidge e dallo stemma presidenziale.

Sandecker aprì la cartellina e diede una scorsa al documento. Quando ebbe finito di leggere, la sua fronte era aggrottata.

Ms Curtis inarcò un sopracciglio. Sapeva cosa conteneva il fascicolo. «La verità è più assurda della finzione.»

«È quasi impossibile per poterci credere», commentò Sandecker.

«Cosa?» volle sapere Kurt.

«Guarda tu stesso.»

Sandecker passò il dossier a Kurt senza dire nulla. Evidentemente voleva che Kurt lo vedesse con i suoi occhi.

Kurt cominciò rapidamente a leggere, rallentando quando si imbatté nell'informazione nuova. Lesse il paragrafo due volte per assicurarsi di non essersi perso nulla. I dettagli chiarirono la situazione all'istante. Spiegavano perché i Granzini avessero ucciso gli archeologi e non avessero lasciato in circolazione nessuno che potesse fare parola del tesoro.

Kurt chiuse il fascicolo. «Be', questo cambia tutto.»

Sandecker annuì adagio. «Puoi dirlo forte.»

49

J. Edgar Hoover Building, Washington, D.C.

Quando Kurt e Sandecker si congedarono da Ms Curtis, il vicepresidente le disse che alla NUMA avrebbe potuto fare comodo qualcuno dotato della sua curiosità e della sua memoria, se mai si fosse stancata del suo lavoro al Bureau.

Lei promise di pensarci su e sparì nell'archivio sotterraneo.

«Me li immagino, lei e Perlmutter che lavorano insieme», commentò Sandecker.

L'agente Morris, che li stava aspettando nell'atrio esterno, contattò via radio l'autista perché andasse a prenderli con la limousine. I tre uscirono insieme dall'edificio e scesero le scale che conducevano a un ampio marciapiede davanti a 10th Street.

Una guardiola temporanea e una serie di fioriere di cemento fiancheggiavano il marciapiede per impedire a eventuali auto o furgoni di passarvi in mezzo e irrompere nella sede dell'FBI. Oltre il marciapiede c'era una sezione della strada a strisce gialle, delimitata da coni stradali arancioni, che fungeva da corsia per far salire e scendere membri del personale e ospiti di alto livello. Il vicepresidente rientrava senza dubbio in quella categoria.

Allertato da Morris, un agente in uniforme uscì dalla guardiola e spostò i coni sul ciglio della strada per consentire alla limousine di accostare al marciapiede. Kurt e Sandecker restarono in silenzio a guardare mentre il grosso veicolo percorreva la via.

Perdendosi per un momento nei propri pensieri, Kurt si trovò a guardare in lontananza. I suoi occhi si posarono su un grosso uccello nero, un corvo, appollaiato dentro una delle fioriere in fondo alla strada. L'uccello inclinò la testa, ricambiando il suo sguardo. C'era qualcosa di indubbiamente strano nei suoi occhi. Ma prima di poter capire di cosa si trattasse, Kurt fu distratto da un fischio acuto, simile a quello di una costosa auto controllata a distanza.

Si voltò verso il suono incriminato e vide un oggetto delle dimensioni di uno skateboard sfrecciare contromano lungo 10th Street, puntando dritto verso di loro. Aveva sei piccole ruote, tre su ciascun lato, con un grosso gruppo batterie sul retro. Davanti invece, su un supporto idraulico, era montata una mitragliatrice Uzi.

«State giù!» gridò Kurt.

Abbrancò Sandecker come il membro della scorta per cui il vicepresidente gli aveva suggerito di spacciarsi. I due finirono per terra dietro la fioriera di cemento più vicina, toccando il marciapiede nell'attimo esatto in cui il veicolo a sei ruote apriva il fuoco.

Una raffica di proiettili crivellò la parete della fioriera, ma il cemento e il terriccio riuscirono a fermarli.

La macchina assassina telecomandata si arrestò, girò su se stessa e fece fuoco contro l'agente in uniforme uscito dalla guardiola. Lui si accasciò proprio mentre chiamava i rinforzi.

Vedendo l'agente cadere, Morris estrasse la propria arma e sparò diversi proiettili contro il veicolo, colpendolo due volte.

Il veicolo omicida non riportò un solo graffio. Fu giusto sballottato di lato, ma si riprese in fretta e, accelerando, salì sul marciapiede per poi sfrecciare in mezzo a due fioriere e avanzare a zig-zag alla ricerca di Kurt e Sandecker.

Kurt era disarmato, dettaglio che non gli avrebbe certo impedito di combattere. Afferrò una grossa pietra decorativa e balzò sopra la fioriera. Appena individuò il piccolo, agile aggressore, lanciò la pietra verso il basso come se stesse scaraventando a terra il pallone da football dopo un touchdown.

Lo centrò in pieno, la mitragliatrice si inclinò e il veicolo si capovolse. Per un momento, mentre allargava un'ala nella speranza di riuscire a raddrizzarsi, sembrò un coleottero rimasto bloccato sul dorso.

Non avendo alcuna intenzione di lasciare che si rialzasse, Kurt saltò sopra il veicolo con entrambi i piedi, piegando definitivamente l'ala e staccando la Uzi con un calcio.

Non fece in tempo a esultare che il corvo che aveva visto prima volò verso di lui e per poco non gli si schiantò in faccia. Lui si abbassò e lo guardò allontanarsi nella direzione opposta. «Quell'uccello ha qualcosa di malefico», commentò.

Ma non era il momento di domandarsi di cosa potesse trattarsi. Un secondo veicolo telecomandato si stava dirigendo a tutta velocità verso di loro. Anziché un'arma, questo aveva una carica di esplosivi al plastico sul retro. Al suo seguito comparve un terzo veicolo altrettanto veloce e armato di pistola che cominciò subito a bersagliare il marciapiede con un fuoco di copertura.

Nel frattempo la limousine si era fermata con uno stridore di freni tra i coni arancioni rimasti. Morris spinse Sandecker verso la portiera aperta ma fu raggiunto da un proiettile alla gamba prima di poter salire a sua volta a bordo. Cadde a terra, e Kurt fece per aiutarlo, ma lui lo allontanò con uno spintone. «Portate il vicepresidente via di qui! Via! Via! Via!»

Mentre Kurt si tuffava all'interno della limousine, l'autista pestò il piede sull'acceleratore. Una nuvola rigonfia di fumo bianco si alzò dietro di loro mentre il motore turbo da seicentocinquanta cavalli faceva girare le grosse ruote. La limousine scattò in avanti, ma il tintinnio dei proiettili contro la blindatura disse loro che il pericolo era tutt'altro che scampato.

Percorsero rombando 10th Street verso Pennsylvania Avenue. Per fortuna, essendo tardi, non c'era molto traffico a ostacolare la loro corsa. Quando arrivarono alla curva, la limousine accelerò, inclinandosi e slittando.

Mentre raddrizzava il veicolo, l'autista diramò un'allerta via radio. «Codice quattro, intervento immediato», gridò. «Pennsylvania Avenue, Governo Due.»

Un codice quattro faceva sì che tutti i semafori di Washington diventassero rossi tranne quelli programmati per consentire a un veicolo governativo di seguire un determinato percorso di emergenza che l'avrebbe condotto in un luogo sicuro. Governo Due significava che a bordo c'era il vicepresidente.

Una risposta attraverso l'auricolare gli comunicò che i rinforzi erano già partiti. «I rinforzi stanno arrivando», esclamò rivolto a Kurt e Sandecker.

Kurt si tenne forte mentre la limousine svoltava di nuovo. Dopo qualche secondo un'autopattuglia della polizia di D.C. li accostò, scortandoli per mezzo isolato prima di superarli e rallentare.

«Levati di mezzo», gridò frustrato l'autista.

Kurt guardò attraverso il divisorio e il parabrezza, studiando l'abitacolo dell'autopattuglia. Vide qualcosa di sinistro. L'auto era senza guidatore. «È una trappola.»

L'autista sembrava confuso. «Cosa?»

«Gira!»

Era troppo tardi. Il lunotto posteriore dell'autopattuglia andò in frantumi nel momento in cui una potente arma collocata all'interno aprì il fuoco.

Nel giro di pochi secondi decine di colpi sparati a raffica raggiunsero la limousine, costellando il parabrezza di fori e crepe. Il polimero antiproiettile tenne, ma il vetro era così danneggiato che vedere fuori diventò impossibile.

L'autista abbassò lo sguardo e i suoi occhi si posarono su uno schermo integrato nella consolle centrale che mostrava un'inquadratura di ciò che si trovava davanti al veicolo. Per sfuggire all'autopattuglia, l'autista girò a destra, puntando verso una strada laterale.

La curva era stretta, c'era troppo poco spazio perché la limousine potesse prenderla ad alta velocità. L'autista perse il controllo del grosso veicolo, slittando sul marciapiede e colpendo un lampione con la fiancata mentre con il muso urtava un'auto parcheggiata.

Il doppio impatto fece arrestare bruscamente la limousine. Sul retro, Kurt e Sandecker furono sballottati di qua e di là. L'autista, benché frastornato, si riprese in fretta.

«Non possiamo rimanere qui», gridò Kurt.

L'autista capì. Riavviò il motore che si era spento e fece ripartire il veicolo. Si allontanarono dal lampione abbattuto, tolsero di mezzo l'auto parcheggiata come un bulldozer e tornarono in strada.

Avevano percorso un centinaio di metri quando in fondo alla via comparve l'autopattuglia senza guidatore, che svoltò e accelerò, diretta verso di loro.

«Deve aver fatto il giro dell'isolato dopo che ci siamo schiantati.»

L'autista inchiodò, ingranò la retromarcia e cominciò a indietreggiare. Kurt gettò un'occhiata alle loro spalle e vide cattive notizie in arrivo. I piccoli, veloci veicoli telecomandati avevano svoltato l'angolo e stavano avanzando in fretta. Quello armato di pistola cominciò a sparare. La blindatura della limousine non ebbe alcuna difficoltà a respingere i proiettili di piccolo calibro, ma il vero pericolo era rappresentato dal veicolo carico di esplosivi.

«Inverti la marcia!» gridò Kurt.

«Ma l'altro...»

«Inverti la marcia, subito!»

L'autista premette il piede sul freno e cambiò di nuovo marcia. Schiacciò l'acceleratore a tavoletta un'altra volta, ma la limousine era troppo pesante per sfuggire al suo destino. Il nemico si infilò sotto il telaio e fece detonare la sua carica esplosiva.

50

L'esplosione scosse l'isolato come un tuono. La strada laterale prima buia fu illuminata da una palla di fuoco arancione che avvolse la limousine del vicepresidente e le auto parcheggiate tutt'intorno. Molte esplosero e si incendiarono quando i loro serbatoi si ruppero.

Se qualcuno avesse assistito alla scena, avrebbe visto che la limousine era in fiamme e aveva riportato danni irreparabili. Le ruote erano scoppiate e sporgevano di lato, la trasmissione era irrimediabilmente distrutta. Ogni singola superficie metallica era piegata in una direzione o nell'altra e ogni singolo vetro era incrinato.

Ciò che un osservatore non avrebbe visto erano Kurt, Sandecker e l'autista ancora vivi e vegeti, protetti dal rivestimento blindato sul fondo dell'abitacolo. Grazie alla sua configurazione a forma di V, la blindatura fu spinta verso la carrozzeria dell'auto, assorbì l'esplosione e al tempo stesso ne deviò la forza verso l'esterno, lontano dal veicolo. A furia di affrontare ordigni improvvisati durante la guerra del Golfo, il governo aveva imparato la lezione, mettendo a punto quel sistema che aveva appena salvato la vita dei tre uomini a bordo.

Kurt riprese conoscenza per primo. Con un rimbombo nelle orecchie, alzò la testa e si guardò intorno per valutare i danni. La luce arancione che guizzava all'esterno gli disse che l'auto stava bruciando, mentre i pannelli del tettuccio deformati e gli altri danni all'interno gli dissero che non avevano speranza di muoversi in tempi brevi.

Controllò come stesse Sandecker. «Tutto bene?»

Sandecker aveva battuto la testa, procurandosi una ferita sanguinante all'attaccatura dei capelli. A parte questo, sembrava illeso. Persino il suo papillon non si era spostato di una virgola. «Più arrabbiato che ferito.»

«Siamo in due.» Kurt non riusciva a raggiungere l'autista, ma il silenzio proveniente da davanti gli suggerì che era quello a cui era andata peggio.

«C'è altro qui sopra oltre a sigari e sangue?»

Sandecker indicò una sezione del sedile. Kurt sollevò un cuscino e trovò un vano che conteneva due pistole mitragliatrici Heckler & Koch SP5K.

«Di sicuro i rinforzi saranno qui a breve», disse Sandecker.

Kurt prese una delle armi tattiche e si assicurò che nella camera di scoppio ci fosse già un proiettile. «So che non dovrei darti ordini, ma se potessi contattare via radio i rinforzi e fargli seguire quell'autopattuglia...»

«Che intenzioni hai?»

«Voglio uscire per dare la caccia a quel robot a sei ruote e a qualsiasi amico possa essersi portato dietro.»

«Sei sicuro che sia necessario?»

«Quest'auto è quasi un carro armato, ma non del tutto», rispose Kurt. «Non sopravviveremo a un'altra esplosione del genere. È ora di scendere in strada a combattere.»

Una volta aperta la portiera con un calcio, Kurt fu investito dal calore delle fiamme che non accennavano a spegnersi e dall'odore di gomma bruciata. Udì le sirene della polizia e gli elicotteri in lontananza. La cavalleria stava arrivando, ma avrebbe impiegato troppo a raggiungerli.

Scrutando attraverso il fumo, cercò eventuali segni dei piccoli mezzi che li avevano attaccati. Chiaramente il veicolo che trasportava le bombe non era più un problema, dal momento che si era autodistrutto nell'esplosione, ma quello armato di pistola poteva ancora essere là fuori da qualche parte. E per di più era impossibile sapere quanti veicoli telecomandati fossero stati messi in campo.

Con l'arma impugnata, Kurt esaminò i rottami in cerca di segni di movimento. In capo a poco si rese conto di essere a sua volta osservato. Dall'altro lato della strada, appostato sul tetto di un'auto demolita, c'era lo stesso corvo che aveva visto prima fuori dalla sede dell'FBI.

Appena gli occhi dell'uccello si posarono su di lui, l'arma telecomandata a bordo della finta autopattuglia cominciò a sparare.

Kurt si rituffò dentro la limousine e si sbatté la portiera alle spalle. I proiettili si lasciarono dietro tre grosse ammaccature, ma la blindatura multistrato continuò a reggere.

«O quell'uccello ce l'ha con noi, oppure siamo osservati da un congegno meccanico», disse.

Sandecker gli gettò un'occhiata perplessa e poi tornò a concentrarsi sulla radio. Stava parlando con il pilota dell'elicottero militare più vicino, sbraitando ordini come faceva in gioventù. «Esatto», disse. «Attaccate l'autopattuglia.»

Il pilota fece una domanda che il vicepresidente non gradì.

«Me ne infischio se è della Polizia metropolitana», ribatté Sandecker. «Ci sta sparando contro.»

Il rumore di un elicottero che volava sopra di loro riempì la strada. Poco dopo udirono una raffica di spari, seguita da una piccola esplosione quando i proiettili danneggiarono il serbatoio della finta autopattuglia.

«Bersaglio eliminato», comunicò una voce via radio.

«Ottimo lavoro», disse Sandecker.

«Non siamo ancora in salvo», intervenne Kurt. «Quei piccoli affari sono ancora là fuori.»

«Droni e veicoli telecomandati», commentò Sandecker scuotendo la testa. «Mi sarei aspettato che escogitassero un modo più nobile di attaccare il vicepresidente.»

«Non vorrei passare per egocentrico, ma credo di essere io l'obiettivo.»

«Tu?»

«Ricordi quei trafficanti di armi di cui ti ho parlato?» domandò Kurt. «Scommetto che è opera loro. Probabilmente questo attacco ha a che vedere con i fascicoli che abbiamo appena preso in prestito dall'FBI.»

«Sì, forse hai ragione», disse Sandecker.

«Mi dispiace di averti messo in pericolo, ma sto per ribaltare la situazione.»

«In che modo?»

A Kurt era venuta un'idea. Un'idea talmente perversa da riempirlo di orgoglio. «Offrendo loro un'altra occasione di spararmi.»

Mentre Sandecker continuava a guardarlo, Kurt prese i fascicoli che Ms Curtis aveva fotocopiato dagli archivi. Lì passò in rassegna e scelse quello dell'FBI, quello scritto dagli uomini di Hoover prima di scoprire come stavano realmente le cose.

Dopodiché aprì il frigorifero, tirò fuori una sacca del sangue di Sandecker e se la infilò in una tasca interna dello smoking.

L'espressione sulla faccia di Sandecker non avrebbe potuto essere più eloquente. «Non dici sul serio.»

«Ti viene in mente un piano migliore?» domandò Kurt.

«No, ma non me ne viene in mente nemmeno uno peggiore», replicò Sandecker. «A ogni modo, buona fortuna.»

Kurt aprì la portiera deformata con un colpo di spalla e scese di nuovo. Si allontanò dal veicolo con la pistola mitragliatrice in una mano e il fascicolo nell'altra. Mentre avanzava attraverso il fumo si finse agitato, girandosi di qua e di là come se si aspettasse di essere attaccato da un momento all'altro.

Benché sapesse che il corvo lo stava osservando, lo ignorò, cercando invece segni della macchina assassina a sei ruote.

Un'ombra tremolò davanti al lampione quando l'uccello nero si alzò in volo. In quello stesso istante, da dietro la limousine giunse il fischio inequivocabile prodotto dal motore del veicolo telecomandato.

Kurt si voltò di scatto e lo vide comparire alle spalle della limousine distrutta. Sollevò il mitra e premette il grilletto, sparando nell'attimo esatto in cui il mezzo telecomandato puntava l'arma contro di lui e faceva fuoco.

Il colpo di Kurt fu talmente preciso da trapassare il motore del veicolo e farlo cadere di lato proprio mentre questo sparava a sua volta. Anche se il fuoco di risposta andò troppo a sinistra, Kurt finse di essere stato colpito, tuffandosi sul fianco e girando su se stesso.

Qualsiasi osservatore avrebbe creduto che fosse stato centrato in pieno. Cadendo, Kurt lasciò andare il mitra e incespicò in avanti, badando di darsi un pugno al petto abbastanza forte da rompere la sacca con il sangue di Sandecker.

Se lo assestò così in fretta, come se stesse reagendo a un pugno ricevuto, che difficilmente lo si sarebbe potuto notare, ma l'impatto bastò a rompere la sacca, e il sangue di Sandecker cominciò a scorrere lungo la camicia bianca dello smoking di Kurt.

Lui fece un altro passo barcollante in avanti per dare più credibilità alla scena e poi si accasciò sul fianco. La parte più difficile fu toccare terra senza cercare di attutire la caduta.

Mentre se ne stava lì sdraiato con gli occhi socchiusi, Kurt vide che il veicolo telecomandato era fuori uso ma che il corvo lo stava ancora fissando. Diede il tocco finale alla sua performance teatrale allungando il braccio verso il fascicolo e lasciando cadere la mano lì vicino, poi restò completamente immobile.

A diversi isolati di distanza, sempre sul sedile posteriore della Tesla, Fydor stava seguendo gli eventi sullo schermo attraverso le telecamere installate negli occhi dell'uccello meccanico.

«È a terra», disse a Xandra. «Austin è a terra, finalmente.» Fece un profondo sospiro. «Credevo che sarebbero riusciti a scappare. Credevo davvero che se la sarebbero filata.»

Gli elicotteri rombavano sopra di loro, diretti verso la limousine distrutta. Le volanti della polizia stavano arrivando a tutta velocità da ogni direzione con le luci che lampeggiavano freneticamente e le sirene che ululavano.

«Finiscilo», ordinò Xandra. «In fretta. Ci serve la prova che è morto se vogliamo essere pagati.»

Fydor cercò di sparare di nuovo a Kurt con la Uzi, ma l'unità telecomandata non rispondeva. «I veicoli sono fuori uso. Tutti e tre. Austin deve avere colpito l'ultimo mentre cadeva.»

«E l'autopattuglia?»

«Distrutta dall'alto», rispose Fydor. «La stessa sorte che toccherà a noi se non ce ne andiamo di qui.»

«Non ce ne andremo senza prove», insisté lei. «Usa l'uccello. Scatta una foto ravvicinata del corpo di Austin.»

Fydor cambiò schermo e assunse il controllo dell'uccello nero. Lo mandò a posarsi sull'asfalto accanto al corpo prono di Austin. Il corvo saltò nell'aria, scese dal punto in cui era appollaiato e atterrò a un paio di metri da dove era riverso Kurt. Il fumo oscurava la vista.

«Più vicino», disse Xandra.

Fydor fece avanzare il corvo. L'immagine divenne più nitida man mano che la distanza si riduceva. Sia Fydor che Xandra fissarono lo schermo. Videro Kurt a colori, videro la sua strana posizione, la camicia impregnata di sangue, gli occhi socchiusi. Non c'erano dubbi.

«Adesso possiamo andare?» domandò Fydor.

Xandra ebbe un attimo di esitazione. «Quello cos'è?» chiese indicando qualcosa dietro la mano tesa di Kurt. «Laggiù.»

«Sembra una cartellina», rispose Fydor. «Dev'essere il motivo per cui sono andati alla sede dell'FBI.»

«Prendila», gli ordinò Xandra. «Quasi sicuramente Barlow ci pagherà un extra se gliela portiamo.»

«Sei sicura?»

«Sbrigati!»

*

Sdraiato sull'asfalto, Kurt trattenne il respiro e restò immobile. Vide il corpo meccanico planare e atterrare, lo osservò saltellare verso di lui e studiarlo. Sapeva che era finto, nessun uccello vivente avrebbe mai volato in mezzo a fumo e fiamme, ma aveva un aspetto e movenze così realistiche che sarebbe stato facile scordarselo.

L'uccello gli si accostò, lo scrutò per un secondo e poi voltò la sua testa perfetta da volatile, concentrandosi sulla sua mano tesa e sulla cartellina a terra.

Con due balzi rapidi il corvo la raggiunse, sollevò il bordo con il becco e afferrò saldamente il fascicolo con una zampa meccanica. Stringendo bene il dossier, l'uccello spiegò le ali e cominciò a sbatterle rapidamente. Fece un salto, volò rasente alla strada per un tratto e poi salì, acquistando velocità. Arrivato in fondo alla via, il dispositivo nero svanì nell'oscurità della notte.

Kurt fece un piccolo respiro ma restò dov'era. Resistette all'impulso di sogghignare – troppo rischioso, con tutti i danni che c'erano stati – ma per la prima volta da quando avevano visto il peschereccio di fronte alle coste scozzesi, fu certo di essere in vantaggio. E tutto grazie a un uccello meccanico.

51

Quartier generale della NUMA, Washington, D.C.

«È un gioco pericoloso.»

Kurt guardò Rudi Gunn, seduto di fronte a lui dall'altra parte della scrivania. Aveva appena finito di illustrargli il suo piano per fermare il Bloodstone Group una volta per tutte. Non si aspettava certo una reazione entusiasta, ma fondamentalmente Rudi era un tipo pragmatico. Kurt confidava in lui.

«Non ci capiterà un'altra occasione del genere», gli disse Kurt.

«Perché correre il rischio?» volle sapere Rudi. «Perché non ripassare la palla all'Interpol e al MI5, visto che è una questione di loro competenza? Perché non lasciare che sia l'FBI a indagare?»

Kurt si appoggiò allo schienale. Pur essendosi fatto due docce e avendo indossato vestiti puliti, si sentiva ancora addosso l'odore acre di esplosivi e gomma bruciata della notte appena trascorsa. «L'Interpol è una tigre di carta. E il MI5 non ci sarà di grande aiuto qui in America. Per l'FBI, fatta eccezione per una loro archivista, io e le mie opinioni abbiamo più o meno lo stesso valore di un quotidiano vecchio di una settimana.»

Rudi diede un'occhiata a un rapporto dettagliato con le conclusioni dell'indagine dell'FBI sull'attacco alla limousine del vicepresidente. «Hanno escluso che il bersaglio dell'attacco potessi essere tu. Ti definiscono un narcisista che si crede più importante del secondo uomo più potente del mondo.»

Kurt era ben consapevole dell'impressione che aveva dato.

«Ecco, appunto. Non credono a una sola parola di quello che ho detto. Il che significa che non si metteranno sulle tracce né di Barlow, né dei suoi uomini, né di chiunque sia stato a costruire quell'uccello meccanico.»

«Ho notato che a loro non ne hai parlato.»

«Sembravo già sufficientemente pazzo», rispose Kurt. «Non volevo confermare proprio tutti i loro sospetti.»

Rudi rise e mise via il rapporto dell'FBI. «Quindi mi stai dicendo che se non ce ne occupiamo noi, non se ne occuperà nessuno. E sei disposto a rischiare tutto per attirare Barlow in trappola. Come fai a essere sicuro che ci cascherà?»

«Lui e i suoi uomini sono in possesso degli *Scritti di Qsn*. Stando a quanto Max e Hiram sono riusciti a capire dalle foto, i frammenti suggeriscono che il tesoro si trovi in una qualche gola deserta dall'altra parte di un grande mare. Sono anche in possesso delle copie del vecchio fascicolo dell'FBI, che conferma l'esistenza del tesoro, il nesso con la famiglia Granzini e la zona indicativa del Grand Canyon in cui si trova il resto del bottino. Ci sono persino una mappa disegnata a mano, foto aeree e alcune istantanee scattate all'interno della grotta. È letteralmente impossibile che non facciano due più due.» Sulle labbra di Kurt comparve un ghigno che lo fece sembrare quasi un maniaco. «Verranno qui di sicuro. Altrimenti significherà che si sono arresi.»

Rudi distolse lo sguardo, rigirandosi una penna tra le dita mentre soppesava le varie possibilità. «Visto che non ho speranza di dissuaderti, prenderò in considerazione la tua richiesta. Cosa ti serve per mettere in atto il piano?»

«Dati satellitari abbastanza precisi da permetterci di individuare il punto esatto del canyon in cui gli archeologi trovarono la grotta a partire dalle foto presenti nel dossier dell'FBI.»

Rudi annuì. «Non dovrebbe essere eccessivamente complicato. Del resto non sarebbe la prima volta che Hiram e Max confrontano contorni e orientamenti di vecchie foto con il paesaggio attuale. Ovviamente anche il Bloodstone Group non avrà nessuna difficoltà a fare lo stesso, ma immagino sia esattamente quello che vuoi.»

«Proprio così», disse Kurt. «Considerato che Max li batterà sul tempo, noi arriveremo prima e tenderemo loro un agguato.»

«Da soli?»

«Di certo non è un posto in cui possiamo portarci dietro un esercito. Se gli uomini di Barlow dovessero vedere anche solo un minuscolo dettaglio fuori posto, segni di preparativi o della presenza di forze di sicurezza, taglieranno la corda prima che arrivino i pezzi grossi. Non ci servirà a nulla catturare qualche giovane esploratore quando a interessarci sono Barlow e i suoi collaboratori più stretti.»

«Non ti ci manderò da solo», replicò Rudi.

«Ma avrò con me Joe, Morgan e i Trout.»

«Non mi piace l'idea che la mia squadra Progetti speciali venga fatta fuori tutta insieme. Aggiungerci un agente del MI5 non cambierà le cose. Pretendo che abbiate rinforzi di qualche tipo.»

Kurt gettò un'occhiata a una mappa appesa alla parete, concentrandosi sugli Stati Uniti occidentali e sull'Arizona settentrionale. «Vicino a Flagstaff c'è una base dell'esercito che si chiama Camp Navajo. Viene usata per l'addestramento di base e per molte attività della Guardia nazionale. Se mandassimo lì un piccolo distaccamento di Ranger pronti a intervenire, non se ne accorgerebbe nessuno. Una volta confermata la presenza di Barlow e dei suoi uomini sul posto, potremo chiamarli. I Ranger accorreranno in nostro soccorso e il resto sarà storia.»

Rudi valutò il piano. Era ragionevole, soprattutto per essere opera di Kurt. «Sono sicuro che finirò per pentirmene», disse Rudi. «Ma hai il mio benestare. Ora ti conviene metterti in viaggio per il Grand Canyon. E mantieni un basso profilo. Ricordati che ufficialmente sei morto.»

52

MV Tunisian Wind, *porto di Galveston, Texas*

Da dietro un portello di carico aperto, Solomon Barlow stava guardando un motoscafo dirigersi verso la *Tunisian Wind*. Nonostante l'ombra e la ventola posizionata in maniera strategica, la sua faccia era coperta da un velo lucido di sudore. Vivendo nel Nord Europa, era terribilmente impreparato alla calura e all'umidità della baia di Galveston durante un'ondata di caldo di fine estate.

Di fianco a lui c'era Robson, che non soffriva il caldo quanto lui ma che si lamentava di più. «Non mi piace che quel killer stia venendo qui», disse indicando con un cenno il motoscafo ormai vicino. «Per poco non ha ucciso il vicepresidente. Se l'FBI lo sta tenendo d'occhio, lo porterà dritto da noi.»

«L'FBI è impegnato a dare la caccia ai terroristi», rispose Barlow. «Per gentile concessione di una fuga di informazioni tattica. Non immagina nemmeno che dietro l'attacco ci sia il Giocattolaio.»

«Resto dell'idea che sia stupido incontrarlo. Che utilità può mai avere?»

«Potremmo collaborare con loro», disse Barlow.

«Loro?»

«Aspetta e vedrai.»

Il motoscafo raggiunse la nave e la affiancò, urtandola. Una passerella fu calata dal portello di carico e assicurata all'imbarcazione.

Quando fu in posizione, l'equipaggio di Barlow si fece da

parte. Dapprima salì a bordo una donna atletica e sicura di sé, poi un uomo nervoso e irrequieto che a Barlow ricordò un ratto iperattivo.

Raggiunsero il portello, scesero dalla passerella e si fermarono, lasciandosi rinfrescare dall'aria smossa dalla ventola.

«Ti presento il Giocattolaio», disse Barlow a Robson. «O forse dovrei dire *i Giocattolai*? Xandra e Fydor.»

Usò i loro nomi perché capissero che conosceva la loro vera identità. O almeno i loro falsi nomi di secondo livello. Il messaggio andò a segno.

Xandra lo fissò. «Ci hai azzeccato al primo colpo, Solomon.» Poi indicò Fydor. «Comunque è lui a costruire le macchine. Io mi limito a impedire che venga malmenato.»

«In ogni caso lavorate molto bene», rispose Barlow. «Siete già stati pagati, ma consentitemi di ringraziarvi di persona per esservi sbarazzati di Austin. Sto addirittura pensando di incorniciare la foto che mi avete mandato.»

«Facci quello che credi», rispose Xandra. «Ora, parliamo di affari. Abbiamo qualcosa di cui hai bisogno. Se vuoi che te lo consegniamo, dovrai darci una parte dei guadagni totali.»

«È quello che mi avete scritto nel vostro messaggio. Sono pronto ad accontentarvi. Prima però dovete mostrarmi cos'avete scoperto. Venite con me. Parliamone.»

Barlow li condusse all'interno della nave fino alla mensa degli ufficiali, che era stata sgomberata e trasformata in una sala operativa. Trovarono ad attenderli altri quattro uomini molto abbronzati con l'aria da duri.

«Xandra e Fydor», disse Barlow. «Lui è Omar Kai.»

Omar Kai era appoggiato alla parete in fondo, il corpo leggermente inclinato. Era alto e snello, con capelli scuri ondulati, la pelle olivastra e grinzosa per la troppa esposizione al sole e grossi baffi che sarebbero stati più appropriati sopra le labbra di un vecchio pistolero del Far West. Era vestito in modo semplice, e mentre parlava gli luccicavano gli occhi. «Piacere di conoscervi.»

«So già chi sei», ribatté Xandra.

Nessuna stretta di mano, nessun altro scambio.

«Forza, sediamoci», disse Robson.

Presero tutti posto a un grosso tavolo, Xandra e Fydor da un lato, Omar Kai e i suoi uomini dall'altro e Robson a capotavola. Barlow restò in piedi e spiegò il motivo per cui si trovavano tutti lì.

«Stiamo per mettere le mani sul più grande deposito di tesori egizi che il mondo abbia mai conosciuto. Se sceglierete di collaborare, riceverete un pagamento anticipato per la vostra partecipazione, che in seguito potrete restituirmi in cambio della vostra fetta del bottino.»

«Noi vogliamo la metà», dichiarò arrogante Xandra. «Sappiamo esattamente dove si trova il tesoro. Vi ci porteremo. Non siamo disposti ad accettare nulla di meno.»

«Che avidità», commentò Omar Kai. «Del resto c'era da aspettarselo.»

Xandra fece una risata sprezzante.

Barlow non si scompose. «Se questa è la vostra posizione, allora andate pure a prendervi il tesoro da soli. Secondo una stima prudente del nostro esperto, il tesoro dovrebbe pesare più di cento tonnellate. Stiamo parlando di bare d'oro, lingotti d'argento, bauli pieni di pietre preziose e armi decorate, statue di marmo e onice. Potrete tranquillamente caricarvele in spalla, se credete. E poi, se mai doveste riuscirci, potrete anche cercare qualcuno a cui vendere il tutto, sempre sperando di non farvi beccare dall'Interpol o di non farvi fregare da uno dei loro informatori.» Aspettò che recepissero il messaggio. «Oppure potete scegliere di lavorare con me, nel qual caso saranno i miei uomini a occuparsi del lavoro pesante, delle vendite e della distribuzione.»

Xandra continuò a non dire nulla. Kai sorrise e fece l'occhiolino. Barlow capì di avere di nuovo il controllo.

«Avrete il venticinque per cento, purché siate in grado di

indicarci il luogo esatto in cui si trova il tesoro e di darci una mano.»

«Sono perfettamente in grado di indicarvi il luogo esatto in cui si trova», replicò Xandra sicura di sé.

«Allora ti sarai guadagnata il tuo venticinque per cento.»

«E la nostra fetta?» domandò Omar Kai.

«Anche tu e i tuoi uomini avrete diritto al venticinque per cento», rispose Barlow.

«Generoso da parte tua.»

«Non direi», replicò Barlow. «Sarete voi a correre il rischio maggiore.»

Kai non sembrava preoccupato. «Chi non risica non rosica. Ci stiamo.»

Dall'altra parte del tavolo annuì anche Xandra. «Anche noi. Qual è il piano?»

Barlow illustrò un'operazione che prevedeva di entrare e uscire dal canyon in tempi rapidi, tenendo conto che erano necessarie un'elevata capacità di carico e la massima segretezza possibile. Non si illudeva certo di poter portare via ogni singolo gingillo dalla grotta, ma si sarebbero concentrati sui pezzi più preziosi: l'oro e i gioielli, le bare e i sarcofagi, le maschere mortuarie e le mummie degli stessi faraoni.

«L'unico vero pericolo potrebbe essere l'arrivo improvviso delle forze dell'ordine. Ed è qui che voi due vi guadagnerete la vostra fetta.»

Kai replicò all'istante. «Non vorrai che ce la vediamo con la polizia mentre tu te la fili con il tesoro?»

«Certo che no», disse Barlow. «Vedersela con la polizia sarebbe una partita persa in partenza. Gli sbirri non farebbero altro che chiamare rinforzi, e alla fine vi ritrovereste circondati. Voglio che siate più scaltri. Voglio che creiate un diversivo. Una situazione che costringa le autorità a concentrarsi su qualcosa di molto più grosso e più importante di una manciata di persone che si mette a scavare in una zona remota del deserto.»

«E come faremo di preciso?» domandò Xandra.

Barlow prese un telecomando, lo puntò verso uno schermo posizionato in modo che tutti potessero vederlo e premette il pulsante. Comparve la foto di una grossa diga di cemento incuneata tra due pareti di arenaria rossastra.

«Questa è la diga del Glen Canyon», disse Barlow. «Si trova più a monte rispetto al Grand Canyon. Trattiene un miliardo di tonnellate d'acqua del fiume Colorado e al tempo stesso fornisce parecchia elettricità all'Arizona e al New Mexico.»

«Vuoi che facciamo saltare la diga?» chiese Fydor sconcertato.

«Certo che no», rispose Barlow. «Dovrete soltanto fingere che qualcuno abbia intenzione di farlo. Nello specifico, deve sembrare un grosso attacco commesso da terroristi intenzionati ad assumere il controllo della diga. Un attacco che assorba completamente l'attenzione di ogni autorità locale, statale e nazionale. Un attacco che tenga tutti impegnati per un po'. Mentre loro saranno presi a impedire il crollo della diga e a dare la caccia ai terroristi inesistenti, noi potremo accedere alla grotta, recuperare tutti gli oggetti più preziosi e squagliarcela.»

«E nel frattempo il pericolo di rimetterci la pelle lo correremo noi», disse Kai. «Sì, capisco bene perché il piano sia di tuo gradimento.»

Barlow proseguì senza scomporsi. «Questi soldi dovrete pur guadagnarveli. Alla tua squadra spetterà una cifra compresa tra i cinquanta e i cento milioni di dollari. Forse di più. Se non ritieni che valga la pena di correre il rischio, troverò qualcun altro.»

Barlow era riuscito a stuzzicare l'appetito di Xandra. «Dobbiamo soltanto attirare la loro attenzione», disse. «Potremmo lasciarci dietro qualche sorpresina e filarcela prima che intervengano le squadre antiterrorismo.»

Barlow provò una certa ammirazione per lei. C'era un che di maniacale nella sua audacia.

Kai annuì. Non era da lui rifiutare una sfida. E poi, come sempre, aveva bisogno di soldi. «Molto bene. Metteremo a punto un nostro piano d'azione e di fuga, ma faremo la nostra parte.»

«Siete abbastanza in gamba da occuparvi dei dettagli in autonomia», disse Barlow. «Il bersaglio è la diga, al piano pensate voi. Nel frattempo, Xandra, ho bisogno di sapere dove si trova questo posto.»

Lei annuì. «Quando i soldi saranno arrivati sul nostro conto.»

«Ci sono già, controllate pure», rispose Barlow compiaciuto.

Poi aspettò pazientemente, rendendosi conto che di colpo la fortuna sembrava arridergli, mentre Xandra controllava dal telefono il loro conto panamense segreto. Barlow adesso aveva tutto ciò che gli occorreva per portare a termine il lavoro: le conoscenze e le informazioni del professor Cross, la mano ferma di Robson, il supporto di Omar Kai e la collaborazione di una coppia di assassini che si serviva di veicoli telecomandati per eseguire gli ordini – dettaglio che li rendeva perfetti per il suo piano. E soprattutto, Austin non era più in circolazione, la NUMA era fuori dai giochi e presto Barlow avrebbe saputo dove si trovava esattamente il tesoro. A quel punto tutto avrebbe accelerato in maniera esponenziale.

La situazione si era capovolta in un battito di ciglia e adesso volgeva a suo favore. E lui non aveva nessuna intenzione di lasciare che le cose cambiassero di nuovo. «Allora?»

Xandra fece cenno di sì. «È vero, i soldi sono arrivati.» Premette un tasto sul telefono, inviando un'e-mail cifrata all'indirizzo di Barlow. «Apri il file. Troverai tutto lì.»

Barlow annuì e si girò verso Robson. «Adesso sai chi deve fare cosa. Forza, muoviamoci, veloci come il vento.»

53

Parco nazionale del Grand Canyon, Arizona settentrionale

Vicina al margine del Grand Canyon, Morgan Manning stava guardando dritto davanti a sé. Era così vasto e sconfinato che faceva fatica a trovare le parole per descrivere quello spettacolo. Dire che toglieva il respiro non avrebbe reso l'idea. Morgan era incantata, la stanchezza di undici ore di viaggio spazzata via in un istante.

Kurt, Joe e Paul erano in disparte mentre Gamay, a qualche metro da loro, si stava arrischiando a sporgersi oltre il margine per guardare di sotto.

«È incredibile», commentò Morgan. «Non mi sono mai sentita così minuscola e insignificante.»

«Sì, il Grand Canyon tende a fare questo effetto», rispose Gamay.

Morgan si riscosse per poi rivolgersi a Kurt. «Grazie di avermi permesso di venire qui a darvi una mano per concludere questa faccenda. Mi sono sentita male quando ho scoperto che il professor Cross era stato rapito. Spero davvero che Barlow lo porti qui.»

«Sarebbe stupido a non farlo», disse Kurt. «Considerato ciò che si aspetta di trovare, avrà bisogno dell'aiuto del professore per distinguere gli oggetti preziosi da quelli privi di valore.»

«Come faremo a raggiungere questa grotta prima di loro?» domandò Gamay.

«Hiram e Max hanno confrontato i dettagli delle vecchie foto dell'FBI con il terreno odierno», spiegò Kurt. «Si tratta di un posto piuttosto remoto, in una parte del canyon isolata ma accessibile tramite una vecchia strada.»

«Allora cosa stiamo aspettando?»

«Il permesso», rispose Kurt. «La grotta si trova al di fuori del Parco nazionale, in un'area che appartiene ai navajo. Potrebbe addirittura trattarsi di suolo sacro. Dobbiamo ottenere la benedizione necessaria prima di andarci.»

Mentre Kurt parlava, lungo la strada sterrata comparve un vecchio pick-up Chevrolet diretto verso di loro. La vernice era sbiadita e la ruggine si stava facendo strada intorno al cassone, ma a giudicare dal rombo il motore era ancora efficiente.

Quando il veicolo si fermò, la portiera dal lato di guida si aprì. Scese un navajo. I capelli neri come l'inchiostro erano raccolti all'indietro in una coda alta. Aveva spalle larghe, un petto ampio e una grossa testa. Indossava un paio di jeans scoloriti e una camicia a quadri.

Kurt fece un passo avanti e lo strinse in un forte abbraccio. «Grazie di essere venuto.» Poi si voltò per presentare il nuovo arrivato. «Lui è Eddie Toh-Yah. Un mio vecchio amico dei tempi della Marina.»

«Stai attento con la parola *vecchio*», disse Eddie. «Ho un anno in meno di te.»

Come Kurt, anche Eddie aveva trascorso gran parte della sua vita in balia degli elementi, non in mare e lungo le sue coste, bensì negli altipiani desertici dell'Arizona e del New Mexico.

«Quanto tempo è passato dall'ultima volta che ci siamo visti?»

«Otto anni», rispose Eddie. «Non posso dire che il tempo sia stato clemente con te, Kurt. Hai un'aria un tantino sfatta.»

Kurt rise senza aversene a male. «Invece tu con l'età sei migliorato. Ma d'altra parte non saresti nemmeno potuto peggiorare. Allora, sei in grado di darci una mano?»

«Ho parlato a mio nonno della vostra richiesta», rispose Eddie. «È un membro dell'amministrazione tribale. È disposto a incontrarvi, ma dovrete dirgli per quale motivo volete andare laggiù. Ti avverto, Kurt, per lui non c'è nulla di più importante delle tradizioni.»

«Anch'io ho un debole per le vecchie tradizioni», rispose Kurt. «Andiamo.»

Dopo essersi allontanati dal canyon di una quindicina di chilometri, imboccarono un'alta valle nella quale viveva una piccola comunità navajo. Al centro si trovava un gruppo di costruzioni tipiche di legno con tetti di terra chiamate hogan. Da un lato c'era un pascolo recintato, mentre numerosi cavalli masticavano pigramente il fieno in un recinto dietro le strutture.

Poco dopo il loro arrivo, Kurt e il resto del gruppo furono accompagnati dentro uno degli edifici. L'interno era costituito da un'unica, grossa stanza dal pavimento di terra, illuminata soltanto da alcune candele. C'era un forte odore di incenso.

Quando tutti si furono seduti per terra, Eddie li presentò a suo nonno, parlando in lingua navajo. Kurt restò in silenzio e studiò l'anziano. A differenza di Eddie, indossava abiti tradizionali di lana tinta ornata da elaborati motivi. Kurt stimò che dovesse avere tra gli ottanta e i novant'anni, anche se era difficile farsi un'idea precisa. Il suo viso trasudava saggezza, un sapere ben superiore a quello legato alla sua età, per quanto ragguardevole.

Eddie si girò di nuovo verso Kurt. «Mio nonno vi dà il benvenuto. Vuole sapere dove desiderate andare.»

Kurt tirò fuori una mappa topografica piegata. «Ho segnato la zona qua sopra. Si chiama gola di Silver Box. A quanto ho letto, secondo alcuni si tratta di un'area sacra.»

Eddie diede un'occhiata alla mappa e poi la porse a suo nonno, che la esaminò prima di rispondere.

«La gola di Silver Box non è un luogo sacro per il nostro popolo», disse l'anziano navajo. «Ma altri posti nel canyon lì vicino sì.»

«Promettiamo di non allontanarci dalla zona indicata», disse Kurt.

Il nonno di Eddie annuì, fidandosi della parola di Kurt. «Perché volete andare lì? State cercando il tesoro?»

Kurt fu colto alla sprovvista.

«Eddie mi ha raccontato tutto di te», disse il nonno gonfio d'orgoglio. «Dice che hai trovato tesori perduti in tutto il mondo e che quando eravate in Marina, qualunque fosse il Paese in cui vi trovavate, difficilmente ti fermavi in un porto senza indagare su qualche storia o leggenda dei tempi antichi.»

«Una descrizione piuttosto accurata», dovette ammettere Kurt.

L'anziano sorrise. «Anche a me interessano le storie antiche. Qui nella nostra terra si vocifera di un tesoro. Pare che se lo sia lasciato dietro il Popolo del Sole, gli egizi. Internet pullula di queste storie. Persino i vecchi giornali. Ogni manciata di anni qualcuno viene qui sostenendo di aver scoperto o visto qualcosa. Peccato che non abbiano mai nessuna prova.»

«Non mi stupisce», disse Kurt senza approfondire. «A me però non interessa il tesoro che potrebbe trovarsi laggiù, a interessarmi sono coloro che stanno venendo a cercarlo.»

Fu Eddie a porre la domanda successiva. «Sono soggetti pericolosi?»

«Sì», confermò Kurt. «Siamo qui per catturarli.»

Il nonno di Eddie tacque per un momento, riflettendo su ciò che aveva detto Kurt. Alla fine riprese a parlare, stavolta rivolgendosi a Eddie nella loro lingua e lasciando di nuovo a lui il compito di tradurre.

«Dice che se le cose stanno così, vi daremo una mano, ma a suo avviso dovreste sapere che laggiù non troveranno ciò che cercano.»

Kurt non ebbe un solo attimo di esitazione. «L'importante è che vengano qui e che noi arriviamo sul posto prima di loro, per il resto il tesoro può restare un mistero per l'eternità, per quel che mi riguarda.»

54

Gola di Silver Box, Riserva navajo, Arizona

Il punto più basso della gola di Silver Box si trovava a circa settecentocinquanta metri di altitudine, quasi millecinquecento metri più in basso rispetto al margine del canyon soprastante. Il fondo era di pietre sparse e sabbia poiché la gola rimaneva asciutta per tutto l'anno e si erodeva soltanto quando veniva inondata da alluvioni improvvise provocate dai temporali. Alzando lo sguardo verso un cielo azzurro senza nemmeno l'ombra di una nuvola, Kurt e gli altri ebbero la certezza che per quel giorno non sarebbe caduta una sola goccia di pioggia.

«Che caldo», disse Morgan. Si tirò il collo della maglietta, cercando di far uscire un po' del calore intrappolato sotto il tessuto. «Mi stupisce che gli uomini di Herihor non abbiano pensato di aver fatto il giro del mondo per ritrovarsi di nuovo in Egitto.»

«Ma è un caldo asciutto», scherzò Gamay dando la classica risposta degli abitanti del deserto.

«La mia camicia non è d'accordo», ribatté Paul.

Joe rise. Cresciuto negli Stati Uniti sudoccidentali, in quel clima si sentiva perfettamente a suo agio.

Su Kurt invece la calura infernale del canyon aveva un effetto corroborante, soprattutto perché placava il dolore alle articolazioni e ai muscoli che si era strappato e danneggiato nelle due settimane appena trascorse. «Prima troveremo questa grotta, prima troveremo un po' d'ombra. Stando al vecchio rapporto dell'FBI, l'ingresso è una grossa apertura nella parete meridionale, non lontano da dove siamo sbucati seguendo la strada.»

Dal villaggio navajo avevano raggiunto il margine del canyon a bordo di due pick-up con altrettanti rimorchi per cavalli al seguito. Dopo aver trovato la vecchia strada, Eddie li aveva accompagnati a cavallo per poi tornare lungo il sentiero insieme agli animali, lasciando che Kurt e la sua squadra proseguissero la loro ricerca a piedi.

Perché il piano di Kurt funzionasse, era importante che nella gola non ci fosse alcun segno di attività, il che significava nessuna attrezzatura motorizzata, nessuna traccia di pneumatici e nessun ronzio di elicotteri nei paraggi. E soprattutto, era fondamentale che trovassero la grotta e vi entrassero prima dell'arrivo degli uomini di Barlow.

Kurt gettò un'occhiata alla strada a tornanti scavata nel fianco del canyon. Ormai era ridotta a una mulattiera malsicura, ma nelle foto dell'FBI era appena stata costruita e livellata con un notevole dispendio economico.

Benché il confronto tra le foto e ciò che avevano davanti agli occhi in quel momento non fosse una scienza esatta, riuscirono presto a individuare alcuni punti di riferimento, in base ai quali si concentrarono sull'area in cui avrebbe dovuto trovarsi l'accesso alla grotta. Anziché un'apertura, però, videro un enorme cumulo scosceso di detriti e sabbia.

«Dev'essere dietro quella...» attaccò Joe.

«Frana», concluse Gamay al posto suo.

«Suppongo che ce ne siano state parecchie negli ultimi secoli», fece notare Paul. «È così che il canyon si sviluppa e si modifica. A quanto sembra, sia da un lato che dall'altro ci sono aree pronte a franare di nuovo. Stiamo attenti, se e quando cominceranno a volare proiettili.»

«Se cogliamo Barlow alla sprovvista, ne voleranno ben pochi», disse Morgan in tono convinto.

Kurt si stava già arrampicando, cercando di arrivare in

cima senza provocare una valanga. Raggiunta la sommità del cumulo di rocce, trovò esattamente ciò che sperava: una stretta apertura dalla quale filtrava aria fresca proveniente dalla grotta.

«Ci siamo», annunciò agli altri.

Nel corso degli anni, sabbia e rocce si erano riversati all'interno della grotta. Il risultato era un'apertura in alto e un cumulo digradante di detriti all'interno.

Puntando una torcia verso lo spazio buio, Kurt non vide nulla di eccezionale, ma soltanto le pareti della grotta. Non importava. Sapeva di essere nel posto giusto.

Si girò verso il resto della squadra. «Tornate indietro di una cinquantina di metri e cancellate qualsiasi impronta abbiamo lasciato. Poi venite qua sopra e raggiungetemi dentro.»

Mentre gli altri si mettevano al lavoro, Kurt cominciò a scendere all'interno della grotta. Arrivato in fondo, rivolse la torcia verso il vuoto davanti a sé.

Non volendo lasciarsi dietro nessuna traccia, badò di mantenersi sul terreno compatto e sulle rocce, evitando la sabbia. Il tunnel era largo, abbastanza da passarci con un carro o un altro mezzo di trasporto. Allontanandosi dall'ingresso, Kurt constatò che in effetti lì dentro un veicolo di qualche tipo doveva esserci stato.

Nel fango secco su un lato del tunnel notò alcuni solchi lasciati da ruote strette, con un battistrada semplice, segno che dovevano risalire a quasi un secolo prima.

Proseguendo, Kurt trovò i primi manufatti in stile egizio. Arredi e carri smontati. Passò oltre e giunse in un ampio spazio all'interno della grotta. Era alto ed esteso, come un teatro lirico o un'arena coperta.

Nella luce della torcia scoprì rampe, piattaforme ed elementi architettonici a più piani scavati nella roccia. In ogni direzione, a ogni altezza, Kurt vide figure e strani volti coperti di polvere.

Un corpo muscoloso con la testa da sciacallo appoggiato contro la parete rappresentava Anubi, il dio dell'imbalsamazione. In una figura esile alla sua sinistra, con una testa di falco e grossi occhi dipinti, Kurt riconobbe Horus, il dio della salute, della protezione e del potere. Più avanti, accatastati alla bell'e meglio, c'erano otto corpi mummificati con le bende ormai grigie e marroni per via della polvere e del tempo.

Kurt puntò la torcia più avanti. Al centro della caverna c'erano decine di statue più piccole insieme a cumuli di arredi dorati, ceste di giunchi e vasi d'argilla. Una grossa sedia simile a un trono era circondata da statue di gatti che sembravano di alabastro, bauli riccamente decorati e versioni in miniatura della Sfinge.

Era tutto disposto a casaccio, come se fosse stato buttato lì dentro in fretta e furia anziché sistemato con attenzione. Proprio al centro c'era un singolo sarcofago, non i quindici di cui aveva parlato il professor Cross.

Kurt si avvicinò, ma senza azzardarsi a toccarlo: la polvere era distribuita in maniera talmente perfetta che l'impronta di una mano o di un dito passato sulla superficie sarebbe stata troppo evidente. La illuminò con la torcia e la studiò, riuscendo a distinguere il luccichio della lamina d'oro screpolata.

Aveva trovato ciò che gli archeologi avevano scoperto nel 1927. Davanti ai suoi occhi c'era il segreto per preservare il quale la famiglia Granzini aveva addirittura ucciso. Ora gli serviva soltanto che lo trovassero anche Barlow e i suoi uomini.

55

Tuba City, Arizona settentrionale

Gli autoarticolati non erano una vista insolita nelle strade di Tuba City. Nessuno batté ciglio vedendo passare uno dietro l'altro tre camion quasi identici. E di certo nessuno si scompose di fronte al pick-up a cabina doppia a quattro porte che chiudeva la fila trascinandosi dietro un rimorchio con sopra un motoscafo.

Da Tuba City, il convoglio si diresse verso ovest sulla Route 160 prima di svoltare a nord su una stretta strada a due corsie conosciuta come Route 89. Dopo una cinquantina di chilometri, senza veicoli in vista né in una direzione né nell'altra, gli autoarticolati lasciarono la strada e proseguirono su uno sterrato, dove scomparvero dietro una parete liscia di arenaria erosa dal vento.

Usando la strada sterrata come parcheggio, i veicoli si distribuirono, si fermarono e spensero i rumorosi motori.

Solomon Barlow scese da quello in testa, grato di potersi sgranchire le gambe dopo dodici ore trascorse a bordo. Robson scese dal secondo camion e andò incontro al suo capo. Fydor e Xandra smontarono dal terzo veicolo. Dietro di loro, Omar Kai uscì dal pick-up.

«Qui le nostre strade si dividono», disse Barlow. «Il piano è chiaro a tutti?»

Kai annuì. «Io e i miei uomini ci introdurremo nella diga mentre Fydor e Xandra combineranno qualche marachella all'esterno. Poi danneggeremo la diga piazzando qualche trappola esplosiva per tenere occupate le autorità e infine svaniremo nel nulla.»

Kai era molto ottimista. Barlow invece stimava che le probabilità di riuscita del piano non superassero il cinquanta per cento, ma in fin dei conti gli serviva soltanto un diversivo. Se Kai e i suoi uomini fossero rimasti uccisi o fossero saltati per aria nel tentativo di fornirglielo, a lui importava ben poco. Ciò che contava era che le autorità avessero gli occhi puntati sulla diga e che di conseguenza non potessero curarsi di lui e dei suoi scavi illegali.

«Molto bene», disse Barlow. «Avete elaborato tutti i vostri piani di fuga, quindi per un po' non avremo più nulla da dirci. Facciamo a meno di mettere in chiaro cosa succederà se io dovessi cercare di fregarvi o viceversa. Sappiamo di poterci rendere la vita un inferno a vicenda. Sarà molto meglio se ci rivediamo direttamente tra una settimana per cominciare a dividerci i guadagni.»

Fydor e Xandra annuirono. Kai fece lo stesso. «Voi due venite con me», disse.

I tre si voltarono e si diressero con passo deciso verso il pick-up su cui era arrivato Kai. Salirono e si chiusero le portiere alle spalle. Dopo un momento, il mezzo stava facendo inversione per poi dirigersi verso la strada, lasciandosi dietro una nuvola di polvere.

Barlow li guardò allontanarsi, dopodiché si concentrò sugli uomini rimasti con lui. «Scaricate i camion.»

Robson aprì i portelli posteriori del camion di Barlow e portò una rampa in posizione. Lui e i suoi uomini salirono e nel giro di poco uscirono ciascuno a bordo di un quad a quattro ruote. Semplici attrezzi per scavare erano fissati con una cinghia al retro di ogni mezzo.

«Venite», gridò Robson.

Girò la manopola e accelerò, dirigendosi verso ovest. Lo seguirono quattro quad identici, tre guidati dagli uomini di

Robson e uno da un ospite speciale, rivelatosi molto più collaborativo di quanto chiunque di loro si fosse aspettato.

Mentre Robson e i suoi uomini se ne andavano, Barlow si girò verso gli ultimi membri rimasti della sua squadra. «Smontate questi camion e fate volare gli elicotteri. Non abbiamo tempo da perdere.»

Scaricare gli ultimi due camion fu più complesso. Anziché aprire i portelli posteriori, gli uomini di Barlow si arrampicarono sui tetti e cominciarono ad allentare diverse viti.

Una volta staccati e lanciati da parte i grossi e leggeri pannelli del tetto, abbassarono le pareti laterali e i portelli posteriori a ribalta. Terminata l'operazione, i camion sembravano fiori con i petali schiusi. Al centro di ogni fiore, sul pianale di ciascun camion, c'era un elicottero con il rotore ripiegato.

I velivoli erano dipinti dello stesso colore di quelli di un famoso tour operator che organizzava voli panoramici in zona. Barlow era certo che sarebbe stato un camuffamento perfetto, se mai qualcuno li avesse visti entrare e uscire dal canyon.

Dopo aver aperto i camion con gli elicotteri, i membri degli equipaggi si misero al lavoro per prepararli a volare. Aprirono i rotori e li bloccarono in posizione. Controllarono i sistemi di alimentazione, le pompe del carburante e i sistemi idraulici, testarono quelli elettrici e infine dichiararono che erano pronti al decollo.

Quando diedero il via libera, Barlow salì sul primo elicottero insieme a un pilota. Un secondo pilota e alcuni membri dell'equipaggio di riserva salirono sul velivolo numero due. Entrambi avevano la stiva piena di riflettori e attrezzature di scavo, che Barlow aveva intenzione di lasciarsi dietro una volta caricato il tesoro sugli elicotteri.

Non era sicuro di quanti viaggi dentro e fuori dal canyon avrebbe avuto il tempo di fare, ma sperava di abbandonare gli elicotteri nel deserto mentre loro lasciavano l'Arizona a bordo dei camion carichi di preziosissimi manufatti egizi.

Si mise le cuffie sulle orecchie e fece un segnale, roteando la mano. «Andiamo.»

Mentre gli elicotteri si accendevano, da parecchi chilometri più avanti giunse una chiamata via radio. Era Robson. «Abbiamo trovato la vecchia strada. La percorreremo fino alla gola. Ci vediamo là.»

Mentre Barlow e Robson si preparavano per le operazioni di scavo, Omar Kai stava guidando lungo le strade di Page, una piccola cittadina sulla sponda orientale del Lago Powell.

Page era una località turistica, piena zeppa di diportisti e vacanzieri in estate e più tranquilla in autunno, fatta eccezione per i fine settimana. Come molte località turistiche, ospitava un ammasso di motel e un mucchio di fast-food.

Omar Kai esaminò gli edifici che gli sfilavano accanto. Erano quasi tutti sgargianti, alcuni decorati con qualche pietanza di plastica gigante o insegna bizzarra per pubblicizzare ciò che vendevano. Sembrava un'accozzaglia di cose messe insieme a casaccio, senza alcun pensiero dominante se non quello di scucire soldi a chiunque passasse di lì.

«Tipicamente americano», osservò con voce al tempo stesso gonfia di ammirazione e carica di disprezzo.

«Dei commenti possiamo fare a meno», disse Xandra. «Trova la rampa per le imbarcazioni e basta.»

Kai non aveva intenzione di farsi mettere fretta, ma capiva il perché della tensione. I suoi uomini erano stipati sul retro del pick-up, mentre Xandra e Fydor si dividevano il grande sedile anteriore. Sia gli uni che gli altri non vedevano l'ora di scendere.

Seguendo le indicazioni, avanzarono lungo una strada curva che correva tra una fila di motel, dopodiché imboccarono una strada secondaria che conduceva verso est fino a un punto da cui si poteva accedere al lago. Non essendoci nessun altro nei paraggi, fecero retromarcia e calarono il motoscafo in acqua.

Fydor e Xandra salirono a bordo. Tra il loro pallore spettrale e la loro tenuta, non avrebbero potuto sembrare più fuori posto.

«Vedete di non morirmi ustionati prima della fine della missione», li prese in giro Kai.

Fydor si stava già spalmando una striscia di ossido di zinco sul naso.

«Ce la caveremo», rispose bruscamente Xandra. «Ma a voi non basteranno occhiali da sole e camicie di pessimo gusto se avete intenzione di prendere il controllo della diga.» Kai e i suoi uomini erano vestiti da turisti. «Come pensate di fare con le armi? Ci saranno guardie e metal detector.»

«Non abbiamo bisogno di portarle con noi. Le recupereremo una volta dentro.»

Xandra lo fissò come alla ricerca di segni che stava mentendo. Poi capì. «Non sei così stupido come pensavo.»

Kai diede una spinta al motoscafo e lo guardò galleggiare. Quando cominciò ad allontanarsi, si concentrò sulla diga. All'improvviso si fece più serio.

Tornato sul pick-up, scrutò i suoi uomini e constatò che erano pronti. «Andiamo a vedere se è rimasto qualche posto per il tour dell'una.»

Dopo pochi minuti arrivarono a un ponte che attraversava il canyon appena più a valle rispetto alla diga. Percorrendolo, ebbero una visuale perfetta della colossale struttura.

«È più grande di quanto pensassi», disse uno degli uomini.

Kai aveva visto parecchie dighe in vita sua, di cui molte, in Cina, più grandi di qualunque costruzione esistesse nel mondo occidentale, ma si trattava sempre di strutture scure, industriali, mentre quella era anche bella da vedere. Il contrasto di colori lo colpì: dalle acque blu trattenute dalla diga alla parete bianca e spoglia della diga stessa, fino alle sfumature rossoarancioni delle rocce tra le quali la struttura era stata costruita. Persino il Colorado, che da là sopra era giusto un rivolo verde acqua, sembrava dipinto dal pennello di un artista.

Kai relegò quei pensieri in un angolo mentre entravano nel parcheggio del centro visitatori e scendevano dal pick-up. Senza portarsi dietro nient'altro che i portafogli e qualche bottiglia d'acqua, Kai e i suoi uomini si diressero verso l'edificio climatizzato e pagarono il biglietto del tour.

L'allegra guida disse loro che quello successivo sarebbe cominciato da lì a venti minuti. Kai fece qualche calcolo mentale. Non era un problema. Avevano tutto il tempo.

Si sedette su una panca e si chinò verso le scarpe da tennis ai suoi piedi. Con gesti lenti e attenti, slacciò e riallacciò le stringhe, badando che le grosse punte di metallo alle estremità restassero ben salde al loro posto.

56

Gola di Silver Box, Riserva navajo, Arizona

Lo sciame di quad percorse la malsicura strada a tornanti con prudenza. La discesa era insidiosa, il terreno irregolare, con il margine della strada che si sgretolava sotto le ruote e uno strapiombo di parecchie centinaia di metri pronto ad accogliere chiunque perdesse il controllo del proprio veicolo. Robson restò piacevolmente stupito nel constatare che c'erano ancora tutti.

Fino a quel momento i quad avevano viaggiato in fila indiana, ma una volta arrivati in fondo alla strada si sparpagliarono rumorosamente nello spazio aperto tra le pareti di roccia color vermiglio. Erano sbucati dalla strada rivolti verso est, ma grazie al fascicolo dell'FBI sapevano che l'ingresso della grotta si trovava alle loro spalle, verso ovest.

«Da questa parte», disse Robson allontanandosi dall'ampio sbocco della strada e tornando verso la sezione più elevata del canyon. Procedendo in gruppo, esaminarono le pareti. Dopo qualche minuto Robson fu certo che si fossero spinti troppo oltre.

Accostò e spense il motore. Il resto della squadra lo imitò. «Qualcuno di voi vede una grotta?» domandò con metà faccia nascosta da un paio di occhiali scuri.

Snipe si era fermato accanto a lui. «No, niente.»

«Zero», aggiunse Gus.

«Sei sicuro che siamo nel posto giusto?» chiese Fingers.

«E io come faccio a saperlo? Siamo nel posto giusto?»

Fingers aggrottò la fronte, evidentemente perplesso. «Be', secondo me questi canyon del cavolo sono tutti uguali.»

Robson scosse la testa. «Non lo stavo chiedendo a te, ma a lui.»

Il guidatore dell'ultimo quad si era fermato a qualche metro dal resto del gruppo. La sua guida era stata impacciata sin dall'inizio, tanto che aveva rischiato di schiantarsi già due volte prima ancora di raggiungere la ripida strada che conduceva in fondo al canyon. Robson credeva che alla prospettiva di affrontare quel pericoloso tragitto si sarebbe tirato indietro, ma il desiderio di vedere il tesoro con i suoi occhi si era rivelato più forte della paura.

Il professor Cross si tolse il casco, scoprendo una chioma grigia e ricciuta. Si sollevò gli occhiali e se li piazzò sulla fronte. Il resto della sua faccia era talmente sporco che la zona intorno agli occhi sembrava evidenziata.

«Stiamo aspettando, professore.»

«Sì, sì, certo. Dunque, l'ingresso dovrebbe essere abbastanza vicino», disse il professore con il suo accento inglese perfetto. «Ma non vedo nessun...»

Il professor Cross aveva studiato le mappe e le vecchie foto, confrontandole con le immagini satellitari del canyon disponibili su Internet. Benché non si trattasse di una scienza esatta, stimava che il margine di errore non potesse superare i cinquecento metri, una distanza che avevano già ampiamente coperto. Il professor Cross era sicuro che a quel punto l'ingresso della grotta avrebbe già dovuto essere visibile.

Girando la testa come un gufo, esaminò le pareti finché non comparve la risposta. «Ma certo», disse con un largo sorriso. «Anche la cripta di Tutankhamon era nascosta dietro un ammasso di pietre franate.» Indicò un cumulo di detriti in pendenza che sporgeva dalla parete del canyon. «Dev'essere lì. Speriamo di riuscire ad aprirci un varco per entrare.»

Fecero inversione, tornarono al punto con le rocce franate

e parcheggiarono. Una volta scesi dai quad, Robson e il professore si arrampicarono sui detriti fino a trovare una stretta apertura.

«Qui ci si passa a stento», commentò il professore infilando la testa all'interno. «Per sicurezza preferirei un po' di spazio in più.»

Robson scosse la testa. «Non sposteremo tutta la montagna soltanto per scoprire che siamo nella grotta sbagliata. Entri.»

«Giusto», disse il professore ricordando all'improvviso di essere tecnicamente un prigioniero. «Vieni anche tu?»

«Non mi piacciono gli spazi chiusi», rispose Robson. «Passi un po' di tempo dietro le sbarre e capirà perché.»

Il professore annuì educatamente. Si infilò la mano in tasca e tirò fuori una fascia alla quale era fissato un faretto. Se la mise in testa, si assicurò che non stringesse troppo e accese la luce. Da una seconda tasca prese una torcia che gli stava giusto giusto nel palmo della mano.

Mettendosi a quattro zampe, il professore strisciò all'interno della grotta e sparì.

Robson e i suoi uomini rimasero fuori ad aspettare.

«E se restasse ucciso da una trappola esplosiva?» chiese Fingers.

«Allora avremo la certezza di essere nel posto giusto», scherzò Robson.

«Ma non potremo sapere se è morto a meno che non entriamo anche noi a dare un'occhiata», fece notare Gus.

«Rilassati», rispose Robson. «Hai mai sentito parlare di una trappola esplosiva ancora funzionante a distanza di duemila anni? E poi, se ci fosse qualche trappola lì dentro, avrebbe ucciso gli archeologi che scovarono questo posto un secolo fa. Adesso stai buono, cominci a darmi sui nervi.»

Ora che i quad erano spenti e i suoi uomini si erano decisi a tenere il becco chiuso, Robson poté finalmente apprezzare il silenzio assoluto che regnava nel canyon. Sentiva la sabbia scivolare a rivoletti lungo il cumulo di rocce mentre lui si muoveva, sentiva le lucertole sgambettare nella sterpaglia a una cinquantina di metri da lì.

Con quel silenzio, il tempo sembrava essersi fermato. Alla fine Robson ne ebbe abbastanza. Afferrò la sua torcia, la accese e si avvicinò all'apertura. Prima che potesse infilarsi all'interno, apparve il viso sorridente del professor Cross.

«È tutto qui», disse euforico il professore. «Tutto. Tutto ciò che avremmo mai potuto sperare di trovare.»

57

Quando gli elicotteri di Barlow atterrarono, Robson e i suoi uomini stavano sgomberando detriti da mezz'ora. Il cumulo di rocce non era sparito del tutto, ma servendosi di pale e palanchini, nonché di catene fissate ai quad per portare via i massi più grossi, erano riusciti a ridurne l'altezza di parecchi metri. In cima era stata scavata un'apertura alta poco più di un metro, e la pendenza che conduceva alla grotta era stata notevolmente addolcita e spianata fino a diventare una specie di rampa sterrata che conduceva prima su, poi all'interno e poi giù.

«Bel lavoro», disse Barlow esaminando i progressi fatti dai suoi uomini. «Avremo bisogno di quello spazio per portare tutto dentro e fuori.»

«Un'altra ventina di minuti e sembrerà la rampa d'accesso di un'autostrada», rispose Robson.

Barlow non aveva nessuna intenzione di aspettare così tanto. «Lascia che se ne occupino i tuoi uomini. Tu portami dentro insieme al professore a vedere cosa c'è.»

Robson posò la pala e ordinò a Fingers, Gus e Snipe di andare avanti. Dopodiché si fece coraggio per entrare nella grotta buia.

Barlow chiamò con un fischio gli uomini arrivati insieme a lui in elicottero. «Scaricate tutto. Ci servono i riflettori il prima possibile e subito dopo i cingolati.»

Entrambi i riflettori erano dotati di un'infinità di lampadine a LED ad alta potenza e alimentati da una massiccia batteria agli ioni di litio che consentivano loro di illuminare l'interno della caverna come uno stadio.

I cingolati invece erano speciali carri muniti di cingoli motorizzati. Poiché erano in grado di trasportare migliaia di chili di peso, il piano era di utilizzarli in un secondo momento per portare via gli oggetti più pesanti.

Ora che le operazioni di scarico erano in corso, Barlow e Robson si girarono verso la grotta. Salirono in cima alla rampa ed entrarono, guidati dal professor Cross.

Scesero all'interno e cominciarono ad avanzare attraverso il tunnel buio. Dal momento che i loro occhi erano abituati alla luce della gola, sulle prime videro soltanto ciò che illuminavano le loro torce.

«L'interno della grotta è perfettamente in piano», disse Barlow rendendosi conto di quanto fosse liscia la superficie sotto i suoi piedi.

«Non c'è da stupirsi», rispose il professor Cross. «Gli egizi erano ingegneri straordinari.»

Robson continuava a voltarsi verso l'ingresso. «Siete sicuri di non poter fare a meno di me?»

«Muoviti», ordinò Barlow.

Proseguirono, individuando una fila di piccole statue contro la parete. Alle loro spalle c'erano i pezzi di numerosi carri, in stato di abbandono, accanto ai quali si trovava una catasta di arredi e oggetti decorativi.

«Voglio sperare che ci sia qualcosa di più», lo avvertì Barlow.

«Certo», disse il professore. «Questi sono soltanto i doni per l'aldilà. Il tesoro è da questa parte.»

Si fecero strada oltre gli arredi accatastati in fretta e furia fino a un enorme spazio aperto. Persino nella luce scarsa di un paio di torce portatili, Barlow vide che quella sezione della grotta era piena di elaborate incisioni, statue a grandezza naturale, opere d'arte e mummie. Al centro troneggiava un sarcofago.

Quando i suoi uomini arrivarono, ordinò loro di posizionare le luci. «Lì e lì», disse indicando un paio di aree ben distanziate. «Sbrigatevi. Voglio vedere queste meraviglie in tutto il loro splendore.»

Gli uomini posizionarono i riflettori portatili e li installarono rapidamente. Quando premettero gli interruttori, uno dopo l'altro i potenti LED si accesero. Le lampadine di ciascuna unità puntavano in direzioni leggermente diverse, ma poiché la maggior parte della luce era rivolta verso l'alto e verso l'esterno, colpì prima le pareti e il soffitto per poi riflettersi sui manufatti.

A ogni sezione della caverna che si illuminava comparivano nuovi tesori. Girandosi da una parte e dall'altra, Barlow per poco non si mise a gridare. Era meglio di quanto avesse sognato. I suoi autoarticolati non avrebbero potuto trasportare nemmeno la metà di quello che c'era lì dentro. Avrebbe dovuto fare una cernita. Sapeva che gli oggetti legati ai faraoni sarebbero stati i più preziosi, e senza rendersene conto si trovò a fissare il sarcofago al centro dello spazio.

Si girò verso il professor Cross. «Non aveva detto che qui sotto dovevano essere sepolti almeno quindici faraoni?»

«Sono sicuro che ce ne siano altri da qualche parte», rispose il professore. «Abbiamo esplorato soltanto una piccola parte della grotta.»

Barlow annuì e si diresse verso il sarcofago con il professor Cross al proprio fianco.

Nel frattempo Robson guardò dall'altra parte. In quel grande spazio aperto, e ora anche illuminato, aveva scordato la sua claustrofobia, cominciando a immaginare la sua fetta del bottino.

Ammirò tutto ciò che lo circondava, fermandosi soltanto quando gli cadde l'occhio su qualcosa che non aveva assolutamente nulla a che vedere con i tesori dei faraoni. Sbatté le palpebre due volte per assicurarsi che le ombre non gli stessero giocando brutti scherzi o che non si trattasse di un frutto della sua immaginazione.

In fondo alla grotta, su una piattaforma in cima a una rampa liscia, intravide un'auto d'epoca coperta di polvere. Il veicolo aveva un lungo cofano elegante e parafanghi dolcemente ricurvi che abbracciavano ruote con cerchi multirazze. La fiancata era abbellita da predellini e una coppia di fari sporgeva dal radiatore. L'auto sembrava conservata molto bene. Persino gli pneumatici, benché non privi di segni dell'età, erano ancora gonfi.

Robson si diresse verso il veicolo, salendo sulla rampa che conduceva alla piattaforma. Man mano che si avvicinava, emersero altri dettagli. Era una cabriolet a due posti con la cappotta abbassata e nient'altro che un semplice parabrezza piatto davanti all'abitacolo. Probabilmente un tempo era coperto dal telo che adesso era scivolato per terra. Sotto lo strato di polvere che copriva il veicolo si riusciva comunque a intravedere la vernice nera lucente.

Fermandosi in cima alla rampa, Robson parlò senza voltarsi verso gli altri. «Il faraone aveva un'automobile?»

Tutti gli occhi si girarono verso di lui e il veicolo.

«Devono averla lasciata qui i Granzini», rispose il professore. «O gli archeologi.»

Robson guardò nell'abitacolo. C'erano un bel volante di legno, un cruscotto di metallo e una placca con scritto KISSEL. Ipotizzò che si trattasse del produttore o del modello, anche se era un nome che a lui non diceva nulla.

Più la studiava, più era certo che un archeologo non avrebbe mai guidato un'auto del genere. Immaginò che fosse dei Granzini, ma continuava a sfuggirgli il motivo per cui i contrabbandieri avrebbero dovuto lasciarla nella grotta. E non riusciva nemmeno a spiegarsi perché mai avrebbero dovuto andare in un canyon nel bel mezzo del deserto con un'auto così elegante.

Allungò la mano, toccò il volante e notò una targhetta fissata al cruscotto. Togliendo la polvere con le dita, scoprì un'incisione. PROPRIETÀ DI C.B. DEMILLE.

Robson l'aveva già sentito, ma non gli veniva in mente dove.

Nel frattempo, al centro della grotta, Barlow e il professor Cross erano accovacciati accanto al sarcofago, intenti a esaminare la loro scoperta.

Il professor Cross tolse la polvere e fissò le strisce oro e blu sulla parte frontale. La vernice era crepata e sbiadita. Lui toccò il coperchio, togliendo altra polvere e facendosi un'idea della consistenza. Vi tamburellò le dita.

«Sembra di legno», disse. «Di solito la parte esterna è fatta di pietra e la bara interna d'oro, ma forse la pietra era troppo pesante da trasportare fin qui.»

«L'importante sono la maschera mortuaria d'oro e il corpo», rispose Barlow. «Ha idea di quanto certa gente sia disposta a sborsare per avere la mummia di un faraone nella propria collezione privata? Forza, apriamola.»

I due uomini trovarono una giuntura e vi infilarono le dita. Pochi centimetri per volta, sollevarono il coperchio, stupendosi di quanto fosse leggero e della facilità con cui si alzò. Quando si staccò dalla metà inferiore, Barlow lo spinse via e il coperchio si capovolse, cadendo rumorosamente per terra.

Barlow guardò all'istante all'interno in cerca del suo bottino. Ma anziché una bara d'oro o un faraone mummificato, trovò qualcosa di completamente inaspettato.

Dentro il sarcofago era sdraiato Kurt Austin. Aveva un sorriso soddisfatto in faccia e una pistola calibro .45 in mano, la cui canna era puntata proprio in mezzo agli occhi di Barlow.

Sia Barlow che il professor Cross restarono paralizzati.

«Austin?» balbettò Barlow. «Ma come...? Ti ho visto morto.»

«Esatto», rispose Kurt. «Ma Osiride, il dio dell'Oltretomba, è un mio vecchio amico. Quando gli ho detto cos'avevi intenzione di fare, ha cancellato la mia prenotazione e mi ha rimandato qui per fermarti.»

58

Dalla sua posizione accanto all'auto d'epoca, Robson non capì esattamente cosa stesse succedendo al centro della grotta. Vide Barlow e il professore alzare le mani, li sentì mormorare qualcosa e poi li vide mettersi in ginocchio. Per un momento pensò che stessero compiendo qualche rituale o addirittura pregando.

Prima che potesse capire, un fischio proveniente da dietro la vecchia automobile catturò la sua attenzione.

Voltandosi di scatto, Robson si trovò faccia a faccia con Joe Zavala, che impugnava una pistola mitragliatrice MP7 a canna corta.

«A terra», ordinò Zavala. «Mani sopra la testa.»

Robson non ebbe scelta. Mentre si abbassava, gettò un'ultima occhiata verso il centro della grotta. Barlow e il professor Cross erano nella sua stessa condizione. Più in flagrante di così non avrebbero potuto essere colti.

Ora che i loro capi erano stati catturati, gli uomini che avevano portato i riflettori si fecero prendere dal panico. Vedendo le armi, valutarono rapidamente la situazione e se la diedero a gambe.

L'uomo più vicino all'uscita della grotta era quasi riuscito a raggiungerla quando una donna, nella quale Robson riconobbe Morgan Manning, comparve da dietro una statua di Anubi e lo colpì al diaframma con un bastone dall'aria antica. L'asta andò in pezzi, e frammenti di legno schizzarono in tutte le direzioni, ma l'impatto fu abbastanza forte da atterrarlo.

Lui restò dov'era, stringendosi l'addome, mentre lei estraeva una 9 mm. Rendendosi conto di non avere più alcuna speranza di fuga, l'altro uomo si arrese, si inginocchiò e si mise le mani dietro la testa.

Al centro della grotta, Kurt si alzò, soddisfatto dell'operazione. Uscì dal sarcofago tenendo la Colt puntata contro Barlow, in attesa che tentasse qualche mossa.

Ma in quel momento il professor Cross cominciò a parlare. «Grazie», disse facendo per alzarsi. «Grazie di avermi salvato. Non ha idea di quanto tutto questo sia stato detestabile. Sono riuscito a malapena a...»

Kurt lo fulminò con lo sguardo. «Resti dov'è, professore. Non abbiamo ancora finito qui.»

«Non capisco.»

«Io sì», disse Kurt. «Ora stia giù. Ha scelto la squadra sbagliata.»

Il professore sembrava profondamente ferito mentre si abbassava, ma non protestò oltre.

«Joe?» chiamò Kurt.

«Questo ce l'ho sotto tiro», riecheggiò la risposta di Joe.

Poi si sentì la voce di Morgan. «Anche questi due non andranno da nessuna parte.»

«Paul? Gamay?» disse Kurt. «È ora di legare i prigionieri.»

Paul e Gamay emersero da un'altra sezione della grotta. Si diressero prima verso Morgan. Mentre lei sorvegliava i suoi due prigionieri, Paul legò loro le mani con alcune fascette e Gamay tappò loro la bocca con del nastro adesivo.

«Adesso è il turno di Barlow e del professore», disse Kurt.

«Con piacere», rispose Gamay.

Lei e Paul si girarono verso il centro della grotta, ma il rombo di un motore riempì lo spazio: uno dei quad stava irrompendo nella caverna.

Morgan si voltò, pronta a fare fuoco, ma fu costretta a tuffarsi di lato per non essere investita. Anche Paul e Gamay si misero al riparo con un balzo. Il veicolo li superò a tutta velocittà, puntando dritto verso il tesoro segreto e di conseguenza verso Kurt, Barlow e il professor Cross.

Kurt si vide costretto ad alzare la pistola e a sparare due volte, facendo cadere l'uomo dal quad con il primo proiettile e colpendo la ruota destra anteriore con il secondo.

La ruota esplose e il quad proseguì la sua corsa in diagonale. Andò a sbattere contro una parete, si ribaltò e prese a rotolare su se stesso. Obbligato ad abbassarsi dietro il sarcofago, Kurt toccò terra nell'attimo esatto in cui il veicolo a quattro ruote centrava il fianco della bara, sollevando un'enorme quantità di frammenti di legno dipinto e polvere.

Kurt rotolò sul fianco per allontanarsi e poi si rialzò di scatto. Vide la pistola a canna corta di Barlow puntata contro di lui mentre il professor Cross spariva di corsa nelle profondità della grotta.

Kurt e Barlow si spararono a vicenda, si abbassarono di lato e poi fecero fuoco di nuovo. Nessuno dei due riuscì a colpire l'altro, ma Barlow era in una posizione migliore, riparato dietro il quad distrutto. Kurt invece non aveva altro che il sottile coperchio di legno del sarcofago frantumato a fargli da scudo.

Sulla piattaforma accanto all'auto d'epoca, Joe vide che Kurt era in pericolo. Alzò a sua volta l'arma e fece fuoco contro Barlow, costringendolo a interrompere il suo attacco e a nascondersi meglio.

Il prigioniero di Joe colse l'occasione per fare la sua mossa. Appena si accorse di non essere più sotto tiro, Robson rotolò sul fianco, estrasse la pistola e cominciò a sparare contro Joe.

Lui si abbassò dietro la Kissel mentre le pallottole tintinnavano contro il metallo del blocco motore. Quando non sentì più nulla, Joe guardò sotto l'auto e vide che Robson stava correndo nella direzione opposta.

Alzandosi all'istante, sparò verso Robson, ma il proiettile

non fece che rimbalzare contro la parete rocciosa mentre quello fuggiva verso un'altra sezione della grotta.

Paul e Gamay salirono di corsa sulla rampa, raggiungendo Joe dietro l'auto antica.

«Si sono spostati tutti verso il fondo della grotta», gridò Joe. «Sono in trappola.»

Non fece in tempo a pronunciare quelle parole che una scarica di proiettili proveniente dall'ingresso si riversò su di loro. I criminali londinesi della vecchia gang di Robson avevano deciso di intervenire.

Gamay scosse la testa. «Non potevi stare zitto, vero?»

Nel giro di poco lo scontro assunse la forma di un fuoco incrociato da quattro direzioni: i rinforzi di Robson all'ingresso, Kurt e Morgan nascosti quasi in centro, Joe e i Trout dietro la Kissel d'epoca e Barlow, Robson e il professor Cross intrappolati nella parte più interna della grotta.

Per un breve momento un gruppo sparò a caso contro l'altro, ma poiché tutti avevano poche munizioni e nessuno era interessato a uscire, presto giunsero a una situazione di stallo.

Quando tutti ebbero smesso di sparare, dalle profondità della caverna risuonò la voce di Barlow. «Hai avuto troppa fretta di fare la tua mossa, Austin! Avresti dovuto aspettare che fossimo tutti nella grotta.»

«L'avrei preferito anch'io», gridò Kurt di rimando. «Ma non ho avuto molta scelta dopo che hai aperto il coperchio del sarcofago. Comunque lo rifarei altre mille volte pur di vedere la tua espressione.»

«Ride bene chi ride ultimo», ribatté Barlow. «Avresti dovuto spararmi quando hai avuto l'occasione. Presto ti renderai conto che non premere il grilletto è stato un errore.»

«Credimi, il tuo errore ti costerà molto più caro del mio. Tu e il professor Cross siete fuggiti nella direzione sbagliata. Siete in trappola. Io posso aspettare rinforzi tutto il giorno se necessario, ma tu perderai l'autobus per tornare a casa se non ti sbrighi a uscire di lì.»

In realtà anche Kurt si trovava in un brutto impiccio. Sapeva infatti di non poter chiedere nessun aiuto via radio dalle profondità della caverna, dal momento che tutta la roccia intorno a loro avrebbe bloccato il segnale. Barlow poteva immaginarlo oppure no, ma di certo Kurt non gliel'avrebbe fatto notare.

«Aspettare rinforzi, eh?» Barlow rise. Era una risata sinistra, profonda e genuina. «Be', sei riuscito a cogliermi di sorpresa, Austin, lo ammetto. Ma anch'io ho una sorpresa per te. I tuoi rinforzi non arriveranno. Temo che saranno molto, molto impegnati.»

59

Diga del Glen Canyon, Arizona

Persino Omar Kai trovò piuttosto interessante il tour della diga del Glen Canyon, ma non erano lì per fare i turisti.

Dopo aver superato i controlli di sicurezza senza problemi, lui e i suoi uomini si unirono con nonchalance al resto del gruppo, mescolandosi ai pensionati dello Utah, a qualche studente di ingegneria dell'Università dell'Arizona e ai turisti giapponesi venuti da Las Vegas, dove avevano già visto la diga di Hoover.

Fecero una breve passeggiata sopra la diga, poi salirono su un grosso ascensore che, con una discesa di centosettanta metri, li portò ai piedi della struttura. Una volta lì attraversarono un breve corridoio all'aperto e un prato e giunsero alla centrale elettrica.

Da alcune finestre su un lato si vedevano le grosse turbine che contribuivano a rifornire di elettricità vaste zone dello Utah, del New Mexico e dell'Arizona. In fondo invece si trovava la sala di controllo, circondata da pareti di vetro. Al suo interno, nella luce sfarfallante di alcuni monitor, due ingegneri si occupavano di regolare l'afflusso d'acqua, la velocità delle turbine e l'elettricità prodotta.

Guardandosi intorno con disinvoltura, Kai individuò una guardia armata vicino alla sala di controllo e una seconda guardia appoggiata alla parete in fondo.

Rivolse un cenno ai suoi uomini, che confermarono di aver ricevuto il messaggio, poi si accovacciò per armeggiare di nuovo con le scarpe. Slacciando e riallacciando le stringhe un'altra volta, staccò le lunghe punte di metallo dalle estremità e se le nascose nel palmo della mano mentre si rialzava. Dopodiché svitò il tappo della sua bottiglia d'acqua, bevve un sorso e lasciò cadere le piccole placche di metallo all'interno.

Gli aghetti delle stringhe sembravano banali piastrine di alluminio, ma in realtà erano composti da una stravagante combinazione di litio e cesio, due materiali che reagivano violentemente a contatto con l'acqua. Per evitare che esplodessero all'istante, erano stati rivestiti con uno strato di vernice che si sarebbe dissolto in una trentina di secondi.

Dopo aver riavvitato il tappo, Kai si diresse verso un cestino dei rifiuti blu e, senza dare nell'occhio, vi gettò la bottiglia. Tornando verso gli altri turisti, cominciò a contare mentalmente. Dopo trenta secondi esatti, il cestino esplose con un enorme fragore.

Fu uno scoppio più rumoroso che distruttivo. Carta, plastica e frammenti del cestino stesso volarono in tutte le direzioni mentre una nuvola di fumo grigio riempiva la stanza.

Alcuni turisti si immobilizzarono, alcuni si gettarono a terra, altri si diedero alla fuga. Sussultando, le guardie di sicurezza si girarono verso il punto da cui era giunto il boato. Prima che potessero capire di cosa si era trattato, Kai e i suoi uomini sferrarono il loro attacco.

Kai si avventò sull'uomo appostato accanto alla porta della sala di controllo. Con una ginocchiata all'inguine, lo fece cadere per terra. Poi gli assestò un colpo dietro la testa, abbastanza forte da fargli perdere i sensi.

La seconda guardia diede qualche problema in più. Riuscì a estrarre l'arma dalla fondina e affrontò gli uomini di Kai. Nella mischia furono esplosi due colpi, che però si conficcarono nel soffitto senza ferire nessuno.

«Fatelo fuori!» gridò Kai.

A quel punto i suoi uomini erano già tornati in vantaggio.

La guardia fu disarmata e costretta all'obbedienza con un colpo del calcio della pistola.

Rendendosi conto che rischiavano di essere presi in ostaggio, gli altri turisti cominciarono a darsi alla fuga. Kai puntò l'arma che aveva sottratto alla prima guardia sopra le loro teste e fece fuoco. «Tutti a terra!»

Lo sparo sortì l'effetto desiderato. Quelli che stavano cercando di scappare si fermarono all'istante. Gli altri si misero al riparo. Sulla sala calò il silenzio.

«Così va meglio», disse Kai. «Sorvegliateli.»

Mentre i suoi uomini si sparpagliavano, Kai si diresse verso la porta della sala di controllo. Non si prese nemmeno la briga di abbassare la maniglia. Battendo la pistola contro il vetro, catturò l'attenzione dei due ingegneri. «Aprite.»

L'uomo e la donna si scambiarono un'occhiata. La donna scosse la testa.

Kai sollevò la guardia coperta di sangue e le puntò la pistola alla tempia. «Non ve lo chiederò un'altra volta.»

Riluttante, la donna premette un tasto. La porta emise un ronzio e in un attimo Kai fu all'interno. «Ottima scelta.»

«Cos'avete intenzione di fare?» domandò la donna.

«Non preoccupatevi. Non siamo qui per uccidere. Siamo… guerrieri ecologici.» Quelle parole gli uscirono di bocca di loro iniziativa. «Vogliamo giusto danneggiare un po' la diga e metterla fuori uso per qualche mese. Ovviamente se potessi farei saltare in aria tutta la baracca, ma è molto più facile a dirsi che a farsi, non siete d'accordo?»

La donna era alquanto perplessa.

«Facciamo un patto. Voi mi aiutate ad aprire ogni singolo rubinetto e a cominciare a inondare il canyon e io non sporcherò questa sala di controllo del vostro sangue.»

«Tutto qui?» chiese la donna.

«Questa è la mia parte. Affare fatto?»

Con la pistola della guardia di sicurezza puntata alle spalle, la donna e il suo collega cominciarono ad aprire le chiuse. Una dopo l'altra, ogni singola turbina della centrale elettrica prese a girare al massimo.

«Anche i canali di scarico», ordinò Kai.

Gli ingegneri obbedirono, aprendo tutti i tunnel laterali in modo che l'acqua del lago Powell trattenuta dalla diga del Glen Canyon potesse scorrere intorno alla struttura e alle sue turbine per poi immettersi nel fiume Colorado dall'altra parte.

L'acqua impiegò alcuni minuti a raggiungere il livello massimo. A quel punto eruppe dai canali di diversione in uscita a una velocità di millecinquecento metri cubi al secondo. Kai vide gli effetti di quell'esplosione su uno dei monitor e li avvertì nella sala di controllo, dal momento che la struttura cominciò a vibrare sotto la spinta di una leggera energia ritmica.

«Grazie», disse. «Ora dovrete andarvene in modo che possa riempire la sala di controllo di gas nervino.»

«Cosa?»

Gli ingegneri lo guardarono come se stesse scherzando, ma quando lo videro alzare la pistola, si precipitarono così in fretta verso la porta che per poco non rischiarono di inciampare l'uno nell'altra.

Mentre gli ingegneri se ne andavano, entrò uno degli uomini di Kai. Aveva in mano una bottiglia d'acqua e gli aghetti di metallo delle sue stringhe. Posò la bottiglia sul pannello di controllo e lanciò da parte il tappo, lasciando cadere all'interno le placche metalliche. Quelle erano composte da un'altra sostanza chimica, che avrebbe reagito diversamente a contatto l'acqua.

«Bene», disse Kai. «Andiamo.»

Kai e l'altro uomo lasciarono la sala di controllo, chiudendosi bene la porta alle spalle. Dopo pochi secondi, dentro la bottiglia cominciarono a formarsi schiuma e bolle. Nel giro di poco prese a fuoriuscire un gas verdastro che si diffuse nella stanza come la pozione velenosa di una strega.

«Quello è gas nervino Q5», disse Kai agli ostaggi. «Chiunque entri lì dentro, morirà. Se quella porta si aprirà, morirete tutti. Chiaro?»

Metà del gruppo annuì. Kai si accontentò.

«E i turisti giapponesi?» domandò uno dei suoi uomini.

Kai si girò verso la sala di controllo, che si stava lentamente riempiendo di nebbia verde. «Non credo che sia così indispensabile tradurre.»

Ora che tutti erano sufficientemente spaventati, Kai cercò l'uscita. Usando i badge che avevano sottratto al personale di sicurezza, sbloccarono una delle porte chiuse e uscirono. Dopo aver riattraversato il corridoio all'aperto, rientrarono nella diga.

«La prima parte del piano è in corso», disse orgogliosamente Kai. «Speriamo che quei geni della tecnologia sappiano cavarsela con la seconda.»

Sulle acque del lago Powell, Xandra e Fydor stavano scrutando la diga del Glen Canyon attraverso un binocolo alla ricerca di segni che le chiuse fossero state aperte. Si aspettavano di veder comparire una corrente improvvisa o magari un vortice dietro la diga, oppure di sentire il rombo di una cascata mentre i due condotti di presa risucchiavano un'enorme quantità d'acqua. Ma da lì, a un miglio di distanza, non si vedeva il minimo cambiamento.

«Avranno fatto fiasco», disse Fydor. «Oppure saranno stati catturati. Lo sapevo che avremmo fatto meglio a restare nell'ombra. Forza, andiamocene di qui.»

Xandra lo ignorò. Pur non vedendo tracce di vortici e nemmeno di rapide correnti d'acqua, vide un velo di nebbia sottile levarsi dall'altra parte della diga, catturare la luce pomeridiana e formare un arcobaleno quasi impercettibile.

«L'acqua sta scorrendo», disse.

Spostando il binocolo, individuò una fila di veicoli che si

dirigevano a tutta velocità verso la diga. Sui loro tetti lampeggiavano luci rosse e blu. Quando furono sopra la diga, ne scesero diversi agenti che invitarono turisti e dipendenti a lasciare in fretta la struttura.

«Fiasco un corno», commentò Xandra abbassando il binocolo. «Sulla diga c'è uno spiegamento di poliziotti. Stanno mandando via tutti. È ora di attaccare. Assicuriamoci che il nostro impatto sia più evidente.»

Fydor era tesissimo. «Va bene. Però sbrighiamoci.»

Si portarono a poppa e allentarono la corda di un telo di plastica che nascondeva due ROV. I sottomarini subacquei avevano una forma che ricordava un siluro ed erano dipinti di grigio scuro. Dopo aver sollevato il primo e averlo messo in acqua, Xandra fissò al retro una cima alla quale era legato un carico di esplosivi ben distanziati.

I due ROV avrebbero svolto la funzione di rimorchiatori in miniatura, trasportando i rispettivi carichi per poi depositarli vicino alla diga. Le correnti all'interno e intorno alla struttura avrebbero fatto il resto, portando gli esplosivi a contatto con la parete della diga, dove sarebbero detonati come mine.

Gli intervalli di tempo irregolari tra un'esplosione e l'altra avrebbero confuso le autorità. E Xandra e Fydor avrebbero potuto darsi alla fuga con comodo.

Fydor si mise al computer e mandò il primo ROV verso la diga. Il piccolo natante sparì sotto la superficie, scese di una decina di metri e si allontanò.

«ROV numero uno partito», annunciò.

Xandra fissò il carico al secondo ROV. Aveva scelto una delle combinazioni di esplosivi più potenti che esistessero, considerato che ciascuna carica da venti chili avrebbe dispiegato una forza equivalente a quella di duecentoventi chili di TNT. La diga di cemento non avrebbe riportato nessun danno strutturale, ma l'effetto sarebbe stato tale da garantire un intervento massiccio delle autorità.

«Cariche pronte», disse al fratello. «Fai partire il numero due.»

Fydor mise il ROV numero uno in modalità pilota automatico e assunse il controllo del suo gemello. Nei minuti successivi avrebbe fatto avanti e indietro, guidando prima uno e poi l'altro. Nel frattempo, Xandra cominciò a portare il motoscafo verso riva.

«Il ROV numero uno si sta avvicinando alla diga», disse Fydor. «Lo mando verso il lato destro, vicino al centro visitatori, così otterremo il massimo livello di sorpresa e di shock.»

«Ottima idea.»

«Sto rilasciando il carico iniziale», disse Fydor.

Da lì, fece spostare il primo ROV lungo la parete della diga, liberando una carica di esplosivo ogni trentina di metri.

«Secondo carico rilasciato.» Poi, un minuto dopo: «Terzo carico rilasciato. ROV numero uno diretto sul fondo».

Il piano era di far sparire i ROV nel sedimento anziché recuperarli. Fydor non nutriva alcun desiderio di essere collegato a quei veicoli.

«Datti una mossa», disse Xandra. «Vorrei tornare al molo e lasciarmi dietro questo posto prima che cominci la carneficina.»

Fydor fece scendere il primo ROV verso il fondo e poi passò al secondo ROV. Proprio mentre ne assumeva il controllo, sul lago Powell riecheggiò una fragorosa esplosione. Alzando lo sguardo, Fydor vide un geyser d'acqua eruttare contro il lato destro della diga del Glen Canyon. L'acqua superò la strada di osservazione sopraelevata di una trentina di metri, si allargò e poi si schiantò di nuovo, investendo la sommità della diga, i poliziotti e le loro auto con i lampeggianti accesi.

Fydor non vide nulla attraverso la nebbia, ma immaginò che i poliziotti stessero correndo a mettersi al riparo, lasciandosi dietro i loro veicoli.

L'acqua sollevata dalla prima esplosione non fece in tempo

a posarsi che arrivò la seconda, seguita dopo pochi istanti dalla terza. Il muro d'acqua innalzato dall'ultima fu il più sbalorditivo. Era scuro al centro, pieno di sedimento, ma bianco e spumeggiante ai lati. Era come se su un lato della diga fosse esplosa una bomba di profondità.

Sia Fydor che Xandra rimasero stupefatti di fronte a quelle torri d'acqua, anche se per motivi diversi.

«Che spettacolo», commentò Fydor con una risatina.

«È troppo presto», disse Xandra. «Hai rilasciato le cariche troppo vicino alla diga.»

«Non è vero», replicò con decisione Fydor.

«Allora perché stanno già esplodendo?»

«Dev'essere colpa della corrente provocata dall'apertura delle chiuse», spiegò Fydor.

«Non commettere lo stesso sbaglio con le prossime tre.»

Fydor sembrava offeso. «Sono perfettamente in grado di fare il mio lavoro», disse in tono brusco.

Tornando a concentrarsi sullo schermo, Fydor si apprestò a far allontanare il secondo ROV dalla diga, ma scoprì con stupore che non rispondeva ai comandi. Provò a spingerlo alla velocità massima, ma il ROV andava all'indietro. Nel giro di poco capì qual era il problema. «Il secondo ROV è bloccato dalla corrente.»

Cercò di farlo spostare lateralmente e poi di farlo girare di centottanta gradi nella direzione opposta, senza alcun risultato. Il ROV si era avvicinato troppo alle chiuse ora aperte.

«Portalo via di lì.»

«Non ci riesco», rispose Fydor. «Sta per finire nella torre di presa.»

«Fydor!»

«Lo sto perdendo», disse disperato suo fratello.

Fece un altro tentativo di modificare la profondità e la direzione, ma il ROV non c'era più.

Il canale di scarico, che stava inghiottendo enormi quantità d'acqua, l'aveva risucchiato.

A differenza dei due tunnel preposti alla generazione di corrente, il tunnel di scarico era semplicemente concepito per portare tutta l'acqua possibile da un lato all'altro della diga. La pendenza al suo interno era forte, e la conduttura scendeva attraverso la diga prima di deviare di lato. Non c'era nessuna turbina che potesse rallentare il deflusso. L'acqua scorreva attraverso una sezione della diga e poi girava intorno alla struttura, fuoriusciva da sopra le pareti di arenaria e si riversava giù per poi passare davanti alla centrale elettrica prima di essere convogliata nel fiume dall'altro lato della diga.

All'interno del canale di scarico, l'acqua accelerava rapidamente, vorticando lungo la discesa. Quel moto a spirale impedì al ROV e alle sue cariche di sbattere contro la parete, almeno fino a quando non arrivarono in fondo.

Lì, il ROV si schiantò contro un deflettore che serviva a controllare i flussi d'acqua a velocità più basse. Le tre cariche esplosive fecero contatto a distanza di una frazione di secondo l'una dall'altra, detonando quasi simultaneamente. La pochissima distanza tra le esplosioni ne amplificò la forza distruttiva combinata, poiché ciascuna intensificò l'effetto della precedente.

Dal momento che il tunnel era completamente pieno d'acqua, tutta la forza delle esplosioni fu trasferita alle pareti interne. Avendo ormai sessant'anni, il tunnel non era in grado di resistere a una forza simile. Le pareti si riempirono di crepe e fratture, consentendo all'acqua ad alta pressione di raggiungere l'arenaria all'esterno, che cominciò all'istante a sgretolarsi.

L'acqua uscì a tutta forza attraverso ogni minuscolo poro della roccia, trovando e allargando ogni singola, microscopica fessura. La diga aveva sempre trattenuto l'acqua proveniente dall'arenaria circostante – uno degli aspetti ironici del costruire una struttura di cemento in mezzo a rocce porose – ma adesso sarebbe stata inondata dall'interno.

*

Dal centro visitatori, il responsabile delle Operazioni idriche osservò inorridito le esplosioni d'acqua all'esterno. Quando il rombo prodotto da un impatto più profondo scosse la diga, sollevò il telefono.

«Passatemi il direttore della Homeland Security. C'è un attacco terroristico in corso alla diga del Glen Canyon.»

60

Grotta del tesoro, gola di Silver Box, Riserva navajo, Arizona

Kurt non sapeva nulla né dell'attacco alla diga del Glen Canyon né della chiamata al direttore della Homeland Security. E non poteva nemmeno immaginare la rapidità con cui essa avrebbe provocato un intervento o la sua portata.

Dopo pochi minuti dall'arrivo del messaggio a Washington, furono diramati ordini all'FBI, alla Guardia nazionale dell'Arizona, all'ufficio dello sceriffo della Contea di Coconino e – in quello che al direttore della Homeland Security parve un incredibile colpo di fortuna – a una squadra di venti Ranger del reparto antiterrorismo che aspettava soltanto di entrare in azione al Camp Navajo di Flagstaff, a soli trenta minuti di volo dalla diga.

I Ranger erano già in stato di allerta, a bordo dei loro Black Hawk, armati e pronti a partire. Si alzarono in volo dopo meno di sessanta secondi dalla chiamata, diretti a tutta velocità verso la diga, costringendo Kurt e la sua squadra a cavarsela da soli.

Morgan fece una sintesi. «Se Barlow non sta bluffando, potrebbe attenderci un lungo pomeriggio.»

Lei e Kurt erano rannicchiati alle spalle di una roccia che spuntava dal pavimento della grotta. Si trattava di una sporgenza inclinata di arenaria alta meno di un metro e poco più larga. Kurt e Morgan vi si erano accovacciati dietro, schiena contro schiena.

Kurt scrutò le profondità della grotta nella speranza di riuscire a sparare a Barlow, mentre Morgan osservava il tunnel che arrivava dall'esterno nella speranza che Barlow e gli uomini di Robson non attaccassero.

Dietro quel misero riparo, con il nemico su entrambi i lati, erano quelli nella posizione più precaria.

«Non credo stia bluffando», disse Kurt. «Dovremo arrangiarci.»

Il suo primo passo fu fomentare uno scontro a parole. Girò la testa e parlò a gran voce. «Chiunque di voi voglia vivere a lungo e senza finire al fresco può andarsene di qui in questo preciso istante. A noi interessa soltanto Barlow. Voialtri potete tagliare la corda, non vi fermeremo.»

Il grido successivo giunse dal lato opposto della grotta. Era la voce di Robson. «Se uno di voi idioti si azzarda ad andarsene, lo ucciderò con le mie stesse mani appena uscirò di qui.»

Silenzio.

«Non mi pare che si stiano precipitando fuori», commentò Morgan.

«Nemmeno che si stiano ritirando con prudenza», aggiunse Kurt. «Dobbiamo trovare un modo per minare la loro sicurezza.»

«E se sparassimo contro i riflettori?» propose Morgan. «Senza vederci, non potrebbero sapere dove siamo.»

«Ti rendi conto che anche noi non potremo vedere loro, giusto?»

«Noi siamo qui dentro da ore. Loro fino a un attimo fa erano fuori, nella luce accecante del canyon. Per un po' non vedranno praticamente altro che puntini verdi.»

Morgan spostò il peso, si appoggiò alla roccia e sparò tre colpi in rapida successione. Le pallottole della sua Beretta 9 mm centrarono il proiettore portatile accanto alla parete meridionale.

Il primo proiettile distrusse il rivestimento di plastica e uscì dall'altro lato senza arrecare alcun danno, ma il secondo e il terzo colpirono le batterie e i comandi che regolavano la luminosità. Ci fu una vampa di luce, poi più nulla.

«Fuori uno, manca l'altro», disse.

Kurt dovette ammettere che c'era una logica in quella follia. E non avendo un piano migliore cui appoggiarsi, decise di dare manforte a Morgan. «Giusto. Coprimi.»

Morgan sparò verso l'ingresso, costringendo gli uomini di Barlow ad abbassarsi. Poi portò il braccio dall'altra parte e sparò verso Barlow, Robson e il professor Cross.

Mentre Morgan li teneva bloccati, Kurt lasciò il suo nascondiglio dietro la roccia fino a quando non riuscì a mirare al secondo proiettore. La sua Colt fece fuoco due volte. Il primo proiettile lo colpì proprio al centro, facendolo ribaltare e poi spegnere. Il secondo trapassò il gruppo batterie.

La grotta piombò in un buio quasi totale, illuminato soltanto da un faro del quad che si era schiantato e da qualche torcia abbandonata.

«Che la caccia abbia inizio», annunciò Kurt.

Il professor Cross ce l'aveva messa tutta per mantenere la calma, ma starsene lì al buio ad ascoltare quello scambio di minacce fu davvero troppo. Lui non aveva nulla a che spartire con quella gente e lo sapeva. Diede uno strattone alla manica di Robson. «Io dico di tagliare la corda. Forza, andiamocene finché c'è buio.»

Robson lo spinse via. «Giù le mani.»

«I suoi uomini potrebbero coprirci», insisté il professore. «Potrebbero sparare a Austin e Manning mentre noi corriamo verso la libertà.»

«È più probabile che sparino a noi per sbaglio», ribatté Robson. «Adesso stia buono.»

Rendendosi conto che con Robson non avrebbe cavato un ragno dal buco, il professore tentò con Barlow. «Di' ai tuoi uomini di attaccare. Di farsi avanti e provarci.»

Barlow stava fissando la caverna senza vedere nulla. Era completamente buia fatta eccezione per uno stretto fascio di luce al centro gettato dal faro ancora acceso del quad. Dal punto di vista filosofico Barlow poteva anche essere d'accordo con il professore, ma attraversare quello spazio sarebbe stato un suicidio. Lui di certo non l'avrebbe fatto, e men che meno avrebbe ordinato di farlo ai suoi uomini. Ma avrebbe potuto mandare avanti il professore.

«Vada lei per primo», disse Barlow.

«Cosa?»

«Visto che è così ansioso di attaccare, perché non assume il comando?»

«Ma non sono nemmeno armato», gemette il professore. «Mi spareranno se esco allo scoperto.»

«Se è fortunato, la mancheranno», disse Barlow. «Io invece le assicuro che non sbaglierò.» Nel mentre puntò la pistola contro il professor Cross.

Lui restò paralizzato, con il cuore che martellava nel petto. Quando Barlow alzò il cane, capì che era finita.

«Ora!» gridò Barlow.

Il professor Cross uscì con passo malfermo dal nascondiglio, inciampò su un reperto e rischiò di cadere. Recuperando l'equilibrio, proseguì e attraversò di corsa la grotta. Forse se fosse riuscito a parlare con Morgan…

Inciampò di nuovo, sbattendo di faccia contro la collezione di manufatti egizi, che caddero intorno a lui come birilli.

Il professore restò a terra, spense la lampada frontale e non si mosse mentre sopra di lui esplodevano gli spari. Barlow e Robson stavano facendo fuoco in una direzione, Kurt e Morgan rispondevano. Gli altri si unirono dall'ingresso. I lampi degli spari erano terrificanti, il boato prodotto da ogni arma sorprendentemente forte entro i confini della grotta.

Il professor Cross si coprì la testa e cominciò a strisciare, spostandosi di lato nel tentativo di togliersi dalla linea di tiro.

Cercò di aprirsi un varco nella catasta di tesori, passando di fianco e sotto diversi oggetti, avanzando come un serpente.

Si fermò accanto a un Anubi accovacciato. Il suo elegante corpo di sciacallo sembrava rilassato, le lunghe orecchie a punta ben ritte. Il professore gli diede qualche colpetto sulla testa come a volerlo rassicurare e accidentalmente gli spezzò una delle orecchie. Stringendo in mano il frammento, lo studiò nella penombra. All'interno vide alcune scritte. Le parole erano inclinate e storte, ma di sicuro non si trattava di geroglifici né di greco antico. Erano in inglese moderno. L'inchiostro era sbiadito, ma il professor Cross avrebbe potuto giurare che quella fosse la pagina di un vecchio quotidiano.

«E questa che storia è?» si domandò. Allungò il braccio verso l'altro orecchio di Anubi e senza volerlo si ritrovò a staccargli tutta la testa. In lui cominciò a montare la rabbia. Scaraventò la testa per terra e raccolse i frammenti più grossi, esaminando l'interno. Si trattava proprio di carta di giornale. E il rivestimento sfaldato sottostante era inconfondibile. «Cartapesta?»

Al professore cominciò a girare la testa, si sentiva frastornato. «È forse uno scherzo?»

Gettò a terra il resto della statua di Anubi, mandandola in frantumi. Una seconda statua andò incontro a una sorte simile. A una terza il professore diede un calcio, sfondandone il busto con il piede.

Spinse da parte i frammenti e avanzò in mezzo al tesoro. In preda alla collera, si era completamente scordato della battaglia e dei proiettili che volavano nella grotta. Rovesciò e tolse di mezzo senza la minima fatica vari oggetti che sarebbero dovuti pesare centinaia di chili.

Erano tutti vuoti, fatti di gesso e cartapesta, balsa o latta. Non trovò nulla che fosse di pietra, nemmeno l'ombra di oro massiccio.

Buttò per terra una statua di Osiride alta due metri e mezzo, raccolse una lastra tappezzata di geroglifici che in realtà era un pannello di compensato rivestito di stucco sgretolato. Dopo averlo lanciato da parte, si imbatté nella sorpresa finale: uno schedario con tre cassetti. Sarebbe stato perfetto nell'ufficio di Sam Spade.

Afferrando la prima maniglia, il professor Cross aprì il cassetto con violenza, quasi strappandolo dalle guide. Il cassetto era pieno di fatture, istruzioni e appunti.

Aprì il secondo cassetto, nel quale trovò un mucchio di cartelline rilegate. Ne prese una delle prime e studiò la copertina.

Era completamente bianca. Qualunque cosa ci fosse stata scritta, era del tutto sbiadita. Girò la pagina e scoprì che l'inchiostro su quelle interne versava in condizioni migliori. Stupidamente, riaccese la lampada frontale. Un proiettile gli trapassò la schiena prima che potesse leggere anche solo una parola.

Il professor Cross cadde a terra con la sensazione di avere il corpo in fiamme. Si girò di lato con un enorme sforzo e si raddrizzò, appoggiando la schiena alla parete. Tossì un po' di sangue, che gli gocciolò di fianco alla bocca in un rivolo viscido.

Mentre la poca forza vitale che gli era rimasta si affievoliva, gettò un'occhiata alla pagina davanti a sé. La lampada illuminò la scritta in cima. COPIONE SPARATORIA / IL VIAGGIO DEI FARAONI / UNA PRODUZIONE DI CECIL B. DEMILLE.

61

Vedendo Kurt e Morgan sparare contro i riflettori, Joe capì all'istante qual era il piano del suo migliore amico.

Gamay invece era più confusa. «Perché mettere le luci fuori uso?»

«Per aumentare la pressione», spiegò Joe. «Qualcuno deve cedere, e Kurt scommette che a farlo saranno gli uomini più vicini all'uscita.»

Fino a quel momento Joe, Paul e Gamay non avevano partecipato attivamente alla battaglia, occupandosi perlopiù di impedire agli uomini di Barlow di attaccare e di avere la meglio su Kurt e Morgan.

«Il buio gioca a nostro favore», disse Joe. «È giunto il momento di passare all'offensiva.»

«Io non ho nulla in contrario alle azioni aggressive, anzi, ma appena usciremo da qui dietro, ci spareranno.»

«Vorrà dire che rimarremo nascosti dietro la macchina», replicò Joe. «La spingeremo in avanti e la useremo come scudo.»

«Ci sarà bisogno di qualcuno che guidi», fece notare Gamay.

«Sali», disse Joe. «Io e Paul penseremo a metterci la forza. Non dovremo fare altro che girarla verso l'ingresso e spingerla giù dalla rampa. Una volta che avrà acquistato abbastanza velocità, salteremo sui predellini e scenderemo come gangster in piena regola.»

Il piccolo abitacolo della Kissel a due posti avvolse Gamay come un bozzolo. Lei appoggiò la pistola sul sedile del passeggero e sbloccò il freno. «Pronta.»

Joe si posizionò dietro l'auto e Paul lo affiancò. La ruota di scorta fissata al bagagliaio e i parafanghi posteriori si rivelarono ottimi appigli per le mani.

«Quest'auto è un gioiellino», disse Paul. «Ne ho viste di simili nella collezione di Dirk.»

«Se a Natale saremo ancora vivi potremo regalargliela», rispose Joe. «Speriamo solo che qualche foro di proiettile qua e là non lo disturbi più di tanto.»

Facendo dondolare la Kissel avanti e indietro, riuscirono a smuoverla, consentendo così a Gamay di girare il volante di legno.

«Un po' più a sinistra», disse Joe. «Dobbiamo scendere dalla rampa, non cadere giù.»

«Ci sto provando», ribatté Gamay. «Questo affare non ha il servosterzo.»

Mentre Gamay tentava di girare il volante, Joe e Paul tirarono di nuovo la Kissel verso di loro e poi la spinsero un'altra volta in avanti, stavolta abbassando le spalle e mettendoci tutta la forza che avevano.

Finalmente le ruote anteriori toccarono la rampa. Appena il suo peso si spostò in avanti, l'auto cominciò ad acquistare velocità.

Joe e Paul continuarono a spingere con i piedi ben piantati per terra. La Kissel avanzò rapida verso il tunnel e l'uscita della grotta, diretta verso la luce del giorno per la prima volta dopo un secolo.

Mentre scendeva dalla rampa, Joe ebbe qualche difficoltà a tenere dietro all'auto. Fece uno scatto avanti e saltò sul predellino, aggrappandosi alla portiera prima che l'auto si allontanasse troppo. Mentre la Kissel puntava verso l'ingresso del tunnel, lui si resse forte, si riparò meglio che poté dietro la carrozzeria, sollevò la MP7 e sparò sopra il parafango anteriore.

Paul stava facendo lo stesso dall'altro lato della macchina.

Ma quando il fuoco di risposta frantumò il parabrezza, perse la presa e saltò giù.

Gamay tenne la testa abbassata per quasi tutto il tragitto, sussultando solo quando il parabrezza si infranse. Con la coda dell'occhio vide Paul saltare giù. E sentì Joe sparare contro il nemico. Stringendo saldamente la pistola, Gamay si raddrizzò e premette a sua volta il grilletto appena vide un bersaglio.

Quando sentirono girare le ruote della Kissel, gli uomini di Robson capirono che stava succedendo qualcosa, ma non sapevano cosa. Restarono in posizione e scrutarono attraverso l'oscurità. Quando videro l'auto comparire e aprire il fuoco, ormai era troppo tardi.

Fingers si girò, pronto a scappare, ma fu colpito a entrambe le gambe.

Snipe vide una figura aggrappata al fianco destro dell'auto. Notò anche l'uomo alto che correva dall'altro lato e sparò un po' a uno e un po' all'altro mentre cercava di indietreggiare. Non vide però Gamay fino a quando la sua testa non fece capolino all'interno dell'abitacolo.

Gamay sparò, colpendolo in pieno alla spalla. Snipe si trovò a girare su se stesso e cadde. Quando toccò terra, l'arma gli volò via di mano.

Gus fu l'ultimo degli uomini di Robson ad arrendersi. Tenne duro fino alla fine, girandosi per darsi alla fuga soltanto quando fu chiaro che l'auto puntava dritto verso di lui. Si spostò a destra, ma i suoi piedi scivolarono sul fondo sabbioso della grotta e la Kissel d'epoca lo investì.

Gus fece un gran volo e atterrò malamente, rompendosi un braccio e battendo la testa. Quando riprese i sensi, scoprì di avere un'arma puntata contro.

Ora che l'ingresso della grotta era libero, Joe si guardò intorno in cerca di altri guai. Uno degli uomini di Barlow stava sgattaiolando fuori. Sembrava indossare una tuta da volo. Joe immaginò che si trattasse soltanto di uno dei piloti, non una grossa minaccia dunque. Nei paraggi non c'era nessun altro di cui preoccuparsi.

«L'ingresso è sotto controllo», gridò Joe verso la grotta. «Da qui non uscirà nessuno.»

Kurt sentì bene le parole di Joe, ma non rispose per non tradire la loro posizione. Lui e Morgan si stavano facendo strada attraverso le cataste di manufatti, descrivendo un ampio semicerchio con l'intento di attaccare Barlow, Robson e il professor Cross dal fianco.

Dei tre, era al professore che Morgan non riusciva a smettere di pensare. «Come facevate a sapere che era passato al nemico? Io ero certa che fosse dalla nostra parte.»

«Gli uomini di Barlow sono arrivati a Cambridge lo stesso giorno in cui siamo arrivati noi», spiegò Kurt. «Non ci hanno seguiti, sono proprio arrivati prima. Quindi dovevano aver ricevuto una soffiata. Ed era stato il professor Cross a insistere per fare un giro sul fiume anziché riceverci nel suo ufficio. Questo ha consentito agli uomini di Barlow di attaccarci all'aperto e di darsi alla fuga senza difficoltà. Il professore ti ha persino gridato di lanciare loro la valigetta quando si stavano avvicinando troppo.»

Morgan strizzò gli occhi. «Ma hanno messo a soqquadro il suo cottage quando l'hanno rapito. C'erano segni di una lotta davvero violenta.»

«Hanno voluto esagerare», rispose Kurt. «Erano già in possesso degli *Scritti di Qsn*, non avevano nient'altro da cercare. E poi, era semplicemente impossibile che il professor Cross si fosse battuto come ci hai descritto. Non contro gli uomini di Barlow. È stata tutta una messinscena.»

«In effetti sembrava stare bene quando è ricomparso.»

Nel frattempo avevano fatto il giro completo di quella parte della grotta e si stavano avvicinando alla parete in fondo. «Non avremmo già dovuto vederli a questo punto?» disse Morgan. «O si stanno fingendo morti, o si sono spostati.»

Kurt indicò per terra. Nella penombra si riuscivano a distinguere numerosi bossoli d'ottone. «Siamo nel posto giusto.»

«Verso l'ingresso non sono andati», fece notare Morgan. «Altrimenti li avremmo visti.»

«Devono essersi addentrati nella grotta.»

Seguendo le impronte nella polvere, giunsero a una parte della grotta che sembrava più naturale rispetto a quella con i tesori, e che proseguiva all'interno della roccia descrivendo una serie di curve.

«Stanno cercando un'uscita sul retro», disse Morgan. «Se dovessero trovarla, li perderemo.»

Kurt annuì e continuò ad avanzare, con Morgan che gli copriva le spalle. Ma non trovarono nessuno fino a quando da sopra le loro teste giunse un fruscio.

Gettando un'occhiata lungo il passaggio, Kurt notò la luce tremolante di una torcia che si muoveva incerta. Fece un passo avanti giusto in tempo per vederla scivolare lungo il lato della parete. Quando alzò lo sguardo riuscì a scorgere un paio di scarpe che sparivano attraverso una stretta fessura una decina di metri sopra di lui.

«Troppo tardi», disse.

«Seguirli sarebbe rischioso. Ci spareranno appena infileremo la testa fuori», aggiunse Morgan.

«Vero. Ma quella qui intorno è una zona alquanto impervia. Non andranno molto lontano a piedi.»

62

Diga del Glen Canyon, Arizona

Omar Kai e i suoi uomini avevano lasciato la centrale elettrica ed erano tornati dentro la diga, fermandosi qua e là per tagliare i cavi elettrici e danneggiare i sensori idrici in modo che dall'esterno sembrasse esserci una grossa perdita.

«Credo che così possa bastare», disse Kai alla sua squadra. «È ora di dirigerci verso l'uscita.»

I suoi uomini non avrebbero potuto essere più d'accordo e seguirono Kai fino a una scala, accelerando il passo. Scesero di tre piani ed entrarono in un'altra delle lunghe gallerie che correvano per tutta l'estensione della diga.

«Non dovremmo uscire?» domandò uno di loro.

«Questo tunnel incrocia il vecchio canale di scarico», spiegò Kai. «Da lì potremo entrare in un condotto di manutenzione che arriva fino in superficie.»

Kai fece strada ai suoi uomini, raddoppiando la velocità fino a quando cominciarono a sentire dell'acqua sotto i piedi. Sulle prime era soltanto un rivoletto che scorreva al centro del tunnel, che però andava allargandosi di secondo in secondo.

«Cosa sta succedendo?»

Kai non ne era sicuro. «Restate qui.» Proseguì da solo, con l'acqua che diventava più profonda a ogni passo. Quando fu a una cinquantina di metri dalla fine del tunnel, udì un sibilo. Sollevando la torcia, Kai vide dell'acqua riversarsi nel tunnel non solo attraverso una fessura nella parete in fondo, ma anche da sotto la porta del condotto di manutenzione che sperava di usare.

Kai ricordò le tre piccole esplosioni e una quarta più forte che erano riverberate attraverso l'intera diga. All'improvviso capì.

Tornò dai suoi uomini. «Da questa parte non possiamo andare.»

«Perché no?»

«Perché quei due idioti hanno fatto finire gli esplosivi nel tunnel di scarico. Anziché contro la parete esterna, sono detonati dentro la diga. Dev'esserci una crepa nel tunnel. Il riflusso si sta facendo strada all'interno della diga.»

«Di quanta acqua parliamo?»

«Abbastanza da costringerci a cercare un'altra via d'uscita.»

Mentre parlava, la porta in fondo cigolò sotto il peso dell'acqua che vi premeva contro. Kai abbassò lo sguardo e vide che ora lui e i suoi uomini avevano i piedi immersi in cinque centimetri d'acqua. E il livello stava salendo sempre più in fretta. L'acqua scorreva verso il punto più basso al centro della diga.

Kai sapeva di dover elaborare rapidamente un piano di emergenza. «Dobbiamo tornare alla centrale elettrica.»

«E poi?» domandò uno dei suoi uomini. «Resteremo intrappolati qui.»

«Non se ne ce ne andiamo a nuoto», disse Kai.

«E i quattro miliardi di litri d'acqua che abbiamo appena fatto uscire e che stanno inondando il canale?» fece notare un altro.

Agli occhi di Kai quello era un vantaggio. «Ci nasconderanno e ci spingeranno verso valle ad alta velocità. Finiremo molto lontano da qui e potremo sparire nell'entroterra. Non ci troveranno mai.»

I suoi uomini si fidavano sempre di lui, e anche in quel caso parvero ritenerlo un piano ragionevole benché lui sapesse che era alquanto azzardato. La verità era che non avevano molta scelta. «L'alternativa è prendere l'ascensore fino all'ultimo piano e affrontare la Guardia nazionale con un paio di revolver.»

Nessuno parve trovarla una prospettiva allettante. Si alzarono e ripercorsero il tunnel, risalendo la scala e facendosi strada fino alla porta da cui erano entrati poco prima. La aprirono e attraversarono il corridoio all'aperto, mettendosi al riparo.

«Attenti ai cecchini», disse Kai.

In massima allerta, gli uomini proseguirono intorno all'edificio e raggiunsero un'estensione della centrale elettrica che correva lungo la parete meridionale del canyon.

Era un'area ampia, pianeggiante e lastricata, sulla quale erano parcheggiati diversi furgoni. Una strada collegava il parcheggio a un tunnel. Per un attimo Kai si domandò se avrebbero potuto sfruttarlo come via di fuga. Ma per quanto l'estremità aperta da quel lato potesse essere invitante, sapeva che l'altra sarebbe stata sorvegliata come le mura di una fortezza.

«Andiamo verso i tubi di scarico», disse Kai. «Il vapore acqueo ci coprirà.»

L'acqua che stava uscendo con violenza dalle chiuse dall'altra parte della diga passava attraverso quattro enormi tubi, due su ogni lato, ciascuno abbastanza grande da inghiottire un furgone intero. Il fragore dell'acqua era assordante, mentre gli spruzzi e il vapore si sollevavano e si spostavano nel vento senza fare rumore.

Poiché metà del parcheggio era nascosta da quel velo, Kai e la sua squadra avrebbero potuto ripararsi almeno un po' dietro quattro o cinque veicoli e un muretto di cemento in fondo.

Kai stava per partire di corsa quando uno dei suoi uomini lo afferrò e indicò in alto.

Attraverso la bruma, Kai vide un elicottero Black Hawk sorvolare la diga del Glen Canyon e abbassarsi in fretta verso la centrale elettrica. Vicino alla corona della diga c'era un secondo elicottero.

«Adesso sulla nostra inferiorità di fuoco non c'è più nessun dubbio», commentò uno degli uomini.

Il primo Black Hawk rallentò e stazionò sopra la centrale. Una squadra armata si calò sul tetto scivolando lungo alcune funi.

Uno degli uomini di Kai fu così sconsiderato da sparare, attirando un fuoco di risposta molto più letale. Raggiunto al petto da tre proiettili, incespicò all'indietro e cadde oltre la ringhiera, sparendo nelle impetuose e spumeggianti acque verdi del Colorado.

«Via!» gridò Kai agli altri. Non potevano fare altro che darsi alla fuga o arrendersi, e lui di arrendersi non aveva nessuna voglia. Si mise a correre, accovacciandosi e rimanendo nascosto dietro i veicoli parcheggiati vicino ai tubi di scarico.

Avanzava a scatti, da uno all'altro, consapevole che probabilmente gli stavano sparando contro, benché non sentisse nulla. A una distanza così ravvicinata dai tubi, il fragore dell'acqua che fuoriusciva a fiotti era diventato tale che persino gridare era inutile.

Kai fece segno ai suoi uomini di proseguire agitando le braccia e poi indicando con il dito. Uno di loro fu colpito da un proiettile al polpaccio e cadde sull'asfalto. Un altro aprì la portiera di un furgone, trovò le chiavi sotto l'aletta parasole e cercò di partire.

Kai provò a dissuaderlo, ma lui aveva preso la sua decisione. Ingranò la marcia e si diresse verso il tunnel. Una raffica di proiettili sparata dagli specialisti dell'esercito fermò il veicolo prima che potesse raggiungere l'ingresso.

Rimasto solo, Kai sapeva di avere una sola possibilità. Si mise a correre attraverso il vapore e scavalcò il muro, atterrando in cima a uno dei tubi di scarico.

Il suo diametro era immenso. Era come stare sopra un treno in corsa. L'intero condotto, che curvando si allontanava dalla diga, era scosso dal flusso implacabile dell'acqua. Rannicchiandosi per non farsi vedere, Kai sentì le vibrazioni percorrergli il corpo come una scarica elettrica.

Tra la parete e la bruma, per il momento non poteva essere sulla linea di tiro di nessuno, ma d'altra parte non poteva nemmeno muoversi. Se si fosse alzato, gli avrebbero sparato contro da davanti. Se avesse aspettato, l'avrebbero abbattuto dal fianco oppure circondato e catturato. E se fosse saltato giù...

Kai fissò l'acqua che erompeva dai tubi con la forza di un motore a razzo spinto al massimo. I getti, che avevano un diametro di tre metri e raggiungevano una velocità di centosessanta chilometri orari, uscivano dai quattro tubi separatamente per poi ricongiungersi a tre metri dal punto d'uscita, dove si tuffavano nell'acqua impetuosa sottostante.

Se Kai fosse saltato, avrebbe avuto due possibilità: annegare o rompersi ogni singolo osso. Probabilmente entrambe.

Sempre meglio che passare il resto della vita in una prigione americana, pensò.

Una raffica di fuoco di copertura rimbalzò contro la parete di cemento dietro di lui. Poteva significare soltanto che un gruppo di soldati stava avanzando mentre l'altro lo teneva bloccato lì.

Lui alzò la pistola e sparò alla cieca sopra il muro in tutte le direzioni, svuotando il caricatore nella speranza di guadagnare un po' di tempo prima di passare all'azione.

Rimasto senza proiettili, lanciò da parte la pistola, si girò verso il fiume e si tuffò nella nube di vapore dal tubo di scarico.

Molti dei Ranger lo videro. Uno sparò addirittura un colpo, anche se nel suo rapporto ammise di non essere riuscito a prendere la mira a dovere. Se avesse colpito il bersaglio o meno, non l'avrebbe mai saputo. Omar Kai sparì nel Colorado. Il suo corpo non fu mai ritrovato.

63

Kurt e Morgan tornarono dalle profondità della grotta con cattive notizie. «Barlow e Robson sono fuggiti dal retro. A piedi.»

«Seguiamoli», disse Joe.

Lasciando Paul e Gamay a sorvegliare i prigionieri, Kurt, Joe e Morgan ricaricarono le armi e uscirono dalla grotta.

Quando furono all'aperto, videro uno degli elicotteri di Barlow alzarsi in volo in una nuvola di polvere e dirigersi verso sud. L'elicottero proseguì lungo la gola per meno di un chilometro, volò per qualche istante a punto fisso e cominciò a spostarsi lentamente di lato.

«Prova un po' a indovinare cosa stanno cercando», disse Kurt.

«Barlow e Robson», disse Morgan. «Devono aver chiesto aiuto.»

Kurt guardò verso il punto in cui era tranquillamente parcheggiato il secondo elicottero. Girandosi verso Joe, fece la domanda più ovvia. «Visto che a piedi non abbiamo speranza di raggiungerli, sei in grado di far volare quell'affare?»

«Nessun problema. All'interno sono più o meno tutti uguali.»

I tre raggiunsero di corsa l'elicottero e Joe saltò a bordo. Mentre lui avviava i motori, Kurt e Morgan salirono sul retro. Trovarono un grosso carro motorizzato, oltre a pale e altri attrezzi inutilizzati.

«Barlow era ben preparato.»

«E se non ci sbrighiamo riuscirà anche a farla franca», disse Kurt.

Joe avviò i motori e si alzarono da terra a tempo record. Si diressero verso sud, dove nel frattempo l'altro elicottero aveva recuperato Barlow e Robson.

«Se la stanno filando», disse Morgan. «Dobbiamo raggiungerli.»

Joe ci diede sotto, accelerando verso l'altro elicottero, ma il pilota di Barlow fece lo stesso, seguendo il corso della gola per poi dirigersi verso l'estremità aperta, che si ricongiungeva con il ramo principale del Grand Canyon.

Joe non sarebbe mai riuscito a colmare la distanza che li separava.

«Non li raggiungeremo mai», disse Joe. «Questi elicotteri sono uguali. Abbiamo la stessa identica potenza.»

«Non dobbiamo per forza raggiungerli», disse Kurt. «Basta che li seguiamo. Non possono arrivare fino in Canada o in Messico. Prima o poi dovranno atterrare e cercare un'altra via di fuga.»

«Sembra facile», disse Morgan.

«Troppo facile», rispose Joe. «L'avranno già capito.»

Davanti a loro, l'elicottero di Barlow stava rallentando e virando. Alcune fiammate dal portello di carico aperto annunciarono una raffica di fuoco.

Joe spinse a tutta forza i comandi e virò bruscamente a destra. Gettando un'occhiata dietro di sé, vide Kurt e Morgan raddrizzarsi.

«Un po' di preavviso la prossima volta», disse Kurt.

«Chiedo scusa, ma la loro reazione mi ha colto alla sprovvista.»

Il clima sull'elicottero di Barlow non avrebbe potuto essere più teso. «Li hai mancati», sbraitò Barlow contro Robson. Entrambi stavano guardando fuori dal portello.

«Siamo troppo lontani», disse Robson.

Barlow si girò verso il pilota. «Perché non hai sabotato l'altro elicottero?»

«Ero impegnato a venire a salvarvi», ribatté l'uomo. «E poi non potevo immaginare che avessero qualcuno in grado di pilotarlo.»

Rendendosi conto che due raffiche di proiettili sarebbero state meglio di una, Barlow afferrò un fucile. «Lascia che si avvicinino. Mi occuperò di loro di persona.»

Joe vide distintamente il pericolo. Più si avvicinavano all'elicottero di Barlow, più aumentavano le loro probabilità di essere colpiti. D'altra parte, se avessero invertito la rotta per darsi alla fuga, sarebbero stati ancora più vulnerabili. La sua unica speranza era indurre il pilota di Barlow a commettere uno sbaglio.

Fece un'ampia curva, mantenne la velocità e poi riportò l'elicottero nella direzione opposta. «Mi sto preparando all'attacco», disse a gran voce.

Dietro di lui, Kurt aprì il portello di carico e lo bloccò. «Niente virate brusche senza avvertirmi», disse. «Non ho nessuna voglia di paracadutarmi senza paracadute.»

Joe annuì e tornò a concentrarsi sull'obiettivo. L'elicottero di Barlow stava rallentando mentre eseguiva una stretta virata. Joe sapeva di dover mantenere una certa velocità se voleva farcela contro i fucili puntati fuori dal portello laterale.

«Farò una finta verso sinistra e poi girerò a destra. Potrete fare fuoco mentre gli passeremo accanto.»

La manovra di avvicinamento fu tutt'altro che lineare, dal momento che l'elicottero dapprima acquistò velocità e poi si inclinò verso sinistra e di nuovo verso destra.

Il pilota di Barlow rispose rallentando fino quasi a fermarsi e facendo girare il velivolo come fosse una torretta. Dal portello di carico giunse una raffica di fuoco. Quasi tutti i proiettili finirono troppo lontano o troppo in basso, anche se un paio colpirono la pancia del velivolo, lasciandosi dietro qualche foro nella lamiera per poi svanire nel nulla.

Joe non aveva alcuna intenzione di demordere e superò l'elicottero immobile. In quel momento, Kurt e Morgan ce la misero davvero tutta. Ma quando si voltarono a guardare, constatarono di non aver provocato alcun danno.

«Pistole contro fucili, una partita persa in partenza», disse Morgan.

«E per giunta adesso li abbiamo alle spalle», aggiunse Joe.

La situazione si era capovolta. Appena Joe superò l'elicottero di Barlow, il pilota virò. Il cacciatore diventò preda.

Con il nemico alle calcagna, Joe non poté fare altro che darsi alla fuga. Il che significava volare lungo la gola come un pazzo.

Kurt e Morgan si tennero forte sul retro, controllando le munizioni. «Io ho ancora due proiettili», disse Kurt.

«Io cinque», disse invece Morgan. «Non servirà a granché.»

L'inseguimento proseguì per tutta la lunghezza della gola di Silver Box e sopra il sottile rivolo d'acqua a cui si riduceva il Colorado a fine estate.

Quando furono nello spazio più aperto del Grand Canyon, Joe si inclinò verso sinistra, sperando di girare intorno all'elicottero di Barlow e di tornare in vantaggio.

Fu un tentativo niente male, ma il pilota di Barlow lo intercettò, e loro furono colpiti da un'altra bordata dei fucili di Barlow e Robson.

Joe si abbassò mentre la pioggia di proiettili li colpiva sforacchiando il plexiglas e la lamiera.

«Accelera», lo incalzò Morgan.

«No», disse Kurt. «Rallenta. E sali. Sali il più possibile.»

«A un certo punto il motore si pianterà», disse Joe.

«Anche il loro. E allora saremo tutti fermi per un momento.»

«Il piano del bersaglio facile. Giusto, perché no? L'esatto

contrario di qualunque mossa logica dal punto di vista tattico.»

Joe inclinò il muso dell'elicottero verso il basso, acquistò tutta la velocità possibile e poi portò la barra tutta all'indietro. L'agile velivolo cominciò ad alzarsi, sollevando il muso in quello che si sarebbe potuto definire un angolo di ascensione massimo.

«Continua così», disse Kurt. «Ci stanno seguendo.»

Joe continuò a spingere il motore più che poté e a far salire l'elicottero, anche se nel giro di poco la velocità diminuì. Quando la lancetta dell'indicatore di velocità rispetto all'aria si spostò all'indietro, l'altimetro iniziò a rallentare. Poco dopo i rotori stavano artigliando l'aria.

«Cinquemila piedi», disse Joe. «Non arriveremo a sei.»

Dal momento che Barlow non aveva alcuna intenzione di permettere a Joe di portarsi in vantaggio o di fuggire, il suo velivolo arrivò a tutta velocità alle loro spalle.

«Inclinati a destra», gridò Kurt.

Joe premette il piede sulla pedaliera, temendo che qualsiasi altro cambiamento potesse provocare lo spegnimento del motore e farli precipitare.

L'elicottero si piegò verso destra, e fu così che si trovarono esattamente sopra quello di Barlow, a non più di cento piedi di distanza. L'allarme di stallo cominciò a suonare.

«Adesso o mai più», gridò Joe.

Sul retro dell'elicottero, Kurt girò la manopola di comando del carro motorizzato di Barlow, puntandolo in avanti. Lo fece uscire dal portello, carico di tutti gli utensili e attrezzi che lui e Morgan erano riusciti a trovare.

Il carro cadde con una grazia stupefacente, capovolgendosi adagio e scaricando una tempesta di pale, picconi e altri attrezzi sopra l'elicottero di Barlow. Le pale del rotore respinsero tutto, ma il carro di metallo da cinquecento chili era un'altra storia. Si schiantò contro i rotori, distruggendo tre pale su quattro, prima di sbattere contro il plexiglas curvo della cabina di pilotaggio.

L'elicottero di Barlow si ribaltò e precipitò come un sasso, schiantandosi sulle sponde rocciose del fiume Colorado per poi prendere fuoco.

64

Essendo un pilota di grande esperienza, Joe riuscì a evitare che il loro elicottero andasse incontro alla stessa sorte. Dopo aver stabilizzato e raddrizzato il velivolo, si diresse verso i rottami infuocati dell'altro elicottero. Un'occhiata disse loro tutto ciò che occorreva sapere.

«Di sicuro non è sopravvissuto nessuno», disse Kurt. «Andiamo alla grotta.»

Tornati alla gola di Silver Box, raggiunsero Paul e Gamay. Sotto la loro sorveglianza i prigionieri erano silenziosi e obbedienti, seduti nella penombra della grotta.

«Sareste due ottimi secondini», disse Kurt.

«Fare le guardie è una noia», rispose Gamay.

Ora che la situazione si era tranquillizzata, Kurt si mise in contatto con Rudi.

«Ci sono diverse autorità in arrivo», comunicò Rudi attraverso il telefono satellitare.

«In ritardo, tanto per cambiare. Che fine hanno fatto i nostri rinforzi?»

«Un attacco terroristico alla diga del Glen Canyon ha avuto la priorità», spiegò Rudi. «I Ranger che avrebbero dovuto aiutarvi sono dovuti volare a nord per fermarlo. Tre dei quattro responsabili sono stati uccisi, l'altro è disperso e presumibilmente morto.»

«Barlow in effetti ha accennato a un asso nella manica», disse Kurt. «Dev'essere stato questo.»

«Se così fosse, è stato un diversivo tanto efficace quanto dispendioso», rispose Rudi. «Esplosioni multiple e un gruppo di infiltrati nella sala di controllo. Hanno aperto tutte le chiuse e fatto credere alle autorità di aver riempito la sala di gas nervino. Poi si è scoperto che era un innocuo vapore colorato. Purtroppo ci è voluto un po' per appurarlo e bloccare il flusso d'acqua.»

«È il caso che cominciamo a costruirci un'arca?»

Rudi non sembrava preoccupato. «Sulla base della velocità di scarico, dovreste assistere a un innalzamento del Colorado di due o tre metri. Ma prima di sera si riabbasserà.»

«Quassù saremo sicuramente all'asciutto», disse Joe.

Mentre Kurt e Rudi concludevano la loro conversazione, lì vicino atterrò un elicottero con alcuni U.S. Marshals. Poco dopo ne giunse un secondo su cui volava un gruppo della Guardia nazionale dell'Arizona. Ed era in arrivo anche un terzo elicottero di agenti dell'FBI.

«Tra non molto questa piccola striscia di terra sarà più affollata dell'aeroporto O'Hare», disse Kurt agli altri. «Vorrei chiudere un'ultima questione rimasta in sospeso prima che riceviamo l'ordine di andarcene.»

«Sarebbe?» domandò Joe.

«Il professor Cross», disse Kurt. «Manca all'appello e non abbiamo sue notizie.»

Kurt, Joe e Morgan entrarono nella grotta e si divisero. Setacciandola secondo uno schema a scacchiera, non impiegarono molto a individuare il professore. Si trovava proprio in mezzo alla catasta del tesoro, seduto per terra con la schiena appoggiata a una parete. Il sangue uscito da una ferita gli aveva impregnato la camicia. Aveva gli occhi sbarrati e guardava dritto davanti a sé. Stranamente, era accanto a uno schedario aperto con una pila di fogli rilegati sulle gambe.

Morgan si accovacciò di fianco al professore, gli sentì il polso e gli chiuse delicatamente gli occhi. «Non è più tra noi», disse, benché gli altri lo sapessero già. «Mi piacerebbe pensare che se non altro sia morto felice di aver trovato il tesoro, ma sono sicura che qui ci sia sotto qualcosa di più di quanto abbiate rivelato. Cosa significa questo schedario? Cosa sono tutti questi documenti?»

«Il segreto della grotta», rispose enigmatico Kurt. «Il segreto per il quale i Granzini hanno ucciso i loro collaboratori.» Kurt illuminò con la torcia i tesori e gli idoli. «Tutto questo, tutti i manufatti, tutte le mummie, tutto l'oro e i gioielli, be', tutto questo è finto.»

Come a voler dimostrare la veridicità delle sue parole, Kurt allungò il braccio verso una statua che sembrava di marmo. Con un rapido colpo della mano le spezzò il braccio, che si sbriciolò tra le sue dita. «Sono oggetti di scena», spiegò. «Quasi tutti di cartapesta e gesso, legno di balsa e latta.»

«Oggetti di scena?»

Lui annuì. «Scenografie elaborate. Progettate e costruite per un film che non è mai stato girato.»

«Mi prendi in giro», disse lei.

Joe si abbassò e tolse di mano al professore i fogli inzuppati di sangue. «*Il viaggio dei faraoni*», disse leggendo il titolo. «*Una produzione di Cecil B. DeMille.*»

«Questo spiega la Kissel», commentò Joe. «Mentre la usavamo come scudo mobile e ariete, ho notato una targhetta con un nome fissata al cruscotto. Era l'auto di Cecil B. DeMille.»

«Esatto», confermò Kurt. «Ed è l'unico tesoro storico presente in tutta la caverna.»

«Quindi questo è un set cinematografico?» chiese Morgan per sicurezza. «Mi stai dicendo che siamo su un set cinematografico?»

Kurt annuì di nuovo. «Stando ai fascicoli dell'FBI, DeMille venne qui per girare un kolossal sull'ascesa di un faraone che in realtà non era mai esistito. Un esperto di ambientazioni aveva trovato questo posto, sostenendo che non si sarebbe notata nessuna differenza con l'Egitto. La gola all'esterno avrebbe rappresentato la Valle dei Re. Il Colorado il Nilo. Questa grotta fu utilizzata come set interno per molti luoghi diversi, tra cui una tomba, un tempio e la residenza del faraone. Per questo è così pianeggiante. Perché è stata spianata. E per questo ci sono rampe e piattaforme dappertutto. In modo che si potessero spostare telecamere, luci e attrezzature per fare riprese differenti, affinché la stessa grotta assumesse le sembianze di posti diversi.»

«Immagino sia questo il motivo per cui è mezza piena di arredi e cianfrusaglie prive di valore», disse Morgan.

«Scenografie», disse Kurt.

«Cos'è successo?» domandò Joe. «Io ho visto ogni singolo vecchio film che sia mai stato girato, ma di questo non ho mai sentito parlare.»

«A metà delle riprese uno dei produttori restò coinvolto in uno scandalo», spiegò Kurt. «Il film perse i finanziamenti e la produzione fu interrotta. Anziché riportare tutta questa roba a Hollywood la lasciarono qui, sperando che DeMille riuscisse a trovare nuovi finanziatori. Sfortuna volle che quell'inverno sul canyon cadesse parecchia neve, che provocò diverse frane, compresa quella che bloccò l'ingresso della grotta. La casa di produzione finì per annullare tutto e DeMille passò ad altro.»

«E gli archeologi?» domandò Joe. «Hai detto che questo posto fu scoperto negli anni Venti.»

«Gli archeologi collaboravano con i Granzini. Li aiutavano a contrabbandare dall'Africa manufatti da rivendere poi in Europa. Vennero qui per indagare su certe vecchie voci secondo cui nel canyon c'erano antichi cimeli egizi, e una guida locale li condusse in questa grotta. Loro si fecero strada all'interno e ne esplorarono una piccola parte, affidandosi giusto alla luce fioca di qualche lampada a olio. Videro ciò che abbiamo visto noi, una miniera di reperti egizi, e informarono all'istante i Granzini.»

«Avranno subito fatto festa», commentò Joe.

«Sì, ma durò poco», fece notare Kurt. «Fidandosi degli archeologi – non avevano motivo di non farlo – i Granzini contattarono le loro vecchie conoscenze e invitarono i loro collezionisti europei preferiti a preparare i libretti degli assegni. Fu soltanto quando il patriarca della famiglia Granzini venne qui di persona che gli archeologi scoprirono la verità.»

«Con verità intendi il set di Hollywood?» disse Joe.

«Esatto», rispose Kurt. «E questo provocò uno scontro. Scoppiò una discussione su come procedere. I Granzini avevano già fatto parecchie promesse. Pensarono di continuare a mentire e ricavarne il loro profitto. Gli archeologi invece volevano dire la verità, certi che prima o poi sarebbe comunque venuta a galla. Alla fine i Granzini li uccisero per assicurarsi che tenessero la bocca chiusa.»

«Non mi spiego come abbiano potuto pensare di fare dei soldi con questa roba», commentò Morgan. «Le foto sono un conto, ma chiunque avesse ricevuto una statua di legno di balsa avrebbe capito all'istante di essere stato fregato.»

«Il piano era lo stesso di sempre», spiegò Kurt. «Trovare manufatti in posti sperduti e poi fingere che fossero stati rinvenuti altrove. I Granzini erano abilissimi nel procurarsi banali reperti egizi in tutto il mondo per poi sostenere che provenissero da tombe famose. Questa fu pubblicizzata come 'la collezione più rara ed esclusiva della storia'. Era una miniera d'oro in attesa di essere sfruttata. Per loro sarebbe stato sufficiente mantenere in vita queste voci finché non l'avessero spremuta fino all'ultimo.»

«E le imbarcazioni che DeMars trovò di fronte alle coste francesi?» domandò Morgan.

«Non le vide nessun altro oltre a lui. Non fu mai trovata alcuna prova. Con ogni probabilità perché non erano reali. Persino i suoi figli e i suoi nipoti sembrano dubitare che fossero mai esistite.»

«E gli *Scritti di Qsn*?» domandò Morgan. «E quel tale che li portò in Spagna su un aereo?»

Kurt restò in silenzio per un attimo. «Venire a capo di

questa parte della storia è stato piuttosto difficile», confessò. «A quanto pare l'opera è autentica. Ma è impossibile stabilire quando fu scoperta davvero o da dove venisse in realtà. Capire il perché del viaggio in aereo, invece, è stato più facile. I Granzini speravano di portare le tavolette a un acquirente in Francia affinché ne verificasse l'autenticità. Ma dopo la sparatoria in Arizona, finirono nella lista dei ricercati dell'FBI. Dovevano far sparire i frammenti prima di essere beccati con le mani nel sacco, visto che quelle tavolette li avrebbero collegati all'omicidio degli archeologi. Forse avrebbero semplicemente dovuto sbarazzarsene, ma questo avrebbe significato rinunciare a un mucchio di soldi, di cui avrebbero avuto bisogno se stavano per trasferirsi in un altro Paese. Purtroppo non potevano accedere a nessuno dei canali di spedizione di cui si servivano abitualmente. Tranne uno.»

«Jake Melbourne», disse Morgan. «Volevano che si facesse carico del trasporto in aereo. Il fatto che sia stato ucciso suggerisce che non si sia prestato.»

«Spararono a lui e convinsero loro nipote a intraprendere il viaggio», proseguì Joe.

«Così pare», disse Kurt. «Stando al fascicolo dell'FBI su Cordova, Jake Melbourne era un suo amico e gli stava insegnando a volare in cambio di lavori di manutenzione gratuiti all'aereo.»

Sembrava avessero risolto un paio di misteri di lunga data, ma Morgan non riusciva a togliersi dalla testa la ricerca da cui tutto era partito. «Se gli *Scritti di Qsn* sono autentici, significa che il tesoro di Herihor e tutto ciò che rubò agli altri faraoni è ancora da qualche parte.»

«È una storia avvincente», ammise Kurt. «Ma necessita di interpretazione. In fin dei conti gli *Scritti di Qsn* ci dicono soltanto che un gruppo di egizi al servizio di Herihor si imbarcò in un viaggio che li condusse lontano dall'Egitto. Andarono per mare e attraversarono spazi aperti per poi finire in una gola. Ma quella gola poteva essere ovunque. In Africa occidentale, in America centrale o da qualche parte in Europa. Poteva persino essere qui negli Stati Uniti, ma non ci sono prove concrete che lo lascino supporre. Persino il famoso articolo della *Phoenix Gazette* cita fonti della Smithsonian secondo cui l'istituto non ha alcuna testimonianza di aver mai lavorato da queste parti.»

«Un'altra bufala», disse Joe.

«È proprio vero che bisogna credere alla metà di ciò che si legge», aggiunse Morgan.

«E a nulla di ciò che si vede.»

Kurt osservò Morgan Manning in attesa di qualche reazione. Nel giro di pochi secondi sul suo viso si avvicendò una mezza dozzina di emozioni. Prima incredulità, poi rabbia. Per un attimo Morgan parve in grado di strappare a morsi una lamiera d'acciaio, poi il suo viso si addolcì e lei scoppiò a ridere. «Alla fine a rimetterci è stato Barlow, no? Avrebbe dovuto continuare a fare il mercenario. Sarebbe stato più sicuro per lui.»

«Esatto», concordò Kurt.

«E adesso?» domandò Joe.

Sulle labbra di Kurt comparve un sorriso. «Adesso consegniamo questa roba alle autorità competenti, torniamo a D.C. e abbassiamo il sipario su tutta questa produzione.»

Joe scosse la testa. Morgan fece un sorriso amareggiato. Kurt li ignorò. Si strinse nelle spalle e si diresse verso l'uscita.

65

Kurt, Joe e i Trout tornarono a Washington con Morgan al seguito. Quando furono tutti insieme nella sala riunioni della NUMA per fare rapporto, Rudi confermò che Xandra e Fydor erano stati catturati e collegati senza difficoltà al tentato omicidio di Washington e all'attacco alla diga del Glen Canyon.

«Hanno confessato?» domandò Morgan.

«Xandra, la sorella, non ha aperto bocca», spiegò Rudi. «Fydor invece ha spiattellato tutto dopo neanche mezz'ora dall'arresto.»

«Come hanno fatto a catturarli?» domandò Kurt.

«Avevano ormeggiato il motoscafo senza pagare il gestore del porto», disse Rudi. «Lui li ha seguiti nel parcheggio per farsi dare la carta di credito, ma quando è arrivato loro stavano rubando una macchina, nientemeno che la sua. Così ha comunicato il numero di targa alla polizia di Stato, che li ha intercettati in un'area di servizio vicino a Flagstaff. L'attrezzatura elettronica e altre prove dimostreranno che sono colpevoli di entrambi i reati.»

«Due soggetti pericolosi in meno in circolazione», commentò Kurt.

«E quando i superstiti della gang di Robson saranno estradati nel Regno Unito, anche loro spariranno dalla circolazione», aggiunse Morgan. «Per molto, molto tempo.»

La riunione si concluse e ognuno si preparò ad andare per la propria strada.

Joe sarebbe partito per la Spagna per scoprire qualcosa di più su Stefano Cordova, il giovanotto che aveva sorvolato l'Atlantico poco prima di Lindbergh. Paul e Gamay sarebbero andati in Australia per una vera vacanza, scegliendo proprio quella destinazione anche perché era la più lontana possibile da qualunque cosa avesse a che vedere con gli egizi. Morgan sarebbe dovuta ripartire subito per Londra, ma Kurt la convinse a posticipare il volo di almeno un giorno.

«Cos'ho da guadagnarci?» domandò lei riaccompagnandolo nel suo ufficio.

«Una cena gourmet in un posticino affacciato sul fiume», rispose Kurt.

«Come si chiama? Io ceno solo nei locali più ricercati.»

«Non ha un nome», disse Kurt aprendo la porta del suo ufficio e notando che la pila di documenti sul suo vassoio era cresciuta ancora di più rispetto all'ultima volta. Passò accanto alla scrivania soltanto per vedere cosa ci fosse in cima.

«In tal caso, che genere di menù posso aspettarmi?»

«Pizza o cheeseburger.»

Lei aggrottò la fronte. «Non li definirei tanto gourmet.»

«Entrambe le opzioni sono accompagnate da una bottiglia di Opus One. Una bottiglia che tenevo da parte proprio per un'occasione come questa.»

A quel punto sulle labbra di Morgan spuntò un sorriso. «Allora accetto. Visto che stiamo parlando di casa tua, spero almeno di non dover indossare le scarpe.»

Kurt sorrise. «Niente scarpe, non c'è problema.» Diede un'occhiata ai fogli con l'intenzione di occuparsene successivamente, quando qualcosa catturò la sua attenzione. Prese un rapporto composto da una sola pagina e diede una rapida scorsa al contenuto.

«Cos'è?» domandò Morgan.

«Le analisi chimiche di Paul sul frammento di arenaria che abbiamo rinvenuto a bordo dell'aereo di Melbourne. Quello che faceva parte degli *Scritti di Qsn*.»

Lei si avvicinò. «Cosa dice?»

Kurt lesse i risultati e poi fece un riassunto per Morgan. «Che la pietra è stata estratta da qualche parte nel bacino del fiume Colorado, con ogni probabilità nel New Mexico occidentale o nell'Arizona settentrionale.»

«Questo sì che è interessante.»

«Già», rispose Kurt infilando il rapporto nel tritadocumenti. «Molto, molto interessante.»

EPILOGO

Riserva navajo, Arizona
Quattro mesi dopo

Nei mesi successivi all'attacco alla diga del Glen Canyon, in Arizona arrivò una sfilza di agenti. Per la maggior parte erano dell'FBI, ma qua e là fecero la loro comparsa anche alcuni rappresentanti dell'Ufficio per la gestione del territorio del National Parks Service, del dipartimento di Stato e dell'Ente federale dell'aviazione.

Arrivarono giornalisti che lavoravano sia per le emittenti più importanti che per riviste nazionali e organi di informazione locale. Quasi tutti facevano le stesse domande. Pochi ascoltavano le risposte.

A fine dicembre, l'aria si era raffreddata e la prima neve della stagione aveva ricoperto di un velo bianco il terreno color vermiglio. A quel punto i resti dell'elicottero distrutto, gli oggetti di scena e la Kissel d'epoca erano stati portati via, i vari agenti erano tornati a Washington e i giornalisti avevano voltato pagina per dare la caccia ad altre storie in altre parti del Paese.

Quando finalmente nel canyon tornò la quiete, una mattina di buon'ora Eddie Toh-Yah e suo nonno uscirono in sella ai loro cavalli. Cavalcarono lentamente, facendosi strada sul terreno ghiacciato e lasciandosi alle spalle l'altopiano per addentrarsi in un'area remota del canyon, a circa venticinque chilometri dalla gola di Silver Box.

«Sembri contento che il trambusto si sia placato», commentò Eddie.

«Questa dovrebbe essere una terra tranquilla», rispose suo nonno. «Gli antenati preferiscono così.»

Eddie capì che quelle parole contenevano un messaggio per lui e non disse nulla per un bel po'. In realtà gli piaceva ascoltare il silenzio, il rumore degli zoccoli dei cavalli sul terreno, il grido di un falco in lontananza.

Per quanto amasse quel posto, non era abituato ad andare a cavallo con suo nonno. Ormai era un uomo anziano, fragile, che negli ultimi tempi usciva poco di casa, ed era strano che avesse proposto un'impegnativa cavalcata nel freddo dell'inverno.

«È passato parecchio dall'ultima volta che mi hai invitato a venire a cavallo con te», disse Eddie. «Ti andrebbe di dirmi dove siamo diretti?»

«No», rispose suo nonno. «Ma ci siamo quasi.» Fermò il cavallo e scese goffamente, legando le redini a un cespuglio di sterpaglia sul ciglio della gola e prendendo un piccolo pacchetto dalla sella. «Seguimi.»

Eddie smontò a sua volta, legò il cavallo e rincorse suo nonno, che si stava rivelando sorprendentemente energico sul terreno accidentato.

Risalirono il pendio occidentale della gola fino a quando suo nonno individuò una stretta apertura nella parete di roccia. A Eddie sembrava giusto una crepa, ma suo nonno si infilò all'interno e scomparve.

Eddie lo seguì e si ritrovò in quello che era conosciuto come uno *slot canyon*, con pareti di varie tonalità di cremisi solcate da striature arancioni e marrone chiaro.

Si lasciò guidare da suo nonno attraverso quelle curve labirintiche senza dire nulla. Dopo circa cinquecento metri, giunsero a un'apertura evidentemente scavata dall'uomo che conduceva all'interno della roccia.

Suo nonno accese una vecchia lampada Coleman, regolò la luce ed entrò.

Eddie lo seguì di nuovo, stavolta trovandosi in uno spazio squadrato con le pareti coperte di segni. Nella luce tremolante della lampada, Eddie vide simboli che non conosceva e raffigurazioni di strane creature metà umane e metà animali.

A quel punto sapeva che fare domande sarebbe stato inutile. Suo nonno gli stava mostrando qualcosa che doveva vedere da sé.

Proseguirono, salendo una ripida rampa che li portò in un ampio spazio aperto parecchie volte più grande rispetto al set cinematografico della gola di Silver Box. Era evidente che quel posto era stato scavato manualmente nella roccia. Con attrezzi fatti soltanto di bronzo o di pietra, dovevano esserci voluti anni.

Andando avanti, Eddie vide che il soffitto era sorretto da alcune colonne di granito, intorno alle quali erano disposte con cura statue, sculture e altre incisioni. Passò davanti a corpi mummificati di strani animali che fiancheggiavano il corridoio centrale. Seguì suo nonno fino in fondo, dove nella roccia era stata ricavata una rientranza a forma di piramide.

Lì sotto, fianco a fianco, erano allineate quindici bare antiche e lucenti. Erano d'oro, blu e di altri colori accesi. Sui sarcofagi non c'era traccia di detriti né di polvere, e nel soffitto soprastante erano incastonate pietre preziose disposte come le stelle della notte. La precisione astronomica era tale che Eddie non ebbe alcuna difficoltà a individuare la Cintura di Orione e l'Orsa Maggiore.

Il nonno di Eddie prese un lungo e sottile accenditoio e bruciò dell'incenso. Mentre il profumo di salvia e pino si diffondeva nello spazio, cominciò ad accendere altre candele, una alla base di ogni sarcofago d'oro. La luce tremula sempre più intensa si rifletteva sugli specchi collocati sopra ciascun sarcofago, illuminando gli elaborati volti.

«Nonno», sussurrò Eddie. «È quello che penso?»

Il nonno di Eddie parlò soltanto dopo avere acceso la quattordicesima candela. «Questo è il Popolo del Sole. Giunse qui molte generazioni prima rispetto agli uomini bianchi. I tuoi antenati più lontani li conobbero.»

«Questi sono i faraoni egizi», rispose Eddie. «Il tesoro che Kurt stava cercando.»

Il nonno di Eddie lo corresse. «Il tuo amico ha detto di non essere interessato al tesoro, ma soltanto agli uomini che lo stavano cercando. Adesso li ha trovati.»

Eddie si rese conto che aveva ragione. «Perché mi hai portato qui?»

«Oggi è il solstizio d'inverno», disse suo nonno. «Il giorno con meno ore di sole di tutto l'anno. Un sole che questi volti desiderano ardentemente vedere. Vengo qui tutti gli anni, due volte all'anno, per accendere queste candele. Anche al solstizio d'estate. Mio nonno faceva lo stesso. E se tu dovessi decidere di portare avanti la tradizione, un giorno ai tuoi nipoti sarà chiesto di occuparsi di questi viaggiatori che trovarono riposo nella nostra terra.»

«Vuoi che...»

«Siamo stati incaricati di prenderci cura di questo popolo antico», disse suo nonno. «Ma io sono vecchio, non potrò andare avanti a lungo. Ora spetta a te... se vuoi.»

Eddie studiò il tesoro intorno a sé. Pensò alla storia di quel popolo e al minuscolo posto che occupava lui nel mondo. Poi la sua mente si concentrò sul grande onore che gli stava offrendo suo nonno.

Senza dire una parola fece un passo avanti, tolse l'accenditoio di mano a suo nonno e accese l'ultima candela.

CLIVE CUSSLER
& JUSTIN SCOTT

IL TAGLIAGOLE

New York, 1911. Isaac Bell, detective
di spicco dell'agenzia investigativa Van Dorn,
è alle prese con un caso di ordinaria amministrazione.
Anna Pape, una giovane donna
che ambisce a diventare un'attrice di successo,
è scappata di casa, forse proprio per inseguire il suo sogno.
Bell non ci mette molto a trovarla, ma il caso
si conclude tragicamente: la ragazza è morta.
Assassinata in modo brutale.
Per l'investigatore privato comincia un'indagine
ben più complessa di quanto potesse sembrare,
che cerca di far luce sul movente e sulla mente perversa
che ha concepito questo atroce delitto...

LONGANESI

Questo libro è stampato col sole

Azienda carbon-free

PEFC
PEFC/18-31-226
Certificato PEFC
Questo prodotto è realizzato con materia prima da foreste gestite in maniera sostenibile e da fonti controllate
www.pefc.it

Fotocomposizione: Andrea Bongiorni
Milano

Finito di stampare
nel mese di giugno 2024
per conto della Longanesi & C.
da Grafica Veneta S.p.A. di Trebaseleghe (PD)
Printed in Italy